国家社科基金青年项目（项目编号：13CZW085）

山东大学"齐鲁青年学者"项目

山东大学文化传播学院学术著作出版资助项目

中国现代文学中的
白俄叙事 (1928—1937)

杨慧 著

中华书局

图书在版编目（CIP）数据

中国现代文学中的白俄叙事：1928－1937/杨慧著 —北京：中华书局，2022.9
ISBN 978－7－101－15885－4

Ⅰ.中… Ⅱ.杨… Ⅲ.中国文学－现代文学－文学研究
Ⅳ.I206.6

中国版本图书馆 CIP 数据核字（2022）第 162391 号

书　　名　中国现代文学中的白俄叙事（1928—1937）
著　　者　杨　慧
责任编辑　王贵彬
责任印制　陈丽娜
出版发行　中华书局
　　　　　（北京市丰台区太平桥西里 38 号　100073）
　　　　　http：//www.zhbc.com.cn
　　　　　E-mail：zhbc@zhbc.com.cn
印　　刷　三河市中晟雅豪印务有限公司
版　　次　2022 年 9 月第 1 版
　　　　　2022 年 9 月第 1 次印刷
规　　格　开本/920×1250 毫米　1/32
　　　　　印张 12⅛　插页 2　字数 350 千字
国际书号　ISBN 978－7－101－15885－4
定　　价　78.00 元

目　录

序　一

杨春时

　　杨慧的《中国现代文学中的白俄叙事（1928—1937）》即将付印出版,嘱我作序,像给我的许多学生作序一样,我高兴地答应下来。杨慧在厦大中文系博士后流动站学习、研究期间,不仅在课堂上勤学好问,课余时间也经常到我家中探讨学术问题。那时我就发现,他具有高度的学术热忱,这在当代学术风气浇薄的情形下,尤为可贵。当时他关注中国现代文学中的东北叙事,而白俄叙事是其中的一个分支。我当时就觉得这个题目有价值,不仅是因为我和他都是东北人,而是因为东北作为满族故地的边鄙的地理位置和作为俄日殖民地的社会状况,可以折射出中国现代历史文化的复杂性,具有了中国现代性和现代民族国家的理论阐释的空间。后来,杨慧出站留校,也经常找我讨论相关问题。《中国现代文学中的白俄叙事（1928—1937）》作为出站报告的加工成果,突破了东北叙事的范围,成为独立的研究课题,最终得以出版。我对这部著作有较高的评价,主要看重其两点:第一点是题目好,有新意、有深度。白俄及其文学叙事是中国现代社会和文学中的一个重要现象,因为在东北、上海等地都曾经有大量白俄居住,而对他们的命运的描写也成为重要的中国文学主题。但是,在中国现代文学史上,这个重要的文学现象却没有得到专门研究,成为一个空白。杨慧填补了这个文学史的空白，仅此一点，这本书就有其学术价值。不仅如此，这个题目也具有思想的深度，因为白俄形象后面具有巨大的阐释空间，正如杨慧所说的，不仅是一个"涉外"问题，也是一个"对内"问题，即从这个他者想象中，完成了中国人的自我观照。因此，这个选题本身就具有了学术价值。第二点是，作为一部中国现代文学研究的专著，这本书建立在极为丰富的对第一手资料的发掘、占有、分析的基础上，作者下了实实在在的苦功夫，许多史料都是别人没有发现和用过的，这种毫不取巧的学风使得这本书极为扎实，当然也就拥有了很大的学术价值。文学史研究历来有两种对立的倾向，一种倾向是注重史料的发掘和整理，主张在充分的史料基础上作实证的研究，但不注重理论的阐释，甚至认为理论无用；另一种倾向是不注重史料的发掘和考证，而是理论先行，预设结论，导致脱离实际，削足适履。杨慧避免了这两种倾向，基本上做到了史料的发掘、整理和理论的阐释相结合，所以这本书才有可能具有较高的学术价值。

但是，从总体上说，杨慧的长处还是在史料的发掘、整理和分析方面，而不在理论的运用、阐释方面，这就构成了这本书的优长之处和略显不足之处。优长之处前面已经说明，就是史料的丰富和内容的扎实，而略显不足之处则在于理论阐释和思想概括的相对薄弱。作者已经说明了，白俄叙事是一个表面上"涉外"的、"他者想象"的问题，而实际上是一个"对内"的、"自我观照"的问题，由此展开了对白俄叙事的研究，这是一个正确的思路。但是，遗憾的是，接下来的论述没有说明这个"对内"和"自我观照"的对象究竟是一个什么样的问题。这就是说，本书还缺少更进一步的理论阐释和思想概括。我认为，白俄叙事后面实际上是这样一个理论问题，就是"五四"以后现代性与现代民族国家的关系问题。中国现代历史的特殊性在于，争取现代性与建立现代民族国家的双重任务之间既互相依存，又互相冲突，由此产生了不同的文化、文学思潮，如争取现代性的启蒙主义（人道主义）、争取建立现代民族国家的左翼"革命现实主义"和右翼民族主义，以及反思现代性的现实主义、浪漫主义、现代主义等文学思潮，它们都从各自的立场、角度做出了白俄叙事。这本书也触及到了白俄叙事背后的左翼文学思潮、右翼民族主义文学、人道主义文学思潮等，但只是散见在对个别白俄叙事的分析上，而缺少一个集中的理论阐述，影响了本书主题思想的深度。这也使本书产生了一个结构上的问题，即它以对各个作家的白俄叙事研究为基本单位，集合成一本专著，而没有在对白俄叙事的总体性的考察基础上，依据问题构成章节，这就使得本书显得结构松散。虽然本书的第一章也对白俄以及白俄叙事的历史背景做了概括性的说明，但仍不能改变这本书结构上松散的问题。如果这本书能够运用现代性理论对白俄叙事做总体上的分析、论述，然后再对白俄叙事做出分类研究，如启蒙主义（人道主义）的白俄叙事、左翼文学的白俄叙事、右翼民族主义的白俄叙事等等，这样在结构上可能更为合理，思想深度也会加强。

我对于自己的弟子和年轻学子，愈是看重，就要求愈高，批评愈严，这里对杨慧著作的评价，即出于此心，于有厚望存焉。

此序。

2022 年 1 月 28 日于厦门

序 二

俞兆平

　　杨慧的博士后出站报告《中国现代文学中的白俄叙事（1928—1937）》即将在中华书局出版，让我写序，他的理由是："追根溯源，这份报告离不开您的悉心指导，更是记载了我们师生之间的深情厚谊，以及学生难忘的厦大记忆。""悉心"二字受之有愧，因"白俄叙事"的论题于我生僻得很，但师生间由学术研究方法，或曰"道法"上的投合而铸定的缘分倒是真切的。

　　2008年上半年，我收到杨慧申请进入厦门大学中文系文艺学博士后流动站的函件，一看，他是清华大学中文系王中忱教授的高足，心里就有亲和感；再细看材料，他在瞿秋白研究上颇有创见，值得深造。于是就开始了接收的行政流程，因我2005年就已在退休通知书上签字画押了，虽然此后中文系和厦门大学学报编辑部又延聘了我五年，但毕竟与规定有所不符，所以求助于杨春时教授，签署为联合指导，他的进站申请终于获准通过。

　　杨慧的到来，像是冥冥中在厦门大学与清华大学之间又搭上一条连线。为何我会有此种感觉呢？原因出自学术研究方法流脉之延伸。厦大中文系老主任、我的研究生导师郑朝宗先生毕业于清华大学，他在1935年"一二·九"运动时，曾担任过清华大学学生会主席。1960年，厦大列入国家重点大学，学制改为五年，系里制订新的教学方案，郑先生献策，内有一条："要培养同学收集和处理第一手资料的能力和习惯。这也是给独立进行研究工作打好了基础。只知运用第二手资料，不仅会以讹传讹，而且研究的成果质量必然不会太高。"他力倡学术研究要从占有资料出发；在思维逻辑上，归纳胜于演绎。"无征不信，孤证不立"，郑先生强调的学术研究原则，实际上也是厦大与清华的传统，我信守了一生。在研究中，强调原态史实的实证和历史语境的纳入，是我坚持多年的信条。

而杨慧走的也是这条路。为着完成"中国现代文学中的白俄叙事"这一课题，他翻检了1917—1937年这二十年间全部的《申报》和《大公报》，还利用访学机会搜集了台湾"国史馆"、国民党党史馆，以及辽宁省档案馆馆藏的大量民国时期白俄问题档案等资料，大有上穷碧落、下抵黄泉，非得一网捞尽而不休的气势。他对我说过，只有在尽其所能搜集、积累原始资料的基础上，下笔才会感到心定、稳实。

他像淘金者、潜水员般在海量的原始资料中翻检、发掘，寻索到众多中国现代作家的白俄叙事文本。如，鲁迅的《为"俄国歌剧团"》、蒋光慈的《丽莎的哀怨》、钱杏邨的《那个罗索的女人》、徐任夫的《音乐会的晚上》、冯乃超的《断片——从一个白俄老婆子说起》、莞尔的《"祖国"》、丁玲的《诗人》、巴金的《将军》、靳以的《伤往》、孙席珍的《没落》，以及萧军、萧红、舒群、罗烽等"东北流亡作家"的有关白俄叙事文学作品。此外，"民族主义文学"作家黄震遐的《陇海线上》和万国安的《国门之战》也被纳入视野，还有陈梦家的诗作《白俄老人》、新感觉派黑婴的《圣诞节的前夜》、穆时英的《G No. Ⅷ》等，均在"白俄叙事"这一关键词的牵引下浮现出来。这些文学作品多是鲜为人知的，有的是第一次发掘出来的，他为此所付出的巨大的精力与劳作是常人难以想象的。

正是在第一手资料收集和处理上下了如此过硬的功夫，杨慧随后的一系列研究文章，才有可能引起学界的注意，他的博士后出站报告，可以说是填补了中国现代文学史上"白俄叙事"这一研究界域的空白，取得了独立的发言权。他所走的路是坎坷的，但又是扎实的。不妨回顾一下，当时高校硕、博士毕业论文的写作，演绎式的逻辑思维盛行其道，论者多从新近流行的西方文论中拾得一、二概念，然后以其为预设的命题，由此出发，才去搜集相关资料，而且其中第二手资料甚多，继而罗列演绎成章，以此来印证预先提出的假设。这一取巧的捷径虽可一时快速奏效，但经不住学术自身发展的检验，往往随着时光的流逝而湮灭，而且这种学风还带来重复与沿袭之流弊。因此，在青年研究者中杨慧能够站住，其学术研究所走的路值得肯定。

当年闻一多在青岛转入古典文学研究，曾日以继夜、废寝忘食地翻阅古籍，很少下楼，以至得到"何妨一下楼主人"的别号，听说杨慧在山东大学威海校区时，也曾获类似之雅号。"板凳甘坐十年冷，文章不做半句空"，年纪不大的杨慧却有着老僧般定力，十分难得。这种甘于寂寞、数年如一日的韧劲，这种不追随时尚、实事求是的学风，来自他对学术研究的敬畏感和使命感。东北出生的杨慧天性豪爽，颇有人缘，六年的厦大相处，我们交往较多，在聚谈中，他俗念不重，学术动态是我们的主题，不少圈内新见都是他提供给我的。他笃定于自己所坚持的学术方向，仿佛有着某种使命感；他不把学术作为进阶的砖石，而是常存一种敬畏之心。王国维那视学术为生存形态，与生命融为一体的价值取向，是我们所倾慕的。

当然，一味地沉溺于史料、以发微索隐为目的的研究方式并不值得提倡,资料、史实开掘的目的是为着提出新的学术判断。杨慧通过对第一手文献资料的深度犁耕,通过细致的文本分析后,指出中国现代文学的第二个十年涌现出为数众多的白俄叙事作品,这是值得追问的文学和文化现象。中国作家通过白俄叙事这一想象"他者"和自我观照的过程,以"他者"形象塑造了自己的文学与思想视域;通过白俄形象来想象革命、想象摩登、想象现代,甚至想象欲望。像郑伯奇和张爱玲就分别代表了白俄叙事的两个趋向,一个是将白俄植入抗日斗争的民族解放话语,一个是让白俄回归日常生活的"庸常"叙述。而像《鲁迅白俄叙事考论》,在鲁迅研究史上则是别开生面的一篇文章。这些文学文本与现象,以及中国作家的运思轨迹,是中国现代文学史另一形态的独特存在。对其开掘与研究,将增添中国现代文学研究的维度,填补这一侧向文化生态的研究空白。这是杨慧向读者呈上此书的价值与意义。

在文学研究中,韧性的执着有助于新域的开拓,但也会因此带来偏颇。杨慧的文风,广征博引、严密周全有余,提纲挈领、一语破的显弱;各章节内在的细针密缕有余,但书稿整体的逻辑性构成及概括性综述却有所不足。如何在烦冗的资料与明晰的判断之间达到一种平衡,这是他今后所应努力的方向。我曾多次跟他提及,进一步增强"20世纪中国思想史论"方面的学识,或许能起到对上述不足的调整作用。期盼着他的新的研究课题"'东北叙事'与中华民族命运共同体的建构",能以更完美的形态出现在我们的眼前。

2022 年 1 月 16 日

导　言

　　倘若追溯中国现代文学中的白俄叙事，鲁迅在 1922 年发表的《为"俄国歌剧团"》一文可谓先导。在受到尼采哲学深刻影响的思想视域中，鲁迅发现了"勇猛"地反抗"寂寞"的白俄演员。尽管彼时的鲁迅还没有明确地在"白俄"及其所负载之政治意义的层面上对此类人物展开思考，但是凭借对于个人主体性问题的深入探讨，该文仍然显现出鲁迅卓尔不群的思想气质。而接续鲁迅的空谷足音，并将其放大为文坛交响的是蒋光慈。1929 年 3 月，作为中国普罗文学的发起人和重要作家，蒋光慈在其主编的《新流月报》上进行了一次日后给他的政治生命带来莫大灾难的"很大胆的尝试"[①]——开始连载自己的长篇小说《丽莎的哀怨》。这部作品讲述了一个沦为上海妓女的白俄贵族少妇丽莎的悲惨遭遇，而这一人物形象也成为中国现代文学作品中以白俄为主人公的肇始。随后，《新流月报》又接连刊发了钱杏邨（阿英）的《那个罗索的女人》和徐任夫（殷夫）的《音乐会的晚上》。不仅如此，同年 10 月，冯乃超的《断片——从一个白俄老婆子说起》在《现代小说》发表；次年 3 月，菀尔的短篇小说《"祖国"》刊载于《大众文艺》。当我们今天重新打量那段文学史，以"丽莎"为代表的

————

[①] 蒋光赤（蒋光慈）:《编后》,《新流月报》第 1 卷第 1 期,1929 年 3 月 1 日。

"白俄主人公"小说的集中出现，使得彼时的普罗文学中形成了一波描写白俄的小高潮。然而，也正因为《丽莎的哀怨》所激起的争议与受到的批判，使得白俄题材成了某种话语禁忌，以致白俄叙事在左翼文学中逐渐归于沉寂。直到1932年，丁玲发表了短篇小说《诗人》，这一旨在揭批白俄之恶的文本成为左翼文学白俄叙事的一次回潮。而彭家煌在1933年5月27日《申报·自由谈》上发表的短篇小说《明天》，则以其深刻的苦难书写为左翼文学白俄叙事添加了浓墨重彩的一笔。1935年10月，萧军的《羊》发表，以其为代表的"东北作家群"开始为左翼文学白俄叙事注入新的活力，并产生了萧红的《访问》、罗烽的《考索夫的发》、舒群的《无国籍的人们》等优秀作品。而在"民族主义文学"作家黄震遐的《陇海线上》和万国安的《国门之战》中也都出现了大篇幅的白俄叙事，前者深入刻画了巴格罗夫等白俄"入籍军"的形象，后者则专辟"间谍"一章来讲述主人公"我"——东北军军官万国安与苏联妻子流波之间的"生死谍变"，而根据文本的交代，这位后来做了苏联间谍的流波，其原初身份本是外红内白、表面上归顺苏维埃的白俄。而在国共两党的文学阵营之外，白俄叙事也不断涌现。1933年8月，陈梦家的诗作《白俄老人》在《文艺月刊》第4卷第2期发表，引起不小的反响。1935年2月，"新感觉派的后起之秀"黑婴在《良友》画报发表了以流落哈尔滨的柴可洛夫兄妹为主人公的短篇小说《圣诞节的前夜》，而在一年后，黑婴的文学导师之一——"新感觉派的圣手"穆时英则有以白俄间谍丽莎为主人公的中篇小说《G No. Ⅷ》问世。20世纪30年代初的巴金及其好友靳以都因喜好异国题材而被当时的评论界所关注[①]，

---

① 参见王明淑:《〈圣型〉》,《现代》第4卷第6期,1934年4月1日。

前者在 1934 年 1 月发表了以白俄中尉费多·诺维科夫为主人公的短篇小说《将军》，后者则在 1933 年前后创造了由玛丽安娜、巴心·彼得诺维赤、潘葛洛夫等主人公所组成的白俄人物谱系。

倘若回到 20 世纪二三十年代文学生产的历史情境，仅仅翻检《申报》就会发现，出自那些不知名的作家甚至投稿试笔的文学青年笔下的白俄叙事更是不胜枚举。面对着文坛上层出不穷的白俄叙事风景，曾有评论者感叹，白俄生活的"这一些美与丑的错纵事件，被我们的作家抓住了，写出了他们的没落，暮年的孤寂，生与尊严的斗争，流浪者的悲愁幻景，千万片凄惨的遭遇，迷漫着异国情调：司拉夫民族的气息，被多少读者赞叹着"①。总括来看，这些白俄叙事出自不同的政治和文学阵营，具有广泛的代表性。而白俄叙事如此密集地出现，这本身就构成了值得追问的文学与文化现象。

一、"白俄"是谁？

所谓"白俄"，显然是与"赤俄"相对而生。俄文的白俄——белоэмигрант，本义是指白色的侨民，这是苏维埃当局给予的贬损性政治命名，特指那些在"十月革命"以后，特别是在国内战争和外国军事干涉期间（1918—1920），"代表统治阶级"利益，并敌视苏联的迁居国外者②。这一群体自称为"эмигрант"，即"侨民"。值

---

① 参见李轩：《白俄与旗民》，《申报》1937 年 2 月 5 日，"本埠增刊"第 1 版。
② 参见［苏］普罗霍罗夫主编：《苏联大百科全书》第 3 册，莫斯科：苏联百科全书出版社，1970 年第 3 版，第 161 页。

得注意的是，中文中的"侨民"是一个中性词，"谓旅居国外之人民"①，而俄文中的"эмигрант"却有着特殊的悲剧意涵："指那些由于种种原因、尤其是政治原因被迫离开祖国的人。"②早在1930年，即有中国学人撰文指出："'白俄人'这个名词，在其本身的词义上……是指苏俄境内的'变民'和'剥夺公权者'，以及逃亡海外的俄人。所以在这个名词的本质上，是一种阶级的构成，而不是民族的构成。"③到了1934年，"白俄"已被收录于旨在为大众介绍社会科学常识的《新名词辞典》中，特指"反对俄国革命及苏维埃的俄罗斯人，大都流落国外"④，而这也意味着国人有关"白俄"知识的初步定型。

正如靳以在1935年所言，白俄"永远怀念着旧日的帝国，就是年青人也是如此"⑤。"重返祖国"不仅是这些被迫离开祖国的人们固守的"共同信念"，而且是他们的精神特质⑥。在此意义上，在华

①　中国大辞典编纂处编：《国语辞典》第3册，上海：商务印书馆，1948年，第2080页。按，该书自1923年开始收集语料，第1册于1936年1月付印，1937年3月出版。此后抗战军兴，编辑工作和出版工作受阻，1941年全书脱稿，1948年4月面世。参见黎锦熙：《序一》，中国大辞典编纂处编：《国语辞典》第1册，上海：商务印书馆，1937年，第14、20页；牛文青：《跋》，中国大辞典编纂处编：《国语辞典》第4册，上海：商务印书馆，1948年，第2页。因而，该书相关词条的解释可以代表20世纪二三十年代国内知识界的主流看法。

②　参见《俄侨文学四人谈》，[俄]弗·阿格诺索夫著，刘文飞、陈方译：《俄罗斯侨民文学史》，北京：人民文学出版社，2004年，第727页。原载《俄罗斯文艺》2003年第1期。

③　汉文：《俄罗斯民族之性质》，《俄罗斯研究》第2卷第3号，1931年3月25日。

④　参见邢墨卿编：《新名词辞典》，上海：新生命书局，1934年，第37页。

⑤　参见靳以：《哈尔滨》，中学生社编：《都市的风光》，上海：开明书店，1935年，第88页。

⑥　参见汉文：《俄罗斯民族之性质》，《俄罗斯研究》第2卷第3号，1931年3月25日。

"白俄"构成了为数甚巨的流亡者群体,而非"散居的族群"。一位当代外国学者曾如此辨析两者:"作为政治流亡者的个人或家族,一般都是祖国政治斗争的一部分。他们的身份和作为某一集体成员的意识,完全是(或主要是)指向国内的。一旦政治形势发生了变化,他们就打算'回到'祖国去。"而"散居的族群"则与此不同,他们对"国内民族斗争的参与,主要是在族裔而不是民族主义话语内进行的,是为了声明他们是同一集体的成员。然而他们的命运主要是跟其居住国和孩子成长的地方,而不是跟原来的'祖国'联系在一起的……"①。

　　与白俄"流亡者"身份一体两面地存在着的是其"反苏"的政治态度。1932 年 10 月,《东方杂志》的一篇译文指出:"所谓白俄者,可分三系,第一系即苏俄建国之初,以哥萨克人为中心,起兵反抗之白俄人;第二系即上述苏俄官吏之中途叛变者;第三系则为帝政时亡命在外,二月革命后一度回俄,十月革命后再渡亡命之社会主义者。"② 不过,具体到中国语境而言,这一群体的构成似乎更为复杂。在 1924 年 5 月签订的《中俄解决悬案大纲协定》"声明书"中,中国政府应俄方要求特别声明:"当将现在本国军警机关任用之前俄帝国人民,停止职务,因恐此项人民之存留与其动作,危及苏联国家之安全。"③ 此处所言的"前俄帝国人民"就是指"白俄",而且这一概念的外延不仅包括"十月革命"后的流亡者,还包括此

---

① 参见［美］伊瓦－戴维斯:《性别和民族的理论》,陈顺馨、戴锦华选编,秦立彦译:《妇女、民族与女性主义》,北京:中央编译出版社,2004 年,第 28—29 页。
② 三立译:《散布全世界的白俄》,《东方杂志》第 29 卷第 4 号,1932 年 10 月 16 日。按,引文中将"再度"讹写为"再渡"。
③《外部公布中俄协定全案》,《申报》1924 年 6 月 3 日,第 7 版。

前就已生活在中国的老俄侨。事实上，在《中俄解决悬案大纲协定》签订之后，所有在华的非苏联国籍的俄侨必须做出国籍上的抉择。1925 年 4 月 9 日，苏联控制下的中东铁路管理局发布第 94 号局长令，停止聘用中、苏两国国籍以外的俄侨员工，将"入籍"的选择直接与俄侨的生存状况挂钩。此举成功地迫使很多俄侨加入苏联国籍，但实际上他们并无苏联认同，成了"'粉红色人'——表皮是红的而里面是白的"①。

　　在此情况下，在华俄侨的真实身份一度非常复杂，根据 20 世纪 30 年代初一位外国学者的研究，当时的在华俄侨可分为五种人："（一）纯粹白俄或在中国政府保护下之政治犯；（二）领有苏俄公民注册证而候复籍者；（三）领有中国公民注册证而候归化者；（四）完全为苏俄公民者；（五）完全归化中国者。"②此处所言的"纯粹白俄"是指既拒绝加入苏联国籍，又不愿意申请中国国籍的"无国籍者"。事实上，在 20 世纪 20 年代末至 20 世纪 30 年代初的中国，"无国籍者"几乎是指称白俄的专有名词，不仅国民政府在行政和法律层面将白俄作为"无国籍者"对待③，左翼知识精英如胡愈之等，亦认为"白俄是代表了思想反动、政治落伍的无国籍的

① 参见［美］杜夫曼著，雪壑译：《远东白俄概述》，《黑白半月刊》第 3 卷第 8 期，1935 年 4 月 30 日。
② 赵南柔、周伊武编：《东北与白俄》，南京：日本评论社，1934 年，第 10 页。
③ 比如在哈尔滨"特区警察管理处 1929 年 6 月份人口调查表"中，"无国籍人"栏目下特别标有"旧俄之无国籍者"字样。参见安瑞：《哈尔滨中外人口之今昔观》，《中东经济月刊》第 6 卷第 11 号，1930 年 11 月 15 日。另一方面，当时的中国法律亦将"白俄"归类为"无国籍人民"。参见《江苏高等法院训令第一一八六九号（转知白俄籍侨关于法律适用条例第二十及二十一条事件有所声请时适用法律办法令仰遵照由）》，《江苏高等法院公报》第 3—4 期合装，1931 年 3—4 月。

俄国人"①。

　　由此可见，认定一个俄侨是否具有"白俄"身份，既要看其出身、履历，又要看其对待苏俄（苏联）的政治态度，而后者是更为核心的标准。事实上，如何命名这些在华俄人，本就是一个充满文化政治的议题，而彼时来自不同政治和文化阵营的国人也的确给予这一"所指"包括"白俄""俄侨""无国籍人"和"罗宋人"（罗索人）在内的诸多"能指"②，而这一系列的"能指"不仅必须依靠与"赤俄"（苏俄／苏联）的"差异"才能存在，而且只能作为后者的镜像，依靠后者来定义自身。因而，本书也将以"政治态度"作为"白俄"的本质特征，并以此为核心标准，遴选和确定本书的研究对象。

二、追索"白俄叙事"的意义与方法

　　白俄的上一级概念是俄罗斯人，而在中国文学中涌现出如此众多的俄罗斯人形象，这在20世纪初几乎完全不可想象。作为除了日本之外的另一个帝国主义强邻，疯狂扩张的沙俄是中国近代史上最为贪婪的侵略者。然而，由于地理和文化的原因，在"十月革命"之前，中国人对俄罗斯了解甚少，更谈不上东渡扶桑、以日为师那样的留学热潮。对此，1920年中期曾留学于莫斯科中山大学的盛岳在回忆录中抱怨道："中俄有几千公里长的边界线，两国间的关系一直很紧张。然而，只有少数几个中国人去研究俄国与俄语。"同时，他还对缺乏必备的俄语学习资料感到"愤慨"，称其

① 参见伏生（胡愈之）：《白俄》，《生活周刊》第7卷第36期，1932年9月10日。
② 参见乃令：《罗宋人》，《申报》1934年7月2日，第18版；钱杏邨：《那个罗索的女人》，《新流月报》第1卷第2期，1929年4月1日。

在 1925 年到达莫斯科时，"连一本汉俄词典也找不到，因而不得不从东京买俄日词典"①。正因如此，当 1920 年秋赴俄采访途中的瞿秋白经停哈尔滨时，竟为此地"半欧化的俄国文明"所骇怪，惊呼"原来'西洋人'也有这样的"②。同样，1921 年的沈泽民还在翻译美国学者的文章，试图通过俄国文学来认识俄国的国民性③。而除了以索菲亚为代表的俄国虚无党英雄以外④，我们在近代以降的中国文学中几乎难觅俄国人的身影⑤。那么为何在 1928 年到 1937 年这十年间，俄国人竟成了中国作家笔下的常客？

由此我们不得不追问的是，白俄这一主题何以会抓住彼时众

---

① 参见［美］盛岳著，奚博铨、丁则勤译：《莫斯科中山大学和中国革命》，北京：现代史料编刊社，1980 年，第 65 页。按，中国首部汉俄字典是程耀臣编纂的《华俄合璧商务大字典》，1917 年由哈尔滨广吉印书馆出版。参见阎国栋：《程耀臣与国人所编首部俄文词典》，《福建师范大学学报》（哲学社会科学版）2009 年第 2 期。而中国首部汉英字典则是邝其照编纂的《字典集成》，1868 年在香港中华印务总局出版，比《华俄合璧商务大字典》早了将近半个世纪。参见郑建军：《浙江镇海发现最早由国人编写的英汉词典》，《辞书研究》2006 年第 2 期。

② 瞿秋白：《新俄国游记》，上海：商务印书馆，1922 年，第 48 页。

③ 参见泽民译：《俄国文学内所见的俄国国民性》，《东方杂志》第 18 卷第 8 号，1921 年 4 月 25 日。

④ 清末民初，作为新女性的典范，索菲亚出现在《孽海花》《东欧女豪杰》等文本中。相关研究可参见胡缨著，龙瑜宬、彭姗姗译：《翻译的传说——中国新女性的形成（1898—1918）》，南京：江苏人民出版社，2009 年，第 125—171 页。另按，20 世纪二三十年代，作为索菲亚精神的流延，巴金的《复仇》《哑了的三角琴》以及聂绀弩的《玛丽亚娜的逃亡》等作品也塑造了虚无党人形象。

⑤ 就笔者视野所及，在 1929 年以前的中国文学中，普通俄国人的形象非常少见。其中，冰心在 1923 年的赴美旅行中用人道主义的笔调描绘了一群"约克逊"号上的白俄难民，这应该是较为少见的例子之一。参见冰心：《寄小读者·通讯十八》，《冰心散文集》，上海：北新书局，1932 年，第 225—227 页。

多中国作家的想象力,并促使他们创造出如此丰富多彩的白俄叙事?在通常的学术研究分类中,中国作家的白俄书写应该属于比较文学形象学范畴,并可能因此被命名为"白俄形象"。所谓比较文学形象学是指"对一部作品、一种文学中异国形象的研究"[①]。对此需要厘清两点:第一,此处的"形象"并非仅限于文艺学意义上的人物形象,而是包括人物、风物、景物等各种异国叙事在内,是"在文学化,同时也是社会化的过程中所得到的关于异国看法的总和"[②];第二,这一研究的"主要困难在于找到'想象他者'时特有的规律、原则和惯例"[③]。由此可见,这一研究有三个本质特征:一是"涉外",二是"建构",三是"总体性"。换言之,它所关注的是异国形象的建构过程及其总体性规律。

本书以比较文学形象学作为研究方法之一,即将白俄视为一种异国形象。但需要强调的是,白俄是一种独特的异国形象。第一,作为特定的社会历史存在,白俄负载着独特的政治、社会和文化意涵,它是沙俄、"十月革命"以及苏联和西方的生动镜像(详后),因而构成了一种特殊的异国形象。换言之,我们不能把在中国现代文学中特定时段出现的白俄形象与作为常态书写的俄国人、日本人等外国人形象等量齐观。与之密切相关的第二点则是,作为特殊的俄国人,白俄的本质特征主要不在于"涉外",而在于"流亡",准确地说,他们是已经融入中国人日常生活的外国流亡

① 参见[法]达尼埃尔 - 亨利·巴柔:《从文学形象到集体想象物》,孟华主编,孟华译:《比较文学形象学》,北京:北京大学出版社,2001年,第118页。
② 参见[法]达尼埃尔 - 亨利·巴柔:《从文学形象到集体想象物》,孟华主编,孟华译:《比较文学形象学》,第120页。
③ 参见[法]让 - 马克·莫哈:《试论文学形象学的研究史及方法论》,孟华主编,孟华译:《比较文学形象学》,第24页。

者群体。作为流落异国的"白种穷人"，白俄身上少了几许欧美人常见的民族优越感，因而，中国作家笔下的白俄形象也就少了一些形象学研究中常见的乌托邦化的"文化空想主义"①。第三，倘若就中国现代文学中有关外国人形象建构的具体文本而言，或许不无作家与其笔下异国形象原型有密切接触的例子，但就整体而言，很少有白俄这般大规模地、集中地走进作家日常生活的形象原型。因而，中国作家与作为生活事实的白俄之间，不仅是一种化约的主客对立的认识（cognition）关系，而是在一定程度上共同缔造了一种直接接触的联结关系。对于某些中国作家而言，白俄是一个不乏异国之奇但已颇为日常化的生动个体，他们对待白俄相对少了一些中外对立的骇怪眼光，而多了几分"自然态度"（natural attitude）②。因而，通俗地讲，白俄不仅是"涉外"的问题，更是"对内"的问题，既是"总体性"的形象识别机制问题，也是需要被优先解释的"个体性"的形象特质问题。

　　按照法国比较文学形象学家巴柔的说法，异国形象是"社会集体想象物"的一种特殊表现形态——"对他者的描述（représentation）"，因而它们"都源自一种自我意识"，其所揭示的也恰是制作这一想象物的个人或群体所"置身于其间的文化的和意识形态的空间"③。这一论断正确地指出了异国形象生产的自我指涉性，不过

---

① 参见［法］让－马克·莫哈：《文化上的对话还是误解》，乐黛云、张辉主编：《文化传递与文学形象》，北京：北京大学出版社，1999年，第244页。

② "自然态度"即指"自在"，展现了"自然本身固有的联系"，海德格尔在《存在与时间》第一章第三节"存在问题在存在论上的优先地位"中讨论了这个问题。参见［德］海德格尔著，陈嘉映、王节庆译：《存在与时间》（修订译本），北京：生活·读书·新知三联书店，2006年第3版，第10—14页。

③ 参见［法］达尼埃尔－亨利·巴柔：《从文化想象到集体想象物》，孟华主编，孟华译：《比较文学形象学》，第121页。

本书更为关注的是,这种自我指涉性如何融入中国现代文学乃至中国现代思想史的视域,也就是说,这一白俄书写不仅有着比较文学形象学的维度,更是有着中国现代文学的脉络,浸透着作家独特的中国问题关切。萨义德在分析西方小说中的帝国叙事时曾经指出,"必须把一个叙述的结构和它从中汲取支持的思想观念和历史联系起来"①,而本书之所以采用"白俄叙事"的提法,正是旨在发掘这一白俄书写在中国历史和文化语境中的独特建构过程。考辨起来,所谓叙事(narrative),"就是指散文体或诗体的故事,其内容包括事件、人物及人物的言行"②。因此,当我们说白俄是个"故事"的时候,这一研究的关键就不仅在于追问和确证中国文学中的"白俄"形象是否"真实"反映了这一群体的生存境遇与思想特质,而是要在此基础上继续探寻:这些"白俄"形象如何在一种对于他者的想象中生成,其生产的过程又是怎样参与形塑了中国作家的文学与思想视域,进而将白俄这样一个"涉外"的形象转化为想象中国未来路向的思想抓手。

　　萨义德有关"对位法阅读"③的见解提醒我们,如果说中国现代文学中的白俄叙事是一个在独特的中国语境中所完成的他者想象,那么要有效识别这一想象的机制,必须将其置入一个更大的、差异性的话语结构。从共时性的角度看,这一话语结构至少还应包括在华白俄的自我言说,以及其他国家作家的在华白俄叙事。如所周知,20世纪的俄侨文学是彼时俄罗斯文学的重要组成部分,

---

① [美]爱德华・W.萨义德著,李琨译:《文化与帝国主义》,北京:生活・读书・新知三联书店,2003年,第91页。

② [美]M. H.艾布拉姆斯著,吴松江等编译:《文学术语词典》(第7版),北京:北京大学出版社,2009年,第347页。

③ 参见[美]爱德华・W.萨义德著,李琨译:《文化与帝国主义》,第89页。

而在世界俄侨文学的版图中，中国俄侨文学具有极高的地位。曾
有论者指出，"在哈尔滨的俄侨诗人中，至少有三位是一流的，他
们可以被写进任何一部俄罗斯文学史，他们的作品可以被列入任
何一部二十世纪俄语诗歌选集，他们就是：涅斯梅洛夫、佩列列申
和阿恰伊尔"①。让人惊喜的是，涅斯梅洛夫等俄侨作家留下了很
多思考白俄命运的作品，有的文本更是在主题或题材上与中国作
家的白俄叙事接近，构成了可以"平行比较"的案例。此外，近代
以来的上海成为日本知识人眼中一个巨大的他者，并由此促进了
日本"近代"序幕的揭开②。而在这些众多的上海叙事中，横光利
一的《上海故事》无疑是最重要的一部。在小说的一开篇，迎接主
人公参木的就是外滩江边长椅上的一群俄国妓女，而在此后的叙
述中，以白俄妓女奥尔加为代表的"白俄叙事"一直是构成横光利
一的日本想象与世界图景的重要参照系。再者，当时的报章杂志
上留下了若干欧美作家的中国游记，其中不乏对白俄的细致书写。
本书将积极引入上述俄侨及外国作家的白俄叙事，试图在与"他
者"视线的交错中，更为全面和深入地理解中国现代文学中的白俄
叙事。

---

① 《俄侨文学四人谈》，［俄］弗·阿格诺索夫著，刘文飞、陈方译：《俄罗斯侨
民文学史》，第 724 页。原载《俄罗斯文艺》2003 年第 1 期。按，比之于占
据主流的欧洲俄侨文学，由于地理的隔绝，当时的中国俄侨文学只是被忽视
的"沉默"的"外省"。参见李萌：《缺失的一环——在华俄国侨民文学》，北
京：北京大学出版社，2007 年，第 2 页。而因为民族、语言和文化等方面的
隔阂，中国俄侨文学也基本没有进入彼时中国作家的视野，这其中唯一的例
外可能来自高长虹。他在访欧前曾在哈尔滨逗留，并与著名俄侨作家涅斯
梅洛夫结识，相互翻译对方诗作。参见曾一智：《城与人——哈尔滨故事》，
哈尔滨：黑龙江人民出版社，2003 年，第 446 页。
② 参见刘建辉著，甘慧杰译：《魔都上海——日本知识人的"近代体验"》，上
海：上海古籍出版社，2003 年，第 118 页。

三、时间框架及学术史回顾

　　本书以 1928 年至 1937 年为时间框架，聚焦于这十年间中国现代文学的白俄叙事。不过考虑到出版时间的滞后性，极少数创作于这一时段但付梓于其后的作品也被纳入讨论；同时，为了更好地呈现这一文学叙事的谱系，个别 20 世纪 20 年代初问世的文本也在回溯之列。之所以选定这一时段，一是出于对研究对象本身考察的需要，中国现代文学中的白俄叙事正是在这一时段集中出现；而另一个更重要的原因则在于这一时段所具有的独特的历史和文化内涵。1927 年至 1937 年间正是国民党在形式上统一中国，进而逐步确立蒋介石政权独裁统治的时期，它构成了西方学者所言的 20 世纪中国的第二次革命[①]。尽管在中国大陆的历史叙述中，这一时段的起点恰被命名为"大革命的失败"，也就是说从 1927 年 8 月的"南昌起义"开始，蒋介石及其所代表的国民政府开始成为中国共产党的革命对象，而就中国现代思想史而言，这一时段承接了以民主和科学为主题的"五四"精神遗产，经历了以反帝为核心的"五卅运动"的洗礼，并且展开了有关中国道路选择的激烈争辩，不仅出现了不同的革命想象，更是出现了不同的革命实践。另就中国现代文学史而言，按照钱理群等人的分析，以 1928 年初太阳社的《太阳月刊》、创造社的《文化批判》以及随后以徐志摩、胡适、梁实秋为核心的《新月》月刊的先后创刊为标志，中国现代文学进入了以"无产阶级文学与民主主义、自由主义文学的各自发

---

① 参见［美］魏斐德著，章红等译：《上海警察，1927—1937》，上海：上海古籍出版社，2004 年，"序言"第 1 页。

展、演变"为基本线索的"第二个十年"①。其实,如果回到文学现场,在这两条线索之外还有第三条线索,那就是国民党主导的"民族主义文学"的兴起及其与无产阶级文学的斗争。而即便是"民族主义文学"的激烈批评者,也不得不承认"这一组织依靠着领取的雄厚的财力和政治力量的扶持,在表面压抑了左翼文艺运动的情势之下,曾经展开一回形式上呈显着很热闹的场面"②。因而,所谓"30年代文学"在逻辑上就是指1928年至1937年这一时段,也正是这一风云际会、众声喧哗的历史时段构成了白俄叙事的生动背景。

　　作为俄罗斯民族史乃至现代史上的重要事件,以及中国现代史上的重要现象,在华白俄(俄侨)问题得到了俄中两国学者共同的关注,他们各自在俄侨史、俄侨文学等领域展开了深入研究,相继取得了一些有价值的研究成果,并且双方还有非常密切的合作。仅就笔者目力所及,在俄国方面,俄国著名学者、俄罗斯科学院院士弗·阿格诺索夫的《俄罗斯侨民文学史》是一部代表性著作。该书全面探讨了俄国侨民文学的发生发展,将其放置于俄罗斯文学传统之中加以定位,并将在华俄侨文学列为重要的研究对象,为读者呈现了完整而丰富的俄侨文学景观。而该书的哈尔滨俄侨文学部分就是由中国学者李英男所完成,她还创造性地提出了俄侨文学的"中国声调"问题。在中国方面,汪之成的《上海俄侨史》无疑是开山之作。该书在占有大量原始史料的基础上,对上海俄侨的总体状况、社会地位、日常生活、文化空间等诸多问题做了全景

---

① 参见钱理群等:《中国现代文学三十年》,上海:上海文艺出版社,1987年,第201—203页。

② 参见钱杏邨:《一九三一年中国文坛的回顾》,《北斗》第2卷第1期,1932年1月20日。

式研究,总结出上海俄侨群体的基本特征①。此后,李兴耕等人合著的《风雨浮萍——俄国侨民在中国(1919—1945)》②,以及石方等人合著的《哈尔滨俄侨史》是这一领域的重要著作③,前者对中国俄侨群体的生存状况做了整体扫描,而后者则细致梳理了哈尔滨俄侨的历史脉络,并着重发掘了俄侨与这座城市的深刻关联。除此之外,曾一智的《城与人——哈尔滨故事》一书留住了哈尔滨的俄国记忆,书中所述大多为作者亲历,让人读之动情④。

　　虽然并非以中国俄侨为研究对象,但是张建华的《俄国知识分子思想史导论》仍不失为中国俄侨研究领域的重要著作⑤。该书使用了大量俄文文献,深入研究了包括俄侨知识分子在内的俄国知识分子的思想特质,在有关俄侨文学与文化的诸多问题上多有创见。可喜的是,中国学者在在华俄侨文学研究领域保持了世界级水准。除了前述李英男对于哈尔滨俄侨文学的研究,另一位中国学者李萌追索在华俄侨文学问题十余载,在《缺失的一环——在华俄国侨民文学》一书中,她对两位最重要的在华俄侨作家——涅斯梅洛夫、佩列列申做了开创性的深入研究,并且在作家生平、原作考辨等基础性工作上用力尤多,为学界清理和搭建了扎实而宽广的研究地基⑥。

　　上述的研究成果,无疑为我们重建中国现代白俄叙事生成与

① 汪之成:《上海俄侨史》,上海:生活·读书·新知三联书店上海分店,1993年。
② 李兴耕等:《风雨浮萍——俄国侨民在中国(1917—1945)》,北京:中央编译出版社,1997年。
③ 石方、刘爽、高凌:《哈尔滨俄侨史》,哈尔滨:黑龙江人民出版社,2003年。
④ 曾一智:《城与人——哈尔滨故事》,哈尔滨:黑龙江人民出版社,2003年。
⑤ 张建华:《俄国知识分子思想史导论》,北京:商务印书馆,2008年。
⑥ 李萌:《缺失的一环——在华俄国侨民文学》,北京:北京大学出版社,2007年。

流变的历史语境提供了重要的依据。然而在此基础上，笔者恰要完成一个"反向"的探究，即在华白俄作为一个独特的"内部他者"如何被中国作家叙述，这一叙述又给中国现代文学带来怎样的变化。截至目前，尚未得见国内外学界对此白俄叙事的考论，遑论系统性的研究。尽管如此，笔者仍要向钱振纲的《论黄震遐创作的基本思想特征》和金钢的《现代东北文学中的俄罗斯人形象》两文致谢，二者为本书研究对象的发掘提供了直接的线索①。

---

① 钱振纲：《论黄震遐创作的基本思想特征》，《中国文学研究》2002 年第 3 期；金钢：《现代东北文学中的俄罗斯人形象》，《求是学刊》2009 年第 4 期。

第一章　历史

曾有当代中国学者指出,20 世纪有两个俄罗斯,一个是以苏联政权为代表的苏维埃红色俄罗斯,侨民们称之为"国内俄罗斯";另一个就是由 200 多万流亡海外的俄罗斯侨民所组成的白色俄罗斯,侨民们称之为"国外俄罗斯"。正是这一始于 1917 年的规模空前的流亡造成了自 15 世纪初俄罗斯统一之后第一次严重的国家分裂和民族分裂①,也正是在这一时期,"出现了'俄罗斯侨民界'(Российское Зарубежье)的概念"②。另据彼时国际联盟的不完全统计,仅在 20 世纪 20 年代末,白俄总数已在 150 万人以上,以地域视之,欧洲最多,其中又以法国居首,计 40 余万;在远东则以中国人数最多,大约 7 万 6 千人,分布在哈尔滨、上海、汉口、北平、新疆各处,人数尤以哈沪两地为最③。

---

① 参见张建华:《俄国知识分子思想史导论》,第 525 页。
② 参见[俄]弗·阿格诺索夫著,刘文飞、陈方译:《俄罗斯侨民文学史》,第 2—3 页。
③ 参见文宙:《十年流浪的白俄状况》,《东方杂志》第 25 卷第 1 号,1928 年 1 月 10 日。另据 1929 年南京外交界的调查,当时在华白俄人数总计 95,672 人。参见《白俄侨华总数调查》,《申报》1929 年 7 月 29 日,第 7 版。

一、哈尔滨与上海：在华白俄的"双城记"

　　"十月革命"后，特别是在 1922 年 10 月最后一个反苏维埃政权——阿穆尔地区临时政府垮台后，大批由白军残部和难民组成的白俄沿着中东铁路（旧称"东清铁路"，简称"中东路"）逃往哈尔滨。而有趣的是，哈尔滨这座城市本身就是因为中东路的建设而兴起，"盖哈埠之特殊风格，完全由中东路造成"①，这里的俄侨也大多依托中东铁路为生，他们享受着中东铁路管理局提供的优厚待遇，过着悠闲富裕的生活②。建城伊始，哈尔滨就是一个非常俄国化的城市，有"东方的彼得堡"之称。这不仅是因为这个城市有着和彼得堡一样的街道名称，如花园街、第一道街、第二道街和大马路，还因为二者"有着同样规模的文化生活"③。据统计，1916 年至1931 年间黑龙江共有报刊 269 种，其中俄文报刊为 164 种，占总数的 61% 以上，而这些俄文报刊集中出现是在 20 世纪 20 年代，"这个时期由于大量白俄逃亡者麇集在中东铁路的中心哈尔滨，俄国各种政治团体、宗教团体、学生团体和私人纷纷出版期刊"④。

　　然而，大批流亡而来的白俄也破坏了这个城市安闲的生活秩

---

① 参见丁宁：《哈尔滨之将来》，《黑白半月刊》第 2 卷第 8 期，1934 年 10 月 30 日。
② 在 1935 年春伪满洲国收买并改组中东铁路之前，中东铁路管理局员工的待遇一直非常优渥，据当时的媒体披露，该局员工享有免费公房、免费燃料，每日办公时间只有 6 小时，夏季则仅有 3 小时，工作清闲而月薪则在国有路局同级职员的 3 至 5 倍以上。参见黎：《中东路路员之今昔》，《汗血周刊》第 6 卷第 6 期，1936 年 2 月 9 日。
③ 参见［俄］弗·阿格诺索夫著，刘文飞、陈方译：《俄罗斯侨民文学史》，第 61 页。
④ 参见黑龙江省地方志编纂委员会编：《黑龙江省志》第 52 卷，哈尔滨：黑龙江人民出版社，1996 年，第 165—166 页。

序。20 世纪 20 年代初,走在"到处堆着尿粪"的马路上,瞿秋白认为这座城市"可怜的很,——已经大不如天津上海"①。尽管如此,还是有越来越多的白俄逐渐融入了这座城市,并获得了其流亡生涯中弥足珍贵的归宿感。1930 年 7 月,一篇研究哈尔滨经济的文章特意强调:"惟多数俄人均认哈埠为乡关故国,不思归国者实繁有徒。"② 更有哈埠俄侨女诗人留下这样的深情告白:"我,会对任何人都公开说 / 这个可爱的城市征服了我 / 这个曾经收容了我的国家 / 她已经成为我的第二祖国。"③ 1924 年《东陲商报》的一则报道援引"东省特别区"警方所调查的数据指出,当时哈埠总人口为123,871 人,其中华人61,515 人,俄人50,140 人 ④。另据《露亚时报》1926 年所载的《哈市人口一览表》的统计,1922 年定居于此的俄侨(包括白俄在内)多达 15.5 万人,而当时中国居民的总数不过18 万人 ⑤。而 1932 年 7 月则有北平的媒体文章估计,哈尔滨白俄

---

① 瞿秋白:《新俄国游记》,第 66 页。

② 宇存:《哈尔滨经济界之调查》,《中东经济月刊》第 6 卷第 7 号,1930 年 7 月 15 日。

③ [俄]叶列娜·达丽:《献给第二祖国》,李延龄主编,李延龄、乌兰汉译:《松花江畔紫丁香》,哈尔滨:北方文艺出版社、黑龙江教育出版社,2002 年,第115 页。

④ 参见《特警调查中外户口数》,《东陲商报》1924 年 10 月 3 日,第 6 版。另据哈尔滨"特区警察管理处 1929 年 6 月份人口调查表"显示,彼时哈埠"中国人"为 97,776 人,"苏联人"为 26,759 人,而"旧俄之无国籍者"即白俄为 30,362 人。参见安瑞:《哈尔滨人口之今昔观》,《中东经济月刊》第6 卷第 11 号,1930 年 11 月 15 日。如果考虑到 4000 余名迫于生计而加入苏联国籍,但言行与白俄无异的"外红内白之萝卜党",那么白俄的数量远超苏侨。参见王正雄编:《东北的社会组织》,上海:中华书局,1932 年,第100—101 页。

⑤ 参见曾一智:《城与人——哈尔滨故事》,第 293 页。

在全盛时期的人数可达 20 万,仅次于法国(40 万)[①]。

　　1927 年末,年轻的诗人冯至"北游"至此,并留下了这样的哈尔滨印象:"听那怪兽般的摩托 / 在长街短道上肆意地驰跑 / 瘦马拉着破烂的车 / 高伸着脖子嗷嗷地呼叫 / 苏俄,白俄,乌克兰 / 犹太的银行,希腊的酒馆 / 日本的浪人 / 高丽的妓院 / 都聚在这不东不西的地方 / 吐露出十二分的心足意满。"[②] "骤然从温暖的地带走入荒凉的区域",冯至眼中的哈尔滨难免有些古怪 [③],不过,正是那略显古怪的俄国情调——《cofé》中咖啡馆里的露西亚乐曲,《礼拜堂》中教堂前拉着小提琴的白俄乞丐,《序》中作者踏着"双十节"的飞雪走进的俄国书店,抚慰了诗人的乡愁和忧思,激起了诗人叩问生存意义的诗情。比起冯至的古怪之感,萧军对哈尔滨这座为其开启文学和爱情之门的城市感到分外亲切,而这座城市的俄国元素也已积淀为他人生成长的钙质 [④]。1934 年 12 月 19 日下午,他就是穿着"黑白格绒布俄国哥萨克农民式长身立领掩襟的大衬衫",带着绣有 "Hидога" 俄文字样的围巾,以一身俄国风格第一次出席了鲁迅的宴会 [⑤]。而在此前寄给鲁迅的照片中,萧军"穿了一件俄国'高加索'式绣花的亚麻布衬衫,腰间束了一条暗绿色带有穗头的带子,这是当时哈尔滨青年们流行的装束"[⑥]。

---

① 参见《远东之白俄》(上),《北平晨报》1932 年 7 月 19 日,第 3 版。

② 冯至:《北游及其他》,北平 : 沉钟社,1929 年,第 44 页。

③ 参见冯至 :《〈北游及其他〉序》,第 5 页。

④ 晚年萧军曾撰文指出,自己成长在中俄文化密切交融的东北,深受俄国文化影响。参见萧军 :《从一首诗说起》,温佩筠 :《零露集》,长春 :吉林人民出版社,1984 年,"序言"第 5 页。

⑤ 参见萧军 :《萧红书简辑存注释录·第十四信》,《萧军全集》第 9 卷,北京 :华夏出版社,2008 年,第 239 页。

⑥ 参见萧军 :《萧红书简辑存注释录·第二信》,《萧军全集》第 9 卷,第 22 页。

1931 年 8 月末,前往欧洲旅行的朱自清路过哈尔滨。"这至少是个有趣的地方",这位知名文学家和清华大学教授最为欣赏的就是这座城市和谐自然的俄国风格,"这里的外国人不像上海的英美人在中国人之上,可是也并不如有些人所想,在中国人之下",满大街的俄国人各行各业都有,"流品很杂",而这样"倒能和中国人混在一起,没有什么隔阂了",尽管这可能是因为白俄穷无所归,才得如此,"但这现象比上海沈阳等中外杂居的地方使人舒服多了"。在这座"纯粹不是中国味儿的城市"里,朱自清坐着俄国司机"开得'磅'极了"的出租汽车浏览街景,吃便宜的"俄国大菜",而最让他感到亲切的,还是街头普通中国人自然而然的"俄国话"和"外国规矩"①。

不过,就生活状况而言,20 世纪 20 年代末的白俄其实已经失去了冯至所言的"心足意满"的归宿感。随着苏维埃俄国的逐步稳固,北洋政府改变了对于帝俄的态度。1920 年 9 月,北洋政府以俄国"统一民意政府迄未组成,中俄两国正式邦交暂难恢复,该国原有驻华使领等官已失其代表国家之资格"为由,宣布取消帝俄使节的待遇②。同年 10 月,北洋政府颁行了《决定管理俄侨办法之通令》,取消俄侨的领事裁判权,转而按照中国法律管理③。对于普通在华白俄而言,更为切要的问题则是,根据中苏两国随后达成的协议,中东路只能雇佣中国或苏联国籍员工,因而大批无国籍白俄遭到解雇。正如时人所论,"俄人之住哈尔滨者,其生活根据,什九为与中东路有直接间接之关系也"④,很多白俄因此生计无着,处境

---

① 参见朱自清:《西行通讯(一)》,《中学生》第 21 期,1932 年 1 月。

② 参见《九月二十三日大总统令》,《申报》1920 年 9 月 25 日,第 4 版。

③ 参见《决定管理俄侨办法之通令》,《申报》1920 年 10 月 29 日,第 10 版。

④ 晓东:《外人在哈尔滨之经济势力》,《中东经济月刊》第 6 卷第 6 号,1930 年 6 月 15 日。

艰难①；再加上 1929 年中苏边境军事冲突和世界经济危机等因素的影响，哈埠白俄的处境每况愈下，失业率高达 30%，很多人不得不迁往南美或上海等地。而"暴日入寇东北"，更是加剧了这一外流的趋势，"哈尔滨在住白俄，减至全盛期半数以上"，仅为 62,000 人②。"自从日本人将哈尔滨的一切独自霸占之后，俄罗斯人在这里开业挣钱的时代就不复存在了"，根据一位德国记者的观察，1935 年 4 月苏联当局将中东路"出售"给伪满洲国，由此产生的连锁反应就是"成千上万的白俄人，诸如店主、鞋匠、手工业者等一下子都失了业。以前，他们的生活来源靠的就是那些在这里工作、收入不菲的苏联铁路职员"③。

　　上海是白俄在中国的另一大聚居地。不过，与有着长久俄侨历史的哈尔滨不同，"十月革命"之前上海的俄侨极少，1876 年 10 月 18 日的《申报》援引公共租界的统计，彼时此地仅有俄侨 4 人④。另据来自《东方杂志》的资料，1915 年在上海公共租界与法租界的俄侨总数不过 402 人⑤。因此，上海的俄侨绝大部分是在 1918 年、1922 年两次自俄国逃亡来的白俄，以及 20 世纪 20 年代末自哈尔滨等地迁移来的白俄。迄今为止，尚没有居沪白俄的准确数字，1929 年末有上海媒体的文章估计，彼时该埠白俄人数

---

① 参见冘：《哈尔滨俄侨之困难》，《申报》1924 年 10 月 16 日，第 5 版。

② 参见《远东之白俄》（上），《北平晨报》1932 年 7 月 19 日，第 3 版。

③ 参见［德］柯德士著，王迎宪译：《最后的帝国：沉睡与惊醒的"满洲国"》，沈阳：辽宁人民出版社，2013 年，第 35 页。

④ 参见《旧报新抄·六十年前之旧闻·六十年前上海的外侨》，《申报每周增刊》第 1 卷第 41 期，1936 年 10 月 18 日。

⑤ 参见《内外时报：上海公共租界与法租界所寓各国侨民总数（一九一五年）》，《东方杂志》第 13 卷第 3 号，1916 年 3 月 10 日。转引自汪之成：《上海俄侨史》，第 12 页。按，《东方杂志》原文计算有误，写作 408 人。

接近 15,000 人 ①。另据汪之成的研究,综合来自上海特别市公安局、法租界、公共租界以及苏联驻沪领事馆的苏侨数据,1934 年上海常住白俄人数大约为 16,000 人,但若考虑到流动的白俄,这一数字在 1936 年可能超过 21,000 人 ②。彼时也有媒体文章认为,20 世纪 20 年代末,上海白俄人数就已经增长到了 20,000 至 30,000 之间,与捷克和南斯拉夫的白俄人数相当 ③。因为在沪的苏联人极少,所以上海人常以"俄人""俄侨"来指称白俄,用上海话来讲就是"罗宋人" ④。

　　在白俄站稳脚跟的 20 世纪 30 年代以前,他们留给上海居民的形象基本上是"难民"。1922 年末,随着大批白俄乘军舰自海参崴抵沪,当时的《申报》密集报道了这些"白俄难民"的苦况,并呼吁上海各界人士出于"人道主义"精神而"拯济之" ⑤。在沪欧美人士还曾特别组建了"救济俄难民顾问委员会" ⑥,根据该委员会致国际联盟的函电,当时"上海全境之俄难民,不下七千人,其中三千人可称毫无生计,余则亦只能暂时糊口耳" ⑦。到了 1923 年秋,上海市民又多了一项博彩游戏,即由"资遣俄难民国际委员会"主持的

---

① 1929 年底,《申报》转引《大晚报》消息,认为目前在沪俄侨共达 15,000 人,除"赤俄约近四百名外,余皆无国籍之白俄"。参见《白俄来沪日众》,《申报》1929 年 12 月 8 日,第 16 版。

② 参见汪之成:《上海俄侨史》,第 80—82 页。

③ 参见《远东之白俄》(上),《北平晨报》1932 年 7 月 19 日,第 3 版。

④ 1934 年《申报》的一篇文章曾经写道:"这些罗宋人,也有人喊他们为白俄的。"参见乃令:《罗宋人》,《申报》1934 年 7 月 2 日,第 18 版。

⑤ 参见豫:《俄难民之善后》,《申报》1922 年 12 月 11 日,第 14 版。

⑥ 参见《救济俄难民委员会开会纪》,《申报》1923 年 7 月 11 日,第 13 版。

⑦ 参见《救济俄难民委员会函报现状》,《申报》1923 年 8 月 31 日,第 14 版。

"资遣俄难民发行奖券"①。作为区别于欧美白人的难民，白俄没有国籍，没有领事裁判特权，又缺乏经济基础，且为生存所迫，时有不良行为发生，因此社会地位低下，一度被上海租界当局及其他国家较为富裕的侨民视为有损西方人声誉的"白种穷人"，成为租界中备受歧视的"二等公民"，甚至是位居中国人之后的"三等公民"②。根据时人记载，白俄当中的男性，"除了一部分充作要人闻人保镖外，大多数都经营小商店，霞飞路上俄国式的理发店、咖啡店、杂货店、小卖店，都是此辈开设，低一级的，或徘徊街头贩卖毡毯布匹，或在路隅，替人揩拭皮鞋和出卖除渍油膏的也很多。女性的，不外充作按摩院的摩女，舞场中的舞女，以及咸肉庄上的活肉。还有真正穷无所归的，也有流为钉巴的乞丐了"③。

　　不同于身在哈尔滨的归宿感，白俄在上海并没有根基和认同，他们是名副其实的流浪者。而对上海人而言，这些突如其来的白俄不仅是受人歧视的难民，更是让人恐惧的陌生人。白俄群体本就良莠不齐，再加上为生活所迫，作奸犯科之事时有发生。仅以1923年为例，《申报》就至少报道了19起白俄的违法犯罪事件（尚不包括非法乞讨和酗酒闹事等治安事件），特别是其中不乏持枪杀人、持

---

① 参见《资遣俄难民发行奖券之议定》，《申报》1923年9月2日，第14版；《救济俄难民券第二期开奖》，《申报》1923年11月19日，第15版。按，该奖券正券5元，副券2元，截至1924年4月末，销售成绩并不甚佳，但也售出七成以上，售券盈余共99,493.98元，实收79,393.18元。参见《救济俄难民委员会报告》，《申报》1924年4月27日，第13版。

② 参见［英］哈莉特·萨金特著，徐有威等译：《白俄在上海》，《民国春秋》1993年第2期。

③ 参见郁慕侠：《上海鳞爪续集》，上海：上海沪报馆出版部，1935年，第67—68页。按，"钉巴"为上海方言，指跟随和纠缠行人的乞讨者。

枪抢劫、贩卖军火等严重刑事犯罪 [①]。媒体的报道显然加深了人们对白俄的恐惧,而种族、语言等方面的隔阂又进一步放大了这种恐惧。正是在这一混杂了歧视和恐惧的社会心理投射之下,我们"顺理成章"地在彼时的白俄叙事中看到了很多野兽般的白俄形象 [②]。

不过,到了20世纪20年代末,白俄的地位日益稳固,各项事业都得到长足的发展,并最终在上海站稳脚跟。直到1937年11月12日上海沦陷之前,20世纪30年代普遍被视为"上海白俄的鼎盛时期" [③],上海也因此成为白俄在中国首选的乐居之地。当时曾有外国记者感叹:"在远东出现了一个新的俄国。她的首都便是上海。" [④] 更为关键的是,与那些恪守华洋分界的欧美侨民不同,绝大多数白俄杂处华人之中,他们大多居住在诸如"蒲石路的在明坊"之类的上海新式里弄中 [⑤],其所从事的职业也大多与上海百姓密切相关。据1928年6月4日的《南中国的生活》杂志统计,仅1926年至1928年间,俄侨在霞飞路上就开设了近20家小百货店、30家服装店、10家食品店、5家大型糖果店、5家理发店,还有很多小吃店、饮食店、糕点铺、报亭、照相馆、花店等,总数达100家

---

① 在这些报道中,一则白俄在闹市街头"不问情由"无故凶殴过路华人,导致后者"血流如注"的报道可能最让上海人恐惧。参见《俄人凶殴华人之押傲》,《申报》1923年7月31日,第15版。

② 比如在《那个罗索的女人》的开篇,叙述人"我"就认为自己这些白俄街坊"好像一群野兽,蠢然无知的在蠕动着,呕吐着。"参见钱杏邨:《那个罗索的女人》,《新流月报》第1卷第2期,1929年4月1日。

③ 参见李兴耕等:《风雨浮萍——俄国侨民在中国(1917—1945)》,第120页。

④《上海——白色俄国在中国的首都》,《上海柴拉报》1934年10月13日,第5版。转引自汪之成:《上海俄侨史》,第327页。

⑤ 参见熊月之:《异质文化交织下的上海都市生活》,上海:上海辞书出版社,2008年,第51—52页。

之多。到了 1920 年末，举凡女式服装鞋帽零售、童装制作、时髦的布店与百货店、西式食品店、男士衬衫店以及咖啡馆等，几乎均由俄侨经营①。1935 年 6 月 27 日，鲁迅在写给萧军的信中特别提到，"黑面包可以不必买给我们了。近地就要开一个白俄点心铺，倘要吃，容易买到了"②。在 7 月 29 日，鲁迅在复信中再次提及此事："我们近地开了一个白俄饭店，黑面包，列巴圈，全有了。"③ 由此可见，"白俄"已然参与构筑了著名作家鲁迅的日常生活。

　　众所周知，上海这座由西方商业文化主导的典型半殖民地城市素有"崇洋媚外"的声名。"怕外人"，曾被当时的媒体归纳为上海人的"三怕"之首，按照这一漫画式的说法，上海人怕外国人"若老鼠见猫"，家有小儿啼哭，恐吓以"外国人来了"，则可止哭④。对于那些倨傲骄横的上海洋人，一位中国作家曾表达了这样的愤懑："他们态度的偏激、见解的幼稚，真使人看到就讨厌。他们总以为他们是上帝选择的儿子，他们的文化也是最优越的。他们只要一看出中国某种文化特质与他们两样，就认为这真神秘，或这真太野蛮了。"⑤ 然而，随着大批白俄日益渗透到上海人的日常生活之中，这种畸形的民间中外关系逐渐被改写。因为独特的历史境遇和生活状况，白俄身上较少欧美侨民那种民族优越感，与中国人的关系

---

① 参见马军：《霞飞路与俄侨》，政协上海市卢湾区委员会、政协上海市委员会文史资料委员会编：《上海文史资料选辑》（卢湾卷）总第 111 辑，上海市政协文史资料编辑部，2004 年，第 249 页。

② 鲁迅：《鲁迅给萧军萧红信简注释录·第三十四信》，《萧军全集》第 9 卷，第 152 页。

③ 鲁迅：《鲁迅给萧军萧红信简注释录·第三十七信》，《萧军全集》第 9 卷，第 161 页。

④ 参见紫气：《上海人之三怕》，《新上海》第 2 年第 1 期，1926 年 10 月 1 日。

⑤ 向隅：《上帝选择的儿子》，《申报·自由谈》1934 年 10 月 8 日，第 14 版。

较为平等。事实上,这些无国籍的俄国人将上海当成一个避难所,强烈地意识到自己是这个城市的一部分,甚至"往往将列强的侨民称之为 inostrantsti,在俄语中是'外国人'的意思"①。另一方面,上海市民似乎也从未将他们同高高在上的欧美洋人等量齐观。1934年6月,《良友》画报刊登了一组题为"上海租界内的国际形象"的配文图片,各主要国家的侨民都在此得到典型化展示,而这其实也体现了上海市民阶层对外侨的普遍看法。区别于英国汇丰银行、意大利邮船公司、德国大饭店等等上流社会场景,代表俄侨的是一张三分之一通栏的九个衣着暴露之舞女的合影,配图文字则作如此解说:"莫问是沙皇的宫人,还是大公爵的后裔,白俄的女儿们在上海差不多包办了半数以上的歌舞事业。"② 白俄在上海市民心中二等白人、艰难求生的"刻板印象",已经跃然纸上。

这些在上海随处可见的白俄,已经泛化为很多中国作家笔下的场景元素。海派作家叶灵凤的《初雪纪事》就是从白俄克麻夫斯基的早餐说起,这位流亡中国的前少佐住在泰昌杂货店后楼,因烧不起茶炉,每天早上都要"到老虎灶上泡一个铜板的开水送着硬面包"③。此前不久,叶灵凤还曾亲眼目睹了一场"罗宋车夫"与中国车夫的街

① 参见 [美] 瑞娜·克拉斯诺著,雷格译:《上海往事:1923—1949——犹太少女的中国岁月》,北京:五洲传播出版社,2008年,第67页。
② 陈嘉震、欧阳璞摄:《如此上海——上海租界内的国际形象》,《良友》第89期,1934年6月15日。
③ 叶灵凤:《初雪纪事》,《现代小说》1930年第3卷第4期。按,"老虎灶为出卖熟水的小商店,因为它一只煮水的灶头,形式有些像虎,故名老虎灶"。此处水价极廉,只要一个大钱即可购得一勺开水,后来涨至五个大钱一勺。参见郁慕侠:《上海鳞爪续集》,第82页。不过,老虎灶卫生状况不佳,报章上时有取缔之声,可谓非常典型的城市平民阶层消费场所。参见珆:《水炉业(即老虎灶)之亟宜取缔》,《申报·常识》1924年3月1日,第17版。按,原报误作第18版。放裔:《取缔水灶不洁之水》,《申报·常识》1924年5月22日,第17版。

头打骂，以及中国教授梁实秋的劝架，并由此写成了旨在揭露小布尔乔亚人道主义之破产的《梁实秋》一文①。而在另一位海派作家杜衡的《再亮些》中，"前但尼金将军部下的少佐底太太"及一脸落寞的"前但尼金将军部下的少佐"已经自然而然地成了小说的背景②。

　　尽管在 20 世纪 30 年代前后的北平和天津等大城市也常见白俄的身影③，与之相应，在知名作家老向 1935 年创作的短篇小说《抽水机》中就出现了一位白俄"洋鬼子"。这位深入基层的水泵安装师傅大概受聘于一家天津的公司，但却"说得一口好北平话"④。不过彼时中国最大的白俄聚居地无疑还是哈尔滨和上海，由此也就可以解释，为何彼时很多的白俄叙事都是以哈尔滨或上海为背景的"双城记"。而更为深入的问题则是，白俄在中国这种日常化的存在和多方位的出场，彻底改变了中国人与外国人（欧美白人）之间的距离感和位置感。这向下拉扯了作家们的视线，使其少了些许观察外国人时常有的仰慕与自卑，得以近距离地也较为平等地打量作为近邻或伙伴的白俄。

　　归根结底，是动荡的时代将白俄抛向了中国这个陌生的国度，而随着这一时代的终结，他们又纷纷选择了离开。"二战"之后，大部分白俄在得到苏联政府批准后回到祖国⑤，但也有很多人

---

① 叶灵凤：《梁实秋》，《现代小说》第 3 卷第 3 期，1929 年 12 月 15 日。

② 杜衡：《再亮些》，《现代》第 5 卷第 1 期，1934 年 5 月 1 日。

③ 20 世纪 30 年代，天津的白俄最多时达 6000 人以上，该埠小白楼地区更有"俄国城"之称，是本地民众喜欢光顾的商业区。参见周俊旗主编：《民国天津社会生活史》，天津：天津社会科学院出版社，2002 年，第 171—173 页。

④ 老向：《抽水机》，《论语》第 73 期，1935 年 10 月 1 日。

⑤ 有关在华白俄归国情况的研究，可参见李兴耕等：《风雨浮萍——俄国侨民在中国（1917—1945）》，第 134—135 页；汪之成：《上海俄侨史》，第 114—121 页；石方、刘爽、高凌：《哈尔滨俄侨史》，第 92—96 页。

选择继续流亡。他们中的一些人远走澳洲、南美或北美,另一些人则在国际难民组织远东局安排下,以难民身份暂住于菲律宾萨马岛(samar)①。而与当年不堪回首的流亡遭遇相比,在华白俄即将开始的回国之旅同样充满了风险和挑战,特别是对于其中的很多人而言,回归将是另一场更为漫长和痛苦的流亡的开始。事实上,苏联政府清洗在华白俄的序幕在中国土地上就已拉开。1945年8月,进驻哈尔滨的苏军在报上发布消息,邀请在哈俄侨参加集会,包括众多作家在内的13,000余人与会,结果当场全部被苏联内务人民委员会所属机构逮捕,随即被塞进闷罐车,运往苏联劳改营②。著名俄侨作家涅斯梅洛夫就是在苏军进驻哈尔滨不久后被捕,"同年9月死在符拉迪沃斯托克附近的格罗杰科夫一座监狱的地铺上"③。即使那些有幸平安回到祖国的白俄,仍是被命运之神诅咒的不幸者,因为"只要他们在哈尔滨居住过,就有了受严重歧视的足够理由"④,最终"等待着他们的基本上还是劳改营或是流放"⑤。

二、历史记忆与现实情势:发现白俄的中国眼光

如前所述,白俄在哈尔滨和上海等地日常化的客观存在使其

---

① 根据汪之成的研究,1949年初大约有5,000名白俄难民被遣送至萨马岛。参见汪之成:《上海俄侨史》,第126—127页。
② 参见[俄]弗·阿格诺索夫著,刘文飞、陈方译:《俄罗斯侨民文学史》,第65页。
③ 参见[俄]弗·阿格诺索夫著,刘文飞、陈方译:《俄罗斯侨民文学史》,第376页。
④ 参见伊斯雷尔·爱泼斯坦:《哈尔滨——中犹友谊之城》,曲伟、李述笑主编:《哈尔滨犹太人》,北京:社会科学文献出版社,2004年,第347页。
⑤ 参见[俄]弗·阿格诺索夫著,刘文飞、陈方译:《俄罗斯侨民文学史》,第65—66页。

成为中国作家常用的素材。然而，白俄素材只能解释作家们有可能"写白俄"，却不能解释作家为何要"写白俄"。按照萨义德的说法，小说和历史的叙事"都建立在对中央权威或自我的记录、整理和观察的需要上"，即"写是因为会写"①。如是观之，白俄之所以成为中国作家笔下的常见题材，真正的原因还是要到中国作家们的问题意识和思想视域中去寻找。

　　不言自明，白俄的特质在于"白色"，即"红色"苏俄和苏联广义上的反对者。之所以强调"广义"，是因为并非所有白俄都是政治立场鲜明的"反革命"，其中不乏仅仅因为对新政权的恐惧而逃亡者②。不过，无论人们如何看待白俄，却有一个不可否认的共识：白俄是"十月革命"的后果，"十月革命"在白俄的灵魂上打上了深刻的烙印。这一有关白俄之诞生的基本史实，本无特别强调的必要，然而值得注意的是，在欧洲和中国，即白俄两大流亡地的人们对于这一历史事件却有着迥然不同的理解。简而言之，不论是与俄国地缘、族缘、信仰、文化相通的东欧诸国，还是在历史上与俄国在经济、文化、政治、军事等方面交往最为密切的德法两国，它们都与俄国有着千丝万缕的联系，比如著名的叶卡捷琳娜二世女皇原本就是德意志公主③。而更为关键的是，"在东正教的拜占庭王国衰

① 参见［美］爱德华·W.萨义德著，李琨译：《文化与帝国主义》，第109页。
② 1921年，以记者身份侨居欧洲的俄罗斯作家爱伦堡曾这样分析流亡者的动机："一部分人由于突然而至的恐怖而逃走，另一部分是由于饥饿而逃走，再一部分人是因为邻居逃走而逃走，因此，简单的原因决定了数百万人的命运。"参见［苏］爱伦堡：《爱伦堡文集》第8卷，第3册，莫斯科1966年版，第409页。转引自张建华：《俄国知识分子思想史导论》，第525页。
③ 在白俄流亡的第一次浪潮中，白俄在原南斯拉夫、捷克斯洛伐克等东欧诸国得到了官方和民间的大力帮助。参见张建华：《俄国知识分子思想史导论》，第460—466页。

落以后,莫斯科王国成为保留下来的唯一的东正教王国"①,这使沙俄成为在哈布斯堡王朝之外的另一个罗马帝国继承者,因此成为欧洲文化传统中最重要的一极。而在现实政治层面,英、法等协约国在"十月革命"后一直拒绝承认苏俄,并在1919年至1920年先后利用高尔察克、邓尼金等白卫军队组织了对苏维埃政权的进攻。

综上所述,欧洲是将"赤俄"看作帝国历史的中断,而白俄则被视为帝国历史的延续。相反,中国对于白俄显然没有欧洲诸国般的那种亲近感,他们不过是一群突如其来的难民而已。因而,"十月革命"在中国被视为一个全新历史的开端,而白俄则成了一个没落时代的尾声。中国语境中的白俄失去了历史和文化的依托,只是一个被动的、附属于"十月革命"的历史存留物:它是帝制与苏维埃两种政体、沙俄与苏俄两个时代,乃至思想革命与社会革命两种政治选择的生动镜像。1937年,作为销量甚广的"万有文库"的第二集之一种,商务印书馆出版了弗那次基所著的《俄国史》。1932年12月25日,蔡元培在该书序言中阐述了研究俄国对于中国思想界的意义:

> 俄国是共产主义的试验者⋯⋯俄国地理的优势,民族的特性,经济演进的状况,政府压迫与人民反抗的惨史,哲学文学美术上特有的激刺,旁薄酝酿,始发而为经济革命的急先锋。我们想认识现在的俄国,不可不读俄国史。
>
> 中国与俄国毗连的边境很长,曾同受蒙古族的压制,自俄国革命以后,尤以中国为其传播主义的冲要,自容共,而清共,

---

① [俄]尼·别尔嘉耶夫著,雷永生、邱守娟译:《俄罗斯思想——十九世纪末至二十世纪初俄罗斯思想的主要问题》,北京:生活·读书·新知三联书店,1995年,第8页。

而剿共，无不受俄国的影响。近日美俄亲善，日俄交恶等传说，无不与中国有关。而中国此时又有与俄国复交的政策，故中国人尤不可不了解俄国，尤不可不读俄国史。[①]

　　在此，蔡元培扼要介绍了晚清以降中国思想界对俄国的研究与关注。而所谓"政府压迫与人民反抗的惨史"，则是 19 世纪 20 世纪之交中国知识分子最早和最深的沙俄印象。正如梁启超所言，"今日为中国谋，莫善于鉴俄"[②]，而如何突破此类的铁血专制统治正是彼时中国知识分子的当务之急。因而，在 1903 年前后，被视作俄国革命之急先锋的"虚无党人"成了中国文学中的常客[③]。

　　考究起来，商务印书馆之所以请蔡元培作序，一方面是看重其社会声望，另一方面则因其为俄国研究的元老。早在三十多年前，蔡就是《俄事警闻》的创办者和重要撰稿人之一，而该报"专录载俄人侵满消息，以唤起国人注意"，并"渐借外交失地事件，攻击满清政府"[④]，在当时的知识界影响甚巨，也是 20 世纪中国思想界深入了解俄国的开始。此次俄国研究的历史背景，是沙俄侵略东北。义和团的反俄行动，引爆了沙俄长期积蓄的侵华野心，1900 年 7 月 6 日，俄皇尼古拉二世自任总司令，组织了总兵力 17.4 万人的远征军，兵分六路侵入东北，先后制造了海兰泡大屠杀和江东六十四屯

① 蔡元培："蔡序"，［美］弗那次基著，周新译：《俄国史》（一），上海：商务印书馆，1937 年，第 1 页。

② 梁启超：《饮冰室自由书·俄人之自由思想》，《清议报》第 96 册，1901 年 11 月 1 日。

③ 参见胡缨著，龙瑜宬、彭姗姗译：《翻译的传说——中国新女性的形成（1898—1918）》，第 128 页。

④ 参见冯自由：《革命逸史·上海国民日日报与警钟报》，《逸经》第 32 期，1937 年 6 月 20 日。

大屠杀,手段之残忍,惨绝人寰。远征军占领了奉天等主要东北城市后,挟持盛京将军增祺,逼迫清政府签订了《奉天交地暂且章程》和《俄国政府监理满洲之原则》,旨在通过剥夺清政府在东北的军事、政治、财政、经济等各方面的主权,"来确保东北成为它的独占殖民地"[①]。但是沙俄这种企图生吞东北的行径不仅遭到了中国爱国力量的强烈反对,而且也因损害了英美日等列强的利益而遭遇国际压力,因此不得不稍作收敛,并于 1902 年 4 月 8 日与清政府签订了《东三省交收条约》,同意在确保一系列特权后分期撤兵。然而,沙俄并不甘心就此放弃侵略野心,非但没有如约撤军,反而加紧东清铁路建设,并暗自增兵,企图追加侵略所得。1903 年 4 月 18 日,沙俄向清政府提出"七项要求",旨在将占领期间获得的利益合法化,并侵略中国之蒙古、东北、北方(包括直隶)。正是这一背信弃义、变本加厉的"七项要求"激起了中国人民的强烈抗议,引发了 4 月 27 日自上海张园开始的"拒俄运动"[②],当月,"留学日本学生,寓沪志士,均编义勇队,欲以拒俄"[③]。

作为以现代知识分子为先导的一次社会运动,"拒俄运动""象征着中国趋新知识人士的自觉",也标志着中国"中等社会"的自觉[④]。除了这些知识精英的呼吁与抗争,中国东北的百姓也用自己的血泪铭记了民族的苦难,所有这些随后经由知识精英的文学叙事,参与形塑了中华民族的历史记忆。1936 年 2 月,一位曾经游历瑷珲的旅行者写道,因为作为中国近代"外交史上耻

---

① 参见复旦大学历史系:《沙俄侵华史》,上海:上海人民出版社,1975 年,第 346—365 页。

② 参见复旦大学历史系:《沙俄侵华史》,第 396—398 页。

③《十年以来中国大事记》,《东方杂志》第 9 卷第 7 号,1913 年 1 月 1 日。

④ 参见桑兵:《拒俄运动与中等社会的自觉》,《近代史研究》2004 年第 4 期。

辱的一页"的《瑷珲条约》，以及江东六十四屯"逼人跳江的一幕惨剧"，"提起瑷珲，大家都有一个痛心的回忆"①。不仅如此，"若提起光绪'二十六年半跑毛子'和日俄战，凡是东三省的老头儿和老太太们，没有一个不有惨刻的，悲痛的回想的。俄国哥萨克马队铁蹄所踏之处，房子烧毁，村子湮灭。妇女们奸淫完了，还不算，更要用刺刀划进她们的肚肠里面去。小孩子，用俄国的大马刀，从脑袋中间一劈他们为两半。……那时的惨况，童年听父老说来，到现在还历历在耳边。"② 在舒群的小说《无国籍的人们》中，作家借用"白胡子的老头"之口描述一个普通百姓的"日俄战争"记忆："我年轻的时候，记得白毛子打辽阳多凶！"③ 另一位东北作家马加也在其短篇小说《复仇之路》中，回顾了"俄国大鼻子"与"日本小鼻子"在"沙岭"一带的大战，使得"老百姓三九天在雪地里跑反"的往事④。而除了这些苦难的记忆，萧军更是在小说中记载了东北百姓对于这些俄国兵的嘲笑："在日俄战争的时候，好些俄国兵全被日本兵给打败了。就因为俄国兵没纪律，全喜欢喝酒。"⑤

　　至于白俄的精神偶像——那位曾经亲率大军侵略中国东北的末代沙皇尼古拉二世，在中国知识分子心目中则是专横残酷的暴君形象。"以暗弱狐疑之质，重之以宫闱擅命，嬖幸弄权，太阿倒持"，尼古拉二世的残暴统治曾被中国论者指认为人类历史的污

① 韩清辉：《日俄战争的第一战线》，《良友》第 114 期，1936 年 2 月 15 日。
② 于成泽：《日俄增兵与东三省》，《晨报副刊·国际》，1926 年 1 月 8 日，第 4 页。
③ 舒群：《无国籍的人们》，《战地》，上海：北新书局，1938 年，第 253 页。
④ 马加：《复仇之路》，张毓茂主编：《东北现代文学大系（1919—1949）·第二集：短篇小说卷（上）》，沈阳：沈阳出版社，1996 年，第 258 页。原载《世界动态》第 1 期，1936 年 11 月。
⑤ 田军（萧军）：《八月的乡村》，上海：奴隶社，1935 年，第 39 页。

点,惊呼"二十世纪之文明,岂容留此专制昏乱之国家,以污此清明之历史耶"①。也曾有中国学者把旧俄文学中的阴郁伤感归结为"沙皇统治所造成的阴暗的环境"②。或许正因如此,中国知识界对于这位被红军草草枪杀于郊野的沙皇并没有给予太多的同情。在中文媒体中,北京《晨报》最早以《俄废帝确已遇害》为题报道了这一"紧要新闻",全文不足 60 字,且没有任何同情的笔触③。而在尼古拉斯二世被杀十年后,其流谪日记被发现,国内最初发表这本日记的是北京的《顺天时报》。1919 年 4 月,该报以《泪点斑斑之俄废帝流谪日记——泥途之辱但见楚囚对泣,十年后今日始发现》为题,煽情地介绍了这一日记,并感慨"著名大国之俄罗斯帝国最后皇帝尼古拉斯二世,当时被害于狂暴的波尔雪维克之手"④。需要指出的是,这家有着日本官方背景的报纸,不仅诸事替日本说话,而且对中国国内琐事也都大发议论,横加干涉,颠倒黑白,因此深为中国有识之士所痛恨⑤。与其形成鲜明对照的是,有关这一日记及其所披露的沙皇"被难"事件,中国知识界的主流媒体《东方杂志》在客观介绍日记内容后,特别强调了产生这一革命恐怖的原因:"俄皇亲属,至是遂被杀殆尽,说起来诚未免太残酷了,但是俄皇从

---

① 参见《论俄约之不可轻许》(录丙午第十期外交报),《东方杂志》第 3 卷第 6 号,光绪三十二年(1906)5 月 25 日。

② 参见梅雨:《表现于旧俄文学的几种形态》,《申报·自由谈》1935 年 8 月 29 日,第 17 版。

③ 参见《俄废帝确已遇害》,《晨报》(北京)1919 年 4 月 6 日,第 2 版。

④ 参见《泪点斑斑之俄废帝流谪日记——泥途之辱但见楚囚对泣,十年后今日始发现》,《顺天时报》1928 年 2 月 12 日,第 3 版。

⑤ 参见周作人:《日本浪人与顺天时报》,《语丝》第 51 期,1925 年 11 月 2 日;罗汝兰:《读顺天时报》,《语丝》第 122 期,1927 年 3 月 12 日;徐步:《又是顺天时报》,《语丝》第 142 期,1927 年 7 月 30 日。

前的对待人民,何尝不是这样残杀的呢? 据裴可甫的计算,在尼古拉斯当国时代,自一九〇六至一九〇九这三年间,俄国男女之被处死刑者多至六千二百六十八人,而其中大半系牺牲于奉有诏命的军事法庭者。计一九〇八年中,每星期被杀人数,常在七至三十六人之间。读者试思,此为何等景象乎! ”[①]

在 1932 年的《申报》上,有作者以随笔的方式讲述了自己在街头遇见白俄乞丐的经历。当叙述人“我”走过大统路时,两个白俄乞丐先是套近乎,用中国话说“你是中国人,我是俄国人,中国人与俄国人是一样的”,接着就向“我”乞求一个铜板。但“我”对此番说辞火冒透顶,反问道:“你们从前都是俄国的权贵,可知道中俄的伊犁条约? ”结果白俄乞丐不得不悻悻地嘟囔着一大套俄语走开[②]。在今天看来,向两个白俄乞丐翻出两国间的历史旧账,颇有风马牛不相及的荒诞感,不过,这种近乎写实性的书写倒也真切地反映了当时上海市民阶层的社会心理。

如所周知,沙俄是彼时世界上最主要的帝国主义国家之一,并将前述的东正教中心意识作为对外扩张的思想动力和合法性来源,尽管俄罗斯与西方文明的关系,或者说其面对西方文明时的自我认同是一个复杂的议题,但在其侵略亚洲时,却无疑是以西方文明的代表自居。陀思妥耶夫斯基在其写作于 1881 年元月的一篇《作家日记》中,“甚至梦想把俄罗斯文明传播到整个亚洲:‘面向亚洲会发挥我们的聪明才智。……在欧洲我们只不过是接受别人施舍的人和奴隶,到亚洲去我们可就是主人。在欧洲我们是鞑靼人,

---

① 参见从予:《俄皇被难纪实》,《东方杂志》第 23 卷第 20 号,1926 年 10 月 25 日。
② 参见文炳:《几则随笔·白俄乞丐》,《申报》1932 年 11 月 24 日,“本埠增刊”第 2 版。

可是在亚洲我们却是欧洲人。我们应负起在亚洲促进文明这一使命，只要运动一开始，就会吸引我们的思想并将我们引向亚洲'"①。而对于国人而言，至少在反帝的意义上，沙俄即便不是西方的代表，也是西方的一员，而白俄则是沙俄和西方的镜像，当其走进国人的视野时，不得不背负着沙俄时代的历史重负。

　　"十月革命"后，中国思想界开始了第二次研究俄国的热潮。自1899 年英国人本杰明·颉德的《大同书》在中国出版开始，马克思主义"作为欧洲社会主义学说的一个派别被介绍到中国"②，并逐渐得到广泛传播。之后随着世界上第一个社会主义国家的建立和巩固，"赤都"吸引了千万中国知识人的目光。回望历史，1918 年以后，国内主要媒体几乎每天都在连篇累牍地通过转述外电消息来介绍俄国，然而隔靴搔痒式的转述并没能生产出有质量的俄国知识，以至于"俄国内里究竟是什么样一种情形，布尔塞维克究竟是什么样一种主义，十个人之中恐怕没有一人能够懂得明白"③。不过，正是这种转述进一步激发了人们关注俄国的热情，并最终促使瞿秋白等人作为中国新闻史上首批驻外记者奔赴俄国，探寻真相。1922 年以后，随着瞿秋白、江亢虎、抱朴等第一批游俄考察者的归来，更为清晰的苏维埃俄国形象在他们所贡献的若干游记和评论中得以呈现。但是这些出自不同政治立场的俄国叙事往往彼此抵

---

① 参见［德］迪特尔·拉甫：《德意志史——从古老帝国到第二共和国》，波恩：Inter Nationes 出版社，1987 年，第 206 页。按，引文（译文）亦可参见张羽、张有福译：《费·陀思妥耶夫斯基全集·作家日记（下）》，石家庄：河北教育出版社，2010 年，第 1103 页。

② 参见高军等主编：《五四运动前马克思主义在中国的介绍与传播》，长沙：湖南人民出版社，1986 年，第 1—2 页。

③ 参见慰慈：《俄国的土地法》，《每周评论》第 29 号，1919 年 7 月 6 日。

悟。比如 1923 年底，两位重要的俄国游记作者——瞿秋白和抱朴分别以《觉悟》和《学灯》为舆论阵地展开了关于苏俄政权合法性的激烈论战，而"在莫斯科时，这两个人本是好朋友"①。这种情形也正反映了"五四"落潮后中国思想界的激烈分化。

　　总体而言，中国共产党现代时期的苏联想象基本稳定在"革命圣地"的叙事框架当中。与之相比，其他政治阵营的苏联想象却随着中苏关系和国际局势的变化而不断得到改写。1927 年 4 月，北洋政府（张作霖当局）搜查苏联大使馆，苏联政府随即召回驻华代办，以示抗议。同年 12 月 14 日，南京国民政府以苏联驻广州领事馆参与共产党广州起义为由撤销对苏联驻华使馆的承认，"原在南方各地之俄领皆已回国，其国营商业机关亦皆停业，然东北西北各地，与俄照旧往还，并未断绝关系"②。而 1929 年 7 月爆发的"中东路事件"则使得中苏两国关系跌至谷底。在这一时段，作为苏联的敌人——白俄获得了一定程度上的正面评价。白俄之"白"一度成为东北当局在北洋政府之外侨入籍办法之外，另行规定的俄侨入籍限制办法的首要条件③。更有论者发表"时评"，借"白"反"赤"："夫白俄与赤俄，本属同种。乃彼赤俄竟高踞白宫，白俄之流离失所者，无殊釜底游魂。而赤俄视之，竟无所动于中。其同种相残，尚且如此，吾不解醉心赤化之徒，犹甘心为虎作伥，吾恐他日全国不至赤地千里而不止。"④而伪满洲国奉天省公署警务厅更是曾在 1934 年 1 月 5 日发布了一则训令，要求下属机关日后在调查申报外侨人数时，"务将苏联人及白俄（旧俄）人分别填列，以清眉目，

---

① 参见郑超麟：《郑超麟回忆录》（上），北京：东方出版社，2004 年，第 195 页。
② 参见《中俄复交之呼声》，《庸报》1929 年 5 月 6 日，第 2 版。
③ 参见丁炎：《俄人入籍之新章》，《东三省民报》1926 年 9 月 4 日，第 6 版。
④ 伯伊：《赤白》，《东三省民报》1926 年 12 月 4 日，第 3 版。

而便考核"①。显然,这则训令生动"诠释"了"白俄"之"白"所具有的政治符号意义。

不过,为了应对"九一八"后日本的步步紧逼,国民政府选择在 1932 年 12 月 12 日与苏联闪电复交,以此抵制日本并牵制苏联与中共的关系②。而中苏关系的转暖向好,则最终促使国民党文宣语境中的苏联形象趋向正面与友善③。而几乎与此同时,中国知识分子眼中的苏联形象也在悄然发生变化。《大公报》1932 年 9 月 7 日的"社评"就曾指出,今日苏联已经成为基础巩固的"新兴大国",堪称国际政治格局中的"要角",而"中苏接壤,绵连万里,东北西北,皆为近邻。且内有'中山越飞宣言'以来十余年之恩怨纠

---

① 参见《奉天省公署警务厅训令——奉警外第二三七八号》,《奉天省公署公报》第 1 卷第 4 号,1934 年 1 月 10 日。

② 参见张梓生等编:《申报年鉴》之"中俄复交之经过",上海:申报馆,1933 年,第 G 54—55 页;薛衔天、金东吉:《民国时期中苏关系史》(中),北京:中共党史出版社,2009 年,第 6 页。按,此前南京方面一直把联苏抗日战略作为对苏外交目标,而随着第二次国共合作的实现,苏联亦调整了对华政策,维持了国民党在抗日民族统一战线中的主体地位,两国遂于 1937 年 8 月签订《中苏互不侵犯条约》,并在随后分三次签订了苏联对华贷款协议。尽管因为苏联坚持中立日本、避免与之开战的政策,并与日本订立中立条约,中国的联苏抗日战略宣告终结,但两国仍然形成了战略同盟关系。参见薛衔天、金东吉:《民国时期中苏关系史》(中),第 58 页。

③ 对此问题显然需要专文详述,在此仅举两例言之。1931 年 6 月 29 日,时任国民政府监察院长的于右任在"国府纪念周"报告中痛斥苏联所谓"世界革命政策,是以扰乱世界为目的",并强调中国正是其四处"放火"的最主要目标之一。参见《中央与国府纪念周》,《申报》1931 年 6 月 30 日,第 9 版。而到了 1935 年 10 月,曾有论者在国民党控制的《汗血月刊》上专文介绍苏联第二个五年计划,分析这一计划成功之必然性,并用赞赏笔调指出苏联的举国体制的巨大力量,文章还特别联系联苏日关系分析了苏联军费的增长。参见良才:《苏俄第二届五年计划之实施概况》,《汗血月刊》第 6 卷第 1 号,1935 年 10 月 1 日。

纷,外有赤白斗争日苏对立之复杂形势。尤自九一八以来,东省沦陷,伪国揭开,自局部言,自全体言,中苏关系,皆益臻重要",何况"苏联之创造精神,究足供吾民之参考"①。

值得特别提及的是,1935年1月创刊的《申报每周增刊》开设了名为"苏联通信"的不定期栏目。表面上看,这似乎只是同属《申报》系的前辈刊物《申报月刊》(1932年7月15日创刊)所设之"苏俄研究"栏目的延续,然而,从"苏俄"到"苏联",虽然只是一字之差,但后者却意味着中国知识精英开始承认"苏联",并视其为"实际上是代表着和旧世界对立的另一世界或另一体系的意义"②。而作为"开明中学生丛书"之一,张明养撰写的《俄国革命》一书具有今天所言的教辅书的性质,影响甚广,或许是另一个有说服力的证据。这部出版于1936年的著作如此向中国中学生介绍苏联:"社会主义苏联现在是在飞跃的向前发展,它的前途是一个光明的青天,这是没有人敢予以否认的。"③而随着1937年全面抗战的爆发,苏联已经"升格"为很多中国知识分子心中的"友邦",视之为"我国比较可靠的友人,也是最能顾及到中国利益的友人"④。

白俄是"赤俄"和"十月革命"的后果,因而白俄不得不承受中国思想界对于"十月革命"和苏联的认识的变化。换言之,中国思想界对待"十月革命"和苏联的态度在根本上影响着他们对于白俄

---

① 参见《苏联十五周年》,《大公报》(天津)1932年11月7日,第2版。
② 参见邵翰齐:《苏联论》,《世界知识》第3卷第2号,1935年10月1日。按,1936年10月,曾有学者指出:"苏联是由许多社会主义共和国联合组成的,苏俄是其中最大的一个共和国,有人把整个苏联也叫做苏俄,那是错误的。"敬之:《世界地理·第二十三课:苏联(上)》,《读书生活》第4卷第12期,1936年10月25日。
③ 张明养:《俄国革命》,上海:开明书店,1936年,第87页。
④ 参见念之等:《中国与苏联》,汉口:光明书局,1937年,第88页。

的看法。另一方面,正如一位美国历史学家所言,"在意识形态层面上,反布尔什维克主义是敌人方面唯一共同的政治情感"①。对于俄罗斯的未来,白俄群体未能提出完整和自洽的政治设想或制度安排,"假如白俄推翻共产党组织,执掌政权,其经邦治世政策如何,恐无有也"②。与之相应,在华白俄自然也就未能给中国思想界就俄国"十月革命"后的苏维埃道路所展开的激烈争论提供有价值的思想资源。

尤有要者,就中国的国家根本利益而言,白俄亦是声名不佳。20世纪20年代初,大批的白俄败兵流入中国东北和新疆等地,成为地方政府的一大治安难题,其中又以新疆为甚。"先是民国八年,苏俄革命事业,逐渐进展,皇党军队阿年阔夫、巴奇赤等股,各拥众八九千人,驼马数千匹,相继溃窜入新,愿内附而归化。但居心叵测,未及三载,旋酿成阿山、奇台等地之事变。因被省当局缴械遣散,令分驻北疆各县,并遣送一部分入关,此即所称之归化民也。"③彼时叛军攻城略地,屠戮百姓,并导致阿山道尹周务学在守土失败后自杀殉国。尽管新省首长杨增新处置得益,成功平叛,但这一"白俄窜新之役"仍对新疆社会产生了巨大震动,是为该地"民国后一大波涛"④。再者,部分白俄败兵在东北中俄边境卖身为军阀张宗昌的"入籍军",参与中国军阀混战,屠杀百姓,还曾镇压上海工人武装起义,沦为反动势力爪牙⑤。而由白俄组成的"上海

① [美]沃尔特·G.莫斯著,张冰译:《俄国史(1855—1996)》,海口:海南出版社,2008年,第204页。
② 参见赵南柔、周伊武编:《东北与白俄》,第8页。
③ 陈庚雅:《西北视察记》,上海:申报馆,1936年,第376页。
④ 参见吴绍璘:《新疆概观》,南京:仁声印书局,1933年,第104—106页。
⑤ 参见李兴耕等:《风雨浮萍——俄国侨民在中国(1917—1945)》,第162—168页。

万国团俄国联队"，以及"法租界俄国义勇队"等武装力量在维持了辖区治安的同时，也充当了租界主子的爪牙，屡有欺压百姓、镇压国人示威罢工和伤害四行孤军等罪恶行径。特别是"九一八"以后，部分在哈白俄投靠前白卫军将领谢米诺夫，依托日本势力成立法西斯蒂党，沦为日本侵略者的帮凶[1]。最后，在华白党的活动，使中苏两方增加了很多的"隔膜与误会"[2]，而取缔和遣返在华白党，则始终是苏联政府对华外交的重要诉求[3]。因而，1932年元月《苏俄评论》上的一篇文章历数了在华白俄的种种罪恶——盘踞中东路危害中俄邦交，投效军阀破坏国民革命，祸乱蒙古、蹂躏中国疆土，以及附逆伪国、甘为日人鹰犬，指认其"于中国可谓百害而无一益"[4]。考虑到这份刊物的半官方性质，上述对于白俄这一"共党之敌"的负面评价，或许是格外值得我们重视的社会共识。

小　结

在一部1933年出版的《现代语辞典》中，编者如此解释"白俄"词条："white Russians，反对俄国革命及苏维埃的俄罗斯人，他

---

[1] 参见三立译：《散布全世界的白俄》，《东方杂志》第29卷第4号，1932年10月16日。按，有关谢米诺夫勾结日寇的状况，参见 Hollington K.Tong 著，于卓译：《远东风云紧急声中谢米诺夫的活动》，《东北问题》第150期，1934年1月10日。

[2] 参见朔一：《中俄交涉》，《东方杂志》第20卷第12号，1923年6月25日。

[3] 参见《外部公布中俄协定全案》，《申报》1924年6月3日，第6版。另外，有关苏联政府对于在华白俄问题的关切，参见孟如：《苏联和满洲的关系》，《东方杂志》第30卷第2号，1933年1月16日。

[4] 参见汉文：《中国之白俄人问题》，《苏俄评论》第2卷第1期，1932年1月1日。

们流落各国帮助帝国主义镇压革命运动。"[1]这里有三个关键词,一是"反对",二是"流落",三是"镇压"。前两者还是对白俄状况的客观描述,而"镇压"则带有明显的"反帝"政治色彩。一部较为通行的社会科学辞书将白俄定义为反革命的帝国主义帮凶,这样的理解显然体现了中国知识界普遍的政治态度。

综上所述,对于彼时的中国作家而言,在华白俄不仅是"十月革命"最为鲜活的"后果",还是一个有关白人、西方和现代的镜像。尤有要者,这些已然融入中国市民日常生活的白俄,其实是一个非常独特的"内部他者":既有外部的国际性,又有内部的本土性,并将以其特有的"他者性"(Otherness),成为国人建构民族－国家认同的重要参照系之一。

---

[1] 李鼎声主编:《现代语辞典》,上海:光明书局,1933 年,第 124 页。

第二章　视界*

　　鲁迅与俄国及苏联的关系,关联着文学、想象、政治、革命等诸多领域的重要问题,长期以来,一直是鲁迅研究的一个热点。而通过爬梳和学习诸位学界先进的经验可以发现,就时代而论,这些深入的研讨几乎全部沿着沙皇俄国与苏维埃俄国(包括苏联)这两条进路展开。但根据笔者对鲁迅的生活世界与文本世界进行的考证与细读,发现除了沙俄和苏俄之外,鲁迅笔下还有为数不少的白俄叙事。作为俄国"十月革命"之后被迫流散国外的一个庞大群体,白俄成为中国乃至世界现代史上一个独特的存在。他们流动在中国革命与历史的深处,构成了有关沙俄与苏俄的独特镜像。通过对鲁迅的白俄叙事进行考论,我们将发现,这里隐藏着破解鲁迅与俄苏关系问题,并进而走向鲁迅思想深处的另一条进路。

一、反抗"寂寞":鲁迅与白俄的相遇

　　倘若追溯中国现代文学中的白俄叙事,鲁迅在 1922 年发表的《为"俄国歌剧团"》一文可谓开此先河。1922 年 4 月 4 日晚,鲁迅

---

* 原载《中山大学学报》(社会科学版)2014 年第 2 期,题为《鲁迅白俄叙事考论》,此次出版时文字略有改动。本书其他各章节已发表者一概如此,不再逐一说明。

陪同俄国盲诗人爱罗先珂去北京第一舞台观看俄国歌剧团演出的
《游牧情》①，随后作《为"俄国歌剧团"》一文，刊于 4 月 9 日的《晨
报副刊》②，当月 30 日又被转载于《戏剧》杂志第 2 卷第 4 号。据
当时主编《晨报副刊》的孙伏园回忆，该团是沙皇时代三大歌剧团
之一，"十月革命"后一路向东，流亡国外，经哈尔滨、长春，沿途卖
艺，最终来到北京 ③。自 1922 年 4 月 3 日起，俄国歌剧团在北京开
始了为期两个多月的系列演出 ④。此次演出活动得到了北京新文学
界，特别是"爱美剧"同人的大力支持。陈大悲和他领导的新中华
戏剧协社在推广宣传、指导观众等方面做了大量工作，1922 年 4 月
至 5 月的《晨报副刊》上甚至出现了一波讨论俄国歌剧的小高潮。
而作为这一波讨论热潮的首发之作，《为"俄国歌剧团"》却显得非
常特别。因为鲁迅在这次观演过程中，关注的既不是歌剧的技术，
也非观众的素质，而是表演者自身的态度，而对前两者的讨论正构
成了其他文章的共同主题 ⑤。

---

① 参见鲁迅博物馆鲁迅研究室编：《鲁迅年谱》（增订本）第 2 卷，北京：人民
　文学出版社，1981 年，第 71 页。
② 已有学者指出，《为"俄国歌剧团"》文末署"四月九日"，"似误"。参见马蹄
　疾：《一九二二年鲁迅日记疏证》，北京鲁迅博物馆鲁迅研究室：《鲁迅研究
　资料》第 23 期，北京：中国文联出版公司，1992 年，第 319 页。这无疑是准
　确的判断，考之《晨报副刊》首发版，文末本无写作时间，加之该文在 4 月 9
　日发表，似无写作于当日的可能。遗憾的是，这样一个显系编者添加的"衍
　文"，却一再出现在各个版本的《鲁迅全集》中。
③ 参见孙伏园：《〈鸭的喜剧〉——〈呐喊〉谈丛》，孙伏园、孙福熙：《孙氏兄
　弟谈鲁迅》，北京：新星出版社，2006 年，第 231 页。
④ 查阅 1922 年的北京《晨报》，"第一舞台俄国歌舞团"（即"俄国歌剧
　团"——笔者注）的最后一次演出广告刊登于 6 月 9 日，言当晚八点半最后
　一次演出《情之波》。
⑤ 这些文章大多着眼于如何借鉴戏剧表演形式，那些让鲁迅耿耿于怀（转下页）

在《为"俄国歌剧团"》的开篇,鲁迅就提出了一个颇为矛盾的问题:"我不知道,——其实是可以算知道的,然而我偏要这样说,——俄国歌剧团何以要离开他的故乡,却以这美妙的艺术到中国来博一点茶水喝。你们还是回去罢!"① 所谓"其实是可以算知道的",是指鲁迅在理性上清楚俄国歌剧团的流亡处境,为了生计他们不得不来。而之所以偏要说"不知道",缘于鲁迅不忍心看到这种"美妙的艺术"遭受翠尘珠坱的命运。曾有学者指出,《为"俄国歌剧团"》一文的主题是"寂寞",这应该是一个在文本内外都有证据的论断。在鲁迅看来,俄国演出者在台上是寂寞的,那些由"兵"和"非兵"组成的看客只在看见台上接吻时才鼓掌叫好,以至于"我"很为表演者惋惜。而台下的"我"虽身在几百名观众的包围之中,却也是寂寞的,竟有身在"沙漠"之感。文本之外,鲁迅曾用"沙漠"来形容20世纪20年代初的北京社会,而"寂寞"更是他反复用来定义自己这一时段心境的词汇②。

（接上页）的低俗掌声也并未被忽略,据称这一问题在新中华戏剧协社对观众的积极宣传和指导之下基本上得到解决,而观众人数也有大幅增加。相关讨论可参见陈大悲:《看俄罗斯歌舞剧的杂感》,《晨报副刊》1922年4月21日,第3版;曙青:《第一舞台观俄国歌剧有感》,《晨报副刊》1922年5月7日,第3版;新中华戏剧协社:《介绍俄罗斯的歌舞剧》,《戏剧》第2卷第4号,1922年4月30日。

① 鲁迅:《为"俄国歌剧团"》,《鲁迅全集》第1卷,北京:人民文学出版社,2005年,第403页。原载《晨报副刊》1922年4月9日,第3版。按,该文在《晨报副刊》发表时的标题为《为俄国歌剧团》,"俄国歌剧团"未加引号。

② 鲁迅在1920年12月14日致青木正儿的信,1925年的《华盖集·有趣的消息》,以及1935年的《中国新文学大系小说二集序》中描述了自己当时的寂寞心情;在《有趣的消息》中,鲁迅更是直接将北京比作"一片大沙漠"。参见陆耀东:《〈热风〉注释札记两则·关于〈为"俄国歌剧团"〉》,《武汉大学学报》(社会科学版)1981年第4期。

不过"寂寞"并非鲁迅这篇文章的全部意涵,反抗"寂寞"才是其深层的指向。在"沙漠"般的剧场中,"没有花,没有诗,没有光,没有热。没有艺术,而且没有趣味,而且至于没有好奇心"。在"我"看来,这显然是一场"寂寞"的失败表演:"我是怎么一个怯弱的人呵。这时我想:倘使我是一个歌人,我的声音怕要销沉了罢。沙漠在这里。然而他们舞蹈了,歌唱了,美妙而且诚实的,而且勇猛的。"[1] 因而,所谓"寂寞"是作为观众的"我"的个人感受,隐藏其后的是唯观众态度是从的评价标准,而这种"寂寞"在本质上则是"我"的"怯弱"的另一种表达。但在俄国演员真诚而勇猛的表演对照之下,这种"怯弱"一再受到自我批判,而"我"也终于鼓起勇气,唱响了"对于沙漠的反抗之歌"[2]。就此而言,这场演出真正让鲁迅感动的是俄国歌剧团反抗并战胜"寂寞"的勇猛,他们就像鲁迅最为欣赏的哲学家尼采笔下的超人一样,从不理会庸众的喝彩、冷漠、嘲弄或是咒骂,只是孤独而勇敢地前行[3]。

在俄国流亡演员身上发现尼采,这的确是鲁迅内心深处与白俄最为独特的一次相遇。而正如伊藤虎丸所论,留日期间的鲁迅就已深受当时流行于日本的尼采哲学的影响:他以"抵抗"为媒介,从尼采那里接受了"超人"、文学的"预言者性"等思想。这些

---

① 鲁迅:《为"俄国歌剧团"》,《鲁迅全集》第 1 卷,第 403 页。

② 鲁迅:《为"俄国歌剧团"》,《鲁迅全集》第 1 卷,第 404 页。

③ 鲁迅曾如此解读尼采《〈查拉图斯特拉如是说〉序言》中的若干意象:走索的超人会赢得群众麇集观览,但一旦落下,群众都会走散;超人会被"小丑恐吓,坟匠嘲骂,隐士怨望",而"鹰与蛇都是标征:蛇表聪明,表永远轮回(Ewige Wiederkunft);鹰表高傲,表超人。聪明和高傲是超人;愚昧和高傲便是群众。而这愚昧的高傲是教育(Bildung)的结果"。参见鲁迅:《〈察拉图斯忒拉的序言〉译者附记》,《鲁迅全集》第 10 卷,第 482—484 页。原载《新潮》月刊第 2 卷第 5 期,1920 年 9 月,署名唐俟。

思想不仅深刻影响了鲁迅的"革命"意志，而且开启和决定了鲁迅以"尼采个人主义"为基调的文学生涯与文学志向[①]。因而，与其说鲁迅在俄国演员身上发现尼采，毋宁说鲁迅在自己深受尼采哲学影响的思想视域中发现了俄国演员。而如果回到1922年鲁迅的内心世界，我们将会更为深入地理解这一"发现"的过程。鲁迅在这场演出中看到了自己的"寂寞"与"怯弱"，而反抗"寂寞"与"怯弱"正是他这一时段必须要面对的思想挑战。在这里，我们不要忘了鲁迅所陪同观剧的爱罗先珂，他其实就是文中那位"初到北京，不久便说：我似乎住在沙漠里了"的人[②]。

1922年10月，鲁迅发表了旨在怀念爱罗先珂的《鸭的喜剧》，此文虽为小说，"但是所写的却是实事"[③]。小说中的爱罗先珂一到北京就向其倾诉北京生活的寂寞，而鲁迅也因此发现了一直包围着自己、却又习焉不察的寂寞。表面上看，《鸭的喜剧》似乎只是一篇笔调轻松、笔触动情的回忆之作，但在文本深处，鲁迅对于爱罗先珂的温暖回忆正是围绕着对抗寂寞的主题而展开的[④]。而大约

[①] 参见［日］伊藤虎丸著，徐江译：《鲁迅早期的尼采观与明治文学》，《文学评论》1990年第1期。

[②] 值得说明的是，作为无政府主义者的盲诗人爱罗先珂，在20世纪20年代初的中国文坛影响很大，而其有关中国思想界之沉寂的论断，更是因为切中时弊而深入人心。对此，我们可以提供一个颇具"影响因子"性质的例证：在发表于1933年1月《良友》第73期的散文《冬》中，著名左翼作家郑伯奇引用了爱罗先珂的这一论断——"'像沙漠一样'，俄国的盲诗人曾经这样形容过中国。"

[③] 周作人：《知堂回想录》（下），合肥：安徽教育出版社，2008年，第288页。

[④] 爱罗先珂因为不能忍受北京沙漠般的寂寞，所以才买来蝌蚪，期待未来的蛙鸣，他主张自食其力，热爱自然，在其劝说之下，仲密（周作人）家的院子里养了小鸡小鸭，呈现出一派生机盎然的景象。参见鲁迅：《鸭的喜剧》，《鲁迅全集》第1卷，第584—585页。原载《妇女杂志》第8卷第12号，1922年12月1日。

在此之前一年,鲁迅就通过爱罗先珂的童话读到了诗人那颗"幼稚的,然而优美的纯洁的心,人间的疆界也不能限制他的梦幻"①。爱罗先珂是个盲人,也是个流寓异国多年,且刚被日本当局驱逐出境的"乡愁却又是特别的深"的流亡者②。由此看来,寂寞似乎是流亡者爱罗先珂的宿命;然而他更是一位虚无党人——无政府主义者,一位典型的俄罗斯知识分子,在他的心中从未失去对生命、自由和美的热爱。在鲁迅看来,爱罗先珂一直是一个勇敢反抗寂寞之命运的强者。也正因为如此,这位俄国盲诗人对鲁迅此时的思想转变有着深刻影响:他帮助鲁迅战胜寂寞与怀旧的心绪,并将文学视野转向更为深邃的知识分子的内心世界③。

　　1922 年 4 月 4 日的观剧,正是鲁迅上述思想转变过程中的关键一环。这一次,鲁迅是在陪同一个俄国流亡者爱罗先珂观剧时遇见了另一些俄国流亡者——"俄国歌剧团"员。而两者的流亡在政治上有着本质区别:前者是曾被沙皇迫害的虚无党人,后者则是苏维埃政权广义上的反对者。那么,鲁迅又是如何认识俄国歌剧团的"流亡"的呢?

　　这的确是一个"须加以分析说明"的"政治态度"问题④。

――――――――――

① 鲁迅:《〈狭的笼〉译者附记》,《鲁迅译文全集》第 1 卷,福州:福建教育出版社,2008 年,第 554 页。

② 爱罗先珂"平常总穿着俄国式的上衣",他的衣箱里几乎没有外国样式的衣服,"即此一件小事,也就可以想见他是一个真实的'母亲俄罗斯'的儿子"。参见周作人:《知堂回想录》(下),第 288—289 页。

③ 有关观看俄国歌剧团与鲁迅之自觉以及爱罗先珂对鲁迅思想转变之影响的研究,可参见彭明伟:《爱罗先珂与鲁迅 1922 年的思想转变》,《政大中文学报》(台湾)2007 年第 7 期。

④ 参见王瑶:《致陆耀东》(19751229),《王瑶全集》第 8 卷,石家庄:河北教育出版社,2000 年,第 275 页。

　　在鲁迅写作此文的1922年春，俄罗斯国内的战争虽接近尾声，但赤白之间的政权之争尚未尘埃落定，"白俄"这个明显带有政治贬损意味的"雅号"也还没有流行开来。即使这并不妨碍"俄国歌剧团"和"白俄歌剧团"的"所指"拥有同一个"所指"，但"白俄"与"俄国"却代表了迥然不同的政治意义与国际地位。"俄国"是真正的国家之名，而"白俄"则是被放逐于国家和历史之外的没落存在。需要注意的是，1918年8月中国北洋政府曾以支持白军的协约国盟国的身份出兵海参崴[①]，并且直到1924年5月31日才正式承认苏维埃俄国并与之建交[②]。因而在当时中国的历史语境中，无论在外交、法律还是在官方舆论层面，比之于苏维埃俄国公民，真正代表俄国的恰恰是这些后来被称作"白俄"的流亡者。而此时中国知识界对苏俄的了解相当有限，关注之焦点多在抽象的社会主义理论与制度讨论，尚未出现政治立场与革命斗争层面的赤白对立，再加上俄国歌剧团是一个较为纯粹的艺术团体[③]，当时的人们基本上并未关注其政治性质问题。正是由于这样的时代背景，鲁迅并没有从政治意义上看待俄国歌剧团的流亡，而只是在感佩爱罗先珂"反抗寂寞"的思想脉络之中与同为流亡者的"俄国歌剧团"相遇。

　　而追溯起来，鲁迅对此类飘零异邦的俄国流亡者并不陌生。早在1906年，留学日本的鲁迅就与陶冶公、周作人、许寿裳等六人一起，在神田中越馆每夜走读，学习俄文，教师就是一位亡命日本

---

① 参见《海参崴出兵宣言》，《政府公报》第928号，1918年8月25日。

② 参见《布告中俄协定告成邦交重复令》，《司法公报》1924年第192期。

③ 陆耀东细致考察了当时《晨报副刊》所刊登的俄国歌剧团广告和剧目介绍，认为该团是一个艺术团体。参见陆耀东：《〈热风〉注释札记两则·关于〈为"俄国歌剧团"〉》，《武汉大学学报》（社会科学版）1981年第4期。

的俄国虚无党人——玛理亚孔特夫人①。这位玛理亚孔特夫人大约三四十岁,可能是犹太人,一句日文都不会讲,起初授课靠一位学过俄文的日本学生现场翻译,后来改由六位中国学生自学文法,上课直接学习读音。不过这种老师与学生各自为政的教学方法效果不佳,老师讲得精疲力竭,学生却听得一头雾水②。如是观之,这位玛理亚孔特夫人的境遇颇类似那些在北京"沙漠"般的剧场中寂寞表演的俄国歌剧团员。而鲁迅学俄文的原因,本是佩服俄国虚无党人以及俄国文学中的"求自由的革命精神",因而这位俄国女教师想必会给鲁迅留下深刻印象。虽然这个学习班不久星散,鲁迅学语未成,但他未改初衷,只是转而经由英文、德文及日文媒介去探寻俄国文学追求自由的革命精神③。正如梁启超所言,"今日为中国谋,莫善于鉴俄"④,也只有回到"鉴俄"的历史语境中,我们才能理解鲁迅初遇俄国文学时的震撼:"从那里面,看见了被压迫者

① 同盟会员陶冶公是此次俄文学习活动的发起人,而其学俄文的真正动机在于借此机会取得与在日俄国虚无党人的联系,进而争取后者对中国革命的援助。当时日俄战争刚刚结束,在日俄人备受歧视,俄文也无人重视,陶冶公四处物色才找到玛理亚孔特夫人。参见陶冶公:《我的自传》,中国人民政治协商会议浙江省绍兴市委员会文史资料研究委员会编:《绍兴文史资料》第3辑,杭州:浙江人民出版社,1987年,第76—77页。

② 鲁迅在1935年4月19日致唐弢信中谈及学习外文的方法,认为初学外文时,若老师不懂中文,不能讲解比较,则成年学生会很吃亏,发音即使正确,所学也不过皮毛而已。这一经验之谈或许来自鲁迅对当年在中越馆俄文学习的回忆与评价。参见鲁迅:《致唐弢》,《鲁迅书信集》(下卷),北京:人民文学出版社,1976年,第798页。

③ 参见周作人:《知堂回想录》(上),合肥:安徽教育出版社,2008年,第147—149页。

④ 梁启超:《饮冰室自由书·俄人之自由思想》,《清议报》第96册,1901年11月1日。

的善良的灵魂，的酸辛，的挣扎。"① 如果考察鲁迅的俄国文学阅读版图，"白银时代"的文学作品几乎占据了半壁江山②，而"白银时代"的"俄罗斯有关个性的思考几乎与尼采的名字密不可分"③。因而，除了伊藤虎丸所考证的明治年间日本哲学界的尼采译介，鲁迅还一直通过阅读"白银时代"文学来发现尼采。就在写作《为"俄国歌剧团"》的前一年，鲁迅在分析阿尔志跋绥夫的《工人绥惠略夫》时指出：

　　而绥惠略夫也只是偷活在追摄里，包围过来的便是灭亡；这苦楚，不但与幸福者全不相通，便是与所谓"不幸者们"也全不相通，他们反帮了追摄者来加迫害，欣幸他的死亡，而"在别一方面，也正如幸福者一般的糟蹋生活"。

　　绥惠略夫在这无路可走的境遇里，不能不寻出一条可走的道路来；

　　……

　　然而绥惠略夫却确乎显出尼采式的强者的色采来。他用了力量和意志的全副，终身战争，就是用了炸弹和手枪，反抗

① 鲁迅：《祝中俄文字之交》，《鲁迅全集》第4卷，第473页。
② 这些"白银时代"作家包括契诃夫、安特莱夫（安德列耶夫）、契里珂夫、阿尔志跋绥夫、勃洛克、扎弥亚丁（扎米亚金）等，而这当中的很多人后来成了著名的俄侨作家，如安特莱夫、契里珂夫、阿尔志跋绥夫及扎米亚金等。另按，有关晚年安德列耶夫反苏维埃思想的研究，参见俄罗斯科学院高尔基世界文学研究所集体编写，谷羽、王亚民等译：《俄罗斯白银时代文学史》第3卷，兰州：敦煌文艺出版社，2006年，第306—308页。
③ 参见俄罗斯科学院高尔基世界文学研究所集体编写，谷羽、王亚民等译：《俄罗斯白银时代文学史》第1卷，第15页。

而且沦灭（Untergehen）。[1]

而在鲁迅看来，那些在异国舞台上，用异国人全然不懂的语言与形式"美妙而且诚实的，而且勇猛"地歌舞着的俄国演员，他们所散发出的不正是绥惠略夫式的，或者说"尼采式的强者的色采"吗[2]？

总而言之，自青年时代起，鲁迅就孜孜不倦地通过阅读和翻译俄国文学，在文本世界中想象俄国。如今他有机会近距离地观照这些因独特的历史际遇而流寓中国的白俄，因而获得了一个更为深入地认识和理解俄国文化的契机。不过，此时的鲁迅只是在某种特殊的心境下偶遇白俄，其所塑造的白俄形象也是主体意识强烈投射的产物，因而较少关涉中国革命与社会的现实问题。而在五年之后，经由厦门和广州的短暂漂泊，鲁迅定居上海，在这座半殖民的国际大都市里度过了最后的人生岁月，此时的白俄也已成为这座城市的日常性存在，并且走进了鲁迅的文学与革命空间，成为一个独特的"中国"问题。

二、白俄与半殖民地空间的"摩登"

在有关鲁迅上海时期生活场域的考述中，研究者大抵不会忘记那座位于今四川路 2029 号的白俄咖啡馆，因为它见证了中国现代文学史上的若干重要事件。1933 年底，鲁迅在这家咖啡馆会晤了从鄂豫皖苏区来沪的成仿吾，并帮助他与党组织重新取得

---

① 鲁迅：《译了〈工人绥惠略夫〉之后》，《鲁迅译文全集》第 1 卷，第 139 页。

② 正因如此，鲁迅对俄国歌剧团颇为欣赏。一个旁证是，1922 年 6 月 2 日晚，他曾陪同家人再次前往第一舞台观剧。参见周作人：《周作人日记》（中），郑州：大象出版社，1996 年，第 241 页。

了联系。茅盾在《我走过的道路》一书中，对此次会面有过详细回忆，并且指出这家白俄咖啡馆位于北四川路底，因距离鲁迅和茅盾所居住的大陆新村很近，且较为僻静，中国人很少，所以鲁迅与茅盾都将此处作为私密晤谈之所[①]。而一年后的一个冬日，也是在一家白俄咖啡馆，萧军、萧红终于与期盼已久的鲁迅先生见面畅谈，日后异军突起于中国文坛的"东北作家群"从这里迈出了重要一步。据萧军回忆，他们在内山书店与鲁迅见面后，简短打过招呼后立刻"同去一家白俄咖啡馆"，路线是"跨过一条东西横贯的大马路，走向了路南面的行人道，又向西走了一段"[②]。而当时的内山书店位于原北四川路底施高塔路 11 号，按照上述路线，这家咖啡馆也应该距离北四川路底不远。另据周国伟和彭晓在《寻访鲁迅在上海的足迹》一书中的考证，20 世纪 30 年代初的北四川路底只有一家白俄咖啡馆[③]。以此推考，鲁迅分别会见成仿吾和萧军的地方很可能是同一家白俄咖啡馆。萧军还曾回忆，当时鲁迅"很熟悉地推门就进去了……一个秃头的胖胖的中等身材的外国人——可能是俄国人——很熟识地和鲁迅先生打了招呼"。鲁迅告诉萧军，这家咖啡馆以后面的"舞场"为生，白天几乎无人光顾，中国人更加少见，所以他"常常选取这地方作为和人们接头的地方"[④]。

---

① 参见茅盾：《我走过的道路》（中），北京：人民文学出版社，1984 年，第 214—215 页。

② 参见萧军：《鲁迅给萧军萧红信简注释录·第八信》，《萧军全集》第 9 卷，第 57 页。

③ 参见周国伟、彭晓：《寻访鲁迅在上海的足迹》，上海：上海教育出版社，1987 年，第 145 页。

④ 参见萧军：《鲁迅给萧军萧红信简注释录·第八信》，《萧军全集》第 9 卷，第 57 页。

　　除了这家白俄咖啡馆，某些散落在上海街头的白俄餐馆也曾留下了鲁迅的身影。1936 年 1 月 13 日晚，鲁迅一家曾到"俄国饭店夜饭"①。另据萧红回忆，鲁迅还常去老靶子路上的一家白俄小吃茶店，老板是个胖胖的白俄，"中国话大概他听不懂"②。另外，如前所述，鲁迅不时还光顾他家附近的"白俄点心铺"。

　　由此可见，以白俄咖啡馆为代表的白俄都市文化已经悄然走进鲁迅的日常生活，某些店家更是成为鲁迅会友交谈的重要场域。然而，一个值得思考的问题是：鲁迅却从未将它们写进自己的文学世界。比之于鲁迅的沉默，另外一些作家则大张旗鼓地表达着对白俄咖啡馆的热爱。1928 年 4 月的一个下午，像往常一样，海派作家张若谷与傅彦长、田汉、朱应鹏等沪上名流相约来到位于上海霞飞路上的"巴尔干"白俄咖啡馆，一人一杯"华沙咖啡"，海阔天空地"座谈"了半天③。这样的聚会其实是张若谷最为惬意的日常生活："坐咖啡馆里的确是都会摩登生活的一种象征。"④ 这种"象征"的真正含义在于：人们不仅可以体验到咖啡作为"兴奋剂"的"刺激"，而且还可以享受到"咖啡侍女"所带来的"情感满足"⑤。在张若谷看来，之所以首选"巴尔干"白俄咖啡馆，是因为除此之外，整个上海竟然找不出"第二家同样地价廉物美招待周到的咖啡店了"。相比之下，那些"西洋人开的纯粹贵族式的咖啡店"或者"日

① 参见鲁迅：《日记》（1927—1936），《鲁迅全集》第 16 卷，第 586 页。

② 参见萧红：《鲁迅先生生活散记》，《文艺阵地》第 4 卷第 1 期，1939 年 11 月 1 日。

③ 参见张若谷：《现代都会生活象征》，《珈琲座谈》，上海：真美善书店，1929 年，第 4 页。

④ 张若谷：《战争・饮食・男女》，上海：上海良友图书印刷公司，1933 年，第 146 页。

⑤ 参见张若谷：《现代都会生活象征》，《珈琲座谈》，第 4 页。

本人的料理店"，"不是咖啡的色香味三者不能具，便是招待太不客气"①。

　　回到历史语境，张若谷对白俄咖啡馆的观察非常敏锐：在这里，人们可以用不高的花费享受上海这座现代都市的摩登生活，并获得心理与情感上的自我满足。而这正是当时上海白俄文化核心特征的直接体现。如前所述，上海是在华白俄除哈尔滨之外的最大聚居地，更为关键的是，与那些恪守华洋分界的欧美侨民不同，作为艰难图存的"难民"和备受欧美外侨歧视的"二等白人"，绝大多数白俄杂处华人之中，其所从事的职业也大多与上海百姓密切相关。事实上，除了上述的白俄咖啡馆，价格亲民且又风味独具的白俄餐馆也深受上海市民的喜爱。曾有论者指出："未曾吃过'罗宋大菜'者，不得谓为吃尽天下大菜，更不得称为'国际吃客'也，是以，混迹'十里洋场'，对于罗宋大菜，不能不吃。"而霞飞路上的罗宋大菜馆乃是此中翘楚，该店老板和老板娘是白俄，店伙则大多是扬州人②。如果为求方便实惠，找一家在街头巷尾随处可见的白俄"小吃茶店"也是不错的选择。吴似鸿曾在《我与蒋光慈》一书中回忆起法租界法国公园旁万宜坊大门口的"白俄茶馆"："两毛钱一盘牛肉包心菜汤，尚有数片黑面包，吃二盘也不过四毛钱，我和光慈各吃了一盘就够了。"③ 以白俄咖啡馆为代表的白俄商家就像是一个"二传手"，他们不仅带来了西洋式的都市文化，而且很大程度上过滤了这种文化所负载的殖民主义气息，将其自然地散播到上海市民的日常生活之中。

① 参见张若谷：《现代都会生活象征》，《珈琲座谈》，第7—8页。
② 参见陈亮：《罗宋大菜》，《申报》1936年10月21日，第14版。
③ 参见吴似鸿著，傅建祥整理：《我与蒋光慈》，南宁：广西教育出版社，1992年，第52—53页。

如果说以白俄咖啡馆为代表的白俄都市文化也突出体现了上海这座城市的国际性,那么如何看待这种建立在半殖民地之上的摩登与现代,就成为当时中国知识分子必须面对的重要问题。在张若谷的一位文友,也是同样鼓吹上海都市文化的作家黄震遐看来,这些白俄咖啡馆不过是上海的 Cosmopolitan(世界主义)景观的一个缩影。按照黄震遐的分析,"只有租界才是真正的上海。……我们真觉得很荣耀能够住在这包罗万象的上海中……上海是我们的,老百姓丝毫没份,它们不但没份,并且还不配住在上海。上海是一个 Cosmopolitan,只有 Cosmopolitan 才是上海真正的市民。我在上海越久,越觉它好,我那许多臭味相投的狐群狗党们也都如此。无论是异国情调底接触或是艺术文化底享受,我们都应该三呼上海万岁,伟大啊上海真伟大"[1]。也正是在此意义上,我们或许更容易理解,为何白俄咖啡馆中的聚会对张若谷而言,是一种"最惬意的日常生活"。

与张若谷、黄震遐一样,生活在上海的鲁迅也分享着上海由白俄参与形塑的国际性。不过,鲁迅光顾白俄咖啡馆的原因显然与张若谷、黄震遐等人大有不同。如前所述,鲁迅看重的是它们离家较近,环境僻静,中国人少,而且老板是白俄,不懂中国话。换句话说,通过对其他人群的区隔,这些地方在城市的"褶皱"之中为鲁迅提供了进行文学与革命活动的空间。由此,我们可以发现,鲁迅并没有融入黄震遐所赞美的那种 Cosmopolitan,也并不愿意享受那些异国情调所带来的摩登生活,恰恰相反,鲁迅与这座半殖民地城市总是处于一种充满张力的关系中:一方面,鲁迅享受到了上海

---

[1] 黄震遐:《我们底上海》,《申报·艺术界》1928 年 12 月 30 日,"本埠增刊"第 7 版。

特有的开放、松弛与便利；另一方面，鲁迅时刻警醒于这座城市的半殖民地特质，甚至取"租界"二字之各半，以"且介"来命名自己的书房与文集。具体而言，鲁迅对这座城市不时流露出的"倚徙华洋之间，往来主奴之界"的"西崽相"深恶痛绝①，经常性地疏离在这座城市的人群与烦嚣之外。据许广平回忆，上海时期的鲁迅外出时要么步行要么坐出租汽车，基本不坐电车或黄包车，看电影也不坐一楼普通的"正厅"，而是选择二楼类似包厢的"花楼"②。由此可见，鲁迅更像是一个藏身于这座城市的"局外人"，以冷峻的目光审视着这座城市特有的摩登生活。

　　的确，作为鲁迅在上海生活时的一个重要活动场域，白俄咖啡馆从未直接出现在鲁迅的笔下，但在鲁迅的沉默中，我们其实似乎已经找到了答案。而早在 1928 年 8 月，身处"革命文学"论战硝烟之中的鲁迅发表了一篇题为《革命广告·鲁迅附记》的短文，激烈抨击了某些"革命作家"消费革命的"革命咖啡馆"生活。他鄙视这种从前以看侍女为卖点，如今以看"名人"为噱头的"革命广告"，并特别声明自己无缘附此风雅："我是不喝咖啡的，我总觉得这是洋大人所喝的东西……不喜欢，还是绿茶好。"③ 在这里，鲁迅将"咖啡"与"洋大人"直接挂钩，不仅是以其一贯的极富攻击性的

---

① 鲁迅：《"题未定"草》（一至三），《鲁迅全集》第 6 卷，第 367 页。原载《文学》月刊第 5 卷第 1 号，1935 年 7 月 1 日。

② 参见景宋（许广平）：《鲁迅先生的娱乐》，《文艺阵地》第 4 卷第 1 期，1939 年 11 月 1 日。

③ 鲁迅：《革命广告·鲁迅附记》，《语丝》第 33 期，1928 年 8 月 13 日。另按，鲁迅在 1928 年 8 月 15 日致章廷谦的信中也提及此事，指出创造社咖啡馆谎称可在店中遇见鲁迅、郁达夫等著名作家，进行虚假宣传，而田汉开的咖啡馆则以"了解文学趣味之女侍"为卖点，"肉麻煞人"。参见鲁迅：《致章廷谦》，《鲁迅书信集》（上卷），北京：人民文学出版社，1976 年，第 197 页。

文风批判这些"革命作家"之虚浮与自恋,更是揭露出隐藏在半殖民地空间摩登生活表象之下的权力关系,而"咖啡"与"绿茶"之辨,也再次强调了鲁迅自觉的文学与政治立场。

不难看出,鲁迅的真正关切在于:坐在从洋大人那里学来的咖啡馆里,喝着洋大人喝的咖啡,你是不是真的就"洋气"起来了?从而,你是不是真的如同自身所感受的那样,开始自主地享受着这座半殖民地城市的都市生活?正如鲁迅在《从孩子的照相说起》一文中所指出的那样,中国人必须认真学习那些科学、进步的真正"洋气"[①],而这种从咖啡馆里得来的"洋气",不过是古已有之的老爷清客青楼买笑的变种。事实上,当时上海的很多咖啡馆都通过"女侍"来营造摩登气息,并以此作为招徕青年男性顾客的手段。据曾在创造社出版部工作的黄药眠回忆,当年他深受创造社浪漫风气影响,常到咖啡馆喝咖啡,一杯咖啡两角,但总是给女侍一块,余资作为小费,所以女侍们一见他来就"投怀送抱,调笑一番"[②]。而尤其当人们坐在白俄咖啡馆中享受那"价廉物美招待周到"的服务之时,很容易产生一种主人翁般的飘然之感:在此不仅享有了上海这座城市的摩登生活,而且这种摩登生活还是由有修养的纯种白人提供的。然而,这种自欺欺人的幻想,与鲁迅在《〈现代电影与有产阶级〉译者附记》中所辛辣讽刺的"嫖白俄妓女以自慰"[③]又有何实质区别?

因而,当我们回过头去,仔细打量黄震遐所说的那种"世界主

---

① 参见鲁迅:《从孩子的照相说起》,《鲁迅全集》第 6 卷,第 84 页。原载《新语林》第 4 期,1934 年 8 月 20 日,署名孺牛。

② 参见黄药眠口述,蔡彻撰写:《黄药眠口述自传》,北京:中国社会科学出版社,2003 年,第 68 页。

③ 参见鲁迅:《〈现代电影与有产阶级〉译者附记》,《鲁迅译文全集》第 8 卷,第 409 页。

义"，就会发现其逻辑的悖谬：这一鼓吹"超越"的"世界主义"，是建立在一再"限定"的基础上的。它不仅限定了地域（租界）和人群（洋人和"我们"），而且限定了人际关系，即"异国情调底接触或是艺术文化底享受"。换言之，这种人际关系并非来自彼此真实的生存处境，而是屈从于摩登生活的消费逻辑。那么"我们"又是谁呢？"我们"就是那些流连于上海西洋式摩登生活的"高等华人"。不过，这里的"高等"不仅指经济地位，还包括文化资本。因而所谓"世界主义"的真正含义在于：它不仅展示了上海摩登生活的国际性，而且强化了"我们"在消费这种摩登生活时的主体地位——那些过去是"主人"的洋人现在也不过是"我们"的"兄弟"而已①。

　　然而，这种"世界主义"只是一个摩登生活中的消费神话，也只能存活于消费之中。换言之，"我们"一旦走出亲切的白俄咖啡馆，迎面遇到某位趾高气扬的白俄巡捕，就会马上回到半殖民地空间的现实秩序之中。这些白俄巡捕和他们的安南、印度乃至中国同事一道，代表着租界当局至高无上的统治，肆无忌惮地行使着他们那假借于欧美主人的权威。而对于白俄巡捕，鲁迅并不陌生，住在大陆新村九号的时候，除了有白俄咖啡馆老板街坊，还有"在巡捕房工作的白俄"西邻，且需小心提防②。1933年8月6日晚，正在法租界黄埔滩太古码头纳凉的油漆匠刘明山惨遭无妄之灾，竟被彼时驱离闲散人等的白俄巡捕踢入江中溺亡③。在读到《申报》的

---

① 参见黄震遐：《我们底上海》，《申报·艺术界》1928年12月30日，"本埠增刊"第7版。
② 1933年7月的一个凌晨，瞿秋白和杨之华去鲁迅家里避难时就曾经惊动这位邻居，所幸最后平安无事。参见许广平：《鲁迅回忆录》，北京：作家出版社，1961年，第129页。
③ 参见《刘明山惨死系俄捕足踢堕浦毙命》，《申报》1933年8月9日，第14版。

这则报道之后，鲁迅很快就在《申报·自由谈》上发表杂文《踢》，愤怒地指认白俄巡捕充当帝国主义爪牙，残害中国百姓的暴行。文章之所以取名为"踢"，是因为鲁迅发现上海已经出现了一批"踢"的专家："有印度巡捕，有安南巡捕，现在还添了白俄巡捕"，他们把"踢"变成了对付"下等人"的专有名词。而比之于白俄巡捕欺压国人的明目张胆，国人的"忍辱负重"更让鲁迅齿冷心寒：只要不像刘明山那样倒霉"落浦"，他们"就大抵用一句滑稽化的话道：'吃了一只外国火腿'，一笑了之"①。考究起来，这一"吃了外国火腿"的典故并非鲁迅的发明，而是当时在上海市民口中广为流传的"俏皮话"。1932 年，上海的一份市民读物《女朋友》向读者讲述了一则关于当红影星金焰及女明星黎灼灼的花边新闻，文中以调笑的口吻将金焰受到黎灼灼白人男友殴打一事称作"享受了几只外国火腿"②。与之相类似的事还有一例。1934 年 10 月，鲁迅在《说"面子"》中讲了个笑话：一个专爱夸耀的小瘪三攀附阔佬，把"滚出去"这样的骂喝当作是阔佬对他"讲了话了"，并以此为荣奔走告人。在鲁迅看来，这句为小瘪三博得面子的喝骂"滚出去"与上海人口中的俏皮话"吃外国火腿"有着相同的逻辑："虽然还不是'有面子'，却也不算怎么'丢脸'了，然而比起被一个本国的下等人所踢来，又仿佛近于'有面子'。"③ 如是观之，那种在白俄咖啡馆里享受到的"世界主义"，不过是以消费摩登生活的方式攀附那些白人阔佬及其白俄替身们。而这当中所隐藏的国人的屈辱、无奈与自我欺骗，正是鲁迅想要极力提醒世人的关键所在。

如果说跻身于"我们"，即"高等华人"之列的黄震遐尚可规避

---

① 丰之余（鲁迅）：《踢》，《申报·自由谈》1933 年 8 月 13 日，第 19 版。

② 参见《金焰吃外国火腿》，《女朋友》第 1 卷第 16 期，1932 年 10 月 21 日。

③ 鲁迅：《说"面子"》，《鲁迅全集》第 6 卷，第 132 页。

白俄巡捕的"外国火腿"，但对于其"世界主义"的"兄弟"送来的另一份礼物——"抄靶子"恐怕他是推却不得的。按照鲁迅的解说，在半殖民地城市上海，"抄靶子"指的是租界的华洋（俄）巡捕对国人搜查全身及携带的物品。而在殖民地城市香港，这一行为被称为"搜身"，合乎体统又通俗易懂。而"抄靶子"的命名之所以比"搜身"高妙，恰在于四万万国人自比"靶子"任由洋大人及其下属射击，而且"四万万靶子，都排在文明最古的地方，私心在徼幸的只是还没有被打着"①。或许，大谈"世界主义"的黄震遐始终将自己想象成那个幸运的一直没有被打着的靶子吧，这也未可知。

　　如其在《革命广告·鲁迅附记》中所言，生活中的鲁迅的确不喜欢喝咖啡。据萧红回忆，鲁迅只喜欢喝清茶，家中不预备咖啡之类的其他饮品②。与此呼应，我们在1934年5月18日的鲁迅日记中还发现了他与叶紫、聂绀弩在咖啡馆里"品茗"的记载③。尽管如此，鲁迅却是咖啡馆里的常客。1923年8月的鲁迅日记显示，早在北京时期他就常与友人在咖啡馆晤谈④。而到了上海，咖啡馆更是成了鲁迅重要的文学与革命活动场域。除了上述的白俄咖啡馆之外，他还光顾过公啡咖啡馆和ABC咖啡店⑤。倘若仔细打量一下咖啡馆这

---

① 旅隼（鲁迅）：《"抄靶子"》，《申报·自由谈》1933年6月20日，第15版。

② 参见萧红：《鲁迅先生生活散记》，《文艺阵地》第4卷第1期，1939年11月1日。

③ 参见鲁迅：《日记》（1927—1936），《鲁迅全集》第16卷，第450页。

④ 从鲁迅日记可见，1923年8月1日上午，他与日本友人清水安三到咖啡馆小坐，8月16日午后又与李茂如等人"往菠萝仓一带看屋，比毕回至西四牌楼饮冷加非而归。"参见鲁迅：《日记》（1912—1926），《鲁迅全集》第15卷，第477—478页。

⑤ 参见上海鲁迅纪念馆编：《鲁迅在上海活动旧址图集》，上海：上海教育出版社，1981年，图34、图62。

一西洋舶来品,我们会发现它在 17、18 世纪的欧洲以及美国历史中扮演了重要角色。而英国的咖啡馆不仅为全欧洲塑造了一种新型的礼貌社交方式,"其基本活动内容是发生在平等个体之间的聊天和读报",还因此为全欧洲提供了一条通往启蒙和理性的独特途径:"穿过配备有报纸的咖啡馆的大门。"① 西洋咖啡馆文化的核心,在于人们对以主体性和理性为核心的现代性的寻求。在此意义上,我们说坐在白俄咖啡馆里的鲁迅是"现代"的,但却并不"摩登"。相反,他对包裹在"摩登"之中的自恋与自欺有着深刻的警醒与批判。

三、异邦的白俄与革命的借镜

上海时期的鲁迅,闲来常去书店走走,这不仅是为了买书,也是一种休息和娱乐②。而在 20 世纪二三十年代的上海,那些位于法租界的白俄书店是很多中国知识精英的流连之地,在那里常有让人惊喜的发现③。我们找不到鲁迅曾经光顾这些白俄书店的确实证据,但至少可以确定,他对这些书店较为熟悉。我们都知道,进

---

① 参见[英]马克曼·艾利斯著,孟丽译:《咖啡馆的文化史》,桂林:广西师范大学出版社,2007 年,第 241—244 页。

② 参见景宋(许广平):《鲁迅先生的娱乐》,《文艺阵地》第 4 卷第 1 期,1939年 11 月 1 日。

③ 郁达夫就很喜欢逛上海的白俄书店。1927 年 2 月 28 日上午,他"上霞飞路俄国人开的书店去买了十块钱左右的书",收获了一本德国小说以及安特莱夫剧本的德译本。接下来的两天,他又去这家书铺,先后买了两本高尔基剧本以及两本德译俄国小说。7 月 18 日傍晚,郁达夫又在法租界的一家俄国书铺里买了三本德文小说,其中包括他非常珍视的罗曼·罗兰小说《夏天》的德译本。参见郁达夫:《郁达夫日记集》,西安:陕西人民出版社,1984年,第 82、84—85、171 页。

行外国文学翻译工作的首要前提是找到较为可靠的原文文本，而1935年2月，鲁迅和孟十还却都在为寻找俄国"白银时代"著名作家柯罗连科的俄文版短篇小说发愁。无奈之下，鲁迅建议孟十还到上海的白俄书店中去碰碰运气。在鲁迅看来，那里是个淘宝之处，即使找不到柯罗连科的小说，或许也可能意外地"掘出一点可用的东西"①。

1935年4月16日，孟十还在《译文》第2卷第2期上翻译发表了柯罗连科的短篇小说《片刻》。不知道这篇小说的俄文原版是否就是鲁迅所期待的收获，不过这年秋天孟十还的另一个发现着实让鲁迅惊喜不已。住在霞飞路"罗宋大菜馆"楼上的孟十还近水楼台，竟然在一家白俄书店中淘到了一本1893年版的《死魂灵》图画集②。此书不仅是公认的善本，而且在苏联国内也很稀见。在鲁迅看来，其原主人很可能就是一位流亡上海的白俄。在此书翻译出版之际，他对原书的收藏者表达了深深的敬意：

> 这大约是十月革命之际，俄国人带了逃出国外来的；他该是一个爱好文艺的人，抱守了十六年，终于只好拿它来换衣食之资；在中国，也许未必有第二本。藏了起来，对己对人，说不定都是一种罪业，所以现在就设法来翻印这一本书，除绍介外国的艺术之外……同时也以慰售出这本画集的人，将他的原

① 参见鲁迅：《致孟十还》（1935年2月7日），《鲁迅书信集》（下卷），第749—750页。

② 此书由鲁迅出资百元买下，交由文化生活艺术出版社出版。又因该社对销量及出版成本有所顾虑，所以鲁迅出一部分钱补足成本，并订购50本。参见梅志：《读许先生的札记》，《新文学史料》1993年第1期。

本化为千万,广布于世,实足偿其损失而有余……①

　　鲁迅对流亡白俄的赞誉显然不止于读书人之间的惺惺相惜。设身处地想来,革命爆发不啻天崩地裂,仓皇逃亡之际,常人大抵只能携带些保命之物,何人能在有限而宝贵的行李中放上一本厚厚的图画集,并带着它流徙万里? 倘若没有对俄罗斯文化坚实的认信,何人能有此大勇? 而此时的图画集早已不只是一本来自俄罗斯的书,也是一脉源自俄罗斯的文化骨血。正如一位流亡哈尔滨的俄侨诗人所言:"正因为受到了国家驱逐,我们带着俄罗斯四处奔走。"② 对于那些失去祖国而被迫流亡异域的白俄知识精英而言,坚守俄罗斯的语言与文化不仅是维系白俄社群存在的精神纽带,也是他们引以为傲的俄罗斯文化正统性之体现。而为鲁迅所赞赏者,正是持书人这一捍卫祖国文化的大爱与大勇,这也似乎再次回应了他在阅读俄国文学时经常流露出的对"俄国人民的伟大"③ 以及"那坚决猛烈冷静的态度"的赞扬④。

　　环顾 1935 年的中国文坛,鲁迅这一激赏白俄的笔调可谓独一无二。如果考虑到此时的鲁迅已是左翼文学的精神领袖,那么他与其他左翼作家在白俄叙事上的重大差异尤其值得关注。在普罗(左翼)作家的"敌人"想象中,白俄只能是没落的阶级敌人,而

---

① 鲁迅:《〈死魂灵百图〉小引》,《鲁迅全集》第 6 卷,第 461 页。原载《死魂灵百图》,上海:三闲书屋,1936 年。

② [俄] 阿列克谢·阿恰伊尔:《在世界各国漂泊——献给我敬爱的父亲》,李延龄主编,谷羽译:《松花江晨曲》,哈尔滨:北方文艺出版社、黑龙江教育出版社,2002 年,第 20 页。

③ 参见鲁迅:《译了〈工人绥惠略夫〉之后》,《鲁迅译文全集》第 1 卷,第 140 页。

④ 参见鲁迅:《〈黯澹的烟雾里〉译者记》,《鲁迅译文全集》第 1 卷,第 231 页。

不能对其进行悲剧性的呈现，赞扬的笔触更是绝无可能。而鲁迅的问题意识显然不同于此。在他看来，作为现代"知识分子"的两大范型之一（另一范型是以左拉为代表的法国知识分子），俄国知识分子以血肉之躯承载了"十月革命"的时代巨变，其思想上的受伤与抵抗尤其值得关注。而鲁迅这种关注的目光不仅集中于苏联"同路人"作家以及新兴革命作家[①]，而且也被白俄作家所深深吸引。1928 年 8 月，正在"革命文学"论战之中的鲁迅对于当时火热的"唯物史观打仗"不以为然："只希望有切实的人，肯译几部世界上已有定评的关于唯物史观的书——至少，是一部简单浅显的，两部精密的——还要一两本反对的著作。"[②] 而在隐喻的意义上，白俄知识分子正是中国知识分子必读的有关"十月革命"和苏联的"反对的著作"。

如所周知，"俄罗斯侨民界的文学，是俄罗斯民族文化不可分割的一个部分"[③]，如果离开俄侨文学，根本无法谈论 20 世纪俄国文学史[④]。倘若翻检鲁迅的苏俄文学翻译文本，很多作品出自革命后流亡国外或沉默于国内（"内部侨民"）的白俄作家之手。事实

[①] 鲁迅在分析毕力涅克的小说《精光的年头》时指出，这部小说的主题是"革命"，"而毕力涅克所写的革命，其实不过是暴动，是叛乱，是原始的自然力的跳梁，革命后的农村，也只有嫌恶和绝望。"参见鲁迅：《〈一天的工作〉后记》，《鲁迅译文全集》第 6 卷，第 324 页。而在鲁迅看来，法捷耶夫的《毁灭》最成功之处在于深刻剖析了在革命中遭遇挫败与痛苦的知识分子，特别是"外来的知识分子"高中生美谛克的无奈与孤独。参见鲁迅：《〈毁灭〉后记》，《鲁迅译文全集》第 5 卷，第 408 页。

[②] 鲁迅：《文学的阶级性》，《鲁迅全集》第 4 卷，第 128 页。

[③] ［俄］弗·阿格诺所夫著，刘文飞、陈方译：《俄罗斯侨民文学史》，第 102 页。

[④] 参见《俄侨文学四人谈》，［俄］弗·阿格诺所夫著，刘文飞、陈方译：《俄罗斯侨民文学史》，第 724 页。原载《俄罗斯文艺》2003 年第 1 期。

上，主要是通过阅读日本学者的俄国文学研究著述，鲁迅对这些白俄作家的状况较为熟悉①。在 1926 年 8 月发表的《〈十二个〉后记》中，鲁迅明确指出："就诗人而言，他们因为禁不起这连底的大变动，或者脱出国界，便死亡，如安得列夫；或者在德法做侨民，如梅垒什珂夫斯奇，巴理芒德；或者虽然并未脱走，却比较的失了生动，如阿尔志跋绥夫。"②半年后，鲁迅在《老调子已经弹完》中以俄国作家为例，再次论述了文学与大众的关系："他们当俄皇专制的时代，有许多作家很同情于民众，叫出许多惨痛的声音，后来他们又看见民众有缺点，便失望起来，不很能怎样歌唱，待到革命以后，文学上便没有什么大作品了。只有几个旧文学家跑到外国去，作了几篇作品，但也不见得出色，因为他们已经失掉了先前的环境了，

---

① 1928 年 6 月至 10 月，鲁迅在《奔流》上翻译并连载了藏原惟人的《苏俄的文艺政策》一文，该文是对 1924 年 5 月 9 日俄国共产党中央委员会所召开的党的文艺政策讨论会的速记，而如何更好地贯彻执行党在文艺领域的指导方针——"和国内及国外侨民"进行坚决的斗争，正是此次讨论会的重要议题之一。参见［日］藏原惟人：《关于对文艺的党的政策——关于文艺政策的评议会的议事速记录（一九二四年五月九日）》，鲁迅：《文艺政策》，《鲁迅译文全集》第 5 卷，第 43、107 页。此外，在该书的"附录"中，冈泽秀虎还论述了"十月革命"带给俄国文学界的分化，过去居于文坛中心的作家大部分逃亡，而"失去了自己底阶级，自己底生活条件的他们，在内心上也断绝了创造底路了"。参见［日］冈泽秀虎：《以理论为中心的俄国无产阶级发达史》，鲁迅：《文艺政策》，《鲁迅译文全集》第 5 卷，第 126 页。而在鲁迅 1929 年翻译出版的《壁下译丛》一书中，昇曙梦也论述了"十月革命"对俄国作家的淘洗，指出安特莱夫、库普林、契理罗夫等著名作家现在"不是徒然住在国外（译者按：安特莱夫是"十月革命"发生那年死的），一面诅咒着祖国的革命的成功，一面将在那暗中人似的亡命生活中，葬送掉自己的时代么？"参见昇曙梦：《最近的戈理基》，鲁迅：《鲁迅译文全集》第 4 卷，第 147 页。

② 鲁迅：《〈十二个〉后记》，《鲁迅全集》第 7 卷，第 310 页。原载《十二个》，上海：北新书局，1926 年。

不再能照先前似的开口。"①1932 年 9 月,鲁迅在《〈竖琴〉前记》中再次强调,自尼古拉二世以来的俄国文学一直是"为人生"的文学,但其在如今的苏联却日趋凋零,这是因为"十月革命"带给作家们"一个意外的莫大的打击。于是有梅垒什珂夫斯基夫妇,库普林,蒲宁,安特莱夫之流的逃亡,阿尔志跋绥夫和梭罗古勃之流的沉默。"②需要注意的是,鲁迅对于白俄作家在中国革命语境中的客观反动性非常警惕。1930 年 8 月,他在《〈十月〉后记》中指出："我们的大学教授拾了侨俄的唾余,说那边在用马克斯学说掂斤估两,多也不是,少也不是,是夸张的,其实倒是他们要将这作为口实,自己来掂斤估两。"③

　　如前所述,俄文中的"侨民"（эмигрант）是一个颇具悲剧意味的政治词汇④。正因如此,根据 20 世纪 30 年代中国左翼文学的白俄叙事规范,作家不能称这些"被迫离开祖国的人"为"侨民",只能追随苏联官方的叫法称其为"白俄"⑤。而瞿秋白的一次翻译行动更是生动诠释了这一"命名"的政治意义。1932 年,瞿秋白将高尔基旨在揭批俄侨作家的著名文章《论白俄的侨民文学》译

---

① 鲁迅:《老调子已经唱完——二月十九日在香港青年会讲演》,《鲁迅全集》第 7 卷,第 321—322 页。原载广州《国民新闻》副刊《新时代》,1937 年 3 月(？)。
② 鲁迅:《〈竖琴〉前记》,《鲁迅译文全集》第 6 卷,第 5—6 页。
③ 鲁迅:《〈十月〉后记》,《鲁迅译文全集》第 6 卷,第 220 页。
④ 据《苏联大百科全书》统计,仅 1913 年从沙皇俄国流亡出去的侨民就多达 29 万人,而俄国 20 世纪之后的流亡侨民总数更是高达 170 万人。参见[俄]弗·阿格诺索夫著,刘文飞、陈方译:《俄罗斯侨民文学史》,第 1 页。
⑤ 几乎唯一的例外来自蒋光慈的《丽莎的哀怨》,该小说以"外侨"和"侨民"来称呼上海白俄群体,而这种对白俄命运的悲剧性呈现正是其遭致普罗文坛激烈批判的主要原因。详见本书第四章。

为《论白党侨民的文学》①。而从"白俄"到"白党",瞿秋白"画龙点睛"般的"改译"显然强化了译文的革命斗争指向②。在此历史语境之下,鲁迅的深刻之处在于,虽然他曾用"白俄"来称呼那些狐假虎威的俄国巡捕以及日常生活中随处可见的俄国店主,但却从

---

① 参见高尔基著,瞿秋白译:《论白党侨民的文学——跋 D. 郭尔白夫所著书》,《瞿秋白文集·文学编》第 5 卷,北京:人民文学出版社,1987 年,第365 页。按,1932 年瞿秋白曾将此文编入《高尔基论文选集》,未出版,在瞿秋白牺牲后,这一选集在 1936 年被鲁迅收入《海上述林》。另外,该文还曾发表于左翼刊物《海燕》创刊号,1936 年 1 月 20 日,译者署名陈节。

② 在俄文中,"白俄"和"白党"是两个有着明显区别的词汇。高尔基的原文标题为"О книжке Д.А.горбова 'о белоэмигрантской литературе'"。参见А.М.Горьлий, О книжке Д.А.горбова 'о бело-эмигрантской литературе'. Правда, 11, мая, 1932г, No.108. (3940)。 俄 文 "белоэмигрантской" 是 个复合词,"бело" 是词根,本意"白色的",但作为政治语汇则指"反动的","эмигрантской" 指"侨民的",其名字形式为"эмигрант"。因而,该复合词直译为"白色的侨民的",而按照彼时通行的译法则应为"白俄的",或"白俄侨民的",其集合名词形式 "белоэмигрантщина" 即"白俄"之意。而在俄文中,"白党" 则另外写作 "белогвардейщина","бело" 是词根,"гвардейщина" 的词根与"近卫军"相同,均为"гвард",如"近卫军"一词就写作 "гвардия",而近卫军人则写作 "гвардеец"。因而这个词同时还有白匪、白卫军之意。参见黑龙江大学俄语系词典编辑室编:《大俄汉词典》,北京:商务印书馆,2001年,第 86、329 页。由此可见,虽然"白俄"和"白党"都是具有反动意义的政治语汇,但两者的"反动"程度显然不同,前者是包括平民在内的持有反苏态度的侨民,而后者则是一种直接对抗苏维埃的政治和武装力量。虽然当时的报刊对于两者不无混用(参见汉文:《俄罗斯民族之性质》,《俄罗斯研究》第 2卷第 3 号,1931 年 3 月 25 日;宗汉译:《日本与谢米诺夫》,《世界知识》第 3卷第 3 号,1935 年 10 月 16 日),但在严肃的学术研究中对于两者的区分非常明确。例如在彼时流传甚广的一部《新名词辞典》中,前者是指流亡国外的"反对俄国革命及苏维埃的俄罗斯人",而后者则是相对"赤党"而言的"反对革命及社会主义而拥护资本主义及君主专制的反动结合"。参见邢墨卿编著:《新名词辞典》,第 37—38 页。由此可见,从"白俄"进阶为"白党",瞿秋白这一"画龙点睛"的"改写"显然强化了译文的革命斗争指向。

未用它来称呼包括《死魂灵》图画集收藏者在内的俄国流亡知识分子。比之于对藏书者"俄国人"的泛称，鲁迅一直以这些俄国流亡作家的"自称"——"侨民"来称呼他们。而这种称呼的变化不仅反映出鲁迅敏锐的政治洞察力，而且体现出鲁迅对这些流亡知识分子的尊重。在鲁迅看来，这些俄国"侨民"知识精英正是来自异邦的借镜，从中可以省察中国知识分子的革命道路。

四、"沙俄"的暗影与"反苏"的面容

　　让我们再回到那本 1893 年版的《死魂灵》图画集。其实只有回到 20 世纪 30 年代初中国的历史语境，我们才能真正理解鲁迅这一发现俄文书籍的"惊喜"。正如鲁迅所感慨："想翻译一点外国作品，被限制之处非常多。首先是书，住在虽然大都市，而新书却极难得的地方，见闻决不能广。"[1] 具体到对俄国和苏联文学的翻译，最大的"限制"并非中俄文学交流上的客观障碍，而是南京国民政府出于反赤剿共之立场，对与"苏联"有关的书籍报刊一概查禁，一时间国人谈俄色变，以至于邮局中常有古怪之人"看见'俄国'两字就恨恨"，连上海小市民也"以为俄国要吃他似的"[2]。在此白色恐怖之下，自然难觅第一手的俄国和苏联文学资料。事实上，直到 1937 年抗日战争全面爆发，中国与苏联形成战略同盟关系之

---

[1] 鲁迅：《〈壁下译丛〉小引》，《鲁迅译文全集》第 4 卷，第 5 页。

[2] 参见鲁迅：《致曹靖华》，《鲁迅书信集》（上卷），第 312 页。按，蒋光慈也曾亲历荒谬可笑的查禁。20 世纪 30 年代初，他曾预付百元在上海外文书店订购了"一套苏联的百科全书"，然而该书到店之后，店员竟以"这是赤国的书"为由，将该书扣押。参见吴似鸿著，傅建祥整理：《我与蒋光慈》，第 85 页。

前①,国民党当局对苏联的恐惧和敌对都到了无以复加的程度。而作为苏联之敌的白俄,在国民党当局这一系列敌对苏联的行动中扮演了并不光彩的告密者角色。

1934 年 11 月 19 日,萧军在给鲁迅的信中提及了这样一件小事:初到上海的萧军感觉一派俄国风情的霞飞路很像哈尔滨的中央大街,不禁动了"思乡之情",于是他"一有机会就喜欢和遇到的随便哪个俄国人说几句'半吊子'的俄国话"②。然而令萧军意想不到的是,鲁迅次日的回信击碎了这温暖的乡愁。鲁迅特别严肃地警告萧军说:"现在我要赶紧通知你的,是霞飞路的那些俄国男女,几乎全是白俄,你万不可以跟他们说俄国话,否则怕他们会疑心你是留学生,招出麻烦来。他们之中,以告密为生的人们很不少。"③为何萧军被白俄怀疑成苏联留学生是如此可怕之事,竟会引发鲁迅亲自严厉提醒?而要理解鲁迅的严厉,就必须了解国民党当局迫害苏联留学生的严酷。1929 年 1 月,南京国民政府颁行了由国民党中央执行委员会制定的《处理留俄归国学生暂行办法》,该办法对待苏联留学生无异于重罪嫌犯④。在此严酷迫害之下,不仅看

① 随着国共合作实现,苏联对华政策重心转向国民党一方,维持国民党在抗日民族统一战线中的主体地位,两国于 1937 年签订《中苏互不侵犯条约》,并在随后签订了苏联对华贷款协议。尽管因为苏联坚持中立日本,避免与之开战的政策,并与日本订立中立条约,中国的联苏抗日战略宣告终结,但中苏两国仍然形成了战略同盟关系。参见薛衔天、金东吉:《民国时期中苏关系史》(中),第 58 页。

② 参见萧军:《鲁迅给萧军萧红信简注释录·第六信》,《萧军全集》第 9 卷,第 49 页。

③ 鲁迅:《鲁迅给萧军萧红信简注释录·第六信》,《萧军全集》第 9 卷,第 48 页。

④ 按照《办法》之规定,留学生归国后必须在一周内亲赴中央或各省党部报到,其中在各省报到者,该各省党部转送中央听候处置;一周内(转下页)

俄文书是一种禁忌，甚至连说俄语都成了非常危险的事情。正因为白俄与国民党当局的特务统治之间存在着密切的共谋，鲁迅才用讥讽的笔调写道："蒙古亲近赤俄，公决革出五族，以侨华白俄补缺，仍为'五族共和'，各界提灯庆祝。"①

　　而从很多像《踢》那样的取材于新闻报道的杂感中可以看出："在当代的文人中，恐怕再没有鲁迅那样留心各种报纸的了吧。"②鲁迅自己也曾宣称，"到上海以后，日报是看的"③，那么《申报》应该是他时常阅读的报纸之一。作为上海最重要的主流媒体，《申报》又是怎样来报道白俄的呢？　1927 年至 1936 年间的《申报》登载了几百篇关于白俄的报道，绝大多数是有关盗窃、抢劫、酗酒、卖淫、乞讨等方面的负面新闻，而在鲁迅最为关注的华洋（俄）关系方面，负面报道也是屡见不鲜。除了前述的《刘明山惨死系俄捕足踢堕浦毙命》一文，我们还可以举出如下例证：

　　1930 年 3 月，法租界霞飞路巴黎大戏院房主丁润庠，因细故被法租界会审公廨检察处送达"堂谕"之公务员、俄人克尔米鹿夫殴伤④。当年 9 月，崇明路青云里新沙逊洋行因翻建洋行所属房屋，雇

（接上页）不报到者，即以共产嫌疑犯论处。而报到后必须入住中央专门设立之留俄归国学生临时招待所，非经中央详密审查，认为确无共党嫌疑，并给予证明书后，不得擅自离去。得到证明书后，尚需国民党党员五名以上连坐保证，才能准其自由行动，但一年以内，仍须将住址行动，随时报告中央，以备查讯。参见《处理留俄归国学生暂行办法》，《申报》1929 年 2 月 18日，第 12 版

① 鲁迅：《拟预言——一九二九年出现的琐事》，《鲁迅全集》第 3 卷，第 596页。原载《语丝》第 7 期，1928 年 1 月 28 日，署名楮冠。

② 李长之：《鲁迅批判》，北京：北京出版社，2003 年，第 142 页。按，该书的初版本为上海北新书局 1936 年版。

③ 参见鲁迅：《〈伪自由书〉前记》，《鲁迅全集》第 5 卷，第 3 页。

④ 参见《丁润庠被俄人殴伤续纪》，《申报》1930 年 3 月 8 日，第 16 版。

佣白俄 200 余人,强拆民屋,市民房屋被翻动者 30 余家,被殴伤者
数人 ①。此番恶行引发整个青云里房客大请愿 ②。1931 年 3 月,任
职于沪西大西路一百号白俄老拉买糖果公司的俄人马尔克司基,
因与公司仆役河北人刘金山争夺抹布,始而口角,继而逞凶,拳殴
刘金山致死 ③。当年 5 月,上海人史文恺在购公共汽车季票时,俄人
皮配耳高司吉试图插队,史与其理论,反被后者推倒致伤 ④。几天
后,充当皖人富商保镖之白俄麦开夫为在广西路"突与西藏路时疫
医院护士苏州人李维嘉冲突",竟以枪柄猛击李之头面,"旁观者为
鸣不平"而报警 ⑤。

　　不可否认的是,上述新闻报道可能存在不同程度上的主观性
和倾向性,但同样不可否认的是,正是它们参与建构了上海白俄
"帝国主义爪牙"的社会形象。除了源于日常生活的较为浅表的直
接经验,鲁迅对于在华白俄的认知很大程度上来自"阅读"白俄的
间接经验,更准确地说,两者紧密互动,共同塑造了此时鲁迅心中
的白俄形象。对于诸如此类的白俄负面报道,鲁迅无疑是熟悉的。
它们不仅呈现了白俄的粗野与强横,更是勾起了鲁迅对隐藏在这
种粗野与强横背后的、陈腐的沙文主义气息的极度厌恶。在《冲》
中,鲁迅回忆起沙皇时代用"哥萨克马队"冲散革命群众的专制
"快举" ⑥。在《踢》中,鲁迅惊呼白俄巡捕竟然"将沙皇时代对犹太

---

① 参见《崇明路青云里昨有白俄强拆民屋》,《申报》1930 年 9 月 11 日,第
　　9 版。
② 参见《昨日青云里房客大请愿》,《申报》1930 年 9 月 16 日,第 10 版。
③ 参见《俄人胆大妄为一掌击死华人》,《申报》1931 年 4 月 26 日,第 15 版。
④ 参见《俄人推倒华人受伤》,《申报》1931 年 5 月 17 日,第 15 版。
⑤ 参见《朱静安家俄保镖以枪柄行凶》,《申报》1930 年 5 月 12 日,第 15 版。
⑥ 旅隼(鲁迅):《冲》,《申报·自由谈》1933 年 10 月 22 日,第 21 版。

人的手段,到我们这里来施展了"①。而通过阅读俄国文学,鲁迅早已领教这一酷虐的"手段",并且指认:"专制俄国那时的'庙谟',真可谓'毒遍四海'的了。"② 在鲁迅看来,这些欺压中国百姓的白俄虽然经历多年流亡生涯的淘洗,却仍然只是保留着沙皇专制遗毒的活化石。

如果说鲁迅在这些欺压国人的白俄身上发现了"沙俄"的暗影,那么他在那些白俄主办的报纸上看到的则是一副清晰的"反苏"的面容。据当时媒体文章披露,在20世纪30年代的上海,白俄曾先后拥有《上海霞报》《俄文日报》《物理美报》等报纸③,以及《俄国》《东方》《设计者》等定期刊物④。这些报刊绝大多数以反苏为舆论导向,是上海侨民界乃至上海新闻界的重要力量。鲁迅对这些白俄报刊应有所耳闻,但因语言和政治等方面的隔阂,与之素无交集。不过在1933年初,鲁迅却因爱尔兰著名剧作家萧伯纳而与它们意外"结缘"。这一年的2月17日,萧伯纳顺访上海,虽然仅停留了半天多的时间,上海各媒体却掀起了一波"萧伯纳热"。而就在萧氏离开上海十余天后,鲁迅与瞿秋白合作编写了《萧伯纳在上海》一书。鲁迅在该书序言中指出,萧伯纳受到了来

① 丰之余(鲁迅):《踢》,《申报·自由谈》1933年8月13日,第19版。

② 1921年4月,鲁迅翻译了俄国作家阿尔志跋绥夫以"犹太人虐杀"为背景的短篇小说《医生》,在"译者附记"中,鲁迅言简意赅地介绍了1905年至1906年间沙俄的犹太人大屠杀事件,他还特别提及了1921年白俄头目恩琴在库伦对犹太人的残酷屠杀。参见鲁迅:《〈医生〉译者附记》,《鲁迅译文全集》第1卷,第274—275页。

③ 参见胡道静:《上海的日报》,《上海市通志馆期刊》第2年第1期,1934年6月。

④ 参见胡道静:《上海的定期刊物》(下),《上海市通志馆期刊》第1年第3期,1933年3月。

自"英系报，日系报，白俄系报"的造谣与攻击^①。鲁迅此处所言的
"白俄系报"主要是指《上海霞报》^②，而在 20 世纪 30 年代初的上
海，以该报为核心的白俄报系与美、英、法、德、日的报纸和通讯社
一道"垄断了新闻界"^③，并在此次萧伯纳访沪报道中充当了"呸萧
的国际联合战线"的主力^④。

事实上，萧伯纳此访之所以引发国人广泛的关注，不仅因为他
是世界文豪，更主要的是因为他是享誉世界的社会主义者以及曾
在 1931 年 7 月访问苏联的亲苏作家。也正因为关涉到"苏联"议
题，上海白俄报纸才会深度参与了此次事件的报道。从《萧伯纳在
上海》一书收录的两篇白俄报纸文章来看，对萧伯纳的攻击主要
集中在"亲苏"问题上：一是指责萧伯纳对于苏联的"忠顺"与"赞
美"^⑤；二是讽刺萧伯纳的"虚伪"，认为他一方面以"诚意"的"社
会主义者"自居，另一方面则过着乘坐豪华游艇环游世界的奢侈
生活。具体到此访而言，邀请方为这位"社会主义者"准备了"奢
侈的午饭"，出席者"或者是名人，或者是喜欢和名人挨肩并坐的人
们"，"桌子旁边有数不清的仆人侍候着"^⑥。

---

① 参见鲁迅：《〈萧伯纳在上海〉序言》，乐雯剪贴翻译并编校：《萧伯纳在上
　海》，上海：野草书屋，1933 年，第 2 页。

②《上海霞报》又称《上海柴拉报》，1925 年 10 月正式出版，该报既拥护白
　俄又赞成南京国民政府，1933 年每期销量约 3500 份，远超本埠的法文、德
　文报纸，是当时上海最主要的外文报纸之一。参见胡道静：《上海的日报》，
　《上海市通志馆期刊》第 2 年第 1 期，1934 年 6 月；褚晓琦：《〈上海柴拉报〉
　考略》，《社会科学》2007 年第 10 期。

③ 参见袁殊：《我所知道的鲁迅》，宋庆龄基金会、西北大学合编：《鲁迅研究年
　刊（1990 年号）》，北京：中国和平出版社，1990 年，第 588 页。

④ 参见乐雯（瞿秋白）：《呸萧的国际联合战线》，《萧伯纳在上海》，第 62 页。

⑤ 参见《我们和萧》，乐雯剪贴翻译并编校：《萧伯纳在上海》，第 81 页。

⑥ 参见乐雯（瞿秋白）：《白俄报的义愤》，《萧伯纳在上海》，第 77—88 页。

　　而正因为对于"十月革命"和苏联有着泾渭分明的不同态度，这些白俄记者的确给亲苏的萧伯纳带来了不小的挑战。在当日下午的记者会上，在场的唯一一位白俄记者以自己在流亡国外之前的亲身见闻，反驳了萧伯纳揄扬苏联的言论。而萧氏则断然告之曰："倘君于此时返国一观察（假如今日君返国之后而仍能逃走者），必知今日情形之甚佳矣。仅凭过去之观察，以衡现在之苏俄，当然不能知最近苏俄进步之速也。"[①]今天看来，萧伯纳的这一回答确实失之于尖刻，而这在当时也遭致了中国媒体的批评："至于他之揄扬苏联，那也只是他个人的意见，并不必要中国一定也要'借镜'。然而他答俄报记者的'假如今日君返国之后而仍能逃走者'，却是冷语可怕。"[②]

　　据冯雪峰回忆，《萧伯纳在上海》一书"由鲁迅先生动议，由许广平先生搜买报纸，由秋白同志选择、剪贴并加评语而编成的。这期间他们就开始有最相得的常常到深夜的漫谈"[③]。尽管该书在很大程度上体现了鲁迅与瞿秋白思想上的相互影响，然而在面对白俄报纸——苏联之敌之时，两人的态度却又略有不同。对于白俄报系的一系列指责，瞿秋白给予了坚决反击[④]。甚至萧伯纳那段让中国记者耿耿于怀的"冷语"，也被瞿秋白视为攻击白俄报纸的锐

---

① 《萧伯讷昨过沪北上》，《申报》1933 年 2 月 18 日，第 13 版。

② 吾：《欢送萧伯讷》，《申报》1933 年 2 月 20 日，"本埠增刊"第 1 版。

③ 参见冯雪峰：《回忆鲁迅》，《冯雪峰忆鲁迅》，石家庄：河北教育出版社，2002 年，第 78 页。

④ 《上海霞报》曾发表文章质问萧伯纳为何不去探访上海的贫民窟，而在瞿秋白看来，白俄报纸之所以有此一问，"原来因为俄国群众的'不满意'的爆发，弄得他们这些王孙公子变成了丧家之犬，几乎要流落到这个贫民窟里，永世只做中国工人的罢工破坏者。仿佛他们的流落，萧伯纳也'与有罪焉'"。参见乐雯（瞿秋白）：《白俄报的义愤》，《萧伯纳在上海》，第 89 页。

利武器。他嘲笑白俄报纸"不敢提起萧伯纳说的一句话！'假如今日君返国之后而仍能逃走者——君于此时返国一考察，必知今日情形之甚佳矣。'"①

　　而比之于瞿秋白"扬眉剑出鞘"的战斗姿态，鲁迅对于白俄报纸的态度显然要平和一些。事实上，鲁迅对麋集在萧伯纳身边，视其为《大英百科全书》的那些"为文艺的文艺家，民族主义文学家，交际明星，伶界大王等等"名人也是颇为反感②。而他在1933年6月5日复魏猛克的信中更是承认："你疑心萧有些虚伪，我没有异议。"③不过在鲁迅看来，萧伯纳应该作为一个"拿来"的资源，在中国具体的革命时空中被理解与接受，因而"对于萧的言论，侮辱他个人与否是不成问题的，要注意的是我们为社会的战斗上的利害"④。

　　在笔者看来，鲁迅之所以"亲苏"，原因之一恐怕在于"反俄"，此处之"俄"当然是指沙俄。事实上，鲁迅从未视苏联为天堂，相反，他对苏联的革命暴力非常警醒，不然就不能理解鲁迅对苏联文学内外革命问题的热切关注。在鲁迅看来，苏联最重要的价值与意义不仅在于"立新"，更在于"破旧"，如果不了解沙俄专制时代的黑暗，人们就不会理解苏联时代的光明，以及光明背后的暴力："俄皇的皮鞭和绞架，拷问和西伯利亚，是不能造出对于怨敌也极仁爱的人民的。"⑤

---

① 参见乐雯（瞿秋白）：《俄国公主论萧伯纳》，《萧伯纳在上海》，第83页。
② 参见鲁迅：《看萧和"看萧的人们"记》，《鲁迅全集》第4卷，第509页。
③ 鲁迅：《通信（复魏猛克）》，《鲁迅全集》第8卷，第377页。
④ 参见鲁迅：《通信（复魏猛克）》，《鲁迅全集》第8卷，第378页。
⑤ 鲁迅：《〈争自由的波浪〉小引》，《鲁迅全集》第7卷，第317页。原载《语丝》第112期，1927年1月1日。

正是在此"鉴俄"的思想脉络中，鲁迅对作为沙俄与苏联之双重镜像的白俄展开了思考。在鲁迅看来，只有在彻底反省沙俄专制统治，进而重新认识俄国革命的基础上，白俄之存在的合法性才能得到确证。20世纪10年代末，鲁迅曾在一篇《随感录》中提出了"爱国者"与"爱亡国者"的概念，虽非专为白俄而造，但与其本质却非常契合。在鲁迅看来，"爱国者"与"爱亡国者"的具体区别在于："一种是希望着光明的将来，讴歌那簇新的复活，真如时雨灌在新苗上一般，可以兴起人无限清新的生意。一种是絮絮叨叨叙述些过去的荣华，皇帝百官如何安富尊贵，小民如何不识不知；末后便痛斥那征服者不行仁政。"而在鲁迅的文本与生活世界中，有勇猛歌唱的白俄歌舞团员，有友善的白俄咖啡馆老板，有敬业的白俄书店主人，有令人感佩的白俄藏书者，还有"带着俄罗斯四处奔走"的俄侨作家。这些人都在苦难的流亡生涯中获得了成为"爱国者"的契机，因为"爱国者虽偶然怀旧，却专重在现世以及将来"。与此截然相反的是，流亡生涯也造就了白俄巡捕那样的"爱亡国者"，他们"只是悲叹那过去，而且称赞着所以亡的病根"，而正因为他们"不能真心领得苦痛，也便难有新生的希望"①。

小　结

法国当代思想家勒维纳斯曾对他者与自我之关系进行过深刻的论述：所谓"他者"是一个时间的突然停顿，一次敲打着隔板的唤醒，一种永无休止的临近、搅扰与质疑；而"自我"则不过是一个

---

① 参见鲁迅：《随感录》，《鲁迅全集》第8卷，第94—95页。本篇据手稿编入，当作于1918年4月至1919年4月间。

无法摆脱的人质,不仅只能相对于"他者"而存在,而且宿命般地
"承担着所有其他人的主观性"①。对于现代中国而言,"自我"的生
成不仅离不开"他者"的挑战,而且承担着"他者"的重压。不过相
对于英、美、法、日、苏联这些"显赫"的"他者",白俄则一直沉默于
国人思想的角落,并未受到足够的重视。白俄是白人、西方、列强
和现代,但也是流亡者、没落阶级、"二等白人"和"罗宋瘪三"。更
为关键的是,囿于语言、民族、政治和文化等方面的隔阂,比之于欧
洲,中国视域下的白俄并不具有主体性,相反只是一个有关西方、
现代、历史与革命的多重镜像,他们落入了中国独特的寻求现代性
的历史语境之中。然而这些看似沉默的白俄却又牵扯着国人一连
串的思想症候,他们以一种"隐蔽"但又独特的方式参与了中国的
现代性进程。

　　在鲁迅那里,白俄就是这样一个"隐蔽"的他者。而所谓"隐
蔽"直接表现为,鲁迅的白俄叙事并未集中、专门地构成其文学世
界的主题,而是散落在对于特定问题的讨论之中,需认真披阅方可
识辨,而这也是特定历史语境对于鲁迅的限制与要求。然而,正如
冯雪峰有关鲁迅与外国文学关系的评价所言:"(鲁迅)在任何一篇
作品里都没有所谓异国情调之类。他的内容全部都是中国人民的
生活和问题,他的思想和感情全部都是中国人在现在中国的现实
生活和革命斗争里所发生的思想和感情。"②故此,鲁迅之白俄叙事
的深刻之处在于,他赋予这种"隐蔽"以选题的严肃性与视角的独
特性,即他有关白俄的叙事从未局限于浅薄的遗民慨叹、猎奇的异

---

① 参见[法]艾玛纽埃尔·勒维纳斯著,余中先译:《上帝·死亡和时间》,北
　　京:生活·读书·新知三联书店,1997年,第163页。
② 冯雪峰:《鲁迅和俄罗斯文学的关系及鲁迅创作的独立特色》,《冯雪峰忆鲁
　　迅》,第144页。

国情调、盲目的摩登礼赞以及简单的道德评判，而是在那些深刻关涉个人的思想转向以及现代中国之社会变革、文化状况乃至革命走向的重要议题上，敏锐地发现了白俄对于自己以及国人独特的"唤醒"与"质疑"功能，而这正是鲁迅为建设"拿来"的现代中国所作出的独特贡献。

第三章　幻象 *

　　在各种文学体裁中,小说无疑最具社会性。萨义德认为小说
"有着一种包容性很强、准百科全书性的形式"①,而按照巴赫金的
说法,小说的社会性突出体现在其"杂语"特性上,众声喧哗的杂
语是小说家所能拥有的唯一语言资源,也是小说"话语"——包
括叙述人语言和小说人物语言在内的语言成品——唯一的存在方
式,在杂语中蕴藏着无穷无尽的社会历史信息以及错综复杂的权
力关系②。20 世纪 20 年代末至 30 年代初,在钱杏邨、殷夫、冯乃
超、菀尔等中国普罗作家的笔下不约而同地出现了白俄叙事。出
于政治性的文学要求,这些已经日常性地出现在上海街头的白俄,
更多的是作为敌视苏联的反革命敌人以及破坏罢工的"替工者"而
出现在普罗作家的革命视域之中,由此我们顺理成章地看到了"不
准同情"的叙事规范③以及"制造敌人"的叙事模式。而对于这些
旨在鼓吹革命的中国普罗小说,评论者自然不会怀疑其社会性,相

---

* 原载《四川大学学报》(哲学社会科学版)2013 年第 4 期,题为《真实的幻
　象——略论中国普罗小说中的白俄叙事》。

① 参见[美]爱德华·W. 萨义德著,李琨译:《文化与帝国主义》,第 96 页。
② 参见[苏]巴赫金著,白春仁、晓河译:《小说理论》,石家庄:河北教育出版
　社,1998 年,第 117 页。
③ 1933 年 2 月,"左联"常务理事郑伯奇在一篇文章的结尾处留下了不准同情
　白俄的郑重警告,而这也体现了左翼文坛的话语规范。相关原文(转下页)

反，在其风行之时，某种有"意"无"识"的过度政治性常被指认为艺术之败笔①。然而，这种"确信不疑"的指责却也容易导致对普罗小说杂语性的忽视。正如巴赫金所言，在小说的文本世界里，不存在自明性的完美主人公，即使在那些谨遵作者意图、思想行动均无可指摘的巴洛克小说主人公那里，作者也不得不为了维持这种完美而与主人公自身及其周围的杂语展开斗争，使得"这些主人公的行动全伴有思想上的说明，伴有为之辩护和与之争议的话语"②。的确如此，普罗作家为了塑造完美的白俄"敌人"，也不可避免地在文本中留下了作者与包括主人公、叙述人、社会环境等在内的周围杂语搏斗的痕迹，这些痕迹残存在文本的叙事方式、叙事手法以及叙事模式之中，可称之为叙事的"裂隙"。通过考察这些裂隙，或许可以更为清晰地辨识这些白俄叙事的建构过程，并由此切近那个时代的文学生态。

一、"听"来的故事

在中国普罗小说的白俄叙事中，"听来的故事"是一种常见的叙事手法。进而分疏，其中一类的"听"是比喻性的用法，它通过虚构故事的前文本来"听"到"故事"。殷夫的《音乐会的晚上》就属于此类。在 20 世纪 20 年代末的普罗文坛，殷夫是一位激情的

（接上页）如下："摩登的小姐少爷，你们一定会感觉到难过；摩登派的诗人文士，你们也许要表示点同情。同情是高尚的道德，难过是你们必有的感情，当然没有什么话可说。不过，历史是依然无情的进展，这社会老早已经发生了地震，当心你们自己的脚下罢！"参见郑伯奇：《深夜的霞飞路上》，《申报·自由谈》1933 年 2 月 15 日，第 18 版。

① 参见华侃：《十年来的中国文学》，《十年·世界杂志增刊》，1931 年 8 月 10 日。

② 参见［苏］巴赫金著，白春仁、晓河译：《小说理论》，第 121 页。

歌者和勇敢的战士。在其屈指可数的小说文本中，1929 年 12 月以"徐任夫"为笔名发表在《新流月报》上的小说《音乐会的晚上》①是非常独特的一篇。这篇小说以寓居上海的白俄贵族少女玛利亚为主人公，讲述了她如何在一位中国共产党 C 君的帮助下，逐渐认识到苏联革命胜利的必然性，从而与以未婚夫安得列维支为代表的白俄贵族阶级决裂，奔向苏联的故事。因为玛利亚与 C 君"偶遇"于"一个音乐会的晚上"，而这个晚上显然是一个值得铭记的革命开端，所以小说以此作为篇名。这篇小说的独特性突出体现在其虚构"前文本"的叙事手法上。根据叙述人的说法，这本小说来源于"我"在路上捡来的一本俄文日记，"我"的写作不过是将其翻译发表而已。若以叙事学角度视之，《音乐会的晚上》属于一种"框式结构"（narrative frame），即通过虚构故事文本的来源（日记、手稿，或转述真实人物的讲述）来展开叙事②。这不仅是西方近现代小说中的常见手法，《乌托邦》《茶花女》《三个火枪手》等文本皆有采用，在中国传统小说中也偶有所见，如《红楼梦》《二十年目睹之怪现状》等，直到 20 世纪 30 年代，在巴金的《复仇》、张天翼的《鬼土日记》中仍可觅其踪影。而在巴赫金那里，这一"框式结构"被其涵盖在"镶嵌体裁"的命名之下，这一体裁"给小说带来了自己的语言，因之就分解了小说的语言统一，重新深化了小说的杂语性"，成为"小说引进和组织杂语的一个最基本最重要的形式"③。

---

① 参见瞿光熙：《关于胡也频殷夫几件事迹的考证》，《中国现代文学史札记》，上海：上海文艺出版社，1984 年，第 147 页。
② 参见刘禾：《语际书写——现代思想史写作批判纲要》，上海：上海三联书店，1999 年，第 226、246 页。
③ 参见［苏］巴赫金著，白春仁、晓河译：《小说理论》，第 106 页。

　　如此"框式结构"的设置，除了推卸著作责任，隐匿作者之外，另一个更重要的功能则是赋予小说这一虚构性文本一种真实感和可信性。罗兰·巴特将其称之为一种避免暴露"叙事情境的编码"的企图，即"通过假装赋予它以一种自然性原因，并可以说通过使其'去开创化'（désinaugurer），而将连续性的叙事自然化"①。这一点在《音乐会的晚上》中日记的发现者"我"的一次插入性的介绍中表现得尤为明显："（此处有墨迹斑斓，大概这神经衰弱的贵族，乐得发抖了。——译者）"②借鉴巴赫金的分析，通过在文本中引入（嵌进）日记，殷夫给小说带来了一种"不带有文学的那种假定性"的新语言和新视角③，并以此日记文本的客观性来确证小说叙事的真实可信性。事实上，无论是对于20世纪30年代中国文学的现实主义吁求而言，还是从克服白俄题材相对于普通受众的隔阂感来说，这一真实感都尤为重要。凭什么让读者相信一个中国人讲述的"外国人"的故事？这的确是个现实主义视域下亟待解决的难题。

　　不过，对于普罗文学的白俄叙事来说，仅仅提供一个前文本作为故事来源仍不足以确立故事本身的真实感，还需要向潜在读者提供一个真实可信的故事发生发展的"时空体"④。而问题的关键则在于叙述人如何能够合法地进入这一"时空体"，进而合理地完成叙事。对此问题的一个最简便的解决之道自然就是现身说法，

---

① 参见［法］罗兰·巴特著，李幼蒸译：《符号学历险》，北京：中国人民大学出版社，2008年，第137页。

② 徐任夫（殷夫）：《音乐会的晚上》，《新流月报》第4期，1929年12月15日。

③ 参见［苏］巴赫金著，白春仁、晓河译：《小说理论》，第109页。

④ "时空体"的概念来自巴赫金，他认为融合了时间和空间的"时空体"具有重大的体裁意义。参见［苏］巴赫金著，白春仁、晓河译：《小说理论》，第274—275页。

向读者表明这是"我"所亲历或听到的故事,这就使得普罗文学的
白俄叙事中出现了另一类"听来的故事",即"说—听"模式①。钱杏
邨(阿英)的《那个罗索的女人》即可归入此类。这部短篇小说首
发于1929年4月的《新流月报》第1卷第2期,1930年2月又被
作者改名为《玛露莎》,收入同名短篇小说集由上海现代书局出版,
旋即该书因"宣传共产"而被国民党宣传部下令查禁②。所谓"罗
索人是上海人对于俄罗斯人的通称"③,小说讲述了叙述人"我"从
邻居白俄送报工和索柴夫那里听到的他和他的妻子玛露莎的故
事:玛露莎死抱着贵族旧梦不放,骄奢淫悍、冷酷无情,宁为美国老
板之姘妇,也不愿为白俄送报夫之发妻,而和索柴夫则从自己艰难
的生活中生发出与白俄贵族阶级的决裂之心。

在"框式结构"小说中,听故事的人通常仅为证明小说文本的
真实来源而出现,而不会进入故事情节。比如在《音乐会的晚上》
中,原始文本的发现者"我"只是在故事结束后,才在文后的标注
中正式出现,而故事的真正叙述人则是日记所有者、没落白俄贵族
安得列维支。而在《那个罗索的女人》这类的"说—听"模式中,则
是通过听者"我"来展开情节,即"听来的故事"是作为"我"之经
历的一部分。不过,这类以"我"为主的"听来的故事"的危险性
在于,它无法保证听故事的人以及听的行为本身能够成为整个故
事情节的有机组成部分。处理得比较好的是如梅里美的《嘉尔曼》

① 这类"听来的故事"在中国现代文学中较为常见,比如许钦文的《一包花生
米》,凌淑华的《杨妈》《旅途》等。
② 参见中央宣传部指导科编:《审查全国报纸杂志刊物总报告》(1930年5
月),国民党党史馆(台北)档案,档案编号436/154,第94页。
③ 钱杏邨:《那个罗索的女人》"作者注",《新流月报》第1卷第2期,1929年
4月1日。

（又译《卡门》）那样，既由"我"来听取故事，同时也由"我"来推动故事。如果处理不好，"我"就会游离于故事之外，进而暴露出作者"为了讲故事而听故事"的猎奇与浮躁心态。

　　事实上，正如我们即将在本书第七章和第十一章展开论述的那样，作为进入白俄生活世界的一种方法，在萧军、罗烽、靳以等人的白俄叙事中常见上述的"说—听"模式，这种叙事手法也大都较好地融入了故事情节之中。比如在萧军的《羊》中，讲故事的两个俄国孩子和听故事的"我"朝夕相处囹圄之中，而"我"又会俄语，双方的交流自然顺理成章 ①；在罗烽的《考索夫的发》中，"我"曾是考索夫的邻居，现又与其共囚一室，因此"我"既是故事的倾听者，也是故事的推动者 ②；而在靳以的《林莎》中，"我"与主人公"林莎"是邻居和朋友关系，"听故事"已经成为彼此了解、深入交往的自然选择 ③。相比之下，在钱杏邨的《那个罗索的女人》中，"我"的倾听行为看起来较为牵强。小说中"我"所生活的街区常有"好像一群野兽"一样的白俄出没，小说中的男女主人公都是"我"不时碰面但素无交往的白俄街坊，"我"无法深入白俄的生活，自然也就无法进入和改写白俄的话语系统，这时"听"故事就成了"制造熟悉"的叙事手段。"我"怎么能有机会成为白俄的倾听者呢？小说叙述人给出这样的解释：一是因为双方都能说英语，二是"我"比较平易近人。不过就小说的真实感而言，一个旧日白俄贵族、今日送报工人恐怕不会向一个仅有点头之交的中国街坊和盘托出自己妻子红杏出墙的家丑，更何况这种倾诉还要用彼此都不

①　萧军：《羊》，《文学》第 5 卷第 4 号，1935 年 10 月 1 日。
②　罗烽：《考索夫的发》，《呼兰河边》，上海：北新书局，1937 年，第 288、302—303 页。
③　靳以：《林莎》，《青的花》，上海：生活书店，1934 年，第 243—245 页。

太"纯熟"的英语。对于这一叙事手法的脆弱性，叙述人自己也有所担忧，他告诉读者，和索柴夫酒醒后有后悔讲述自己隐私的意思：

> 　　要是他在完全清醒的时候，他是不会把这种事情告诉一个异国人的。但是，我又相信这个故事一定还没有说完，我想听完它，我又催促他说：
> 　　——那么，就这样的完了么？
> 　　——没有！（我又提起他的话头了）……①

"我"的催促表明，叙述人有着急切的"听故事"的欲望，甚至会用心"套"出对方不愿讲的隐私。

比较起《那个罗索的女人》中精心谋划的"倾听"，《音乐会的晚上》对翻译偶然捡到的俄文日记这一故事可信性的解释显然要笨拙得多。不过，两类看似不同的"听来的故事"却有着"制造熟悉"的相同逻辑，即这种叙事手法的选择都体现了作者想要进入白俄话语内部，进而改写这一话语的冲动。事实上，这一冲动正体现了作家主体与创作题材的隔膜，即白俄并不是作为作家熟悉的生活事实进入小说叙事，相反，他们在写作之前就已经被定义为"不准同情"的敌人。因而，这种"听来的故事"就像是在戒备森严的敌城上打开的缺口，接下来的就是攻城拔寨的话语战斗。

二、"我"的永恒在场

若以进入白俄生活的方式而言，冯乃超的短篇小说《断片——

---

① 钱杏邨：《那个罗索的女人》，《新流月报》第 1 卷第 2 期，1929 年 4 月 1 日。

从一个白俄老婆子说起》应该最具可信性。在这篇发表于 1929 年
10 月《现代小说》第 3 卷第 1 期的小说中，叙述人"我"是房客，主
人公白俄老太太梭可罗夫夫人则是房东，如题所示，小说就是以六
个断片来展示"我"所看到的白俄老太婆顽固而没落的生活。就
"生活事实"而言，在 20 世纪二三十年代的上海，白俄所开办的公
寓方便整洁、"价廉物美"，实为对生活质量相对而言有较高要求的
知识分子之乐居之所①。如此说来，《断片——从一个白俄老婆子
说起》似乎有理由完成一个"熟悉"的白俄叙事。然而，小说却通
过叙述人成功地将故事控制在"不准同情"的叙事规范中，并由此
完成了又一个"陌生"的"敌人"叙事。

　　值得关注的是，这部小说中偶有越出文本臧否彼时中国文坛
之处，比如在与白俄老太婆谈及屠格涅夫时，"我想不到从她的口
中证实文学的阶级性，但中国有位评论家以革命文学欢迎屠格列
夫的作品"②。这种越界表明，小说中的叙述人"我"和现实中的
作者，即革命作家冯乃超合二为一。小说采用了第一人称限制性
叙事和第三人称全知性叙事相混合的叙事方式。首先，它仍是以

---

① 1936 年春，从北平调至《大公报》（上海）工作的萧乾"就像当时许多文
　艺界朋友一样"住到霞飞路白俄人做二房东的亭子间里，"房租里包括家
　具。这样，意见不合，随时可以搬走"，可谓"年轻单身汉的理想栖所"。参
　见萧乾：《怀念上海》，《萧乾文集》第 5 卷，杭州：浙江文艺出版社，1998 年，
　第 90 页。另外，1937 年的萧红和萧军也曾住在"吕班路二五六弄一处由俄
　国人经营的家庭公寓里"。参见萧军：《鲁迅给萧军萧红信简注释录·第九
　信》，《萧军全集》第 9 卷，第 224 页。
② 冯乃超：《断片——从一个白俄老婆子说起》，《现代小说》第 3 卷第 1 期，
　1929 年 10 月。另按，在彼时的普罗文学中的确存在冯乃超所言的视屠格
　涅夫为革命作家的看法，比如钱杏邨就曾在小说《涅暑大诺夫》中正面提及
　屠格涅夫，并且该小说的题目就借用后者《新时代》的主人公的名字。参见
　钱杏邨：《涅暑大诺夫》，《革命的故事》，上海：春野书店，1928 年，第 1 页。

"我"的所见所闻为向导的限制性叙事,以第一人称的方式证实故事的个体亲在性,这既赋予了故事可信性,容易与读者产生共鸣,同时又只有"我"才有权选择看什么和怎么看,从而牢牢把控了叙事的方向和节奏。其次,它以第三人称的全知叙事方式展开叙述,这样就赋予了故事一种客观性,所传达给读者的是一个经过全面分析和精细研究后的"生活真实"。

除了叙事方式的杂糅,《断片——从一个白俄老婆子说起》对叙事的控制还表现在叙述人随时针对白俄所发表的议论上。比如叙述人在交代白俄老太婆娘家的家庭状况时,特别评论道:"政治的要素往往构成生活的大部分。"这一评论显然旨在强调主人公命运的历史必然性,并揭露隐藏在她身上的剥削阶级意识。而在描述白俄老太婆对布尔什维克的诅咒时,叙述人则加上了一句足以消解这种言语抵抗的断语——"然而,毕竟匿名的俄罗斯却是布尔雪维奇的俄罗斯"。这些议论强行控制了白俄主人公的话语,也使得白俄成为被审视和被评判的沉默客体。

与《断片——从一个白俄老婆子说起》不同,《那个罗索的女人》和《音乐会的晚上》实际上是第一人称的限制性叙事。《那个罗索的女人》的第一叙述人是"我"——白俄送报夫和索柴夫的中国邻居,不过文本中还套着另一个叙述人,那就是讲述妻子玛露莎堕落历程的和索柴夫;而《音乐会的晚上》的真正叙述人则是安得列维支,文本展示的就是他的日记。如前所述,第一人称的限制性叙事具有很强的封闭性,当白俄主人公以"我"的口吻成为叙事权力的操控者时,他(她)很容易通过一种渲染开来的激烈情绪偏离作者的原初意图,带来意识形态上的风险。蒋光慈的《丽莎的哀怨》发表后,曾有批评家认为其思想导向上存在错误,正缘于小说封闭性的第一人称叙事的选择,而这也引起了普罗文学作家对叙述人称问题的广泛讨论（详后）。那么，钱杏邨和徐任夫如何规避这一叙事风险呢？钱杏邨的方法是"对话"，即由叙述人"我"（中国邻居）来营造对话场景、确立对话主题，并在适当时机推进主题，而自述身世的和索柴夫在这一对话中只能按照确定的脚本讲述故事。在小说中很容易发现"我"（中国邻居）掌控对话节奏的例子，比如当和索柴夫沉湎于"英雄救美"的回忆中时，"我"用插话将他拉回现实——追问他和玛露莎之间的关系是不是爱情，而和索柴夫"悲苦"的回答则表明，玛露莎旧日就是个有众多贵族青年为其一掷千金的交际花，这样的人根本就没有金钱之外的感情。当和索柴夫讲述到玛露莎要和自己离婚时，"我"又插话追问原因——"这是为什么呢？"从而揭批玛露莎那套宁姘洋经理、不守送报夫的阶级对等理论。

　　与《那个罗索的女人》相比，通篇都是白俄主人公自述的《音乐会的晚上》缺乏通过对话来控制白俄主人公第一人称叙事的手段，那么怎样才能让这位顽固的白俄反动分子写出合乎普罗文学叙事规范的日记呢？为了让主人公安得列维支的自述失去悲剧效果，一方面，作者把他塑造成了一个沉迷于旧日回忆的可怜虫，这位神经衰弱的家伙整日游手好闲，把自己人生的全部希望寄托在未婚妻玛利亚身上；另一方面，也更为关键，作者强行进入了白俄主人公的话语，让他用反动的白俄言语，以反语的方式表达了革命的语法。安得列维支在缅怀"以前的俄国"时，曾经设想一次"宴饮"，而这其实也是他旧日贵族生活的一个缩影。然而，他想象中的宴会却是如此情形："大家都是军官，贵族，夫人，太太，大家都牛一般的喝，猪一般的吃，吃了像羊儿求春似的跳舞……"[1] 缅怀

---

[1] 徐任夫（殷夫）：《音乐会的晚上》，《新流月报》第4期，1929年12月15日。

旧日生活对于白俄来说意味着什么？流亡美国的俄国诗人、1987
年诺贝尔文学奖得主布罗茨基在谈到白俄流亡作家时曾经指出，
这些人就像但丁的《地狱篇》中的那些脑袋向后的伪先知一样，让
"回忆笼罩了他的现实，使他的未来黯淡了，比常见的浓雾还要朦
胧"[1]。因而，回忆就是白俄对精神原乡的守望，甚至就是他们存在
的唯一证明。如此说来，安得列维支怎么能够用"牛一般的喝，猪
一般的吃，吃了像羊儿求春似的跳舞"来描述自己的回忆和期待？
这绝不是白俄对自己的侮辱，而是作家对白俄的定性。

　　事实上，无论是《那个罗索的女人》中的强行控制对话，还是
《音乐会的晚上》中主人公的傀儡化，它们都是作家压抑主人公话
语的手段，从而削弱了小说本应具有的内在对话性。而在巴赫金
看来，作为小说杂语的表现形式之一（在小说中，杂语现象基本上
总是人物化，体现为个人形象），这种内在对话性不仅不可能被压
抑，它先前就已存在于作为社会现象的语言之中，而且也不应该被
压抑，它能否以一种"合奏曲"的方式得到恰当表达，乃是小说艺
术生命之所系[2]。而在钱杏邨和徐任夫那里，小说人物的语言被禁
闭在一个封闭的话语体系内，这直接导致小说流于空洞。

三、"（反）革命加恋爱"

　　蒋光慈曾向读者推介，《那个罗索的女人》"内容的事实是一
对罗索贵族青年的结婚和离开"[3]。倘若综观普罗文学的白俄叙事，

---

[1] 参见［俄］布罗茨基:《我们称为"流亡"的状态，或浮起的橡实》，刘文飞、
　　唐烈英译:《文明的孩子》，北京:中央编译出版社，2007年，第46页。
[2] 参见［苏］巴赫金著，白春仁、晓河译:《小说理论》，第111—113页。
[3] 参见蒋光慈:《编后》，《新流月报》第1卷第2期，1929年4月1日。

爱情其实是其普遍的叙事线索。在蒋光慈的《丽莎的哀怨》中，爱情的破灭正是丽莎的"哀怨"之一；在菀尔的《"祖国"》中，遮司基与玛璃的爱情一直是叙事主线；而《音乐会的晚上》通篇都是安得列维支对玛利亚的爱情倾诉。因而，若要将普罗文学中的白俄叙事认定为爱情故事，倒也实至名归。那么，这种爱情模式缘何而来？对此问题一个最直接的解释就是"革命加恋爱"风潮的影响。正如时人所论："现在是，'没有恋爱，便没有小说'好像也经成为公理了。"[①]蒋光慈的《野祭》曾被视为 20 世纪 20 年代末"革命加恋爱"模式的始作俑者[②]，这一模式伴随着普罗文学的兴起而广为流布。如此说来，引领这一风潮的普罗作家，嫁接白俄叙事于爱情故事之上也算顺理成章。不过，这一解答仅仅描述了这一爱情模式的背景，并没有揭示它的构造。我们应当继续追问的是，在普罗作家那些旨在打击反革命、鼓吹革命的白俄叙事中，爱情故事的真正功能如何？

　　在 20 世纪 20 年代末至 30 年代初的中国文坛，菀尔是一位较为活跃的普罗作家。1930 年 3 月 2 日，菀尔参加了"左联"的成立大会，而就在此前一天，他的小说《"祖国"》刚刚在《大众文艺》第 2 卷第 3 期上发表[③]。与《音乐会的晚上》一样，《"祖国"》书写的也

---

① 苏汶：《〈冲出云围的月亮〉》，《新文艺》第 2 卷第 1 期，1930 年 3 月 15 日。按，引文中"也经"似为"已经"之讹。

② 参见钱杏邨：《〈野祭〉》，《太阳月刊》第 2 期，1928 年 2 月 1 日。

③ 参见《中国左翼作家联盟的成立》，《拓荒者》第 1 卷第 3 期，1930 年 3 月 10日。按，文中写作"莞尔"，而"莞尔"正是"菀尔"的别名。1932 年 8 月，"莞尔"在上海光华书局出版了短篇小说集《祖国》（按，"祖国"无引号），内收《祖国》《告示》《二个月》《践踏》《告发》《驹的幻灭》《摸索》等 7 篇小说，其中的《祖国》正是前述署名"菀尔"的《"祖国"》，而《践踏》曾首发于 1930 年 2 月的《拓荒者》第 1 卷第 2 期，署名亦为"菀尔"。再者，"莞尔"乃作家"俞怀"之笔名。参见朱宝樑编：《二十世纪中国作家笔名录》（增订版）（下），（转下页）

是白俄奔向革命、回归苏联的革命主题。不过,比之于文本中那些流于空洞的革命话语,其中的爱情描写给读者带来了更多的愉悦,特别是那个喜欢吃中国苹果的女主人公、白俄少妇玛璃,她善良纯真,轻信执拗,让人印象深刻。小说一开篇就展现了这个流亡小家庭"自乐自在"的"和睦友爱的气象",尽管男主人公、白俄流亡者遮司基的阶级意识在变,但是他对玛璃的爱却始终如一。不过随

（接上页）台北:汉学研究中心,1989 年,第 743 页。再者,夏衍曾在《懒寻旧梦录》中回忆,20 世纪 20 年代末,"俞怀(莞尔)"曾是中共上海闸北区委宣传部的一位干部。而从行文中夏衍以"他"来指代俞怀推断,后者应为一位男作家(书中"俞怀"亦写作"余怀")。参见夏衍:《懒寻旧梦录》(增补本),北京:生活・读书・新知三联书店,2005 年,第 90、108 页。根据丁景堂的考证,彼时国民党档案中的"左联"盟员名单中有"俞怀"之名,而这正对应着《拓荒者》所载"左联"名单中的"莞尔"。曾出席"左联"成立大会的冯乃超在给丁景唐的复信中指出,俞怀是"上海艺大学生,曾在创造社出版的刊物上发表了诗作",他是以作家身份参加"左联"的,并在上海艺大被封后,参加中共闸北区委的工作。参见丁景堂:《关于参加中国左翼作家联盟成立大会的盟员名单》(校对稿),《中国现代文艺资料丛刊》第 5辑,上海:上海文艺出版社,1980 年,第 41、44—45 页。此外 1929 年元月一份"艺术剧社"的"座谈会速记"显示,"莞尔"当时在该社"总务部"工作。参见《艺术剧社第一次座谈会速记》,《艺术月刊》第 1 期,1930 年 3 月16 日。就笔者视野所及,除《祖国》集所收诸篇外,莞尔还有短篇小说《爱之生灭》(《大众文艺》第 2 卷第 2 期,1929 年 12 月 1 日),诗歌《趋上前》(《文化批判》第 4 期,1928 年 4 月 15 日)、《三月十八》(《创造月刊》第 2卷第 3 期,1928 年 10 月 10 日)、《我们的头》(《思想》第 2 期,1928 年 9 月15 日)、《何时可以看见太阳》(《摩登青年》第 1 卷第 2 期,1930 年 4 月 10日),以及论文《"大世界"》(《沙仑月刊》第 1 期,1930 年 6 月 16 日)、笔谈《有声电影的我见》(《艺术月刊》第 1 期,1930 年 3 月 16 日)、《我的文艺生活》(《大众文艺》第 2 卷第 5、6 期合刊,1930 年 6 月 1 日)等作品问世。另据张大明在《中国左翼文学编年史》中提供的线索,莞尔还曾发表诗歌《贫民窟里》,署名"莞尔"(《引擎》月刊创刊号,1929 年 5 月 15 日)。参见张大明:《中国左翼文学编年史》,北京:社会科学文献出版社,2013 年,第 486 页。

着遮司基的阶级觉醒,他和一心想要复辟帝制的玛璃之间的思想差距越来越大。那么,如何克服这种"同床异梦"的困境呢?小说没有让他们两人分道扬镳,而是转向了一个先进丈夫教导落后妻子的启蒙叙事。在小说中,遮司基常对玛璃进行谆谆教导,而这一启蒙叙事在小说结尾处达到了高潮:

> 遮司基精神饱满地坐在玛璃的傍边,一只手给玛璃作枕头用,一只手在演说似的指东画西,好像前面是一幅流亡国外的白俄人的油画,和巴黎美术馆所绘的普法战争,法国的败绩一样地令人触目动心,把资产阶级,贵族的绅士们的罪恶,尽情的向玛璃宣布:
> "亲爱的玛璃! 你应当忏悔你过去的错误!"
> "不久就可有你光明的前途!"①

此时,读者如果将目光从"演说家"遮司基转移到"听众"玛璃,将会看到另一番迥然不同的景象:"玛璃把身体倒卧在沙发上,漆皮发光的高跟鞋,全身她自己最珍爱的衣服,便毫不爱恤地在沙发上乱滚。"玛璃这种动物性的形象其实在小说中不断出现。"啊! 可怜的玛璃! 这未曾醒悟过来的,可爱的少女",在叙述人看来,这个只知道吃苹果、看电影、做着复辟之梦的女人思想落后,头脑简单,在理性上尚未成年,因而亟需一个先进、有力的丈夫来完成启蒙和拯救。

这一颇具男权色彩的浪漫话语,在《音乐会的晚上》中表现得略微复杂一些。在叙事的表层,小说讲述的是革命故事,中国共产党人 C 君与反革命白俄安得列维支所争夺的是玛利亚的政治立

---

① 菀尔:《"祖国"》,《大众文艺》第 2 卷第 3 期,1930 年 3 月 1 日。

场,此时的 C 君是玛利亚的革命领路人。然而,在这一革命故事的底层还隐含着一个三角恋爱的叙事结构:在安得列维支看来,蛊惑玛利亚的 C 君是自己的情敌,甚至因为情场失意而叫嚣着要与之决斗;而 C 君显然是情场的胜利者,尽管他始终带着革命领路人的骄傲,并刻意保持着与白俄少女的情感距离。值得注意的是,在这样一个三角恋爱的故事当中,还隐含着一个妇女解放的叙事模式,女主人公玛利亚不正是一个告别封建家庭(流亡白俄贵族),拒绝封建婚姻(白俄贵族未婚夫安得列维支),奔向自由梦想(苏联)的俄国娜拉吗? 不难看出,这些有关启蒙和自由的爱情话语正是"五四"的文学遗产之一,如今已经泛化为普罗小说革命叙事的杂语。

综观上述普罗小说的叙事模式,因为出现了革命(或奔向革命)的引领者,《音乐会的晚上》和《"祖国"》可被称之为"革命加恋爱"的爱情故事。而在《那个罗索的女人》和《丽莎的哀怨》中,因为缺乏革命引领者,它们成了"反革命加恋爱"的爱情故事。比较起来,以和索柴夫与玛露莎的决裂为表征,《那个罗索的女人》以告别恋爱的方式完成了奔向革命的叙事;而在《丽莎的哀怨》中,丽莎始终无法真正忘情于丈夫白根,因为白根不仅是丈夫,更是旧日生活记忆的象征,正因为这种与旧日回忆牢不可破的联系,《丽莎的哀怨》无法完成奔向革命的叙事。在小说中,丽莎与白根爱情的毁灭最终带来了自己的精神毁灭,从此她就像《冲出云围的月亮》的女主人公曼英一样自我放逐。不同的是,曼英终将会在革命恋人李尚志那里归航,而丽莎则永远无处停泊。考究起来,丽莎思想深处这种无家可归的漂泊感并非来自蒋光慈对一个"白俄"的同情,而是出于其对"另一个自哀自怜的漂泊者"[①] 的悲悯。因而,

----

① 参见夏济安著,庄信正译:《蒋光慈现象》,《现代中文学刊》2010 年第 1 期。

白俄妓女丽莎的哀怨成就了一位革命作家的慨叹。而之所以会出现如此"移情"，缘于在与主人公丽莎及其周围的杂语世界的博弈中，出于自身真实的情感体验以及对文学革命功能的独特理解，革命文学家蒋光慈放松了对这些杂语的控制，特别是通过丽莎第一人称的尽情倾诉，文本获得了来自白俄妓女的叙述视角，这些都在客观上开启了文本的内在对话性，从而在一定程度上呈现了白俄流亡者独特的精神气质。因而，《丽莎的哀怨》成为普罗文学中的一个特例，完成了一次相对出色的白俄叙事，但也因此冲击了普罗文学"不准同情"的话语规范，遭到严厉批判。有关问题，我们将在随后的第四章中深入讨论。

　　白俄男女演绎中国式爱情，这的确是个饶有兴味的问题。正如有论者所指出的，这种"革命加恋爱"模式如同"人生戏剧"般地展现了中国普罗作家由"新青年"迈向"革命者"的心路历程，成为某种中国式的"转向小说"①。的确如此，这种以爱情来讲述革命的方式继承了"五四"的文学遗产，倾注了普罗作家的切身体验，因而形塑了他们文本中独特的杂语世界。正因如此，当这些普罗作家受到种族、文化、语言、政治诸多方面的隔阂与限制，难以深入白俄的日常生活与内心世界之时，"（反）革命加恋爱"就成为一套现成和上手的叙事模式，为普罗作家较为顺畅地完成白俄叙事提供了几乎是唯一的入口。

小　结

　　1932年，著名"颓废诗的写作者"王独清推出了新作《锻炼》，

---

① 参见贺桂梅：《性／政治的转换与张力——早期普罗小说中的"革命＋恋爱"的模式解析》，《中国现代文学研究丛刊》2006年第5期。

有评论者认为这意味着其诗风"在形质两面都有了突变"①。在这本旨在通过"锻炼"告别"颓废,浪漫",以使"诗歌能传布到农工中间"的诗集中②,《滚开罢,白俄》是一首具有代表性的诗作。在诗中,王独清对白俄"只有愤恨",然而在对"狗一般的白俄"淋漓尽致的辱骂背后,白俄的"罪恶"却非常模糊,只有诸如"手染着有旧世界污秽的灰尘"之类的空洞罪名③。"到马路上去诅咒白俄,也怕有一点颓废的成分罢",穆木天批评这首诗乃至整个《锻炼》诗集"是代表着少数的流氓英雄的空洞的呐喊而已"④。在今天看来,穆木天过度阶级化的批评未免失之于尖刻,但却也揭示了一个真实的问题:普罗作家以及那些以普罗作家自期的作家都有着"发明"白俄敌人的热情,以此来遵行革命训诫,重塑革命性的自我。

检视普罗小说的白俄叙事,因为主题先行,缺乏"生活真实",除了《丽莎的哀怨》之外,它们大多未能塑造出真实的白俄形象,只是些有关白俄的幻象。究其原委,小说人物本该各具特色的声音在文本中并未得到充分展现,读者更多听到的只是作者的独语。不仅如此,连同小说的内在对话性一起被压抑的,还有白俄真实的生活与思想世界。作为一群身处社会中下层的异国流亡者,白俄无法在包括文学在内的中文语境中发出自己的真实声音,而除了猎奇、厌恶或怜悯,中国普罗作家的白俄叙事极少关注和深入这一

---

① 参见何德明:《近年来中国新诗论》,《大夏期刊》第 3 期,1932 年 2 月。

② 参见王独清:《改变》,尹在勤等编:《中国百家现代诗选》,贵阳:贵州人民出版社,1989 年,第 24 页。按,该诗曾收入诗集《锻炼》(上海光华书局1932 年版)。

③ 王独清:《滚开罢,白俄》,《独清自选集》,上海:上海乐华图书公司,1933年,第 107—112 页。按,该诗曾收入诗集《锻炼》。

④ 参见穆木天:《王独清及其诗歌》,《现代》第 5 卷第 1 期,1934 年 5 月 1 日。

人群的内心世界。因而,如同一处文坛上的无主之地,白俄形象任凭普罗作家随意描画。不过,这种看似随意的描画,却也有着独特的规律。德国比较文学形象学者胡戈·迪塞林克曾以德·托尔西神甫（乔治·贝尔纳诺斯《一个乡村神甫的日记》中的人物）长篇大论中的"佛兰德人"为例,论述了"幻象"产生的机制,即"幻象"会以一种自我想象的方式生成为作家笔下的乌托邦,而这一乌托邦的创造过程又是以"对某些具体细节的十分自由的处理"为主要特点[①]。的确,中国普罗小说的白俄幻象生产正展现了作家的这样一种"自我想象的方式",而且这一方式充满了作家与无法根除的小说"杂语"世界的搏斗。值得强调的是,中国文坛这种白俄幻象生产的随意性,为普罗作家提供了极高的写作自由度,使其无所顾忌地释放了自己的文学与革命想象。在此意义上,白俄幻象又是真实的,它像一面镜子,呈现出普罗作家建构革命性自我的艰苦努力,而这也正是普罗小说白俄叙事独特的历史价值。我们知道,任何文学形象的塑造都必须获得最低限度的叙事正当性,即作家必须用杂语来完成一个相对"自洽"的叙事,而考察作家如何在与杂语的搏斗中实现"自洽",或许是一个比指责其艺术缺失更有意义的话题,而这也将颠覆过去有关普罗作家"左倾僵化"的刻板印象,为他们的文学乃至革命增添丰富而生动的表情。

---

① 参见［德］胡戈·迪塞林克著,王晓钰译:《有关"形象"和"幻象"的问题以及比较文学范畴内的研究》,孟华主编:《比较文学形象学》,第78—81页。

第四章　越界*

　　著名左翼批评家钱杏邨曾在 1928 年 3 月这样评价蒋光慈："他是民众所需要的一个最重要的诗人，他是青年崇拜的一个作家。"① 可以毫不夸张地说，《丽莎的哀怨》之前的蒋光慈不仅是普罗文学的领袖，也是千万对现实不满、对革命有所希冀的中国青年的偶像 ②，即使是来自国民党"民族文学"阵营的批评家也不得不承认蒋光慈的作品在读者中间"有着相当的魔力"③。但不幸的是，1929 年末，蒋光慈身上的革命光环突然褪去，且在一年后被开除党籍，逐出革命队伍。而这一切都与一本以白俄妓女丽莎为主人公的小说——《丽莎的哀怨》④ 密切相关。1930 年 10 月 20 日，中共

---

* 本章内容作为一篇长文曾一分为二，分别刊载于《中国现代文学研究丛刊》2012 年第 8 期，题为《作为革命的"哀怨"——重读蒋光慈的〈丽莎的哀怨〉》，以及《北京师范大学学报》（社会科学版）2015 年第 3 期，题为《越界与革命——重读蒋光慈〈丽莎的哀怨〉中的丽莎形象》。

① 钱杏邨：《蒋光慈与革命文学》，《现代中国文学作家》第 1 卷，上海：泰东图书局，1928 年，第 146 页。

② 舒群、马加等作家都将蒋光慈视为自己的启蒙老师。参见董兴泉：《舒群年谱》，《舒群研究资料》，北京：知识产权出版社，2010 年，第 13 页；马加：《漂泊生涯——我的回忆录》，《新文学史料》1996 年第 1 期。

③ 参见张季平：《中国普罗文学的总结》，《现代文学评论》第 1 卷第 1 期，1931 年 4 月 10 日。

④ 1929 年，蒋光慈的《丽莎的哀怨》连载于《新流月报》的第 1—3 期，未完，随后出版单行本（上海现代书局 1929 年版）。

中央的机关报《红旗日报》上刊出了一篇题为《没落的小资产阶级蒋光赤被共产党开除党籍》的消息，文中指出蒋光慈被开除党籍的原因之一在于：

> 又，他曾写过一本小说，《丽莎的哀怨》，完全从小资产阶级的意识出发，来分析白俄，充分反映了白俄没落的悲哀，贪图几个版税，依然让书店继续出版，给读者的印象是同情白俄反革命后的哀怨，代白俄诉苦，诬蔑苏联无产阶级的统治。经党指出他的错误，叫他停止出版，他延不执行，因此党部早就要开除他，因手续未清，至今才正式执行。①

由此看来，"革命文学家"蒋光慈是因为《丽莎的哀怨》——更准确地说，是因为他塑造了惹人同情的白俄主人公"丽莎"而犯下重大错误。那么，这位"丽莎"又有着怎样的"罪恶"呢？"革命文学家"蒋光慈又为何要"以文乱法"——塑造丽莎这一文学形象呢？进而言之，蒋光慈通过丽莎到底想要表达怎样的革命态度？这种革命态度及其表达方式本身又体现了怎样的文学生态？这些都是需要我们认真思考的问题。

　　在我们的学术史回顾中，夏济安先生是一位绝对不能忽视的蒋光慈研究者。在分析"蒋光慈现象"——因革命而被革命驱逐的吊诡时，夏济安注意到了蒋光慈在普罗文学中的独特性，认为蒋虽然是"第一个全心全意献身于诗歌和小说创作的中国共产党人"，不过"他的'公式'反映了他作为个人所关心的事物，而不是

---

① 《没落的小资产阶级蒋光赤被共产党开除党籍》，《红旗日报》1930年10月20日，第3版。

按照意识形态虚构出来的"。不过,夏济安把这种独特性贬低为因心智未成年而导致的艺术失败,认为蒋光慈缺乏艺术自制力,这使得他摇摆于"粗暴"的革命激情与柔弱的个人感伤两端,导致小说风格舛讹,艺术水准低下。夏济安进而指出,这一公式化来自"他生活中的一个矛盾冲突:扬弃家庭同渴求家庭之间的矛盾冲突",即蒋光慈尽管摆出了反叛者的"粗暴"姿态,"虚张声势作拜伦状",但他"骨子里却是一个软弱的人","他渴望的乃是大多数'小布尔乔亚'(恕我借用这个名词)家庭似乎享有而他似乎不能享有的那种挚爱和温暖"。具体到《丽莎的哀怨》,夏济安认为这是蒋光慈再次发出的"求取感情的微弱的呼声",它"仍有蒋的公式的成分,只是这里把革命对家庭改为反革命对家庭"①。

在笔者看来,夏济安的分析敏锐抓住了蒋光慈作品中特有的情感矛盾与艺术纰漏,但他对此问题的看法却值得商榷。首先,上述解读有着强烈的理论预设。追溯起来,在 20 世纪 30 年代就常见"民族主义文学"批评家对普罗作家"假"革命——鼓吹革命却留恋布尔乔亚生活的指责②,与之相比,夏济安超越了对普罗作家革命伦理乃至个人道德的指控,将矛头指向正统普罗文学对蒋光慈人性叙事的绞杀。不过,这一解读显然预设了"真"革命——泯灭人性、压抑自由的中国共产党革命的存在,并以此为标准,将革命与感伤、革命与布尔乔亚生活方式截然二分。其次,从这一理论

① 参见夏济安著,庄信正译:《蒋光慈现象》,《现代中文学刊》2010 年第 1 期。
② 随着普罗文学兴起,出现了很多来自国民党文学阵营的革命道德指责。在一篇题为《普罗文学的气象学》的文章中,作者"楚"就曾如此指责普罗作家在熊熊炉火的暖房之中,一边凭吊雪地街景,一边坐拥美女的"文学"生活。参见楚:《普罗文学家的气象学》,《大陆》第 1 卷第 8 期,1933 年 2 月 1 日。

预设出发，夏济安将蒋光慈思想和文学的独特性囚禁在人性话语之中，忽视了蒋光慈文学生产的历史语境。笔者认为，《丽莎的哀怨》对家庭温情的呼唤绝不仅是"革命对家庭改为反革命对家庭"那样简单，在普罗文学的写作规范之中，蒋光慈怎样才能将小说主人公由革命者"改为"反动白俄？事实上，被夏济安一笔带过的"改为"正是我们追问的重点。与之相联系的最后一点是，夏济安对蒋光慈艺术水准的分析缺乏历史感。如其所论，蒋光慈小说的确缺乏情感和叙述的节制，但这一技术缺失却不能被简单地归结为"心智不成熟"。事实上，蒋光慈的革命叙事绝不是"与所加的阶级标签没有任何干系"的个人写作技术问题[1]，相反，这是蒋光慈与普罗文学话语规范进行博弈的产物。换言之，即使这种技术缺失表现为"心智不成熟"，这种"心智不成熟"也并非解释的起点，而是追问的起点。作为早年投身革命，后来又第一批赴苏留学的共产党人和著名普罗作家，蒋光慈虽然并未走上革命前线，但也有着同龄人少有的眼界和经历，这样一位本应"成熟"的作家怎么会表现得如此"心智不成熟"？这一文学现象本身就是一个被建构的历史事件，因而不能仅以个人叙事技术释之。由此看来，我们需要对"蒋光慈现象"及其突出表现——《丽莎的哀怨》进行更为细致和耐心的解读。

一、"哀怨"的生产："一次大胆的尝试"

《丽莎的哀怨》甫一发表，就引发了普罗文学评论界的热烈反响。最先来的是赞誉。冯宪章撰文盛赞其为"一部散文的诗，诗的

---

[1] 参见夏济安著，庄信正译：《蒋光慈现象》，《现代中文学刊》2010年第1期。

散文",并强调指出小说"采取反面的表现方法",用艺术的语言阐明了"社会进化的过程",即"旧的阶级必然的要没落,新的阶级必然的要起来",而这简直和布哈林的《共产主义 ABC》没有两样[①]。然而,让蒋光慈和冯宪章都始料未及的是,这样的赞誉很快就被淹没在汹涌的批评声浪中。华汉(阳翰笙)针对冯宪章的看法特别指出,《丽莎的哀怨》"不仅不是一部什么 ×× 主义的 ABC,倒反而是一部反 ×× 主义的 ABC;不但不是一种有力的形式,倒反而是一种含有非常危险的毒素的形式!"作为党内颇有影响的文学批评家,华汉敏锐地意识到,"《丽莎的哀怨》的效果,只能激动起读者对于俄国贵族的没落的同情,只能挑拨起读者由此同情而生的对于'十月革命'的愤感,就退一步来说吧:即使读者不发生愤感,也要发生人类因阶级斗争所带来的灾害的可怕之虚无主义的信念"[②]。事实上,无论是从读者反应、批评的角度来看,还是就平常的阅读印象而言,《丽莎的哀怨》都难以给我们冯宪章所说的反面教材的效果,相反,华汉所说的"同情"倒是读者的普遍感受。而问题恰恰出在这种同情上。众所周知,"不准同情"是普罗文学白俄叙事的话语规范,而当"一个无产阶级文艺上的战士的作品,不惟不能有所助益于他所绝对爱护的无产阶级,反而激动起一般读者对于他的敌对阶级的很大的同情"[③] 时,这部作品当然就是失败

---

① 参见冯宪章:《〈丽莎的哀怨〉与〈冲出云围的月亮〉》,《拓荒者》第 1 卷第 3 期,1930 年 3 月 10 日。

② 华汉(阳翰生):《读了冯宪章的批评以后》,《拓荒者》第 1 卷第 4—5 期合刊,1930 年 5 月 10 日。按,该文亦曾刊于《海燕》第 4—5 期合刊,1930 年 5 月 10 日。

③ 参见华汉(阳翰生):《读了冯宪章的批评以后》,《拓荒者》第 1 卷第 4—5 期合刊,1930 年 5 月 10 日。

之作。

　　华汉同时强调，"光慈的主观，确确实实想要表现出俄罗斯贵族的必然没落，和苏联的无产阶级之必然兴起"，然而"《丽莎的哀怨》已经在客观上把光慈主观上的打划缴械了"[①]。华汉的批评提示我们：蒋光慈的失败其实是一种"失误"，文本的效果意外地背离了作者的初衷。细读文本，蒋光慈在创作意图上的确是想要通过丽莎的毁灭写出一个旧阶级走向灭亡的"历史必然性"。首先，丽莎虽然是个白俄，但她同时也是个下层妓女，这使她成为与无产阶级生存境遇接近的"受侮辱与受损害者"，因而获得了进入左翼文学白俄叙事的合法性。其次，在小说开篇，蒋光慈就让丽莎"自我检讨"，说出一大段去国家化的阶级叙事——俄罗斯并没有灭亡，灭亡的是贵族阶级自己。而这正是当时普罗文学白俄叙事的主流话语。再次，蒋光慈在第一人称的内在视点所能允许的范围内，已经为丽莎设置了众多革命性的参照系，比如背离家庭、现今已是"布尔雪委克要角"的姐姐，当年曾爱上自己的"木匠伊万"以及中国电影院里人们认同布尔什维克主人公的掌声等等，这些都是蒋光慈极力想要完成的正面的革命叙事。

　　具体到小说的创作动机而言，蒋光慈曾在《新流月报》的《编后》中将小说的创作称之为"一次大胆的尝试"[②]。不言自明，此处所言的"大胆"就是以丽莎这样一个白俄贵族少妇为主人公，并通过她的自述来道出旧阶级的崩溃。简单讲，这是一种"正话反说、旁敲侧击"的手法。考究起来，蒋光慈的这一尝试可谓酝酿许

① 参见华汉（阳翰生）：《读了冯宪章的批评以后》，《拓荒者》第 1 卷第 4—5 期合刊，1930 年 5 月 10 日。
② 参见光慈（蒋光慈）：《编后》，《新流月报》第 1 卷第 1 期，1929 年 3 月 1 日。

久。1929 年 4 月,在他自己所主编的《新流月报》的创刊号上,蒋光慈不仅发表了《丽莎的哀怨》,而且还翻译了苏联作家谢廖也夫的《都霞》。该小说以落魄的白俄贵族少女都霞为主人公,讲述了都霞在"布尔塞维克"华西礼的感召之下,幡然悔悟,决心告别堕落腐朽的旧日生活的故事。在这一期的《编后》中,蒋光慈不仅不厌其烦地介绍了这篇小说的情节,而且引用了钱杏邨的文章作为论据,强调小说所采取的通过白俄少女都霞的心理来表现革命之巨大改造力量的写法"是万分值得从事普洛文学作家注意研究的。由此可以想到我们自己的一些'抱着柱子固定的转'的笨拙的表现法的可笑"。蒋光慈还特别指出,《都霞》另一个值得学习的技巧在于,"在白色圈中所悟到的党人的崇高",原因在于,"这样的表现,当然也许是事实,是比写都霞在'红'的环境中觉悟的更有价值。这种从侧面表现的方法感动人的地方,比从正面写来得深刻"①。

　　蒋光慈对《都霞》的如上评析,与其说是为读者导读《都霞》,不如说是向读者推介自己的《丽莎的哀怨》。不难看出,《丽莎的哀怨》明显借鉴了《都霞》的写法。事实上,蒋光慈对这种"侧面表现"的写法早有学习和研究。1929 年 2 月至 3 月,蒋光慈在第 1 卷第 8 期和第 9 期的《海风周报》上连载其所翻译的苏联作家曹斯前珂的小说《最后的老爷》。与《都霞》一样,小说的主人公也是白俄贵族。不过这位旧日的地主"朱宝夫"要比都霞顽固得多,为了不把财产留给布尔什维克,他甚至不惜放火烧了"朱家楼"。作家采用的也是《都霞》般的"侧面"写法,通过朱宝夫的疯癫,写出了一个旧阶级的残暴、贪婪以及走向毁灭的必然命运。此外,1930 年

---

① 参见光慈(蒋光慈):《编后》,《新流月报》第 1 卷第 1 期,1929 年 3 月 1 日。

初,蒋光慈在第 1 卷第 2 期至第 4 期的《拓荒者》上翻译和连载了苏联作家维列赛也夫的小说《此路不通》,但未完成。从已发表的部分来看,小说仍旧是以白俄人物——老医师沙尔坦诺夫以及妻女一家人为主人公,主题思想也是要表现"在白色圈中所悟到的党人的崇高"。小说首译发表在 1930 年 2 月 10 日,而蒋光慈对该文的研读及翻译准备显然更要提前,这就与《丽莎的哀怨》的写作时间非常接近。因而,《此路不通》也应该是《丽莎的哀怨》的榜样。由此说来,为求更新和改进叙述革命的手法,蒋光慈作出了很多努力,这些努力最终呈现于《丽莎的哀怨》。而正因为确信自己的写作有着"更为艺术地表现革命"的叙事合法性,蒋光慈并不认可华汉等人对《丽莎的哀怨》的严厉批评,也没有停止这部小说单行本的出版与再版。对于自己的这次"尝试",蒋光慈自视颇高。在客居日本期间,蒋光慈曾向藏原惟人介绍过《丽莎的哀怨》,后者认为"这是很有趣味的一部书,可惜他不能读。他说,他很希望我的作品能够译成日本文,使他也有读的机会"①。蒋光慈对藏原惟人——这位旧日莫斯科东方大学校友、今日著名普罗文学理论家的赞誉非常看重,将其写进日记并发表,显然是对《丽莎的哀怨》的自我肯定。

二、"哀怨"与悲伤:"异乡的零落人"

追溯起来,"哀怨"一词源远流长。梁武帝萧衍的《捣衣诗》有言:"参差夕杵引,哀怨秋砧扬",苏轼在《送刘侍丞赴余姚》中写道:"玉笙哀怨不逢人,但见香烟横碧缕。"而在另一首《望海楼晚

---

① 参见蒋光慈:《异邦与故国》,上海:现代书局,1930 年,第 77 页。

景》中,他还留下了这样的句子:"楼上谁家烧夜香,玉笙哀怨弄初凉。"① 总括而言,中国古典文学中的"哀怨"是一种悲剧之美,其悲剧性发端于生命个体所遭受的外力强暴,而这一悲剧性的张扬并不是像古希腊悲剧那样因为勇于反抗命运而承受苦难,而是因为无力反抗而内化为心灵的怨恨与痛苦。因而,哀怨缺乏金刚怒目式的斗争精神,它的道德合法性在于无辜,它的人生观在于无可奈何的宿命感,它所要倾诉的也只是人被命运所裹挟、所抛弃的哀伤。

　　具体到蒋光慈而言,他也是在上述意义上使用"哀怨"一词。

---

① 笔者根据瀚堂典藏数据库提供的线索,试将中国古典文学语境中"哀怨"的基本意涵梳理如下:第一,哀怨表达了一种珠玉蒙尘、壮志未展的抑郁与悲切。唐代诗人卢照邻在《赠益州群官》中写道:"一鸟自北燕,飞来向西蜀。单栖剑门上,独舞岷山足。昂藏多古貌,哀怨有新曲。群凤从之游,问之何所欲。"这种情绪可以追溯到中国的骚体文学,庾信在《赵国公集序》中说,"昔日屈原宋玉,始于哀怨之深,苏武李陵,生于别离之世",李白在《古风》(五十九·其一)中也写道:"正声何微茫,哀怨起骚人。"第二,哀怨表达了人在面对悲剧命运时的无奈与慨叹。陆龟蒙的《宫人斜》诗云:"草树愁烟似不春,鹦鹉哀怨问行人。须知一种埋香骨,犹胜昭君作虏尘。"根据宋人宋敏求在《春明退朝录》中的考证:"唐内人墓谓之宫人斜,四仲遣使者祭之。"白居易的《慈乌夜啼》写的也是死别之痛:"慈乌失其母,哑哑吐哀音。昼夜不飞去,经年守故林。夜夜夜半啼,闻者为沾襟。声中如告诉,未尽反哺心。百鸟岂无母,尔独哀怨深。"第三,也是最为常见的,哀怨表达了一种离别的痛楚与愁绪。杜甫的《独坐》中有"胡笳在楼上,哀怨不堪听"之句,金代诗人李俊民在《过星轺》中吟咏:"何人弄羌管,哀怨不堪听",这是讲游子孤独的心境;周邦彦的《风流子·枫林凋晚叶》中有言:"枫林凋晚叶,关河迥,楚客惨将归。望一川暝霭,雁声哀怨",这是讲友人之别;南朝梁元帝萧绎的《玄览赋》中则有"闻羌笛之哀怨,听胡笳之凄切"之语,羌笛、胡笳都是战争的符码,这是讲征人之苦。萧衍《捣衣诗》写的也是征人妻子的哀怨,而庾信《夜听捣衣诗》可为同调:"风流响和韵,哀怨声凄断。"

在 1925 年末完成的《在黑夜里——致刘华同志之灵》一诗中，他写有这样的句子："天空中的星星儿乱闪泪眼；黄浦江的波浪儿在呜咽；这时什么人道，正义，光明——不见面，但闻鬼哭，神号，风嘶，夜鸟在哀怨！"[①] 另在 1927 年的《十月革命与俄罗斯文学》中，他用"哀怨"来形容旧俄诗人面对"十月革命"风暴时的感受[②]，以及与无产阶级诗人的雄壮、乐观相反的农民诗人的"调子"[③]。再者，在其 1928 年 4 月出版的小说《菊芬》中，叙述人在描写"我"与菊芬在江边散步的场景时说道："……帆船不断地往来，遥遥地听着舟子们唱着悠扬而哀怨的晚歌。"[④]

让我们把目光转回到《丽莎的哀怨》。在这部以流亡为主题的作品中，流离之苦、思乡之痛是丽莎最主要的"哀怨"。而更为深入的问题则是，如果说丽莎是因为流亡而哀怨的话，那么这种流亡的痛苦则是缘于对故乡的思念、对祖国的眷怀，而不是政治上的失败。换言之，丽莎爱的是那片土地以及土地上的人们、青春记忆和俄罗斯文化，而不是政权。在离别祖国之际，丽莎哭得异常伤心："这并不是由于我生了气，也不是由于恨日本人，而且也不是由于恨波尔雪委克……这是由于我感觉到了俄罗斯的悲哀的命运，也就是我自身的命运。"[⑤] 正如同行的密海诺夫伯爵夫人所言，作为失掉了俄罗斯的逃亡者，逃到哪里都是一样，他乡尽是异乡，被驱逐

---

① 蒋光慈：《在黑夜里——致刘华同志之灵》，《蒋光慈文集》第 3 卷，上海：上海文艺出版社，1985 年，第 423 页。

② 参见蒋光慈：《十月革命与俄罗斯文学》，《蒋光慈文集》第 4 卷，上海：上海文艺出版社，1988 年，第 119 页。

③ 参见蒋光慈：《十月革命与俄罗斯文学》，《蒋光慈文集》第 4 卷，第 127 页。

④ 蒋光慈：《菊芬》，《蒋光慈文集》第 1 卷，上海：上海文艺出版社，1982 年，第 405 页。

⑤ 蒋光慈：《丽莎的哀怨》，《蒋光慈文集》第 3 卷，第 20—21 页。

出祖国的人，就像失去母亲庇护的孤儿般四处流浪。

由此可见，正是沿着"游子他乡"这一流亡路径，"丽莎"走进了"哀怨"。更准确地说，蒋光慈眼中的"丽莎"就是一个流亡者，而其流亡生活之所以值得"哀怨"，一是因为无辜，二是因为无奈。值得注意的是，这部小说中的白俄没有一个是道德上的坏人，作家也没有对其进行丑化的描写。这一细节提示我们，流亡并不是对个人之恶的惩罚。再者，在小说开篇，丽莎就反思是谁毁掉了自己的人生，在小说结尾处，丽莎再次在自言自语中追问自己的命运："这难道说是丽莎的过错吗？"其实这个问题在开篇不久白根枪杀布党的情节中，丽莎自己已经有了答案："残酷的历史的必然性。"① 正是在这种"历史的必然性"面前，作为没落阶级之一员，丽莎只能哀怨地"同旧的俄罗斯一块儿死去"。虽然此处的"历史必然性"是蒋光慈引入的革命话语，但它在客观上增加了丽莎这个"异乡的零落人"②的悲剧性，因而成为一种无力抗拒也无从抗拒的命运。

三、"哀怨"的正当性：另一重革命叙事

那么，蒋光慈为何要讲述这一悲剧性的"哀怨"呢？换言之，这一"哀怨"与蒋光慈的革命叙事之间有着怎样的内在关联呢？

综观蒋光慈的文学创作，其作品风格可分为两类：一是刚猛，二是哀怨。《短裤党》《咆哮了的土地》等可归为前者，后者则以《哭诉》《丽莎的哀怨》《冲出云围的月亮》为代表。简而言之，前

---

① 蒋光慈：《丽莎的哀怨》，《蒋光慈文集》第 3 卷，第 16 页。
② 蒋光慈：《丽莎的哀怨》，《蒋光慈文集》第 3 卷，第 36 页。

者是对革命斗争过程的直接书写，而后者则以个人在革命中的痛苦为叙事重心。不过若以主题而论，流浪是贯穿其全部作品的主线，而"游子他乡"的流离之苦则是蒋光慈紧紧咬住的情绪。在《最后的微笑》中，复仇之前的王阿贵流浪在城市大街上，求一根黄瓜解渴而不得，复仇之后的王阿贵与亲人咫尺天涯，怕连累父母，只能在门外含泪看着为他虔诚祈祷的母亲。王阿贵的这种永别亲人的流离之苦在后来的《哭诉》中得到淋漓尽致的宣泄。在这篇长诗的"后记"中，蒋光慈继续抒发自己的感慨："算起来，我已经有七八年未归家了。在这七八年流浪的生活中，我的心灵上也不知受了许多创伤！"[1] 尤有要者，蒋光慈认为书写这些革命的痛楚是一件理直气壮的事情，如果说《短裤党》那样的革命强音表达了革命主题的话，那么《哭诉》这样的哀怨则忠实记录了"时代的错误"，它们同样是政治化的诗歌。蒋光慈自视为"时代的忠实的儿子""暴风雨的歌者"，并把自己在革命中所承受的痛苦当作宝贵的精神财富和诗歌的艺术源泉，因而对于某些批评者的误解甚至嘲讽不以为然："我所经历的苦痛与创伤，是为他们所未经受过的，而且他们将不会对我所歌吟的东西，有什么同情的了解。"显然，蒋光慈非常珍视这种"哀怨"，因为"内中包涵着万千的，与我同一命运的人们的眼泪，痛苦，悲愤，呼喊，及奋斗的过程"[2]。

　　当饱含着流离之苦的蒋光慈与流落异国的白俄妓女丽莎"相遇"时，后者自然而然地就成为前者自我形象的投射。正因如此，笔者并不认同夸大《丽莎的哀怨》之人性叙事的观点。事实上，在这次普罗文学内部的革命性写作中，蒋光慈并不同情作为"白俄"

① 蒋光慈：《〈哭诉〉后记》，上海：春野书店，1928 年，第 41 页。
② 参见蒋光慈：《〈哭诉〉后记》，第 43—44 页。

的丽莎,小说的主旨是写出这一反动阶级必然灭亡的历史必然性,蒋光慈同情的只是作为"流亡者"的丽莎,也正是在对这种流离之苦的书写中,他写出了自己艰辛的革命体验。这才是《丽莎的哀怨》人性叙事的真正源头。

值得我们关注的是,在蒋光慈的"哀怨"叙事中,革命者有哭诉的权利,他们在革命中所承受的内心痛楚,乃至奔向革命过程中所经历的思想挣扎都值得尊重,这是有关革命的另一重叙事。在《最后的微笑》中,面对投身革命的选择,王阿贵给自己提出的第一个难题是,"如果我死了的时候,我的父母将靠着谁养活呢?"这个念头使得他"暗杀张金魁的决心,至此时不禁动摇了一下"。在小说中,王阿贵用"我也问不了这许多,世界上的苦人多着呢"的"从众主义"压住了这一难题[1],然而,苦人众多的社会现实替代不了个体亲历的痛苦,这一难题并没有被解决。不过,一个好的提问也许比答案更重要。在小说中,蒋光慈还留下了一个更为艰深的问题:"杀人到底是不是应当的事情呢?阿贵觉得这个问题倒有点困难了。……你杀我,我杀你,这样将成了一个什么世界呢?而且人又不是畜生,如何能随便地杀呢?"[2]在蒋光慈这里,众多阿贵般的青年在革命中获得成长,同时也在成长中反思革命。这些记录着革命者艰辛足迹的"革命的故事"其实是另一种"成长小说",众多怀揣革命意愿的青年读者正是从阿贵身上读到了自己的苦难、冲动乃至困惑,进而对其产生强烈的认同感。事实上,这些"哀怨叙事"来自投身革命的中下层青年的视角,因而,这是"人"的革命,即一个鲜活的生命个体所体验的革命。在笔者看来,这些记载了

---

① 蒋光慈:《最后的微笑》,《蒋光慈文集》第 1 卷,第 479—480 页。
② 蒋光慈:《最后的微笑》,《蒋光慈文集》第 1 卷,第 520 页。

千万革命青年之心路历程的"哀怨"叙事正是蒋光慈对于中国现代文学的独特贡献。

当然，在看到蒋光慈革命叙事之独特性的同时，我们也不得不承认这只是一种粗糙的独特。尽管蒋光慈真实地讲述了那一时代青年们的革命想象与革命记忆，但这种讲述却因为缺乏对情感的合理控制而流于脆弱与感伤。在更深的理论层面来看，这一技术缺失根源于蒋光慈缺乏对革命动力以及革命结构的深入思考。事实上，革命与文学的关系，乃至革命叙事的生产与作用机制远比蒋光慈所理解的更为复杂。或许这就是瞿秋白认定蒋光慈在文学上"没有天才"[①] 的原因吧。

四、"不合时宜"的哀怨：革命与时代的双重限制

罗兰·巴特曾不无夸张地说，马克思主义式的政治性写作最为常用的方法是"形式的封闭"，即依靠"一种像技术词汇一样专门的和功能性的词汇。在这里甚至连隐喻本身也是被严格编码的。"[②] 从《丽莎的哀怨》所引发的批评可见，蒋光慈的写作与华汉、钱杏邨等人所主导的普罗文学白俄叙事编码系统发生了激烈冲突。

1929 年底，另一位普罗文学批评家刚果伦这样解释《丽莎的哀怨》客观上的失败：

---

① 参见郑超麟：《郑超麟回忆录》（下），第 343 页。
② 参见［法］罗兰·巴特著，李幼蒸译：《写作的零度》，北京：中国人民大学出版社，2008 年，第 16 页。

　　　　这一年所刊行的《丽莎的哀怨》,在命意上作者虽不免煞
费苦心,可是所得的结果,却未免是一个失败。因着第一身称
的限制,他不能正面的描写新的俄罗斯的生长,只能从侧面略
略提及,这结果,充其量也不过只有消极的意义。因着主人公
阶级性的限制,他不能不采用那种罗曼诺克的文艺的语句的
形式,不能在技术上得到比《短裤党》更进一步的发展。无论
何如,在这一部创作上,我们是认定作者是因着内容决定形式
的第一身称的采用,而失败了。[1]

显然,此处所言的“第一身称”是指叙事角度上的“第一人称”,而
刚果伦将《丽莎的哀怨》在客观上失败的原因,首先归结为第一人
称的采用,认为是它使得作者不能正面展开对苏联的辩护与颂扬,
只能通过丽莎的倾诉——从一个反面的角度来讲述革命,也正是
在这种通过反革命来讲述革命的危险叙事方式中,作家失去了对
丽莎的有效控制,让她尽情展现了流亡白俄的悲情。这无疑是对
蒋光慈颇为看重的“侧面表现法”的否定。刚果伦进而指出,在普
遍的意义上,第一人称的叙事方式本身限制了作家的技术进步,
所谓“内容决定形式”,作家为求符合主人公的阶级和身份,不得
不采用这一罗曼蒂克式的文艺腔。换言之,这种第一人称的叙
事方式并非无产阶级的文学形式,而是罗曼蒂克式的文艺腔的
表现。

　　我们知道,丽莎是小说文本中唯一的第一人称叙述人,而“哀
怨”又是其叙述的基调,因而所谓罗曼蒂克式的文艺腔指的就是丽

---

[1] 刚果伦:《一九二九年中国文坛的回顾》,《现代小说》第 3 卷第 3 期,1929
　年 12 月。

莎的"哀怨"。如此说来，刚果伦这一诊断的新颖之处在于，不仅将哀怨指认为小说失败的真凶，而且将其界定为罗曼蒂克式的文艺腔。那么，何为罗曼蒂克式的文艺腔呢？大约三年后，瞿秋白将这一"文学病毒"更为精准地定义为"革命的浪漫蒂克"，它在本质上是一种个人英雄主义，而这种个人英雄主义一旦被挫败，则很容易走向另一个极端——感伤主义[①]。而在钱杏邨看来，"这种'感伤主义'的发展的结果，是产生了一部出人意外的蒋光慈的对白俄表示同情怜悯备至怨天悯人的长篇——《丽莎的哀怨》。"钱杏邨又把这种感伤主义称之为"幻灭动摇的倾向"，并且指出这一倾向在蒋光慈的创作中一以贯之：先是"哭诉"，然后是"最后的微笑"[②]。而追究起来，这种倾向正是蒋光慈"残余的小资产阶级的心理"的流露[③]。

　　经过稍显冗长的考述，我们终于找到了普罗文学批评家眼中的"哀怨"，即作为小资产阶级情调的感伤主义。按照钱杏邨的批评，这是一种软弱、虚构、多余和浪费的情感，而如何处理这一情感（小资产阶级情调之表现）则是普罗文学必须面对的重要挑战。

　　历史地看，蒋光慈式的感伤反映了彼时小资产阶级作家的普遍笔调，一个最突出的例子就是丁玲的《莎菲女士的日记》。然而，通过《水》的写作，丁玲成功地克服了这一"小资产阶级情调"，并因此成为由"半新"进步知识分子作家转向成为党的革命作家的

---

① 参见易嘉（瞿秋白）：《革命的浪漫谛克》，华汉（阳翰笙）：《地泉》，上海：湖风书局，1932年，第1—2页。

② 参见钱杏邨：《〈地泉〉序》，华汉（阳翰笙）：《地泉》，第24—25页。

③ 参见钱杏邨：《蒋光慈与革命文学》，《现代中国文学作家》第1卷，第185—186页。

生动案例①。就此而言,蒋光慈的悲剧性恰恰在于,在革命文学乃至普罗文学的编码系统中,其自我认同的角色始终是主动编码者而非被动解码者,丁玲式的转向从未成为他的备选答案。郑超麟曾指出,"现在写中国现代文学史的人要了解党员作家蒋光赤,必须先知道他在莫斯科这一段的生活,知道当时时代的要求和蒋光赤本人对此时代的反应"②。根据他的回忆,早在20世纪20年代初,旅苏中国共产党人中就已形成"鄙视文学青年"的气氛,认为文学青年不务正业,"不能成为好同志"③。旅日期间,蒋光慈曾和藏原惟人谈起"文学家与实际工作问题",后者强调文学工作"自有其特殊性",并对蒋光慈所言的中国普罗文学作家被"一般革命党人"所轻视的情况深表同情,认为"这的确是很难免的现象"④。藏原的回答无疑道出了蒋光慈的心声,他在随后的日记中讽刺道:"如果有些人以为读了点文学书,就无异于是反革命,那我们又将如何来批评Lenin［列宁］呢?……"⑤ 以Lenin(列宁)为论据反驳文学无用论,可见蒋光慈心中的不平与坚守。在他看来,"革命"应该获得有着更符合文学"特殊性"的表述,而在这一表述中,革命者的革命伤痛以及走向革命的心路历程都值得尊重和铭记。

　　除了来自左翼文坛内部的激烈批判,呼唤"社会科学"的20世纪30年代也毫不留情地把蒋光慈自叙传式的哀怨书写抛在身后,包括"哀怨"在内的"感伤"正成为那个时代文学批评家眼中的

---

① 参见丹仁(冯雪峰):《关于新的小说的诞生——评丁玲的〈水〉》,《北斗》第2卷第1期,1932年1月20日。

② 参见郑超麟:《郑超麟回忆录》(下),第340页。

③ 参见郑超麟:《郑超麟回忆录》(下),第339页。

④ 参见蒋光慈:《异邦与故国》,第110页。

⑤ 参见蒋光慈:《异邦与故国》,第127页。

社会公敌①。无论人们如何理解文学的真实性——自然主义的还是现实主义的，此时文坛的风向标已经转向对现实的深入反映，"客观"压倒了"主观"，"深刻"压倒了"感伤"，巴尔扎克和左拉压倒了易卜生和雪莱，甚至可以说，"第三人称"压倒了"第一人称"②。即便是作为普罗文学之敌的民族主义文学，也与对手分享了同一个逻辑前提，那就是文学要表现"革命"，要把握"时代的意识"。因而民族主义文学同样鄙视某种"为所谓'人性'的掀发或冲动而瞎子般的狂放一时"的情绪宣泄③，鼓吹用"火与铁"洗净作家胸中的感伤，使其"充满伟大的民族的热情"④。

五、"丽莎"之名

行文至此，笔者想要探讨一个看似平常但却不无深意的问题：在蒋光慈那部引发无数争议的长篇小说《丽莎的哀怨》中，将革命理想与文学追寻连接一处的线索是什么？蒋光慈那些带有独特生命印记的革命话语又是怎样通过一系列的变形和重塑进入到文学

---

① 茅盾对此现象颇为不满，认为很多批评家望文生义，乱扣"感伤"的帽子。参见波（茅盾）：《论所谓"感伤"》，《文学》第 4 卷第 1 期，1935 年 1 月 1 日。

② 一位海派作家曾这样自辩道："这四篇小说全用的第一人称写法，也许不免有人要目为取巧偷懒，但我却是借此锻炼我的技巧。现在技巧已有几分锻炼了，从今以后，我将改换一番作风，多多应用第三人称写法，同时并将于可能范围内，努力的接近新写实主义。"参见周楞伽：《〈饿人〉自序》，上海：中华书局，1935 年，第 1—2 页。

③ 参见高伟：《前锋月刊第三期》，《申报·书报介绍》1931 年 2 月 14 日，"本埠增刊"第 9 版。

④ 参见萧君：《诗人的归来——黄震遐的新著〈陇海线上〉》，《申报·艺术界》1931 年 3 月 28 日，"本埠增刊"第 3 版。

叙事之中的？作为这一论题的切入角度,丽莎人物形象的生产将被重新审视,而《丽莎的哀怨》这一题目本身则是引发我们追问的起点。

　　考究起来,"丽莎"是一位白俄流亡贵族少妇的名字,洋味十足,而"哀怨"则是地道的中国古典文学批评术语,颇具古风,这一中一西的组合显然有些奇怪。若说给西洋小说人物配上中国衣冠,这也并不鲜见,检视林纾那些用古雅文言翻译的西洋小说,这样的例子比比皆是①。不过,林纾这一"创造性的误读"根源于语言和文化的隔阂,而这样的个案显然不能用来类比蒋光慈及其《丽莎的哀怨》。蒋光慈这位莫斯科"东方劳动者共产主义大学"留学生的俄文水平,在当时堪称中国一流。据其当年的同学郑超麟回忆,在该校的中国留学生中,蒋光慈和抱朴两人的俄语最为出色,而比之于其他"正统"的学生,蒋光慈对于苏联社会也有着更为深入的了解②。再者,在20世纪20年代末的中国,蒋光慈是译介和研究俄国文学的先行者,不仅翻译了很多苏联的文学作品,还在1927年编著了《十月革命与俄罗斯文学》一书。如此说来,蒋光慈以"哀怨"匹配"丽莎",或许自有深意存焉。

———————————

① 林纾不通外文,所译之《茶花女遗事》乃是先由合作者"述以授",他再"涉笔记之"。参见[法]小仲马著,晓斋主人、冷红生合译:《茶花女遗事》,上海:商务印书馆,1926年,第1页。因而,林纾笔下的巴黎茶花女一派中国名门闺秀打扮:"修眉媚眼,脸犹朝霞,发黑如漆覆额,而仰盘于顶上,结为巨髻,耳上饰二钻,光明射目。"参见[法]小仲马著,晓斋主人、冷红生合译:《茶花女遗事》,第4页。另,有关林纾翻译问题的深入研究,可参见钱锺书:《论林纾的翻译》,薛绥之、张俊才编:《林纾研究资料》,福州:福建人民出版社,1983年,第292—323页。

② 据郑超麟回忆,当时其他同学都住在学校宿舍,只有蒋光慈和抱朴"住在广场旁边那个女修道院里"。参见郑超麟:《郑超麟回忆录》(上),第188页。

　　就笔者视野所及,丽莎不仅是中国现代文学史上第一位白俄主人公,而且"丽莎"这一俄国女性之名也是第一次出现在中国作家笔下。那么,蒋光慈为何称呼自己的主人公为丽莎呢?这一体现在小说标题中的命名蕴含着怎样的深意呢?需要强调的是,作为俄国女性的常见名字,丽莎(伊丽莎白的别称)在俄国文化中有着非常特别的意义。检视俄国文学史,卡拉姆辛1792年出版的小说《苦命的丽莎》是俄罗斯浪漫主义文学的先声,主人公、乡下姑娘丽莎勤劳、温柔、美丽、忠贞,但却遭到了风流贵族埃拉斯特无情的欺骗,最终丽莎以自杀捍卫了自己的尊严。小说中,丽莎的坟墓成为饱受鞑靼人和立陶宛人蹂躏的祖国的"历史的记忆",为叙述人深情凭吊①。

　　在普希金写作于1829年的书信体小说《丽莎的烦恼》中,"生自古老的俄罗斯贵族之家"的丽莎弃绝了彼得堡上流社会的"浮世的奢华",回到祖母所在的巴夫洛夫村。她不仅"立刻就习惯了乡村生活",而且在这"亲切有味"的乡村中,感觉自己成了生活的真正主人。"彼得堡是穿堂,莫斯科是闺房,而乡村则是我们的书房",在普希金看来,乡村及其守护者丽莎正是俄罗斯民族精神之所系②。而在屠格涅夫1859年发表的长篇小说《贵族之家》中,主人公拉夫列茨基和他的情敌——社交高手、虚伪的贵族潘申都追求丽莎,而丽莎则违抗父母之命,拒绝后者而选择了前者。因为这

---

① [俄]卡拉姆辛著:《苦命的丽莎》,蒋路编选:《俄国短篇小说选》,北京:人民文学出版社,1981年,第2—3页。

② [俄]A. S. 普希金著,守拙译:《丽莎的烦恼》,《中苏文化》第20卷第6期,1949年6月20日。按,该小说并未完成,亦无题目,目前通译为《书信体小说》,题目为1875年收入《普希金文集》时编者所加。参见[俄]普希金著,冯春译:《普希金文集·小说一》,上海:上海译文出版社,1992年,第291页。

位"纯洁的姑娘""觉得和俄罗斯人一起合她的心意。俄罗斯风格的智慧使她高兴",而通过拉夫列茨基和潘申两人关于俄罗斯道路的辩论,丽莎看出他们分别代表着斯拉夫派和西欧派,拉夫列茨基在强调向欧洲学习先进制度的同时,"承认人民的真理并向这个真理低头",丽莎感觉自己与拉夫列茨基心灵相通,而潘申"对俄罗斯的蔑视使她感受到了侮辱"①。

正如有西方学者所论,在俄罗斯文化中"苦命的丽莎代表俄国的农村",牵动着作家们深切的怀旧情绪②。进而言之,丽莎之名代表了将国家女性化乃至母性化的俄罗斯文化传统。至迟在陀思妥耶夫斯基的时代,"祖国母亲"就已成为俄国文化中稳定的隐喻系统③。而蒋光慈对于这一"祖国母亲"隐喻系统并不陌生,他曾在1925年4月摘译了沙度维叶夫的诗作《俄罗斯》,其中就有"我的亲爱的母亲!苏维埃的母亲!"的句子④。

综上所述,俄国文学史上的丽莎有着温柔、善良、美丽、坚贞的形象,代表着苦难而博大的俄罗斯。值得注意的是,1927年蒋光慈和瞿秋白合作编著完成了《俄罗斯文学》一书,该书分上下两卷,上卷《十月革命与俄罗斯文学》由蒋光慈完成,下卷《十月革命前的俄罗斯文学》由瞿秋白完成,而该书下卷在出版时则由蒋光慈在

① [俄]屠格涅夫著,林纳译:《贵族之家》,《屠格涅夫全集》第2卷,第223—263页。
② 参见[美]斯维特兰娜·博伊姆著,杨德友译:《怀旧的未来》,南京:译林出版社,2010年,第15页。
③ 这从陀氏小说的人物对话中可以看出:"有什么办法呢,我国的道路都非常漫长。真可谓'俄罗斯母亲幅员辽阔⋯⋯'"参见[俄]陀思妥耶夫斯基著,力冈、袁亚楠译:《罪与罚》,芜湖:安徽师范大学出版社,2018年,第401页。
④ 蒋光慈:《在伟大的墓之前》,《蒋光慈文集》第4卷,第38页。原载《新青年》(不定期刊)第1号,1925年4月22日,署名蒋光赤。

瞿秋白原稿上删改而成①。因此可以断言蒋光慈对于下卷部分也较为熟悉，而这一部分对于卡拉姆辛的《苦命的丽莎》以及屠格涅夫的《贵族之家》都有深入的论述②。以此推想，蒋光慈很可能知晓丽莎形象在俄国文学与文化中的特殊意涵。

　　若深入分析蒋光慈笔下的丽莎形象，则不难发现在这位出身贵族的白俄妓女身上有着俄国文学经典形象丽莎的影子。在蒋光慈笔下，丽莎美丽温柔，单纯善良，对感情热烈而坚贞。即使在沦为街头暗娼之后，丽莎仍未动摇内心深处的坚贞，并且将其升华为对于祖国的眷恋。在逃离祖国之际，丽莎的心情是"无论如何不愿离开俄罗斯的国土，生为俄罗斯人，死为俄罗斯鬼"。在流落异邦的生涯里，丽莎无时无刻不想着回归祖国，她悔恨自己"离开了俄罗斯的土地……就是在俄罗斯为布尔雪委克当女仆，也比在上海过着这种流落的生活好些"。如果不能活着回国，死也要魂归故里，投水自杀之际，丽莎祈祷上帝能够把她的"尸身浮流到俄罗斯的海里"，让她"在死后尝一尝祖国的水味"。

　　而如果进一步深入到"丽莎"形象的艺术生产，我们会发现蒋光慈对于丽莎宗教信仰的描绘非常深入。小说中，情到深处的丽

① 参见蒋光慈：《十月革命与俄罗斯文学·书前一篇》，《蒋光慈文集》第4卷，第57页。

② 书中称"嘉腊摩金"（卡拉姆辛）为"俄罗斯情感主义文学的第一人"，认为《可怜的丽莎》（《苦命的丽莎》）的主旨在于"形容普通人的忧患心绪，——虽是庸庸碌碌，却很有纯洁高尚的性情，能发挥深情挚意"。参见瞿秋白：《俄罗斯文学史》，《瞿秋白文集·文学编》第2卷，北京：人民文学出版社，1986年，第151—152页。该书还特别指出，杜格涅夫（屠格涅夫）《贵族之巢》（《贵族之家》）中的菲独尔（拉夫列茨基）"遇见他的爱人丽莎，方才受很大的感动，而竭力改良他的农民的生活状况"。参见瞿秋白：《俄罗斯文学史》，《瞿秋白文集·文学编》第2卷，第178页。

莎每每称呼上帝之名,她曾为自己麻醉于灯红酒绿的舞场生活而深深忏悔,也曾像约伯一般向上帝呼告自己的痛苦。在丽莎心中,上帝既是仁慈之父,也是律法之王。每当回忆起自己最龌龊的卖淫生活时,她痛苦地哀告:"我的上帝呀,请你惩罚我们吧,我们太卑鄙得不堪了!"

而正如俄国思想家别尔嘉耶夫所论,"俄罗斯人——既是争强好胜的运动员,又是强盗,同时,又是害怕上帝正义的朝圣者"。在俄罗斯的东正教信仰中,有一种在犹太人之外所独具的"救世主降临的意识",这一意识使得俄罗斯人把"成为真正的基督教、东正教的体现者与捍卫者"视作使命 [1]。因而,虔诚的东正教信仰是俄罗斯人最突出的"国民性",又因其在俄罗斯(苏联)国内受到官方的强力压制,所以它更多的是在流亡白俄群体中得到传承和体现。正如1935年一位中国作者的观察,存在于白俄"子孙记忆里的,除了贫穷之外,只有对于耶苏的信仰了" [2]。甚至很多在华白俄都和丽莎一样,在家里"挂着沙皇及其皇后的照片",他们"每天晚上都要祈求上帝给俄国派遣一位东正教的沙皇" [3]。

检视彼时普罗文学中的白俄叙事,有关上帝及宗教的叙述只在贬损的语境中出现,比如在殷夫的小说《音乐会的晚上》中,作为"和气待人"的"正教徒","我"的父亲和舅舅其实是枪杀一千多工农的刽子手。而在菀尔的小说《"祖国"》中,东正教堂不过是白俄反苏的秘密窝点。比较起来,《丽莎的哀怨》中的宗教叙述不

---

① 参见[俄]尼·别尔嘉耶夫著,雷永生、邱守娟译:《俄罗斯思想——十九世纪末至二十世纪初俄罗斯思想的主要问题》,第6—8页。

② 参见微:《白俄在哈尔滨》,《汗血周刊》第5卷第22期,1935年12月1日。

③ 参见[英]哈莉特·萨金特著,徐有威等译:《白俄在上海》,《民国春秋》1993年第2期。

仅正面客观,而且深入细致,独树一帜地抓住了白俄群体的精神特质。事实上,蒋光慈对俄罗斯民族的宗教信仰问题早有关注。早在留苏期间,他就关注到莫斯科复活节期间男女老少"满街满园,成行结队地游逛"的情景①。

由此可见,在"丽莎"这一洋味十足的名字背后,是蒋光慈所掌握的一整套成功塑造"丽莎"这一俄国流亡者形象所必需的"俄国"知识。而若探寻蒋光慈的个人经历,可见丽莎的形象不仅与俄罗斯文化传统有着很强的互文性(intertextuality),而且铭刻和承载着蒋光慈独特的情感印记与爱情想象。据蒋光慈的遗孀吴似鸿回忆,蒋光慈留学苏联的时候曾与一位名叫安娜的俄国姑娘相爱,后因回国革命无法安置安娜而与之分手②。在1927年前后写下的诗歌《与安娜》与《怀都娘》中,蒋光慈深情追忆了自己这段异国之恋。值得注意的是,诗作中的安娜和都娘都是阳光、爽朗的苏联革命女郎形象,在她们面前,来自东方的"我"显得文弱腼腆、缺乏自信③。如此看来,都娘或安娜式的苏联革命女郎虽然美丽而干练,但对于蒋光慈这位中国革命作家而言却略显强势,并非理想的革命伴侣。那么,蒋光慈心中的人生良伴又是什么样的呢？蒋光慈的诗作《与一个理想的她》对此问题给出了答案:"当我疲倦于革命的歌吟时/我要饮温情的绿酒/我爱！你替我斟注啊/当我沉闷于人生的烦劳时/我要听芳琴的细奏/我爱！你给我低弹啊/饮了绿酒,听了细奏,我又不得不高唱人生/在那革命的怒潮

---

① 参见蒋光慈:《复活节》,《新梦》,上海:上海书店,1925年,第28页。
② 参见吴似鸿著,傅建祥整理:《我与蒋光慈》,第42页。
③ 参见蒋光赤(蒋光慈):《怀都娘》,《新梦·哀中国》,北京:人民文学出版社,1983年,138页。原载《民国日报·觉悟》,1924年9月28日;蒋光慈:《与安娜》,《新梦》,第156—167页。

中飞舞。"[①] 在这首诗中,我们不仅感受到了彼时评论者所指出的革命精神的鼓吹[②],还读出了红袖添香的文人情调以及才子佳人的爱情模式。如是观之,蒋光慈心中的理想伴侣,不仅秀外慧中,还应该是男性革命者坚定的追随者、温柔的陪伴者以及优雅的唱和者。而正如夏济安所言,白俄妓女丽莎"从头到尾是善良的家庭主妇型女子"[③]。坚定、温柔、优雅的丽莎,具备成为"一个理想的她"的全部要件,换言之,蒋光慈赋予了白俄妓女丽莎中国"佳人"的气质。

总之,丽莎这一形象乃是中俄两种文化紧密互动的产物,蒋光慈在塑造这一形象的过程中,不仅动用了自己的俄国文学与文化修养,而且倾注了自己的情感体验与爱情想象。就这样,俄国贵族妇女丽莎在曾经留苏的革命作家蒋光慈笔下漂泊到中国,开始了一段命途多舛的文学旅程。

六、"公园"与"妓女"

1932 年 8 月 9 日,《申报》"本埠增刊"刊发了一篇带有读者来信性质的文章,一位作者讲述了自己在法国公园遭遇白俄妓女的经历。有趣的是,面对着这位伫立风中的异国美人,他竟然立刻"联想到蒋光慈在他的《丽莎的哀怨》中所描写着的关于一个俄国妓女丽莎在虹口公园中兜揽生意的情形来"[④]。虽然这位作者误将

---

① 蒋光慈:《与一个理想的她》,《新梦》,第 132—133 页。
② 参见高语罕:《〈新梦〉诗集序》,蒋光慈:《新梦》,第 14 页。
③ 参见夏济安著,庄正信译:《蒋光慈现象》,《现代中文学刊》2010 年第 1 期。
④ 参见阿杨:《也是一个面包问题》,《申报》1932 年 8 月 9 日,"本埠增刊"第 1 版。

小说中的黄埔滩公园写作虹口公园，但通过这篇颇具"影响因子"意味的文章，我们还是不难发现彼时的普通读者已经在沪上西式公园与白俄妓女之间建立了某种奇妙的意义链接。

如果细读文本，我们会发现公园是丽莎最为重要的活动场域之一。小说中，丽莎曾自述自己和海米诺夫伯爵夫人在上海做寓公时，整日游荡于虹口公园、梵王渡公园、法国公园、黄埔滩公园等处，借此消磨"客中的寂苦的时光"。而黄埔滩公园更是丽莎坠入风尘的起点，而这里日后更是成为她逡巡拉客的主要场所。那么，我们应该怎样理解蒋光慈笔下的公园？难道它仅是一个普通的空间背景吗？

如果回到历史语境，可见蒋光慈此处的公园叙事正是白俄真实生存状态的写照。曾有外国观察者指出，20世纪二三十年代的"上海无法保证白俄幻想中的安全和稳定，对他们而言，生活时刻在西方社会的安谧自尊以及随时而来的东方社会贫困绝望的现实之间摇摆不定"①。而在优雅的公园中游荡甚至卖淫，正是上海白俄妇女这一生活摇摆状态的体现。1933年茅盾也曾在散文中写道："去年夏天酷热的时候，常见有些白俄在大树下铺了席子，摆满瓜果饼点，'逛'这么一个整天。"②考究起来，郊游及野餐是俄罗斯人日常生活中最为重要的消遣之一。屠格涅夫曾在他的小说中指出，"如若城郊有一片稀稀落落的桦树林，那么商人们，有时还有官员们，也会在礼拜天和节假日高高兴兴地带上茶炊、点心和西瓜驱车前往，把所有这些美食径直摆在大路旁落满尘土的草地上，大家

---

① 参见［英］哈莉特·萨金特著，徐有威等译：《白俄在上海》，《民国春秋》1993年第2期。
② 茅盾：《在公园里》，《申报月刊》第2卷第4期，1933年4月15日。

坐成一个圆圈,天黑以前不断吃呀喝呀,直喝得脸上冒汗"①。而这些上海白俄之所以选择在公园游荡,固然与他们无钱消费其他西洋式的高等场所有关,但更为主要的原因,恐怕还是这些上海租界中的西洋公园引发了他们对于故国乃至旧日贵族生活的缅怀之情。因而,这些上海租界中的公园在流亡白俄丽莎看来是自然而亲切的旧日生活印记,可是在革命作家蒋光慈眼中却有着别样的意味。

追溯起来,中国现代意义上的公园正是起源于上海租界的黄埔滩公园。黄埔滩公园又名外滩公园、外国花园、外摆(白)渡公园,1868 年建成,是"上海第一个正式花园"。"这是一所著名的夏天晚上的纳凉地",可是"虽然地皮是中国官地,填地和造园的经费也出自中外居民所纳捐税,然而外滩公园是跟以后所造的几个公园一样,不许华人入内甚至园门口还挂着极侮辱华人的牌子"②。据周作人在 1903 年日记中的记载,这块"极侮辱华人的牌子"上书"犬与华人不准入"七字,他看着游息其中"无不有自得之意"的白人以及不得入门转而透过铁栅窥视园内的国人,发出了"奈何竟冷血至此"的慨叹③。而"其余各公园虽无此牌,亦非华装华人所得入已数十年于兹矣"④。面对这一帝国主义者的无理行径,早在 1885

① [俄]屠格涅夫著,冯加译:《多余人日记》,《屠格涅夫全集》第 5 卷,石家庄:河北教育出版社,第 200 页。

② 参见上海通社编:《上海研究资料》,上海:上海书店(重印),1984 年,第 473—481 页。按,该书初版本为上海中华书局 1936 年版。

③ 参见周作人:《周作人日记》(上),第 395 页。另据黄炎培的回忆,约在 1900 年左右,他也曾经"亲眼看到"白渡桥公园"门外牌子上写着八个字:'犬与华人不得入内'"。参见黄炎培:《八十年来》,北京:中国文史出版社,1982 年,第 30 页。

④ 参见镜:《华人与犬不许入之上海公园》,《真光杂志》第 27 卷第 6 期,1928 年 6 月 15 日。

年,中国绅商陈涌南等人就发起了公园开放运动,但直到1915年,上海租界当局才以"本园专供外侨休息之用"的新牌子替换了"华人不准入内"旧牌子,公园开放依旧遥遥无期①。面对着公园门口挂着的这块新招牌,郑振铎不仅有着与周作人类似的愤懑,而且还曾目睹过多起公园看门人呵斥和驱逐入园国人的事件,就连他本人也曾亲身经历过这种屈辱②。1925年,一位中国诗人留下了今日读来仍令人心碎的游园感受:"胆怯的我 / 居然也在人家庄严的花园里 / 恐惧在我内心颤抖着 / 美景在前 / 也无心趣观赏。"而后,诗人又接连受到守门人的"睁视"和外国稚儿的驱赶,这让他心中满是弱国子民的羞辱。"在这充满'敌意'的宇宙里",只有蝴蝶不分种族地落在肩头,给了诗人唯一的安慰③。

　　而国人自1919年发起的第二次公园开放运动在"五卅"后才有了实质性进展,上海租界当局终于在1928年6月1日向华人开放外滩、虹口、兆丰三公园,这一"五十年奔走呼号之运动"终获成功④。然而,开放之初那十个铜元一张的门票已经让很多人"望门兴叹",一年后工部局为了限制游客数量,竟然将门票价格涨至小洋两角⑤。这样做的后果自然如茅盾所言,即使在开放售票后,上海各公园仍拒绝"衣衫不整齐"和穿着"短衫"的劳苦大众,园中常客

---

① 参见秦理斋:《上海公园志》,《旅行杂志》第4卷第1号,1930年1月。
② 参见郑振铎:《上海之公园问题》,《文学周报》第4卷第262—263期合刊,1927年2月27日。
③ 季志仁:《游法国公园》,《浅草》第1卷第3期,1923年12月。
④ 参见秦理斋:《上海公园志》(续),《旅行杂志》第4卷第6号,1930年6月。
⑤ 参见毛惕非、徐相光:《反对租界公园增价　将从十枚加到两角》,《民国日报·觉悟》1929年5月29日,第16版。

只是外国妇孺和中国摩登男女 ①。

　　所谓"一国之花,都会也,都会之花,公园也" ②,很多中国现代知识分子都将舶来自西洋的公园视为现代都市文明的象征。而在革命作家蒋光慈看来,公园还是革命者享受爱情的浪漫空间。茅盾认为上海公园的唯一功能就是都市摩登男女"恋爱速成科"的"户外恋爱课堂",从而为感伤主义诗人们提供"绝妙诗材" ③。而在"革命加恋爱"叙事模式的始作俑者蒋光慈看来,浪漫是革命的另一副面孔,革命作家没有理由拒绝这种浪漫的抒怀。在蒋光慈笔下,北大学生、革命青年汪海平与教会医院看护妇吴月君就常在北京的中央公园约会,这里更是吴月君在汪海平因参加"反对日本炮击大沽口"的请愿而被北京执政府卫队射杀后为之殉情的地方 ④。而上海的黄埔滩公园则是革命者"我"以启蒙者身份与追随者"某夫人"月下谈心的所在 ⑤。然而,蒋光慈却没有像很多海派作家那样沉迷于都市摩登,与之相反,他非常敏锐地发现了蕴藏在公园之中的帝国主义权力宰制。1925 年 9 月,蒋光慈在诗作《我要回到上海去》中写道:

---

① 参见茅盾:《秋的公园》,《东方杂志》第 29 卷第 8 号,1932 年 12 月 16 日。有关上海外滩公园的历史脉络以及国人的抗争过程,亦可参见陈蕴茜:《日常生活中殖民主义与民族主义的冲突——以中国近代公园为中心的考察》,《南京大学学报》(哲学·人文科学·社会科学)2005 年第 5 期;熊月之:《关于上海外滩公园的历史记忆》,《晚清国家与社会》,北京:社会科学文献出版社,2007 年,第 14—33 页。

② 参见黄以仁:《公园考》,《东方杂志》第 9 卷第 2 号,1912 年 8 月 1 日。

③ 参见茅盾:《秋的公园》,《东方杂志》第 29 卷第 8 号,1932 年 12 月 16 日。

④ 蒋光赤(蒋光慈):《碎了的心》,《鸭绿江上》,上海:亚东图书馆,1927 年,第 68—69、78 页。

⑤ 蒋光慈:《给某夫人的信》,《新流月报》第 2 期,1929 年 4 月 1 日。

我要回到上海去，

我要回去看一看——

那红头阿三手里的哭丧棒是否还是打人

不顾死；

那一些美丽的，美丽的外国花园，

是否还是门口写着中国人与狗不准进去。①

　　而在《哀中国》一诗中，蒋光慈继续追问："法国花园不是中国人的土地么／可是不准穿中服的人们游逛／哎呦！中国人是奴隶啊／为什么这般地自甘屈服？"②1925年3月18日，蒋光慈在给妻子宋若瑜的信中说："我性最喜爱自然界，但是在上海这个地方，简直享受不到自然界的乐趣。有几处花园，但是都是外国人的，不准穿中服的人们游逛，视中国人连狗都不如，说起来，真令人恨煞！我虽然着西装，我虽然也常到外国花园游逛，但总觉得不大舒服，没有多大兴趣……诗人的伟大在于他能够反抗一切的黑暗。帝国主义者对待中国人真是黑暗极了！我反抗，我一定要反抗……"③

　　1926年，蒋光慈曾通过《少年漂泊者》中的主人公汪中给予上海的帝国主义者坚决的反抗。革命青年汪中在上海电车上遭遇外国人的挑衅后，愤而出拳还击，几乎"把他打倒了"，而对方慑于汪

---

① 蒋光慈：《我要回到上海去》，《新梦·哀中国》，第164页。原载《猛进周刊》第29期，1925年9月18日。

② 蒋光赤（蒋光慈）：《哀中国》，《新梦·哀中国》，第142页。原载《觉悟·文学专号》第2期，1924年11月23日。

③ 宋若瑜、蒋光慈：《纪念碑》，上海：亚东图书馆，1928年10月第11版，第138—139页。按，该书初版本为上海亚东图书馆1927年11月版。

中的气势,竟只好忍气作罢,最后汪中还用英文教训对方:"你是个
野蛮的动物。"①追溯起来,早在1856年,中国最早的耶鲁大学毕业
生容闳就在上海租界完成了汪中式的凌厉回击,成为上海开辟租
界以来第一位"能以赤手空拳,自卫权利者",从而受到众多国人的
"异常推重"②。不过,尽管勇气可嘉,汪中式的个人反抗显然不能撼
动帝国主义的统治基础。而游荡在上海公园中的白俄妓女丽莎,
则是蒋光慈"反抗"帝国主义斗争的一次全新尝试。

　　如果沿着丽莎的妓女身份追索,蒋光慈对于妓女问题其实早
有关注。在他1926年9月完成的小说《徐州旅馆之一夜》中,一
位童养媳在生活逼迫下沦为暗娼,为"悲哀的中国"和"悲哀的中
国人"添加了一个苦难的注解。作为一个留苏归来的游子,蒋光慈
不仅揭露了中国的黑暗现实,而且抒发了对于祖国的痛惜。诚如
学者陈方竞所论,作为被侮辱与被损害者,沦落上海街头的"卖淫
妇"丽莎与这位徐州旅馆中的童养媳并无本质区别③。然而,比之
于这位苦难的中国童养媳,丽莎的最大不同显然在于,她曾是"俄
罗斯贵族妇女中一朵娇艳的白花",代表着白人、西方、帝国主义者
和贵族。而沿着上述"不同",我们将会发现,丽莎的妓女身份在蒋
光慈的革命叙事中有着特别的意义。

　　小说中,在丽莎初次卖淫的夜里,本来她正坐在黄浦滩公园里
感怀身世,并没有"勾引所谓寻乐的客人",然而仍有买春客不断地

①　蒋光慈:《少年漂泊者》,《蒋光慈文集》第1卷,第80页。按,该书初版本为
　　上海亚东图书馆1926年1月版,署名蒋光赤。
②　参见容闳著,恽铁樵、徐风石译:《容闳自传——我在中国和美国的生活》,
　　北京:团结出版社,2005年,第50—52页。
③　参见陈方竞:《"文体"的困惑——蒋光慈的〈丽莎的哀怨〉的重新评价》,
　　《中国文学研究》1993年第1期。

挑逗甚至调戏她。起初丽莎把这当作每个落魄者都可能遭受的侮辱，直到后来她才发现真相："他们把每一个俄罗斯的女人都当做娼妓"。而丽莎的这一发现并不是蒋光慈的杜撰，更非他对白俄的侮辱，而是当时上海外侨界真实的"刻板印象"。曾有外国观察者指出，"通常说到上海的'俄国姑娘'，我们很容易猜想那是指着舞女，或暗娼而言"①。而这一说法在国人的笔下也得到了印证："当一个西洋人说起'上海女人'（Shanghai woman）时，他们就立刻会同朱唇媚眼，纤腰肥臀的白俄女人联接在一起了。"②而外侨这种对于白俄女性的集体污名化，固然是出自种族和文化的偏见，但也与彼时白俄女性生存状况的恶化有关。曾有研究表明，20世纪30年代上海的俄国妓女多达8000人，这一数字是其他国籍白人妓女人数总和的4倍③。舞女和按摩女是上海妓女的两种补充形式，前者直接起源于白俄④，后者虽始于西洋女子，但白俄女子才是后来居上的主力军⑤。

　　如前所述，大量白俄的到来在一定程度上打破了上海社会因崇洋媚外而形成的西洋神话。正如1934年《社会日报》上的一篇文章所言，过去"我们一向看见的高鼻子深眼窝的白种人，一个个都是志高气扬，像煞有介事的。他们住的高大洋房，吃的外国大菜，穿得衣冠整洁，出入都有汽车代步，坐轮船火车，不屑与中国人

---

① 杜夫曼著，雪墅译：《远东白俄概述》，《黑白半月刊》第3卷第8期，1935年4月30日。

② 参见张明养：《白俄在远东》，《太白》第2卷第4期，1935年5月5日。

③ 参见［美］贺萧著，韩敏中、盛宁译：《危险的愉悦——20世纪上海的娼妓问题与现代性》，南京：江苏人民出版社，2003年，第51页。

④ 参见频罗：《上海之舞女》，《红玫瑰》第4卷第3期，1928年1月21日。

⑤ 参见杨枝：《按摩院之今昔观》，《社会日报》1933年12月30日，第2版。

混杂",而如今"看见了罗宋瘪三的丑状,才把我们的传统观念打破,可见白种人不一定个个是财主,外国的社会与中国一般……照样也有乌龟贼强盗下流的阶级。我们应该感谢罗宋瘪三们,因为有他们到中国来表演了一幕怪剧,使中国的愚民不致于再把外国人恭维得像神圣一样"[1]。而曾任军委空军工程部政委和副部长的谢唯进也在新中国成立初期留下的自传中写道,自己青年时革命思想的提升离不开上海白俄的刺激:"在上海街头常看到流亡的俄国人,有讨饭的,有向行人乞钱的。他们都是俄皇时代的王公、贵族、军阀、地主和富翁。他们把居住在上海租界里,横行霸道的各国帝国主义者,那种神圣不可侵犯的白色人种的尊仪一下子撕破了。"[2]

应该说,谢唯进的看法一定程度上道出了蒋光慈的心声,而后者的敏感与深刻之处在于,他不仅在徘徊于旧日专属欧美白人的公园的白俄妓女丽莎身上看到了革命风暴的力量,而且为这场风暴赋予了阶级的先进性。在《丽莎的哀怨》中,丽莎在生命的终点领悟到,"面包的魔力比什么都要伟大,在它的面前,可以失去一切的尊严与纯洁","金钱是万恶的东西,世界上所以有一些黑暗的现象,都是由于它在作祟",而"野蛮"的布尔什维克的革命目的正"在于消灭这万恶的金钱"[3]。在蒋光慈看来,资本主义的根基正在

---

[1] 参见汪仲贤作,许晓霞画:《上海弄堂写真——(二二)罗宋小贩》,《社会日报》1934年3月10日,第1版。

[2] 参见谢唯进:《谢唯进自传》,中国革命博物馆党史研究室编:《党史研究资料》第4集,成都:四川人民出版社,1983年,第59页。

[3] 1929年4月,钱杏邨白俄题材的短篇小说《那个罗索的女人》与《丽莎的哀怨》刊载于同一期的《新流月报》,而《新流月报》的主编蒋光慈认为,前者的主题在于揭示了"被罗索人所尊重的贵族的血统的关系,是怎样的一步一步的被经济的力量所摧毁"。而这一评价也展现了蒋光慈一贯的阶级分析视角。参见蒋光慈:《编后》,《新流月报》第1卷第2期,1929年4月1日。

于维护剥削的经济制度和商品拜物教的意识形态话语,而苏维埃的革命正是釜底抽薪式的彻底变革,代表着历史理性的全新临在。因而,通过丽莎这样一个"反面典型",蒋光慈在文本的世界里卷起革命的风暴,涤荡了帝国主义者的嚣张气焰。

七、"中国式"自杀

如所周知,小说中的丽莎最终选择了投江自杀,以此告别耻辱的卖淫生活。那么,蒋光慈为何设置丽莎自杀的这一情节?具体而言,蒋光慈为何要为丽莎选择"投江自杀"这一死亡方式?事实上,对于丽莎自杀结局的合理性,学界颇有争议。夏济安就认为丽莎的自杀突出地暴露了小说"人物的动机写得不够充分"的弱点,他认为丽莎操此贱业有时,没有理由选择自杀;相反,"丽莎这样经过历练的娼妇其处境的真正可怖之处是她可能耽于享乐,对别的事漠不关心。她可能会有某种不正常的快感,把自己和世界的命运置之度外"[1]。而陈方竞的看法恰好在逻辑上回应了夏济安的批评:"丽莎性格与命运的客观真实性是在与白根和米海诺夫伯爵夫人的对比中形成的。"[2]细读文本,蒋光慈的确是在陈方竞所言的比较视野中展现流亡白俄不同的生活世界与人生选择。况且如前所述,丽莎在迎接苦难命运的过程中并非没有自我麻痹的时刻,她一度想和楼下私开鸦片馆的洛白珂夫人一样,依靠鸦片求得片刻安慰,"走入这种慢性的死路"。好在这家鸦片馆很快被警察查抄,丽

---

[1] 参见夏济安著,庄信正译:《蒋光慈现象》,《现代中文学刊》2010年第1期。

[2] 参见陈方竞:《"文体"的困惑——蒋光慈的〈丽莎的哀怨〉的重新评价》,《中国文学研究》1993年第1期。

莎这才幸免于难。不过比之于白根和米海诺夫伯爵夫人,丽莎并无政治上的偏执,而且有着深厚的人文修养以及虔诚的宗教信仰,尤为关键的是,丽莎时刻为"乡愁的罗网"笼罩,对于祖国有着刻骨铭心的眷恋。正是上述因素,引领丽莎在污秽的环境中仍然坚持成为一个有根基有尊严的"人"。而《丽莎的哀怨》文本的悲剧性也恰在于此,革命的风暴不可阻挡地摧毁了丽莎所代表的阶级,显现了历史理性的伟大力量,而作为独特的个体,丽莎尽管有着很多优秀的品质,而且并非阶级罪恶的直接制造者,但她仍旧不得不承受革命的后果。

　　除了文本内部的叙述逻辑,丽莎情节设置的合理性还有着"生活事实"的强力支持。首先,当时上海白俄群体的确存在自杀高发的状况。1920年曾有中国旅俄观察者指出,"俄人多富于阴忍沉郁之特性,故少年流于自杀者颇多"①。而在20世纪20年代末的中国上海,比这种国民性格因素更为重要的原因是前所未有的末世感。据曾任《密勒氏评论报》主编的鲍威尔回忆,20世纪20年代初流亡上海的白俄中不乏携带大量珍贵珠宝的富翁,但"他们来到上海后住进最好的旅馆,吃喝玩乐,一掷千金,随意挥霍着他们的珠宝,直到吃尽用光为止"②。而即使是那些普通的白俄劳动者,很多人也经常"将一个月工资在一个晚上花完"③。对此,我们难以用通常意义上的消费习惯来解释,失去生活的希望恐怕才是根本原因;而这种失去希望的极端后果就是自杀。翻检1923年至1928年的《申

---

① 谔声:《游俄杂忆》,《申报·自由谈》1920年2月27日,第14版。
② 参见[美]鲍威尔著,邢建榕等译:《鲍威尔对华回忆录》,北京:知识出版社,1994年,第59—60页。
③ 参见[英]哈莉特·萨金特著,徐有威等译:《白俄在上海》,《民国春秋》1993年第2期。

报》报道，仅六年间上海就有 14 位白俄自杀，平均每年 2.3 人，自杀者的身份包括难民、音乐师、保镖和工程师等，而自杀原因大致可归为负债、穷困和情感纠纷三类。这一数字只是不完全统计的结果，再加上此时上海白俄的总数仅有 10,000 余人，可见上海白俄群体的自杀率显然不低。

其次，比之于白俄群体，上海中国居民的自杀率可谓有过之而无不及。据当时的《社会月刊》统计，1928 年 8 月至 12 月上海共有 1025 人自杀，据此推算全年自杀人数约为 2460 人，即每 10 万人中就有 91.11 人自杀。而根据卡文博士《自杀》一书所披露的 1914 年的统计数字，作为当时全世界自杀率最高的城市，德国萨克森也不过每 10 万人中 32 人自杀而已 [①]。而根据《社会月刊》所披露的数据，1929 年上海自杀人数为 1999 人，1930 年为 1932 人。虽说自杀是个复杂的社会现象，但如此之高的自杀率显然与上海黑暗的社会现实密切相关。正如《社会月报》的研究所表明的，上海自杀者中不乏丽莎那样的娼妓，"足见娼妓问题的解决实不容缓" [②] 以及 "娼妓生活的黑暗和痛苦" [③]。在有关自杀方式的统计中，服毒高居首位，1929 年为 1021 人，占比 51.08%，1930 年为 1417 人，占比 73.34%；而位居次席的就是投水，这两年的数字和占比分别为 159 人、241 人以及 7.95%、12.47% [④]。此处所说的投水，主要是指投黄浦江，即 "投浦"。需

① 参见《社会病态统计》，《社会月刊》第 1 卷第 1 号，1929 年 1 月。
② 参见《一月份社会病态统计》，《社会月刊》第 1 卷第 2 号，1929 年 2 月。
③ 参见《四月份社会病态统计》，《社会月刊》第 1 卷第 5 号，1929 年 5 月。
④ 参见《编制社会病态及灾害统计》之《附表 2：上海十九年自杀方法分析表》，《上海市社会局业务报告》第 4—5 期，1930 年 1 月至 12 月；并综合《一月份社会病态统计》，《社会月刊》第 1 卷第 2 号，1929 年 2 月；《二月份社会病态统计》，《社会月刊》第 1 卷第 3 号，1929 年 3 月；（转下页）

要指出的是,虽然"投浦"在人数上远不及服毒,但因发生在公共开放空间,故其社会影响更大。为了劝阻人们轻生,当时的上海社会局曾在黄浦江边特别竖立数十个警示木牌,上绘死尸、骷髅图案,并配以"死不得的,快回头去"的标语[①]。然而此举收效甚微,"死者仍接踵如故也",尤以夏季为多[②]。正因如此,"近年来上海报纸忽然又增加了一种新闻材料……就是投浦自杀"[③]。而在这类"新闻材料"中,我们甚至能够读到白俄女子投浦被救的报道[④]。

综上所述,蒋光慈之所以设置丽莎自杀的情节并特别选择投浦的方式,不仅是人物形象发展变化的内在逻辑使然,而且出自对于上海白俄生存和思想状态的洞察,更为关键的是,他还试图将丽莎的命运与上海的社会现实紧密连接在一起。蒋光慈为丽莎选择了一种"中国式"的自杀方法,让她和那些投水自尽的中国娼妓一样,承受着中国社会底层典型性的黑暗与绝望,从而彻底告别贵族生活的迷梦,直面真实的生存境遇。

不过,蒋光慈笔下这种"中国式"自杀的意义显然不止于消

（接上页）《三月份社会病态统计》,《社会月刊》第 1 卷第 4 号,1929 年 4 月;《四月份社会病态统计》,《社会月刊》第 1 卷第 5 号,1929 年 5 月;《五月份社会病态统计》,《社会月刊》第 1 卷第 6 号,1929 年 6 月;《六月份社会病态统计》,《社会月刊》第 1 卷第 7 号,1929 年 7 月;《七月份社会病态统计》,《社会月刊》第 1 卷第 8 号,1929 年 8 月;《社会病态统计（八月—十二月）》,《社会月刊》第 1 卷第 12 号,1929 年 12 月。

① 参见孙泳沂:《从捞尸报告观察投水自杀》,《社会月刊》第 1 卷第 1 号,1929 年 1 月。

② 参见萌渚:《上海之夏·投江》,《社会日报》1933 年 8 月 29 日,第 2 版。

③ 参见阜君:《评上海市政府防范投浦自杀》,《革命》第 58 期,1928 年 8 月 20 日。

④ 参见《外国女子投浦被救》,《申报》1929 年 5 月 12 日,第 15 版;《情场失意之俄女获救》,《申报》1929 年 5 月 13 日,第 14 版。

极意义上的承受苦难。追溯起来，蒋光慈对自杀问题一直保持着关注。早在 1920 年 3 月 1 日，他就在《青年》杂志第 4 期上发表了《读李超传》一文，呼应了"五四"时代以自杀反抗社会的热点话题。而在随后一期的杂志上，蒋光慈进一步申说了自杀的意义。在他看来，自杀可分为"懦怯无能的自杀""苟且偷安的自杀"以及"奋斗失败的自杀"，而只有"奋斗失败的自杀"才有意义，倘若奋斗力竭，恶魔不退，有志青年唯有以自杀坚守信念。蒋光慈认为，这一"奋斗失败的自杀"虽然没能战胜恶魔，但也体现了"勇毅的态度、不屈的精神，对于良心，对于人类，也可以宣告无愧了"[①]。1929年 1 月，蒋光慈论及青年作家顾仲起的自杀，指认自杀的元凶是黑暗的社会和政治，慨叹身逢如此黑暗时代，有良心的青年只有两条路可走，要么努力奋斗，积极破坏现有制度；要么消极逃避，毁灭自身[②]。而蒋光慈笔下那些自杀的主人公正展现了上述的反抗精神。在他 1926 年发表的小说《疯儿》中，主人公方达只身挑战黑暗社会，最终奋斗力竭，跳楼自杀。在 1928 年面世的小说《最后的微笑》中，阿贵奋战到底，最终在巡捕的包围之中，用最后的一颗子弹自杀，而"面孔依旧充满胜利的微笑"。

回到丽莎的现实处境，若仅从生存的角度视之，她本可以不死。如其自述，梅毒病症可以治好，面包问题也已解决，甚至可以说，此时的丽莎已经用自己的方式度过了流亡之初的生存与心理危机。但丽莎依然选择了自杀，因为她发觉自己生活在黑暗、空

---

① 参见蒋侠生（蒋光慈）：《自杀》，中共河南省委党史工作委员会编：《五四前后的河南社会》，河南人民出版社，1990 年，第 531—532 页。原载《青年》第 5 期，1920 年 4 月。

② 参见蒋光慈：《鸟笼室漫话》，《蒋光慈文集》第 4 卷，第 278—280 页。原载《海风周报》第 4 号，1929 年 1 月。

虚、羞辱和痛苦之中,没有尊严,更没有希望。而丽莎尽管在生活的逼迫下沦为妓女,但她从未失去对尊严的守望,可为反例的是,丈夫白根虽然没有操持贱业,但却早已陷入非人的麻木之中。因而,正是在坚守和捍卫尊严这一点上,白俄妓女丽莎在本质上是一个反抗者。她不仅要反抗生存的逼迫以及内心的动摇,而且时刻要与无孔不入的剥削阶级思想遗毒做斗争。倘若稍有松懈,她就会堕落成另一个白根或米海诺夫伯爵夫人。在生命的终点,丽莎发现了历史理性的残酷,她再也无力挣扎。最终,丽莎就像蒋光慈笔下那些奋斗失败的主人公一样选择了自杀,或言之,自杀是丽莎对白根和米海诺夫伯爵夫人式道路的最后反抗。由此可见,柔弱的白俄贵妇丽莎通过投浦自杀,最终获得了方达和阿贵等人身上的革命气质,或者说她变身为方达和阿贵共同的革命前辈——在清末登陆中国文坛的俄国虚无党女杰索菲亚。而早在少年时代,蒋光慈就非常崇拜这位刺杀俄皇的索菲亚,甚至留下了"此生不遇索菲亚,死到黄泉也独身"的誓言[1]。因而,正是在反抗强权这一点上,白俄妓女丽莎与革命作家蒋光慈获得了精神深处的同构,而这才是丽莎"中国式"自杀的真正意义。

小　结

　　早在 1924 年,刚刚投身革命文学创作的蒋光慈就以"不合时宜的诗人"[2] 自喻,而《丽莎的哀怨》则是其"不合时宜"的"革命文

---

① 参见方铭:《蒋光慈传略》,《蒋光慈研究资料》,北京:知识产权出版社,2010
　　年,第 2 页。
② 参见蒋光慈:《过年》,《蒋光慈文集》第 3 卷,第 400 页。

学"异质性的全面爆发。在这一次酝酿已久的"大胆的尝试"中，蒋光慈受到了普罗文学乃至整个时代主流话语的双重限制，并因此付出了沉重的代价。郁达夫曾经写道："光慈晚年每引以为最大恨事的，就是一般从事于文艺工作的同时代者，都不能对他有相当的尊敬……此外则党和他的分裂，也是一件使他遗恨无穷的大事，到了病笃的时候，偶一谈及，他还在短叹长吁，诉说大家的不了解他。"① 蒋光慈跌宕起伏的"文学人生"是中国现代文学史上最重要的悲剧性"事件"之一，个中原委，值得我们深入反思。

　　如所周知，早年的蒋光慈"是一个无政府主义者"②，而在笔者看来，即使是在走向无产阶级革命后，蒋光慈身上仍不脱无政府主义气息。何为无政府主义？正如《布莱克维尔政治学百科全书》所言，在今天看来，无政府主义思想的真理性在于"摆脱强制和剥削的人类关系的理想"，以及永不妥协的批判精神和斗争品格③，而这也正是丽莎这一人物形象乃至革命作家蒋光慈真正的价值和意义所在。

---

① 参见郁达夫：《光慈的晚年》，《现代》第 3 卷第 1 期，1933 年 5 月 1 日。
② 参见高语罕：《〈新梦〉诗集序》，蒋光慈：《新梦》，第 1 页。
③ 参见邓正来主编：《布莱克维尔政治学百科全书》（修订版），北京：中国政法大学出版社，2002 年，第 25 页。

第五章　变形[*]

　　1932年9月3日，已是党的革命文学"阵营内战斗的一员"的丁玲①创作完成了又一篇普罗小说——《诗人》，并将其发表于当年11月1日的《东方杂志》第29卷第5号；翌年6月，这部小说又被丁玲改题为《诗人亚洛夫》，收入现代书局版短篇集《夜会》。这部以白俄"工贼"亚洛夫为主人公、以上海公共汽车公司罢工为背景的短篇小说，在国内学界的丁玲研究中虽然常被提及，但却未受到重视，它往往与《夜会》集中的其他短篇一道，被归入"算不上精品，不可能传世"之类②，附在丁玲"向左转"的标志性文本《水》之后，继续为她从进步的小资产阶级作家向中国共产党革命作家的转向添加注脚。若以丁玲"向左转"的"目的论"视之，上述论析不无道理，并且得到了丁玲1933年一次自述的支持：既然作为"向左转"标志性作品的《水》尚且是一个留有诸多遗憾的"潦草的完结"，那么隐没在《水》阴影之下的《诗人》，则更难免让作家觉得"无话可说"，乏善可陈③。然而，如果回到20世纪30年代初

　* 原载《中山大学学报》（社会科学版）2016年第1期，题为《"诗人"的"变形记"——丁玲短篇小说〈诗人〉的白俄叙事》。
　① 参见茅盾：《女作家丁玲》，《文艺月报》第1卷第2期，1933年7月。
　② 参见杨桂欣：《丁玲评传》，重庆：重庆出版社，2001年，第92页。
　③ 参见丁玲：《我的创作生活》，《丁玲全集》第7卷，石家庄：河北人民出版社，2001年，第17页。

的历史语境，特别是将《诗人》放置在中国现代文学白俄叙事的文学版图之中，我们将会发现，《诗人》在丁玲的文学脉络中占有非常独特的位置：首先，《诗人》是丁玲第一部以外国人为主人公的小说，也是其唯一以流亡白俄为主人公的小说；其次，放眼整个中国现代文学的白俄叙事，丁玲的《诗人》是第一部也是唯一一部以白俄"诗人"为主人公的小说。因而，当我们继续追问处于"向左转"中的丁玲缘何要写作这样一部以外国人为主人公的作品，并且塑造一位诗人身份的白俄流亡者时，上述的"开端"与"唯一"就凸显出这一文本在丁玲研究中不可替代的历史价值。事实上，继《水》之后，《诗人》再次生动展现了丁玲"向左转"程途中复杂而深刻的文学调试，具有标本性的重要意义，值得我们深入研讨。

一、再说"丽莎"：左翼文学白俄叙事的批判性重述

　　如前所述，蒋光慈 1929 年 3 月开始连载于《新流月报》的长篇小说《丽莎的哀怨》，可谓中国普罗文学白俄叙事的肇始。随后，《新流月报》又接连刊发了钱杏邨的《那个罗索的女人》和徐任夫的《音乐会的晚上》。不仅如此，同年 10 月，冯乃超的《断片——从一个白俄老婆子说起》在《现代小说》发表；次年 3 月，菀尔的短篇小说《"祖国"》刊载于《大众文艺》，普罗文坛由此形成了一波白俄叙事的小高潮。然而，随着对《丽莎的哀怨》批判的深入展开，白俄叙事遂为左翼文坛高度敏感的话语禁忌，以至于在此后两年间重又归于沉寂。1932 年 11 月，丁玲发表了短篇小说《诗人》，这一旨在揭批白俄"工贼"之恶的文本成为普罗文学白俄叙事的一次

强力回潮。而丁玲不仅对以"恋爱与革命冲突的光赤式的陷阱"①
著称文坛的蒋光慈及其聚讼纷纭的《丽莎的哀怨》非常熟悉,而
且通过《诗人》的写作进一步批判和清理了《丽莎的哀怨》的"错
误"思想。作为这一批判意识直接而鲜明的表达,丁玲在小说中设
置了一个"忠于旧帝国,而恨中国工人"的白俄妓女,她是亚洛夫
的反革命后台之一;最为关键的是,她的名字也叫"丽莎"。显然,
"这是作者有意要说明蒋光慈所作《丽莎的哀怨》的主人翁丽莎的
表现是错误的这一意见"②。

　　既然以《丽莎的哀怨》为批判对象,《诗人》的白俄叙事彻底
摒弃了前者的"同情"基调,进而展现出坚定的革命理性。在小说
中,白俄妓女丽莎虽不再是小说的主角,她和她的妓女生活都退居
幕后,但却是主人公亚洛夫坚定的"后援"和"榜样"。首先,丽莎
是亚洛夫一家主要的经济来源——全家一度依靠妻子安妮为丽莎
做保姆过活。而亚洛夫一家对于丽莎的依附其实不过是流亡中国
的白俄社群依附帝国主义的生存链条的一小段:"作者以最揶揄的
笔触描写了亚洛夫和其他的白俄流亡者是一批生活在中国土地上
的小偷、妓女和可憎的寄生虫。他们没有帝国主义支持,就活不下
去。"③ 其次,丽莎"慷慨"和"无私"地将自己的卖淫所得大部用来
捐献给白俄反苏组织,甚至将自己的情人和弟弟都"赶到满洲",在

---

① 参见丁玲:《我的创作生活》,《丁玲全集》第 7 卷,第 16 页。
② 参见杨邨人:《丁玲的〈夜会〉》,张白云编:《丁玲评传》,上海:春光书店,
　　1934 年,第 118 页。原载《时事新报·星期学灯》,1933 年 7 月 30 日,第
　　3 版。
③〔美〕加里·约翰·布乔治:《丁玲的早期生活与文学创作(一九二七—
　　一九四二)》(节译),孙瑞珍、王中忱编:《丁玲研究在国外》,长沙:湖南人民
　　出版社,1985 年,第 137 页。

日本帝国主义者卵翼之下投效白俄的反苏复国运动——彰显着白俄社群反动的阶级本质。换言之，以丽莎为代表的白俄反革命集团鼓励和支持了原本软弱的亚洛夫。因此，她在得知亚洛夫因充当替工之工贼而被罢工工人殴伤后，送给亚洛夫小刀的行动，就有了授勋或者誓师的象征意义。而出院复工的亚洛夫常常"去摸小刀"，并且加入了上海白俄一个专门对付工人的团体①，果然堕落为顽固的反革命分子。

当然，对于《诗人》这部作品，我们除了应当注意到丽莎身上所负载的反革命符号意义以外，还要看到丽莎及其妓女生活在丁玲的笔下毕竟退居了幕后。显然，比之于蒋光慈在小说中流露出的对于白俄妓女丽莎的同情，《诗人》不再专注描绘流亡白俄在中国的命运，而是以上海中国工人罢工斗争为题材，以白俄工贼破坏罢工为核心事件。这一罢工题材的选取，正体现了丁玲文学"向左转"之后的革命追求。

不过，就在此前不久的1931年5月，丁玲在光华大学的演讲中还曾坚持自己写作的"学生"路线："我觉得我的读者大多是学生，以后我的作品的内容，仍想写关于学生的一切。因为我觉得，写工农就不一定好，我认为在社会内，什么材料都可写。"②但就在这次演讲后不久，丁玲接连写作了农村题材的《田家冲》和《水》。据其回忆："这两篇小说是在胡也频等牺牲后，自己有意识地要到群众中去描写群众，要写革命者，要写工农。"而此后的一些短篇，"《消息》《夜会》《奔》都是跟着这个线索写的"③。那么，丁玲的文

---

① 丁玲：《诗人》，《东方杂志》第29卷第5号，1932年11月1日。
② 丁玲：《我的自白》，《丁玲全集》第7卷，第4页。
③ 丁玲：《答〈开卷〉记者问》，《丁玲全集》第8卷，第4页。

学创作为何会有这样的改变呢？

究其原委,这一时期的丁玲正处在急剧的思想革命化过程中：她于 1931 年 5 月正式参与左联工作,随后主编左联机关刊物《北斗》;1932 年 3 月加入中国共产党,并在下半年接替钱杏邨担任左联党团书记直至次年 5 月被捕 [1]。不仅如此,倘若我们沿着丁玲自身提供的"这个线索"稍加追溯,则又不难发现,早在创作于 1930 年 10 月的《一九三〇年春上海》(之二)中,革命者冯飞就在革命工作中结识了一位公共汽车女售票员,这在续写普罗文学革命加恋爱模式的同时,似乎也暗示了丁玲对公共汽车工人题材的关注。此后她于 1932 年 3 月写作的《法网》直接以工人为主人公,1932 年 5 月写作的《消息》则涉及罢工事件。在 1932 年 7 月《北斗》的《编后》中,丁玲在鼓励一位名为阿涛的工人作者时,明确表达了自己的文学态度："你的文章……大体是很好的,而且在现在的作品中,能够抓住反帝的工人罢工斗争做题材,是极少见的,何况有好些地方你都能够写得很好,我想这完全是因为你的实在经验的原故。" [2] 而其同样创作完成于 1932 年 9 月的《夜会》,则为我们深入解读《诗人》提供了重要的参考。通过工人李保生的演说,《夜会》不仅探讨了当前革命斗争中所面临的白俄问题,而且几乎代替《诗人》指认了亚洛夫等一干反动白俄的罪行："一年来,他妈的东洋人从沈阳越打越拢来了。占据了东北,要打大鼻子去,英国,美国,法国……都高兴让他冲头阵。另外的一些大鼻子人,就是他妈的白俄,也帮助他们。……一年来,看我们上海的工人,失业的

---

[1] 参见王增如、李向东编著：《丁玲年谱长编》(上),天津：天津人民出版社,2006 年,第 67—84 页。

[2] 丁玲：《代邮》,《北斗》第 2 卷第 3—4 期合刊,1932 年 7 月 20 日。

有二三十万。……你一罢工就派人来骗你，就雇白俄，用巡捕赶着你打……"① 概括起来，李保生的这段演说揭露了白俄的两大罪状：一是"进攻苏联"，二是"破坏罢工"。那么，这两大罪状又从何而来呢？难道它们仅仅是丁玲的小说家言吗？

二、"中国工人阶级的生死对头"：
革命的形势与任务

　　回到历史语境，20 世纪 20 年代末，"武装保卫苏联"已经成为中共中央的一个基本政策，而在大中城市组织和领导罢工、游行和暴动则是当时党中央的主要斗争方针。因此，白俄就与中国共产党的革命发生了深层关联。具体而言，20 世纪 20 年代，白俄在哈尔滨组织了几十支武器精良、熟悉地形的游击队，他们得到了流亡在法国的"巴黎最高君主政体委员会"的财力和人力支持，经常"对苏联领土实施突然而猛烈的袭击"②。在上海，彼时白俄的反苏行动虽因缺乏强有力的组织和财力保障而逊色于哈埠，但有组织的破坏活动也时有发生，时人将其形象地称作"赤白之争"③。再者，四处"替工"的白俄"工贼"往往成为共产党领导的罢工运动的最大破坏者④。因而，此时的白俄已经成为中国共产党一个重要的革命对象。

　　1931 年末，当时的中华苏维埃共和国临时中央政府机关报

---

① 丁玲：《夜会》，上海：现代书局，1933 年，第 118 页。原载《文学月报》第 1 卷第 3 期，1932 年 10 月 15 日，署名丛喧。

② 参见 [俄] 维克托·乌索夫著，赖铭传译：《苏联情报机关在中国—— 20 世纪 20 年代》，北京：解放军出版社，2007 年，第 78—79 页。

③ 有关"赤白之争"的深入研究，参见汪之成：《上海俄侨史》，第 199—209 页。

④ 参见汪之成：《上海俄侨史》，第 238—243 页。

《红色中华》刊文指认："日帝国主义积极组织白俄,作进攻苏联的先锋。"[1] 翌年元月,时任中华苏维埃共和国临时中央政府副主席的项英撰文指出,1932 年将要迎来帝国主义加紧准备进攻苏联的革命形势[2]。而在随后数月,该报有关日本帝国主义者在东北、天津等地组织白俄预谋进攻苏联的报道更是屡见不鲜[3]。另一方面,《红色中华》对上海罢工斗争保持了高度关注,并给予及时的指导。1932 年 6 月 7 日,上海电话公司工人在中国共产党领导下罢工,《红色中华》刊文揭露"帝国主义国民党利用白俄进攻工人",并发布了罢工工人提出的复工七条件,其中的第五条就是"反对雇佣白俄"[4]。该报 1932 年 6 月 30 日的跟踪报道,指出此次罢工的直接原因就是资本家在 6 月份"准备再开除三百人,以白俄来代替中国工人的工作"[5]。而正当 1932 年 7 月开始的上海法商电车电灯公司("法电")罢工斗争进行到最关键的时候,中国共产党领导的"中华全国总工会"机关报《劳动》周刊[6]发出指示,要求"法电"罢工工人将斗争的纲领转变为"以政治要求为中心",必须加上建设赤色工会,"驱逐白俄"等六项政治条件。文章还特别强调:必须"一

----

① 《反对帝国主义武装进攻苏联》,《红色中华》第 3 期,1931 年 12 月 28 日。

② 参见项英:《一九三一年的总结与一九三二年的开始》,《红色中华》第 4 期,1932 年 1 月 6 日。

③ 参见《日供给白俄枪支向苏联挑战》,《红色中华》第 9 期,1932 年 2 月 10 日;《日在天津大招白俄》,《红色中华》第 10 期,1932 年 2 月 17 日;《日帝国主义组织白俄之积极行动》,《红色中华》第 12 期,1932 年 3 月 2 日;《日帝国主义强占中东路哈长线》,《红色中华》第 13 期,1932 年 3 月 9 日。

④ 参见《上海电话工人继续罢工》,《红色中华》第 23 期,1932 年 6 月 16 日。

⑤ 参见《上海电话工人罢工详述》,《红色中华》第 25 期,1932 年 6 月 30 日。

⑥ 参见叶孝慎:《创刊于 1929 年的〈劳动报〉》,劳动报社编:《兄弟:〈劳动报〉2011 文萃典藏》,上海:上海人民出版社,2012 年,第 576 页。

致起来驱逐白俄"，因为白俄"到处破坏罢工，如自来水，电力，大陆报，公共汽车等，最近又到法电来了，如果大家不勇敢起来对付他们，就很难巩固我们的罢工阵线，取得圆满的胜利"①。该报此前的一篇评论文章，更是详细论述了白俄——"第一道战线上的工贼"对党领导的罢工斗争的严重破坏，并特别警示，"白俄"不仅是苏联"不共戴天"的仇敌，而且"是全世界工人及中国工人阶级的生死对头。我们只有在一切斗争罢工中，坚决地以群众武装力量驱逐'白俄'，才能保障斗争和罢工的胜利"②。

　　在1930年上海英商中国公共汽车公司"红五月"罢工中，中国共产党领导的"上海公共汽车罢工后援会"特别发布了《为反对帝国主义雇佣白俄破坏罢工告上海工友书》，历数白俄四处破坏罢工的罪恶行径，号召全上海的工友"起来打倒这一破坏罢工，进攻苏联的帝国主义的工具——白俄！"③1932年8月，上海英商中国公共汽车公司再次爆发大罢工，中共江苏省委宣传部在《告公共汽车罢工工友书》中明确指出，"现在资本家已经完全露出吃人的凶恶的面目了。他雇佣白俄来破坏罢工"，进而指示新的罢工要求："打倒破坏罢工的白俄！"④而中共早期革命家李一氓在其主

---

① 参见山：《法电斗争怎么才能走向胜利的前途》，《劳动》第36期，1930年7月6日。

② 参见石：《"赤俄"与"白俄"》，《劳动》第31期，1930年5月14日。

③ 参见《上海公共汽车罢工后援会为反对帝国主义雇佣白俄破坏罢工告上海工友书》（1930年4月22日），上海市公共交通总公司、上海公共汽车工人运动史编写组编：《上海公共汽车工人运动史》，北京：中共党史出版社，1991年，第206页。

④ 参见《江苏省委宣传部告公共汽车罢工工友书》（1932年8月14日），上海市公共交通总公司、上海公共汽车工人运动史编写组编：《上海公共汽车工人运动史》，第207—208页。

编的左翼刊物《巴尔底山》上进一步总结:"从帝国主义的武装上,白俄成为中国无产阶级的政治的敌人,从工作的竞争上,白俄成为中国无产阶级的经济的敌人。中国无产阶级非注意这个问题不可了。"[1]

如上所述,"进攻苏联"和"破坏罢工"正是当时中国共产党宣告的白俄的两大罪状。有必要强调的是,写作《夜会》和《诗人》之时的丁玲已经是左联党团书记,时与代表中宣部参加左联会议的杨尚昆、华岗等人晤谈[2],因而对于党的政策方针有着及时而准确的把握,并且有责任率先垂范,积极投身于党的"文化革命"斗争中。就此而言,丁玲之所以选取罢工题材,特别是选择揭批白俄工贼的主题,显然出于以笔为旗的斗争意识。打量当时的左翼文坛,这样的主题书写凝聚了很多作家的共识。华汉1932年问世的普罗小说《复兴》(《地泉》之三)就是以上海"法电"罢工为背景,而"招收新工、训练白俄"正是公司大班的主要罪恶之一[3]。而在葛琴1932年9月末创作的《闪烁》中,主人公更是直接指认:"我们每次罢工,总是给狗养的罗宋瘪三来破坏!一天不打倒这班白俄,一天就没有我们的命!"[4]

通过考察《诗人》写作前后的斗争形势,可以发现是中国共产党的革命实践开启了丁玲的白俄叙事。然而,这并不意味着《诗人》只是服务于政治任务的命题作文。事实上,因为"中国饱受帝国主义的欺侮和压迫",所以丁玲从小就对"所有高鼻子蓝眼睛的

① 鬼邻(李一氓):《鬼邻随笔·白俄与中国无产阶级》,《巴尔底山》第1卷第2—3号合刊,1930年5月1日。
② 参见丁玲:《关于左联的片断回忆》,《丁玲全集》第10卷,第242页。
③ 华汉(阳翰笙):《地泉》,第10页。
④ 柯琴(葛琴):《闪烁》,《现代》第3卷第2期,1933年6月1日。

外国人都很怕，很有戒心"①。1984 年 3 月，丁玲曾回忆起自己童年玩的一个以"官怕外国人，外国人怕老百姓，老百姓怕官"为规则的猜拳游戏，这一游戏在本质上体现了"中国人从六十多年以前、一百多年以前"就有的对于外国侵略者的恐惧和忿恨②。同年 10 月，丁玲再次提及这一猜拳游戏，并且指出："我从小听的故事、受的教育，全是反对官僚、反对洋人的。"③ 丁玲之所以将某些沦为"帝国主义的走狗"的白俄④ 作为文学批判的对象，这是一个共产党作家出于革命的批判意识，对于中国近代以降主题性存在的反帝救亡思想所做出的独特回应。正如时人所论："《诗人》写上海白俄的没落的生活。这般封建的贵族在他们的祖国，即为反革命的，而被放逐；来到上海也只能帮助帝国主义来压迫我国的工人；一方面过着颓废堕落的生活，还时时梦想恢复故国，作者这里已把他们的丑恶极严酷地表现出来了。"⑤ 那么，我们现在需要继续探究的是，《诗人》究竟如何"表现"白俄亚洛夫的"丑恶"呢？

三、"1932 年 8 月大罢工"：历史事件的文本化

　　根据小说提供的信息，亚洛夫是在上海一家由英国老板经营的"公共汽车公司"发生中国售票员罢工时趁机"替工"的。考证

---

① 参见丁玲：《我怎样跟文学结下了"缘分"》，《丁玲全集》第 8 卷，第 236 页。
② 参见丁玲：《一本书，两本书，三本书——在北京语言学院留学生集会上的讲话》，《丁玲全集》第 8 卷，第 408—409 页。
③ 丁玲：《崇敬与怀念》，《丁玲全集》第 6 卷，第 288 页。
④ 参见鬼邻（李一泯）：《鬼邻随笔·白俄与中国无产阶级》，《巴尔底山》第 1 卷第 2—3 号合刊，1930 年 5 月 1 日。
⑤ 杜康：《一九三二年中国文坛的鸟瞰》，《东方文艺》第 1 卷第 1 期，1933 年 1 月 15 日。

起来,当时的上海实际上只有一家英国人经营的"公共汽车公司",那就是成立于 1923 年 6 月的"英商中国公共汽车有限公司"(简称"英汽")。1924 年 10 月 9 日,该公司第一条线路开始运营,从此依靠英国殖民主义势力垄断了上海公共汽车业,直至 1938 年 11 月上海日伪当局开办运行"华中都市公共汽车股份有限公司"为止 ①。而自 1925 年 2 月 23 日开始,截至丁玲完成《诗人》的 1932 年 9 月 3 日,"英汽"工人在中国共产党领导下,为反抗帝国主义者的残酷剥削,争取自身的合理权益已经开展了不下八次的罢工斗争 ②。特别是在 1930 年"红五月"罢工、1931 年 12 月罢工以及 1932 年 8 月大罢工中都出现了非常严重的白俄破坏罢工情况。那么,《诗人》具体是以哪一次"英汽"罢工为故事背景呢?

在小说中,丁玲为这次罢工提供了如下细节:1. 罢工的起因是工人要求加薪,而这本是公司此前"答应过的,有协议",但却拒不兑现;2. 公司采取强硬措施应对,要将"卖票两百多,查票几十个,三百来人"全部开除;3. 这家公司上一年曾发生了罢工,有二十几个白俄趁机"替工";4. 此次罢工共计有三四十个白俄"替工"售票,人数比上年更多 ③。根据这些文本细节,比勘相关历史记述,我们基本可以确定小说是以"1932 年 8 月大罢工"为背景。

细读《诗人》文本,可见丁玲有关此次罢工的叙述近乎"实录",体现了强烈的时代感。在此,我们有必要重点分析小说中占据相当篇幅的一个细节——"揩油",并由此开启我们对于小说故

---

① 参见上海市公共交通总公司、上海公共汽车工人运动史编写组编:《上海公共汽车工人运动史》,第 4—5、8 页。

② 参见上海市公共交通总公司、上海公共汽车工人运动史编写组编:《上海公共汽车工人运动史》,第 30—50 页。

③ 丁玲:《诗人》,《东方杂志》第 29 卷第 5 号,1932 年 11 月 1 日。

事背景的考证。所谓"揩油"，在公共汽车行业专指乘客不按里程足额购票或者售票员不按里程足额售票。在"替工"售票的首日，亚洛夫就遭遇了"揩油"：第一次是几个美国人、日本人的故意"欺侮"，"他们把脸扬着，不理他。他有点怕，不敢要他们再买票"，这些人"都是很有钱，至少也有一两百块钱一个月的薪水"，但却"一站路的票子却偏要乘坐两站。暗笑着他，高兴着揩了十五个铜板的油，跳着跑走了"。第二次则是亚洛夫的同胞和邻居吉诺，他不仅借着脸熟蒙混着没有买票，而且以"揩油"老手的姿态鼓励新人亚洛夫利用进入这个"好职业"的机会"学会揩油"①。那么，丁玲为什么要颇费笔墨地描写这样一个"揩油"细节呢？

　　回到"英汽"历次的罢工斗争可见，指认售票员"揩油"——"贪污"票款往往是资方任意开除中国售票员的借口，而"查票工作起初多数是白俄"②。这些"白俄查票为了讨好当局，经常任意歪曲事实，把'贪污'的帽子强加在工人的头上"③。1931年12月"英汽"罢工的起因就是一号售票员张云在一路公共汽车上服务时因乘客拥挤漏票一人，结果被白俄查票员诬指"揩油"，遭致公司开除④。

　　这些野蛮而横暴的白俄查票员甚至被葛琴写进了小说《闪烁》，主人公——一位中国卖票员，他眼中的白俄查票员形象深刻

① 丁玲：《诗人》，《东方杂志》第29卷第5号，1932年11月1日。
② 参见上海市公共交通总公司、上海公共汽车工人运动史编写组编：《上海公共汽车工人运动史》，第20页。
③ 参见上海市公共交通总公司、上海公共汽车工人运动史编写组编：《上海公共汽车工人运动史》，第13页。
④ 参见上海市公共交通总公司、上海公共汽车工人运动史编写组编：《上海公共汽车工人运动史》，第44页。

揭示了这些帝国主义走狗带给中国工人的恐惧和忿恨："那只人堆里插进来的手,粗大,多毛,罗宋产的,一下子,总都给他吓了出来,烟斗那么深的眼睛,猛兽似地向他发光,好久,彼此都没有说话,一直到抄了他的号码——第三十九号去。"[①] 值得注意的是,葛琴的《闪烁》不仅在创作时间上与丁玲的《诗人》非常接近,并且同样以 1932 年 8 月上海"英汽"罢工为背景,因此为我们分析《诗人》提供了绝佳的参照。而我们之所以能考证出故事背景较为模糊的《闪烁》的"本事",也是依据文中两段有关"揩油"的叙述:一是乘客愤怒于这家公司为了防止"揩油"而特别施行了"三段售票制"的新办法;二是主人公因白俄查票员突然出现而失去了已盘算整日的"两张票,三十个铜板",而这一次的"揩油"失败不仅加剧了他对自己的赤贫处境的担忧,而且激发了他对公司一则充满欺骗和恐吓的"告示"的愤怒,进而坚定了他投身罢工斗争的决心。比勘相关文献记载可见,上述"新政"和"告示"均是 1932 年 8 月 8 日"英汽"的"首创"与"杰作"。事实上,1932 年 8 月"英汽"大罢工的起因直接与"揩油"有关。"本来公共汽车卖票工人的工资很少,不够维持最低限度的生活,所以卖票工人们发生'揩油'的习惯"[②],而资方尽管采取了动辄开除的严厉处罚,但这一关系售票员生存的"揩油"现象依然屡禁不止。为了解决这一困扰公司多年的问题,1932 年 6 月,"英汽"厂长兼车务总管萧达特曾与六位工人代表直接谈判,承诺"如工人不揩油,则由公司增加工资,当时工人代表声明增加工资后,决不揩油"。然而"英汽"不仅自 8 月 8 日起将一、九、

---

① 柯琴:《闪烁》,《现代》第 3 卷第 2 期,1933 年 6 月 1 日。
② 阿丙:《上海公共汽车的斗争》,中国共产主义青年团中央委员会办公厅编:《中国青年运动历史资料》第 9 册(1931 年),1961 年,内部资料,第 432 页。原载《列宁青年》第 10 期,1931 年 10 月 10 日。

十等三线路改为"分段售票"，还倒果为因，发出告示指责工人"揩油"，推翻前议，拒不加薪；随即在 9 月 10 日以"揩油"为名开除十名售票员。此举直接引发了 8 月 11 日全体售票员（220 人）和全部朝鲜籍查票员大罢工。随后，"英汽"将罢工工人全部开除，并"雇佣大批白俄上车工作"，还招募新的售票员。而罢工工人组织纠察队，砸坏当局强行行驶的公共汽车，"车上的白俄司机和售票员也屡遭工人群众的痛打"①。

　　而只有在细致考述作为《诗人》"本事"的"英汽"1932 年 8 月大罢工，特别是在认识到因白俄而激化的"揩油"问题在历次"英汽"罢工斗争中的"导火线"作用之后，我们才能从丁玲笔下看似平常的"揩油"叙述中读出强烈的革命指向性。需要强调的是，在《闪烁》中，在充分揭露"英汽"公司惊人的暴利和残酷的剥削的基础上，叙述人为售票员的"揩油"行为赋予了道义的合法性。回到历史语境，这样的正当性论述在当时的罢工斗争中较为常见，据胡风的夫人梅志回忆，1930 年初打入"法电"当售票员的革命者高树颐就经常理直气壮地"揩油"："我怎么不该揩油？你知道外国人赚我们多少钱？他们大班、经理住的花园洋房，那花园都可以打网球。我们老婆儿女一大家只能住亭子间，我们如果账目有点不清，

---

① 参见上海市公共交通总公司、上海公共汽车工人运动史编写组编：《上海公共汽车工人运动史》，第 48—50 页；《英商公共汽车工人昨晨实行罢工》，《申报》1932 年 8 月 12 日，第 13—14 版。按，"英汽"告示的全文如下："兹因售票员等舞弊之风日甚一日，本厂长等已向代表等屡加谅劝，在售票员不能悛改舞弊以前势无加薪之可能。中日战争之后，营业一落千丈，本公司犹照常保守全体职员未加裁撤，此尚堪告慰诸员也。故此后售票等苟能力自振作，永不舞弊，以让本公司之不逮，则在公司当重加考虑，以裁酬赏。"参见《英商公共汽车工人昨晨实行罢工》，《申报》1932 年 8 月 12 日，第 13 版。

哪怕少几个铜板,就要扣工资,揩点油太便宜他们了,应该把他们统统赶出去。"①

根据霍布斯鲍姆的分析,上述的激进主张在世界工运史上其实早有先例,但却并未得到工人们的普遍拥护。至迟在19世纪末,英国"有些极左派主张彻底放弃老的行业观念,建议利用资本主义自身的市场原则来反对资本主义,即尽可能干得少一些,甚至尽可能赖一些,还要耍花招尽量多拿钱"。然而,"没有证据表明工匠接受了上述极左派的主张",因为"那种主张违背了工匠的基本原则,即通过工作保持自尊,并接受与自己身份相称的工资报酬"②。显然,工人运动的斗争方式不仅关乎生存,还与尊严和道德紧密相连。

而在启蒙主义的视域内,"揩油"是中国知识分子一再揭批的国民性痼疾。胡适早在1927年6月7日的日记中,就谈及上海电车售票人的"作弊情形",痛感"这个民族之不长进",他甚至设想了解决这一积弊的管理手段和技术设施③。1930年4月,胡适在《我们走那条路》一文中引述外国作家的中国印象,将"揩油"列为中国的"第四大敌"④。1932年10月,胡适在南开大学的一次演讲中再次猛烈抨击"揩油"问题,并且强调"这种贪污的现象,却非任何

① 梅志:《一生肝胆人间照》,文汇笔会编辑部:《一个甲子的风雨人情》,上海:文汇出版社,2006年,第218—219页。

② 参见[英]艾瑞克·霍布斯鲍姆著,王翔译:《非凡的小人物:反抗、造反及爵士乐》,北京:新华出版社,2001年,第138页。

③ 参见胡适:《胡适日记全集》第4卷,台北:台湾联经出版公司,2004年,第641—642页。

④ 参见胡适:《我们走那条路》,《胡适文集》第3卷,广州:花城出版社,2013年,第8页。原载《新月》第2卷第10号,1929年12月10日(实际出刊应不早于1930年4月中旬)。

帝国主义所造成,为国粹,为国货,乃由贫穷而来的"①。不仅如此,鲁迅在 1933 年 8 月发表的《"揩油"》一文中,也曾以上海电车售票员的"揩油"为反面典型,从这场以"揩的是洋商的油"为合法性来源的售票员与乘客的共谋中,揭露出"奴才的品行",进而指认在这种号称"对于帝国主义的复仇"的"国民的本领"背后,其实是对于权力逻辑的膜拜、屈从以及由此带来的思想创伤②。

　　那么,丁玲又是如何看待这一关乎革命伦理或国民性的"揩油"问题呢? 在小说中,丁玲将"揩油"事件的主体设置为"替工"的白俄亚洛夫,并以其亲身遭遇"见证"了高等洋人和白俄乘客的"揩油"行为。而正是通过这一"揩油"主体由中国人到外国人的巧妙替换,丁玲彻底抛开了葛琴笔下那种对于中国售票员"揩油"行为不厌其烦甚至带有自我苦难化倾向的正当性辩护。丁玲易守为攻地追问,既然按照"英汽"资本家的"有罪推定"逻辑,每个中国工人乃至中国乘客都有"揩油"的嫌疑(严苛的监管和处罚正是针对这一"嫌疑"而设),那么,他们一直所信赖和依靠的白俄工人是不是就有着远高于中国工人的"职业道德"呢? 那些"有着一两百元一月的薪水"的"高等洋人"乘客是不是就与"揩油"绝缘呢? 而通过亚洛夫所遭遇的"揩油"事件,丁玲令人信服地"反证"出"揩油"问题的现实性与复杂性,从而以釜底抽薪的方式揭露出帝国主义者任意开除中国工人的反动本质。更为关键的是,小说中的"揩油"者均以负面形象出现,由此可见丁玲对于"揩油"行为本身并不认同。在丁玲看来,"揩油"行为只有被限定为工人阶

① 参见胡适:《中国问题的一个诊察》,《胡适文集》第 3 卷,第 169 页。原载《南开大学周刊》第 134 期,1932 年 11 月 10 日。

② 参见鲁迅:《"揩油"》,《鲁迅全集》第 5 卷,第 269—270 页。原载《申报·自由谈》,1933 年 8 月 17 日,第 21 版,署名"苇索"。

级在资本家深重盘剥之下做出的无奈之举才具有正当性。1932年冬,丁玲以穆时英1932年6月发表在《现代》上的短篇小说《偷面包的面包师》为例,再次强调作家必须树立正确的"阶级意识",绝对不能像穆时英那样"虽也写劳资纠纷",但"只能把偷来代替抵抗"[①]。丁玲认为,在两个阶级的对立与斗争中更应该关注的是工人阶级的生存困境,而不应当以庸常的道德判断,来遮蔽这一明显带有工人"自发反抗"阶段思想烙印的"揩油"行为的意义与限度。

　　不仅如此,丁玲进一步指认,"英汽"公司将全体中国售票员乃至全体中国乘客"污名化"的做法,赤裸裸地暴露出帝国主义者的种族主义嘴脸。借用美国学者伊曼努尔·华勒斯坦(Wallerstein)的分析,这种"制度化的种族主义"本质上是为"劳动力等级化以及极不平均的报酬分配进行辩护的意识形态……其结果是长期维持了民族性与劳动力配置之间的密切关系。意识形态声明采取的方式是断言不同集团的遗传和/或持久'文化'特征是它们在经济结构中地位不同的主要原因"[②]。事实上,"英汽"的工资制度已经毫不掩饰地体现了帝国主义者的种族歧视:以英人为主的高级职员月薪1000元,而且免费配备轿车和住房;作为"二等白人"的白俄查票月薪50元起,100元封顶,而工作最为辛苦的中国售票员的月薪则只有25元至40元[③]。而这一直接体现在工资水平上的种族歧视在《诗人》中也有明确的表述:"替工"的白俄"六七十块钱一

① 参见丁玲:《我的创作经验》,《丁玲全集》第7卷,第12页。原载《中华日报·文化批判》1932年12月24日,第8版。
② 参见[美]伊曼努尔·华勒斯坦著,路爱国、丁浩金译:《历史资本主义》,北京:社会科学文献出版社,1999年,第45页。
③ 参见上海市公共交通总公司、上海公共汽车工人运动史编写组编:《上海公共汽车工人运动史》,第20—21页。

月呢！比中国工人加了两倍！"①

　　正如有的外国学者所论，通过《诗人》的写作，"丁玲更加强调帝国主义的暴行对中国国民生活的影响"②。尽管如此，"反帝"仍只是解读《诗人》建构过程的表层线索，而真正揭示丁玲运思轨迹的入口，则是主人公"诗人"身份的设置。综观中国现代文学的白俄叙事，亚洛夫的"诗人"身份可谓前无古人后无来者的独特安排。那么，丁玲为什么要将白俄工贼亚洛夫写为"诗人"呢？我们不妨先从小说中一个有关"典型环境"的细节谈起。

四、"十六枝灯"的上海生活：
白俄亚洛夫的"典型环境"

　　虽然初步学过俄文，并对阅读俄国文学保持着很高的热忱③，但丁玲和其他一些创作白俄叙事的普罗作家一样并未掌握俄文，也不熟悉笔下主人公的生活。但与其他普罗作家笔下白俄叙事艺术上的失败不同，尽管《诗人》中叙述人生硬而严厉的批判话语一定程度上损害了小说本该具有的内在对话性，但我们还是不得不承认丁玲出色地塑造了堕落为白俄工贼的诗人亚洛夫的形象。而早在《诗人》问世之初，杨邨人就评论道："这一篇作品完全是写实主义的手法，描写白俄的生活与思想行动，可以说是成功了的。"④田汉也曾指出，《诗人》"叙述上海白俄助资本家压迫工人，他们的

---

① 丁玲：《诗人》，《东方杂志》第 29 卷第 5 号，1932 年 11 月 1 日。
② ［美］加里·约翰·布乔治：《丁玲的早期生活与文学创作（一九二七——一九四二）》（节译），孙瑞珍、王中忱编：《丁玲研究在国外》，第 136 页。
③ 参见丁玲：《我所认识的瞿秋白同志》，《丁玲全集》第 6 卷，第 36 页。
④ 杨邨人：《丁玲的〈夜会〉》，张白云编：《丁玲评传》，第 117—118 页。

心理,他们对劳工阶级无穷的愤恨,都写得不干燥,是全书最完美的一篇"①。有当代美国丁玲研究者甚至认为,《诗人》是"丁玲小说中的佼佼者"②,进而借由《诗人》总结了丁玲塑造人物的手法:"她不是简单地依靠用一次完成的办法来直接刻画人物的性格。事实是,当她第一次介绍她的人物时,她常用更复杂、非直接的办法,通过人物的思想、行动、语言和环境来揭示人物的显著特征。"而此说的一个鲜明例证就是——"《诗人亚洛夫》里的晚餐一幕给我们提供了一幅白俄流亡者和他的家庭如何堕落的画面"③:

> 又是馒头和菜汤!
>
> 　诗人亚洛夫和着他的老婆安尼,还和着那七岁的女儿小安尼在吃晚饭。
>
> 　十六枝的电灯光照在安尼的脸上,有着一个大鼻子的脸上,她今天的粉,似乎又搽得多了些。……
>
> 　亚洛夫望着他那打扮得并不怎样好看的老婆,又望着那吝啬的晚餐,想着他老婆的膨得满满的钱包,忍不住要怨恨了起来……④

晚年丁玲曾自述,20 世纪 30 年代初,她和很多继承"五四"文

---

① 参见田汉:《评丁玲短篇小说集〈夜会〉》,《田汉全集》第 16 卷,石家庄:花山文艺出版社,2000 年,第 549 页。原载《大公报·文学副刊》第 313 期,1934 年 1 月 1 日,第 11 版,署名"汉"。

② 参见[美]加里·约翰·布乔治:《丁玲的早期生活与文学创作(一九二七——一九四二)》(节译),孙瑞珍、王中忱编:《丁玲研究在国外》,第 136 页。

③ [美]加里·约翰·布乔治:《丁玲的早期生活与文学创作(一九二七——一九四二)》(节译),孙瑞珍、王中忱编:《丁玲研究在国外》,第 151 页。

④ 丁玲:《诗人》,《东方杂志》第 29 卷第 5 号,1932 年 11 月 1 日。

学遗产的新一代作家一样，小说的语言和形式都非常欧化："写文章多半都是从中间起，什么'电灯点得很堂皇，会议正在开始'之类，弄上这末一个片断，来表示一个思想。"①《诗人》无疑就采用了此类欧化小说的典型开场，在非常类似电影开篇长镜头的晚餐场景中，亚洛夫一家人齐聚出场，并以彼此争吵相互怨恨的方式向观众展现了他们卑微的生活和扭曲的灵魂。在此旨在"表示一个思想"的场景中，那盏"十六枝的电灯光"显然有着渲染气氛和营造主题的重要意义。那么，这盏今天看来颇为怪异的电灯的本来面目究竟如何呢？

　　所谓"十六枝的电灯光"，是指电灯泡具有十六枝烛光那样的亮度，这是当时中国民间通行的一种较为原始的"取烛光为标准"的计量电灯泡亮度的方法，而其更为科学规范的标准则是"光线单位露明（Lumen）数"②。值得说明的是："在物理学上所称的支烛光（candle power）是量光力的一种单位……此种标准烛系用鲸脑（spermoeti）油膏所制，其直径为一英寸八分之七，每小时应耗烛膏一百廿立方厘米。"③

　　抛开科学标准不谈，"十六枝的电灯光"给人的直观感受到底有多亮呢？ 1921年的一篇科普文章曾经指出：110V电压的40瓦电灯可得烛光三十二枝，如此换算下来，十六枝烛光大致相当于110V电压的20瓦电灯④。不过，考虑到电压和灯泡制作工艺的区别，我们还不能将"十六枝的电灯光"直接等同于今天的20瓦白炽灯。或许了解这一问题的最好办法是考察时人的使用感受。

① 丁玲：《和湖南青年作者谈创作》，《丁玲全集》第8卷，2001年，第317页。
② 参见张延祥：《电灯泡》，《首都电厂月刊》第13号，1932年3月1日。
③ 黑白：《电灯的光力》，《科学生活》第3卷第5期，1940年9月15日。
④ 参见徐志芟：《关于电灯之常识》，《清华周刊》第226期，1921年11月19日。

1933 年 9 月,叶圣陶曾在随笔中写道,住在上海的"弄堂房子里","至少十六枝光的电灯每间里总得挂一盏"[1]。而前述的那篇科普文章也曾指出:"三十二支光灯最宜看书之用。"[2] 这一说法在 1935 年的一篇学生征文小说中得到了印证:主人公在晚餐后开始写作抗日宣传文稿,"一盏二房东规定的十六枝光的电灯实在欠亮,所以又买了几支洋烛来用"[3]。由此可见,十六枝光的电灯仅是上海一般市民家庭的最低照明标准,亮度显然很低。

考证这个一直未被学界关注的文本细节,其意义不仅在于为《诗人》提供有关当时上海电业情况的注解,还在于由此找到进入"诗人"形象建构过程的线索。正如前引诸文所示,以伏案写作为业的作家往往对居所灯光最为敏感。在钱杏邨 1928 年出版的一部小说中,主人公、青年作家萍水就租住在上海法租界贝勒路贝勒里四号的楼上"很小的亭子间。……每月租金四元,自来水电灯(用十六枝的光泡)在内"[4]。更为重要的是,在丁玲的《一九三〇年春上海》(之二)中,主人公、青年作家望微的公寓就有"十六支的电灯光映在天花板上",这是一间租自二房东的提供家具和茶水的公寓,"房子不大,放着一张床,一张桌,两把椅,一个书架和一个衣柜"[5]。由此看来,以一盏十六枝光电灯为核心的一间狭小公寓或亭子间往往就是当时上海很多生活并不宽裕的小资产阶级作家的栖身之所。而经由上述考述,我们或许可以得出这样的一个假设:这

---

[1] 叶绍钧:《看月》,《圣陶随笔》,上海:三通书局,1940 年,第 6 页。

[2] 徐志芴:《关于电灯之常识》,《清华周刊》第 226 期,1921 年 11 月 19 日。

[3] 参见孙源:《罢课期内的某一天》(三),中学生社编:《自己描写——征文当选集》,上海:开明书店,1935 年,第 57 页。

[4] 钱杏邨:《家书》,《冢义》(第二版),上海:亚东图书馆,1928 年,第 128 页。

[5] 丁玲:《一九三〇年春上海》(之二),《丁玲全集》第 3 卷,第 304、307 页。

盏昏暗的十六枝光电灯不仅如同晚餐中那代替了俄国列巴的中国馒头那样,隐喻着白俄亚洛夫暗淡的上海时光,并且更进一步将这位特殊的外国人拉入了中国小资产阶级作家日常生活的"典型环境",由此开始了一系列的"中国化"变形。

五、"工贼"新诠:中国小资产阶级作家的"反面典型"

　　尽管自创作于 1931 年夏的短篇小说《田家冲》开始,丁玲就开始尝试"从二十年代末期为小资产阶级知识分子女性向封建社会的抗议、控诉,逐渐发展、转变成为农民工人的抗争"[①],但是这一系列的工农题材作品并不能让丁玲满意。究其原委,最主要的问题还是与工农生活的隔膜。1933 年 4 月,丁玲曾检讨《田家冲》的弊病是将"农村写的太美丽了",自己的觉悟只是"中农意识"[②],而《水》则受困于不熟悉"农民与封建统治者作斗争"的情况,只能流于想象[③]。至于工人题材小说,更是因为她无法深入工人生活,大多难以避免概念化的通病。晚年的丁玲曾回忆道,"鲁迅、瞿秋白,先后都提出来到工农大众中去,我想到工厂去当女工,但就不行,上海纱厂只招农村来的不识字的小姑娘,还得要有工头担保。……所以我们想到工厂去是不得去的。"[④]在丁玲看来,除了政治上的压迫,作家与工人生活产生隔阂的最主要原因还是因为自身"脱不掉

---

① 参见丁玲:《我的生平与道路》,《丁玲全集》第 8 卷,第 230 页。
② 参见丁玲:《我的创作生活》,《丁玲全集》第 7 卷,第 16 页。
③ 参见丁玲:《谈自己的创作》,《丁玲全集》第 8 卷,第 81 页。
④ 丁玲:《生活·创作·时代灵魂》,《丁玲全集》第 8 卷,第 101 页。

一股知识分子味道",即使有机会去工厂也只能是走马观花,难以与工人打成一片,所以"去过两三次,就不想再去了"①。在 1931 年 5 月创作的短篇小说《一天》中,通过主人公陆祥的经历,丁玲生动诠释了作家深入工农生活的困难。这位正在学习写作工厂"通信"的大学毕业生深入工人居住区了解情况,不想却遭遇工人们的冷眼与敌视,甚至逼他跪地磕头以取乐,否则就要拳脚相加,无奈之下,"他只好深深地向他们鞠下躬去",最后"含着屈辱的心离开"②。

　　而比之于工农,丁玲显然更为熟悉小资产阶级知识分子的生活,或者说,在丁玲的文学世界里最为核心的问题意识始终是由《一九三〇年春上海》所开创的探求"在时局的转换中,在新的条件新的环境下知识分子的转变和苦闷"③。曾有丁玲研究者指出,"丁玲在一九三〇年至一九三三年间写的小说好几篇都以作家作为主人公。在四部'恋爱与革命'的小说里,共塑造了六位作家的形象,在以后的两年中,丁玲为了继续探讨作家在特殊政治条件下的作用,又创作了四个形象"④。而在丁玲以作家为主人公的这一系列小说中,还应该添上《诗人》的名字。

　　让我们首先回到《诗人》的篇名。如前所述,这篇以白俄工贼为主人公的小说在 1933 年 6 月收入现代书局版短篇集《夜会》时被丁玲改题为《诗人亚洛夫》,日后亦以此行世。这一改变从点明

① 参见丁玲:《如何能获得创作的自由》,《丁玲全集》第 8 卷,第 154—155 页。
② 丁玲:《一天》,《丁玲全集》第 3 卷,第 356 页。原载《小说月报》第 22 卷第 9 号,1931 年 9 月 10 日。
③ 参见丁玲:《答〈开卷〉记者问》,《丁玲全集》,第 8 卷,第 4 页。
④ [美]梅仪慈著,沈昭锉、严锑译:《丁玲的小说》,厦门:厦门大学出版社,1992 年,第 113 页。

题旨的角度来讲显然是必要的，至少"亚洛夫"是让读者一目了然的俄国名字 ①。然而，小说首发时看似含混的"诗人"题名，却透露出小说的运思轨迹：丁玲其实是出于对中国小资产阶级作家生存和思想状况的批判性理解，刻画了白俄亚洛夫的形象。

在小说中，虽然丁玲将亚洛夫的身份设定为帝俄贵族诗人，但却并未正面表现这位白俄诗人的生活与思想世界，关于亚洛夫文学生涯的描写亦仅限于讽刺其帮闲诗人和空头诗人本质的寥寥几笔。显然，丁玲笔下的亚洛夫并不具备一位俄罗斯贵族应有的荣誉感，在这一点上他与蒋光慈笔下的"丽莎"有着天壤之别；更为关键的是，亚洛夫明显缺乏在华俄侨诗人的文化坚守与使命意识。流亡哈尔滨的著名俄侨诗人佩列列申曾留下这样的诗句："身遭放逐，漂泊异域 / 沿铁路枕木大步向前 / 带着普希金偷偷阅读 / 怀着渺小坚定的信念。" ② 而另一位白俄流亡诗人则如此鼓励自己："雾气缭绕，普希金、果戈里 / 陀思妥耶夫斯基、布洛克 / 不朽的灵魂走在街上 / 他们昭示着俄罗斯的下场。" ③ 总体来看，"俄罗斯流亡文学第一浪潮中的大部分作家，都认为自己是俄罗斯民族文化的承载者和继承人，他们把捍卫普希金（其名字成了整个俄罗斯流亡界的象征，在有俄罗斯人移居的每个国家里都举行过普希金诞辰的纪念活动）、托尔斯泰和陀思妥耶夫斯基的人道主义传统当

---

① 1829 年，俄国作家果戈里发表长诗《汉斯·古谢加顿》时的笔名就是"亚洛夫"。

② 参见［俄］瓦列里·别列列申著，谷羽译：《无所归依》，李延龄主编：《松花江晨曲》，第 135 页。按，瓦列里·弗兰采维奇·佩列列申（Валерий Францевич Перелешин），又译作"瓦列里·别列列申"。

③ 参见［俄］尼古拉·斯维特洛夫著，谷羽译：《在国外》，李延龄主编：《松花江晨曲》，第 215 页。

成自己的义务。"① 回到《诗人》，尽管叙述人在介绍亚洛夫在白俄酒吧的交际活动时努力保持嘲讽的语气，但我们从中仍能读出白俄社群对亚洛夫"诗人"头衔的真诚尊重，而与其说小说中的这一细节恰在无意中折射出了诗人在白俄流亡者精神世界中的重要象征意义，毋宁说在丁玲的心中，真正的诗人和文学有着非常崇高的位置。

如上所述，在丁玲笔下，亚洛夫的白俄诗人形象相当固化，既不具有"生活真实"，也未成为连接或推进情节的叙述要件。项庄舞剑意在沛公，丁玲设置这一人物身份的命意不在"白俄"而在"诗人"。不谙俄文的丁玲与流亡上海的白俄诗人群体素无交集，她真正关心的是"中国"诗人的当代命运。因而，在亚洛夫白俄诗人的外表之下，丁玲生动刻画了一个中国小资产阶级作家常见的软弱、胆怯和虚浮，从而赋予了这一白俄诗人鲜活的"中国"生命。小说中"亚洛夫是把所有的时间都放在怨恨里"，他既不能认清现实也不能认清自己，常到一家白俄小酒吧买醉，并以别人口中的"诗人"——"这个好听的高贵头衔"来获得心理安慰；亚洛夫在第一天卖票时手忙脚乱，狼狈不堪，满心屈辱，但他一回到酒吧，马上就在别人的吹捧下忘记了真实处境，大吹大擂指点江山，"他在这上面，表现了一点诗人的聪明，把大家都说得打喷嚏，流眼泪。"而丁玲对亚洛夫最为精彩的描画无疑出现在小说结尾处，因"替工"而被罢工工人痛打的"亚洛夫睡在医院里。穿着雪白的睡衣睡在铺有雪白被单的床上。他的伤并不重，公司答应替他出医药费。他用手指摸着那个鸭毛的枕头，心里浮着高兴，多少年了，他

---

① 参见［俄］弗·阿格诺索夫著，刘文飞、陈方译：《俄罗斯侨民文学史》，第4—5页。

没有这么一人干干净净的睡过，这有点像他童年的生活，那个中学校的寄宿舍"①。丁玲以略带黑色幽默的笔法刻画出亚洛夫深入骨髓的腐朽与顽固，他这副卑躬屈膝、摇尾乞怜的奴才相实在是既可笑又可悲。

　　倘若回顾丁玲笔下的作家形象，我们不时会在诗人亚洛夫身上发现他们闪现的身影。在 1928 年 11 月完成的《一个女人和一个男人》中，男主人公、"白话新诗人"鸥外鸥平时逃遁于烟花柳巷，直面爱情时却又怯懦畏葸；《一九三〇年春上海》（之一）中的男作家子彬则被虚无捕获，只有依靠文学青年的"仰慕"才能舒缓内心深处害怕被读者遗忘的焦虑。特别有趣的是，在《一九三〇年春上海》（之二）中，主人公、小资产阶级作家望微有一个爱慕虚荣的女友玛丽，而这一人物关系模式似乎在《诗人》中得到了复制，白俄诗人亚洛夫也有着一个爱慕虚荣的老婆安尼，只不过不及玛丽那般摩登。

　　如果放宽视野我们将会发现，在经历了"五四"落潮和"大革命"失败之后，20 世纪 30 年代的中国文坛已经告别了慷慨激扬的"诗人"时代，并且通过一系列虚浮软弱的"诗人"形象的塑造清理了廉价而流俗的"浪漫"文风。早在 1927 年，郁达夫就以漫画的笔法描画了一对刚刚留学归来的失业诗人利用一位房东女人"爱慕诗人"的热情而骗吃骗喝的丑态②。1930 年 11 月，蹇先艾借用美国诗人郎佛罗之名，塑造了一位表面上摆阔洋派，实际上穷酸可怜的中国诗人松乔的形象③。而在 1931 年初《申报》所载的一篇小说

①　丁玲：《诗人》，《东方杂志》第 29 卷第 5 号，1932 年 11 月 1 日。
②　郁达夫：《二诗人》，《小说月报》第 18 卷第 12 号，1927 年 12 月 10 日。
③　蹇先艾：《诗人郎佛罗》，《东方杂志》第 27 卷第 22 号，1930 年 11 月 25 日。

中,主人公、"颓废诗人"沙冰被同学捉弄(后者以"女粉丝"的名义写信约其见面),结果暴露出其假颓废而真风流的本来面目 [1]。

显而易见,丁玲是在上述的历史语境中展开了自己对于"诗人"问题的思考。不过,写作《诗人》时的丁玲已经跨越了以"动摇中的小资产阶级的知识分子"为主人公的阶段,因为"这些又追求又幻灭的无用的人",根本"值不得在他们身上卖力" [2]。而几乎与此同时,以瞿秋白为代表的左翼批评家正与"自由人"胡秋原和"第三种人"苏汶等就文学的阶级性展开激烈论战。在体现了当时左翼文坛最高理论水平的《文艺的自由和文学家的不自由》一文中,瞿秋白尖锐地指出,在阶级社会里不存在脱离阶级的文学,文学家也"始终是某一阶级的意识形态的代表","有意的无意的反映着某一阶级的生活,因此,也就赞助着某一阶级的斗争"。而所谓"勿侵略文艺"和"艺术至上论"的论调不仅在客观上麻痹了大众的革命斗志,干扰了大众的斗争视线,而且掩饰了小资产阶级作家的软弱与动摇,如果失去阶级改造的动力,这些人非常容易在时代变局中沦落为反动阶级的帮凶 [3]。虽然瞿文的发表稍晚于《诗人》的创作,但这篇文章的核心论点丁玲无疑非常熟悉。事实上,旨在重塑文学阶级性的第二次"文艺大众化"讨论正是在丁玲主编的《北斗》杂志上展开,她还曾发掘和扶持了白苇、叔周、阿涛等一批出身于工人或士兵的"新的作家" [4]。因而,写作《诗人》时的丁玲正以相当严厉的革命态

---

① 梦茵:《诗人》,《申报·青年园地》1931 年 2 月 26 日,"本埠增刊"第 3 版。

② 参见丁玲:《创作不振之原因及其出路》,《北斗》第 2 卷 1 期,1932 年 1 月 20 日。

③ 参见易嘉(瞿秋白):《文艺的自由和文学家的不自由》,《现代》第 1 卷第 6 期,1932 年 10 月 1 日。

④ 参见丁玲:《编后》,《北斗》第 2 卷第 3—4 期合刊,1932 年 7 月 20 日。

度关注着中国小资产阶级作家的阶级性问题。而通过堕落为"工贼"的诗人亚洛夫，丁玲为这一问题提供了一个极端的例证，也为幻想走中间路线的小资产阶级作家树立了反面典型。而左翼文学对这一问题更为深入的思考，则要等到一年后问世的《子夜》，通过自恋而虚浮的"革命诗人"范博文的形象，茅盾不仅彻底揭破了所谓艺术自由的神话，而且对处在大变革时代的小资产阶级作家发出了深刻的警示。

小　结

　　1981 年 10 月 31 日，丁玲在参加美国爱荷华大学国际写作中心"中国周末"活动时发言："我写作的时候，从来不考虑形式的框框，也不想拿什么主义来规范自己，也不顾虑文章的后果是受到欢迎或招来物议。我认为这都是写作完了之后，发表之后，由别人去说去作，我只是任思绪的奔放而信笔所之，我只要求保持我最初的、原有的心灵上的触动和不歪曲生活中我所爱恋与欣赏的人物就行了。"[①] 这段掷地有声的"创作自由论"出自中国最为"革命"的女作家丁玲之口，或许会让很多推崇"文学性"的学者感到错愕。而丁玲的这一自述，还曾在老诗人牛汉——晚年丁玲主编《中国》时的重要合作者那里得到印证："丁玲不是一个学院派的人。她的文章跟她的人一样，没有框框，很洒脱。……她是经历过'五四'的人，看到了历史的复杂性。"[②]

　　而通过探讨《诗人》的个案，我们发现丁玲在迎向充满战斗精

① 丁玲：《我的生平与道路》，《丁玲全集》第 8 卷，第 231 页。
② 牛汉口述，何启治、李晋西编撰：《我仍在苦苦跋涉——牛汉自述》，北京：生活·读书·新知三联书店，2008 年，第 222 页。

神的政治性写作之际,始终坚持从自己真实的境遇和困惑出发思考革命时代的文学命题,从而不仅尽量规避了与工农题材相隔阂的叙事风险,而且最大程度地保持和发扬了自己的创作主体性。由此我们或许可以得出一个并不牵强的论断,对于"向左转"之后的丁玲而言,文学始终是其介入革命实践的一种独特方式,并且得到了革命实践的检验和丰富。丁玲的文学虽然不可避免地留下激进时代革命火焰灼烧的痕迹,但却由此植根于现实的土壤,不仅与作家的生命体验息息相关,而且与国家民族的命运血脉相连。或许正是这种蕴含着作家强烈主体精神的现实主义的坚定性深深打动了鲁迅,1933 年 5 月 22 日他在回答朝鲜《东亚日报》驻中国记者申彦俊的提问时明确表示:"丁玲女士是惟一的无产阶级作家。"① 或者说,鲁迅这一在以为丁玲已被国民党特务杀害情况下所做的"盖棺定论",其更为重要的意义在于为我们探寻丁玲的思想世界提供了又一个入口。借用一篇丁玲研究论文的标题,我们可以说——"丁玲不简单"② ;而对于这位汇集了诸多文学与革命症候的作家,我们认识得恐怕还远远不够。

---

① 参见 [朝鲜] 申彦俊:《中国大文豪鲁迅访问记》,史沫特莱等著:《海外回响——国际友人忆鲁迅》,石家庄:河北教育出版社,2000 年,第 249 页。原载《新东亚》1934 年第 4 期。

② 参见李陀:《丁玲不简单——毛体制下知识分子在话语生产中的复杂角色》,李陀编选:《昨天的故事——关于重写文学史》,北京:生活·读书·新知三联书店,2011 年,第 133 页。原载《今天》1993 年第 3 期。

第六章　侦测[＊]

　　作为"昔日创造社健将之一"，郑伯奇的声名早在20世纪30年代中期就已越出精英文学场域，悄然流布于上海市民阶层^①；不仅如此，他还以"上海艺术剧社"社长、"左联"常委等重要角色深度参与了中国左翼文学的历史进程，因而，这位"革命文艺的先驱者"^② 在中国现代文学史的主流叙述中从未缺席，但似乎也仅限于青史留"名"：在当下较为通行的两部教科书——《中国现代文学三十年》（修订本）和《中国现代文学史（1917—2013）》中，前者仅在叙述"左联"成立史实时提及郑伯奇^③，后者虽多了对于郑伯奇参与普罗小说和普罗戏剧运动的叙述，但仍未论及其文学成就^④。而检视以往有关对郑伯奇的专题研究，探讨重心亦多在作为"文学

＊　原载《澳门理工学报》2016年第2期，题为《白俄与洋奴"病毒"的思想侦测——从〈伟特博士的来历〉看郑伯奇的文学"原创性"》。

① 参见《郑伯奇化名郑君平进良友的经过》，《娱乐》（双周刊）第1卷第11期，1935年。

② 参见于伶：《先驱者战斗的一生——缅怀郑伯奇同志》（节录），王延晞、王利编：《郑伯奇研究资料》，北京：知识产权出版社，2009年，第276页。原载《党的生活》（丛刊）1980年第2期。

③ 参见钱理群、温儒敏、吴福辉：《中国现代文学三十年》（修订本），北京：北京大学出版社，1998年，第196页。

④ 参见朱栋霖、朱晓进、吴义勤主编：《中国现代文学史（1917—2013）》（上），北京：高等教育出版社，2014年第3版，第126—127、205页。

活动家"的郑伯奇,并以此"追认"其文学史位置 ①。

如所周知,随着文学生产方式和作家人际交往的"现代"转型,文学活动家必然成为重要的社会角色,因而上述文学史的研判确有合理之处。但是,如果我们仔细梳理郑伯奇身后留下的近百万字的文学遗产,那么对于上述将其局限于文学活动家的历史叙述似乎就有了重新探讨的必要。事实上,随着相关研究的逐渐深入,已有学者专题总述了郑伯奇的小说成就 ②,而本章则将选取郑伯奇 1936 年 5 月完成于上海的一部短篇小说《伟特博士的来历》作为研究对象,尝试重新思考作为"作家"的郑伯奇的文学"陌生性(strangeness)"或者说"原创性" ③。

《伟特博士的来历》1936 年 5 月创作完成于上海,首发于当年 7 月的《文学界》月刊第 1 卷第 2 号,后收入上海良友图书印刷公司 1936 年 9 月初版的短篇小说集《打火机》。在笔者看来,这部小说不仅体现了一位左翼作家应有的社会批判立场,更蕴含着作者沟通精英文学与大众文学的艰苦努力,特别是通过白俄叙事动力的引入,在郑伯奇的文学世界中主题性存在的"反帝"与"讽刺"倾向得以交会,从而对暗藏于国人思想深处的洋奴意识进行了一次

---

① 参见丁景唐:《郑伯奇在"左联"成立前后的活动》,《新文学史料》1982 年第 1 期;武德运:《郑伯奇在文学史上的地位和贡献》,《西北大学学报》(哲学社会科学版)1991 年第 2 期。

② 参见傅正乾:《郑伯奇的小说创作——为纪念郑伯奇百年诞辰而作》,《小说评论》1995 年第 5 期。

③ 在美国当代文艺理论家哈罗德·布鲁姆(Harold Bloom)看来,"陌生性"是"一种无法同化的原创性,或是一种我们完全认同而不再视为异端的原创性",而这种"陌生性"正是作品成为"经典"的根本原因。参见[美]哈罗德·布鲁姆著,江宁康译:《西方正典——伟大作家和不朽作品》,南京:译林出版社,2011 年,第 2 页。

深度的病理侦测。

一、洋场、洋人与洋药

在 20 世纪 30 年代的左翼文坛,《伟特博士的来历》是一个少见的喜剧性文本。小说讲述了上海济世大药房的"跑街"和"管库"——白汉三与王汉魂——因监守自盗"补血针"而被开除,后来两人因近水楼台成立了"福寿制药厂",合作炮制出假药"丈夫再造丸",但外边几家药房的朋友认为此名不妥,较像中国旧药,建议若"要销路好,得戳上一个什么博士的牌头,顶好是一个外国博士",于是两人商议着将此药改名为"伟特博士再造丸",并杜撰了发明人"美国医学博士"伟特。但到哪里去找广告宣传所必需的"伟特博士"肖像呢? 王汉魂灵机一动,想到了自己认识的白俄老汉谢米诺夫,由此这位"穿着破西装破皮鞋"的落魄白俄摇身一变成了美国医学博士伟特先生,他的那张"方脸长须"的"小像"不仅密集出现在上海各大报纸的广告栏,并且随着再造丸的销路日广,以油漆广告板的形式遍布沪宁、沪杭道路两旁,为白、王二人新开设的门市"福寿大药房"引来滚滚财源①。

行文至此,十里洋场荒谬绝伦的药界黑幕在郑伯奇笔下显露无遗。而如果对上海药界的历史状况稍作考察,即可发现,小说所述几近实录。曾有时人慨叹,上海是整个中国的"伪药策源地",不仅"一般外国劣药"自由销售,甚至于出现"高丽人,入中国籍,挂美商牌号,卖德国药"的乱象②。不仅如此,小说《伟特博士的来历》

---

① 郑伯奇:《伟特博士的来历》,《文学界》第 1 卷第 2 号,1936 年 7 月 10 日。
② 参见庞京周:《上海市近十年来医药鸟瞰》(续),《申报》1933 年 8 月 14 日,第 16 版。

在"夸赞""伟特"博士品牌后来居上时提到的"艾罗博士",更是影射了当时大名鼎鼎的假药"前辈"——黄楚九所发明的"艾罗补脑汁"。因而,郑伯奇笔下的"伟特博士再造丸"极有可能是对现实中艾罗补脑汁的戏仿。

在小说中,"伟特"之名来自"白汉三"之姓"白"(White)的音译变形,药品广告和包装上的照片则以白俄谢米诺夫冒充之。而根据曹聚仁的记述,黄楚九之所以为其"补脑汁"取名"艾罗",乃是源自其"黄"姓(Yellow)的译音,而药品所用照片则借用自一位长胡子犹太人的尊容[1]。显而易见,两者之命名与作伪方式如出一辙,绝非巧合可以释之。考究起来,艾罗补脑汁这一真实存在的药品几乎代表了十里洋场波谲云诡的华商假药发达史。现有的研究表明,上海西药业滥觞于19世纪中叶售卖家用成药的英商大英药房,而华人染指这一行业则要等到20世纪初年黄楚九开设的中法大药房,其最为畅销的药品即为艾罗补脑汁[2]。这一前所未有的新药品种以"美国艾罗医生"的旗号[3],在上海各类报纸上广为宣传。而黄楚九这一挟洋自重之举,不仅迎合了上海市民崇洋媚外的"人生哲学"[4],更是以莫须有的洋人为靠山,逃避政府当局的药品监管[5]。消费洋人名头不过是一种营销策略,更为关键的是,黄楚

---

[1] 参见曹聚仁:《黄楚九其人其事》,《上海春秋》,北京:生活·读书·新知三联书店,2007年,第407页。

[2] 参见黄克武:《从申报医药广告看民初上海的医疗文化与社会生活,1912—1926》,《"中央研究院"近代史研究所集刊》第17期下册,1988年12月。

[3] 参见张宁:《脑为一身之主——从"艾罗补脑汁"看近代中国身体观的变化》,《"中央研究院"近代史研究所集刊》第74期,2011年12月。

[4] 参见大风:《显微镜下之上海》,《社会日报》1934年11月3日,第2版。

[5] 参见张仲民:《晚清上海药商的广告造假现象探析》,《"中央研究院"近代史研究所集刊》第85期,2014年9月。

九还颇具创造性地根据某些西洋现代医学概念拼装成一套"脑为一身之主"的身体观念，进而在广告中将"洋人"内化为一种无可置疑的疗效保证[①]。而正是凭借艾罗补脑汁以及后续若干补药的风行，黄楚九迅速成为沪上新贵，并在随后数十年间陆续创办大世界娱乐场、上海日夜银行等十余家企业，在其 1931 年去世之际已是"以创事业最多"著称于世的"上海闻人"[②]。

　　在黄楚九之巨大"成功"的"启发"下，无论是上海华人药商还是外国药房都开始模仿其广告策略，纷纷"大量发布有外国人的照片和署名的保证书，借此强化药品的疗效及权威性"[③]。这一时段《申报》中各类让人目不暇接的挟洋自重的药品广告即是上述广告策略的体现，甚至连小说《伟特博士的来历》中具体使用的"外国博士"招数也可对号入座。比如在 1928 年 7 月《申报》的一则图文广告中，一位戴眼镜的大胡子洋人带着博士帽，以身体和知识的双重西洋符号为如下的配图文字提供信誉担保："德国眼科医圣格立夫博士灵方""无论何种目疾，新恙旧症，一经洗点，立奏不可思议之奇效……诚二十世纪眼科唯一之灵药也。"[④]

　　另据张仲民的研究，早在黄楚九的艾罗补脑汁畅销之初，就有"卫生小说"《医界镜》揭露其广告造假的伎俩，而包天笑和陆士谔更是在各自的小说《上海春秋》和《新上海》中影射艾罗补脑汁是

① 参见张宁：《脑为一身之主——从"艾罗补脑汁"看近代中国身体观的变化》，《"中央研究院"近代史研究所集刊》第 74 期，2011 年 12 月。
② 参见且夫：《黄楚九之事业》，《时时周报》第 2 卷第 4 期，1931 年 1 月 28 日。
③ 参见张仲民：《晚清上海药商的广告造假现象探析》，《"中央研究院"近代史研究所集刊》第 85 期，2014 年 9 月。
④ 参见《德国博士眼药广告》，《申报》1928 年 7 月 9 日，第 17 版。

一种成本几乎只有广告费,疗效只能保证"吃不坏人"的假药①。不仅如此,张文还征引了《医林外史》《上海闲话》《商界鬼蜮记》等清末民初小说,以揭露上海药界的造假现象。由此看来,这些切中时弊、文风泼辣的"黑幕小说"早在郑伯奇的《伟特博士的来历》问世之前,就已形成了一波通俗文学的潮流。因而,倘若《伟特博士的来历》仅在白、王二人造假成功处收笔,那么它只是一部缺乏"原创性"的跟风之作。

但与之正相反,小说最为精彩的部分恰恰在叙述十里洋场典型的"成功"故事后展开。好景不长,白、王二人在公司事务上彼此猜忌,再加上为了交际花史香玉争风吃醋,最终内讧决裂。王汉魂不甘心被白汉三设计逐出公司,遂买通白俄谢米诺夫,操纵"这个活动傀儡"用广告和宣传单上的"相片作证",并且拿出"他在美国一个什么州里"得来的"医生开业的执照",起诉白汉三,要求恢复公司所有权。虽然后来双方在公司董事长、黑帮头子李星孙主持下有条件和解,但却发现因为诉讼中涉及到"美国医生",美国领事"为了维护本国国民利益去和中国法庭争持",所以非但无法撤诉,反而弄假成真,白、王二人被扫地出门,谢米诺夫"以伟特博士的资格成了福寿药房的董事兼厂长",恢复了"十几年前的绅士风度"②。

由此,《伟特博士的来历》的故事情节在白俄谢米诺夫处得到了翻转,而随之更新和递进的还有小说的表现形式与主题思想。于是我们可以看到小说在浅表与深层的意义上形成了双重文本:

---

① 参见张仲民:《晚清上海药商的广告造假现象探析》,《"中央研究院"近代史研究所集刊》第 85 期,2014 年 9 月。

② 郑伯奇:《伟特博士的来历》,《文学界》第 1 卷第 2 号,1936 年 7 月 10 日。

浅表文本取材洋场奇闻,刻画市民心态,采用闹剧形式,凸显人物对话,这是一个能够抓住市民阶层读者的通俗小说;而经过浅表文本熨帖的过渡,读者被引向一个充满批判精神的深层文本,在这里闹剧升华为喜剧,笑料转换为讽刺,隐藏在小市民思想深处的蒙昧和腐朽得到清理。

二、闹剧、讽刺与"新通俗文学"

回顾《伟特博士的来历》的小说叙事,白、王二人原本凭借监守自盗过着醉生梦死的生活,东窗事发后险些落入班房,而后两人东山再起,近乎胡闹般造出了"丈夫再造丸",但不久后就开始钩心斗角,特别是为了争夺"朋友妻"——交际花史香玉,白汉三更是阴招迭出,甚至连当时国民政府"开发西北"的宏大叙事都成了争夺女人的计策。而王汉魂则祭出白俄老汉这一撒手锏,使此前不可一世的白汉三险些被打回原形。最终,以白汉三赔给王汉魂离开公司的"分手费"及他本人因占有史香玉而支付的身体"转让费"共 50,000 元达成和解,整个过程充满戏谑,笑料百出。而如果对郑伯奇这一时期的小说创作稍加考察,即可发现这是他惯常采用的情节组织方式,比如后文将要讨论的《幸运儿》和《打火机》,它们都不约而同地借鉴了"闹剧"(farce)的形式。而所谓"闹剧"本是西洋的古老戏剧种类,这一词语的"词源(填肉馅用的香料食物)表明这种精神食粮在戏剧艺术内部的异体性质",长久以来"人们一般将某种怪诞和滑稽的喜剧性、某种粗俗的笑和不太细腻的风格与闹剧联系在一起",这是"一个既被轻视又受人赞赏的种类,但也是一个广受欢迎的剧种",因为它能够引发出"一种直率的和平民的笑"①。那么,郑伯奇为何如此偏爱"闹剧"形式呢? 这还得从郑伯奇的"新通俗文学"主张说起。

1932 年 5 月,郑伯奇"为避免国民党反动派的迫害",化名郑君平进入上海良友图书公司编辑《良友》画报,当年夏天经上海地下党组织同意,化名席耐芳,与阿英和夏衍组成三人电影小组,秘密进入明星电影公司担任编辑,其间,以郑平子的笔名写作了大量的影评,并与人合作或独立创作了《时代的女儿》等电影剧本(故事)。1935 年 2 月,郑伯奇应上海良友图书公司之约,开始选编《中国新文学大系·小说三集》,并再次化名郑君平,为该公司主编《新小说》月刊。而这一连串事件标志着郑伯奇作为"海派文化生产者"② 开始了"大众化或通俗化"的"具体的实验"③。

以往的传记研究常将这一时期郑伯奇的文化活动与文学创作视为"深入敌后"的革命行为,忽视了他在面对海派文化的生产模式和评价体系时所做出的思想调试与批评实践。事实上,正是在这一过程中郑伯奇得以重新审视左翼文学面临的革命形势④,在他看来,在白色恐怖日趋严酷的当下,左翼作家既不能将"一切都诿罪于环境而唱高调",成为"文化运动里面的'取消派'"⑤,也不

① 参见[法]帕特里斯·帕维斯著,宫宝荣、傅秋敏译:《戏剧艺术辞典》,上海:上海书店出版社,2014 年,第 137—138 页。
② 参见葛飞:《都市漩涡中的多重文化身份与路向——20 世纪 30 年代郑伯奇在上海》,《中国现代文学研究丛刊》2006 年第 1 期。
③ 参见《郑伯奇传略》,王延晞、王利编:《郑伯奇研究资料》,第 6—7 页。
④ 参见葛飞:《都市漩涡中的多重文化身份与路向——20 世纪 30 年代郑伯奇在上海》,《中国现代文学研究丛刊》2006 年第 1 期。
⑤ 参见郑伯奇:《我最近对于文学的感想》,《郑伯奇文集》,西安:陕西人民出版社,1988 年,第 161 页。原载郑振铎、傅东华编:《我与文学》,上海:生活书店,1934 年。

能执拗于"一定要写那样尖锐的东西"，犯"左倾"冒进的错误，而"只要观点正确，平凡的题材也可以写出严重的意义来"①。也就是说，郑伯奇认为左翼作家应该根据革命形势积极调整斗争策略，转战大众文学阵地。在此问题上，日本左翼作家"在'非常时'的重压之下"的文学转向为中国左翼作家提供了借鉴，比如武田麟太郎"描写小市民层生活的暗黑面"的小说《市井事》就颇有"莫泊桑的风味"②，可谓很好的例证。

值得注意的是，郑伯奇早年留学日本而且长期关注日本文坛，"对日本的出版物极为熟悉"，而日本老牌文学杂志《新潮》深度参与的"通俗文学"讨论，特别是行销"数十万册"的著名通俗刊物《King》和《妇人之友》所刊载的那些出自名家之手的引人入胜的通俗小说，更是深刻影响了郑伯奇的"新通俗文学"观念③。而早在1935年5月，郑伯奇就在《通俗小说的形式问题》一文中提出了包括"说话体"的"表现手法"在内的"通俗小说创作三原则"④。在1937年2月初写作完成的《论新通俗文学》一文中，郑伯奇更为详尽地阐发自己的"新通俗文学"主张，为我们理解《伟特博士的来历》的创作思路提供了更为深入和具体的参考。郑伯奇强调，"新通俗文学"之"新"，首先在于摒弃原有的"通俗文学"，因其不具备"真

---

① 参见郑伯奇：《作家的勇气及其他》，《郑伯奇文集》，第159页。原载上海《春光》第1卷第2期，1934年7月。
② 参见郑伯奇：《谈日本最近的转向文学》，《两栖集》，上海：上海良友图书印刷公司，1937年，第90—94页。
③ 参见赵家璧：《回忆郑伯奇同志在良友》，《新文学史料》1979年第5期。
④ 参见华尚文（郑伯奇）：《闲话篓·通俗小说的形式问题》，《新小说》第1卷第4期，1935年5月15日。按，郑伯奇在随后发表的《论新的通俗文学》一文中重述了上述观点。参见郑伯奇：《论新的通俗文学》，《东方文艺》第1卷第2期，1936年5月25日。

实的艺术态度",只是"大众所不需要而应加以排斥的毒物"。其次,
"新"意味着作家应该"完全站在民众立场","体验民众的意识形态
和生活情感,学习民众的言语"。再者,"新"不能离开民众自己创
作的"俗文学",作家必须在尊重"俗文学"的基础上对其加以改造
和提升①。换言之,通俗的作品"不单在形式上继承了老套的手法,
就是作品的内容和作家的态度也决不标新立异故意和常识隔绝"②。

不仅如此,比之于 1932 年在《文艺大众化的核心》等文中表
现出的"智识分子脱离群众的态度"③,亲身经历了海派文化摔打,
特别是在吸收了"自己对于电影的服从"的经验之后,郑伯奇"对
文艺大众化或通俗化的问题更提高了自己的兴趣,加深了自己的
理解"④。他在 1935 年 6 月发表的一篇文章中指出,目前的有声电
影、无线电广播以及未来的电视代表着大工业时代新兴艺术"对于
声音的征服",而这将引发其他艺术样式,特别是小说的"激烈的变
革"⑤,"肉声的言语要渐渐获得重要的地位"⑥。因而,"在小说上,
最适当的是说话体。……说话体既有力,又容易为读者理解,为通
俗小说是顶适当的表现手法"⑦。追溯起来,从"汉字拉丁化"开始,

---

① 参见郑伯奇:《新通俗文学论》,《光明》第 2 卷第 8 号,1937 年 3 月 25 日。
② 参见郑伯奇:《闲话篓·通俗的和艺术的》,《郑伯奇文集》,第 206 页。原载
　《新小说》第 1 卷第 3 期,1935 年 4 月 15 日,署名平。
③ 参见瞿秋白:《"我们"是谁》,《瞿秋白文集·文学编》第 1 卷,北京:人民文
　学出版社,1985 年,第 489 页。
④ 参见郑伯奇:《〈两栖集〉后记》,《两栖集》,第 247 页。
⑤ 参见郑伯奇:《小说的将来》,《郑伯奇文集》,第 218 页。原载《新小说》第
　1 卷第 5 期,1935 年 6 月 15 日。
⑥ 参见郑伯奇:《小说的将来》,《郑伯奇文集》,第 222 页。
⑦ 参见华尚文(郑伯奇):《闲话篓·通俗小说的形式问题》,《新小说》第 1 卷
　第 4 期,1935 年 5 月 15 日。

语言问题一直处在"文艺大众化"运动的核心，而早在 1934 年的"大众语"讨论中，郑伯奇就曾强调"方言"写作对于推进"文艺大众化"的积极作用①。也正是因为秉承着这样的"新通俗文学"创作理念，我们得以在《伟特博士的来历》中看到大量用上海方言写成的生动的人物对话。

　　而如果说"新通俗文学"合适的表现形式是"说话体"，那么其题材选取则侧重于"脍炙人口的传说，轰动一世的新闻，以及富有纠葛的故事"。究其原委，"脍炙人口的传说"不仅有着广泛的群众基础，而且经过时间淘洗，积淀了最适合"民众的胃口"的叙述模式。而对于"轰动一世的新闻"，大众不仅熟悉并且希望从中得到"一些教训"，"自然欢迎"这一题材，因而"站在教育的意义上，作者也不应该放弃这种题材的"。至于"富有纠葛的故事"，则适应了大众偏向于理解"具体的人生"和"具体的现实"的认知模式，因而"闹剧里的那种紧张的生活，他们非常欢迎"②。

　　在此，我们可以看到，对于郑伯奇而言，闹剧与传说和新闻事件并列，均为"新通俗文学"进入大众思想世界的武器。因而《伟特博士的来历》选取假药题材，一方面是出于追踪"新闻轰传"之社会热点的考虑，因当时上海读者饱受假药广告之密集轰炸，对于药界黑幕喜闻乐见，而更重要的一点则是，郑伯奇以闹剧的方式结构情节，使得这一题材在他笔下笑料百出，引人入胜。小说中的"丈夫再造丸"，显然挪用自《聊斋·马介甫》中的驯悍"名药"——"丈夫再造散"，而借由这一嵌入行动，郑伯奇不仅可以

---

① 参见郑伯奇：《星期一通信·第五封：大众语·普通话·方言》，《两栖集》，第 71—72 页。
② 参见郑伯奇：《新通俗文学论》，《光明》第 2 卷第 8 号，1937 年 3 月 25 日。

让他的那些具有一定中国传统文学修养的读者们会心一笑,领悟
"丈夫再造丸"背后由来已久的反讽味道,更是将自己的假药题
材文本嫁接到《马介甫》这样一个著名的"闹剧"谱系上,从而
汇入了沪上通俗文化的潮流。须知同名"新剧"和电影曾先后
风行沪上,以至于"马介甫"成为彼时上海市民耳熟能详的文化
符号①。

归根结底,郑伯奇是一位立场坚定的左翼作家,其"新通俗文
学"虽然在题材与形式上取法海派文学,却又有着与其迥然不同的
价值判断。概略而言,前者的本质是"通俗","只是把作品的态度
降低到一般人所能理解的水准。这一点也许是妥协的,而这种妥
协是正当的";后者的本质则是"媚俗","抛弃了作家的天职,只去
迎合低级趣味"②。正是在此意义上,郑伯奇虽然认为小说采取闹剧
的形式有利于吸引读者,却又不满于小说仅仅带给读者廉价的笑

---

① 1912 年 5 月 22 日《申报》第 4 版已见"新剧"《马介甫》在上海新新舞台
演出的广告,随后该剧多次上演,作为"新剧中名剧之一,几于尽人皆知"。
参见《游艺消息》,《申报·自由谈》1926 年 5 月 20 日,第 17 版。另据
1913 年 9 月 28 日《申报·自由谈》(第 13 版)署名"钝根"的《剧谈》一文
所载,"新民社"曾在上海新剧舞台演出《马介甫》,而剧中杨万石所服者恰
为"丈夫再造丸"。1926 年 7 月 21 日,上海大中华百合影片公司拍摄的电
影《马介甫》首映于中央大戏院,据称"士女如云,座无隙地"。参见飞鸢:
《观马介甫影片》,《申报·自由谈》1926 年 7 月 23 日,第 17 版。有关于此
的研究亦可参见赵骥、邱霞:《〈新剧考〉与上海早期的新剧演出》,范石渠原
著,赵骥校勘:《新剧考》,上海:文汇出版社,2015 年,第 178—190 页。再
者,1936 年 1 月 9 日至 2 月 4 日,作为白话《聊斋志异》之"第二十八编",
小说《马介甫》在彼时知名"小报"——《社会日报》上配图连载,而"丈夫
再造散"则在该文 1 月 21 日的连载当中出现。
② 参见乐游(郑伯奇):《闲话篓·通俗和媚俗》,《新小说》第 1 卷第 3 期,
1935 年 4 月 15 日。

声①。那么，"就艺术的立场讲"，郑伯奇认为怎样的笑声才是正当的呢？

在创作《伟特博士的来历》的时段，比之于一向背负"媚俗"恶名的海派文学，郑伯奇的"新通俗文学"的真正对手其实是以林语堂为旗手，享有"纯文学"清誉的"幽默文学"②。而因为坚持左翼作家的批判立场，郑伯奇对这种厕身于国家与社会苦难缝隙之中的"幽默"持论甚严。在他看来，所谓"幽默文学"正是很多作家在上海艰苦的文化环境中，"正路不通走邪路"的表现③。需要指出的是，郑伯奇并不否认"幽默"的美学价值，他所批判的是"幽默"在市场逻辑下的腐败："幽默本是妙语天成，如今，要变成定期的大量生产"，以至"无聊的笑话"大肆流行④。因而，比之于幽默，郑伯奇将"讽刺"视作"新通俗文学"的正途，它是阶级社会"斗争的武器"，并且在"正动与反动的两种势力"对垒交战的中国"一天一天发达起来"⑤。而追溯起来，自小说《忙人》（1924）开始，"讽刺"是郑伯奇一直坚持的文学倾

① 参见郑伯奇:《〈渔光曲〉》,《两栖集》,第 212—213 页。

② 1932 年 9 月林语堂创办《论语》半月刊并正式提出"幽默文学"的主张,1934 年 4 月林语堂另办《人间世》半月刊,1935 年 9 月又与陶亢德、徐訏在上海合办《宇宙风》。林语堂以这三个核心刊物为平台,并得到了《逸经》《谈风》《西风》等外围杂志的呼应,在文坛激起了一波"幽默"潮流。参见周晓明主编:《现代中国文学史》(修订版),武汉:华中师范大学出版社,2011 年,第 456 页。

③ 参见郑伯奇:《星期一通信·第一封:幽默和小品》,《郑伯奇文集》,第 163 页。

④ 参见郑伯奇:《星期一通信·第一封:幽默和小品》,《郑伯奇文集》,第 164—165 页。

⑤ 参见郑伯奇:《幽默小论——附讽刺文学的发生》,《现代》第 4 卷第 1 期,1933 年 11 月。

向①，写作《伟特博士的来历》时，他又随着小说受众的变化，将讽刺的重点调整为对小市民意识的批判。那么，小市民意识到底是怎样的呢？

　　1933 年 7 月，郑伯奇在评论法国电影《百万金》时指出，"在资本社会没落期的现在，小市民对于现社会的态度，必然发生两个相反的倾向……前一种倾向就是无目的的反抗和黑幕式的暴露；后者则为刹那的享乐主义和对于现实的逃避"②。1934 年 6 月，郑伯奇批评蔡楚生的《渔光曲》，认为其所体现的"人道主义理想主义的倾向"恰是过渡时期的"小市民共同的倾向"③，这在本质上是对现实秩序和权力关系的遮蔽，而当善意和圆满无法包裹苦难，另一种反向的遮蔽必然出场："小市民倾向的又一个特点，是偶然性的强调。一切的偶然，从发展过程去观察，背后都有必然性俨然存在。小市民因为把握不住现实，一切都变成了偶然"，进而将其发展为"运命论"甚至"神秘论"④。而如果回顾郑伯奇 20 世纪 30 年代中期的文学创作，小市民意识批判正是其重要的小说主题。在 1935 年 7 月发表的小说《幸运儿》中，郑伯奇通过主人公金保禄——上海某教堂账房——中了特等奖券之后的离奇遭遇，讽刺了小市民一夜暴富的"黄粱美梦"⑤。而他 1936 年 6 月创作完成的《打火机》则通过讲述上海小职员陈冰因迷恋于一个德国制造、价格不菲的

① 参见郑伯奇：《〈中国新文学大系·小说三集〉导言》，《郑伯奇文集》，第 249 页。原载《中国新文学大系·小说三集》，上海良友图书印刷公司，1935 年。
② 郑伯奇：《〈百万金〉》，《两栖集》，上海：上海良友图书印刷公司，1937 年，第 162 页。
③ 参见郑伯奇：《〈渔光曲〉》，《两栖集》，第 211 页。
④ 参见郑伯奇：《〈渔光曲〉》，《两栖集》，第 211 页。
⑤ 郑伯奇：《幸运儿》，《新小说》第 2 卷第 1 期，1935 年 7 月。

打火机而引发的悲剧性结局,以反讽的笔法揭破了小市民思想深处的拜金主义幻象①。而到了《伟特博士的来历》这里,通过白俄谢米诺夫"假戏真做"的情节翻转,郑伯奇对于小市民意识的批判深入到复杂的"洋奴"病灶,而小说的总体风格也借此讽刺的力量由"闹剧"升华为"喜剧"。从闹剧中发展出"一种批判性的喜剧",美国当代文艺理论家布鲁姆认为莫里哀作为西方经典作家的"原创性"正体现于此②,而这也是身为文学家的郑伯奇通过《伟特博士的来历》所表现出的他在中国现代文学史上的"原创性"。那么这一"原创性"又是怎样形成的呢? 现在我们必须将目光重新聚焦在"伟特博士"身上。

三、"伟特博士"是谁:白俄与洋奴
意识的复杂性

　　"伟特博士"是谁? 这是我们在分析这一人物形象时首先要面对的问题。从"知识产权"的角度说,"伟特博士"是白汉三的发明,甚至连"伟特"之名都来自"白汉三"之姓"白"（White）的音译变形。然而小说的高妙之处恰在于,这个本由白汉三杜撰出来（当然也有王汉魂的参谋之功）的虚拟符号竟然随着情节发展获得了真实生命。不过这场发生在十里洋场的"皮格马利翁效应"并未带来古希腊神话故事中的美好结局:从广告肖像中走出来的谢

---

① 郑伯奇:《打火机》,《郑伯奇文集》,第691页。原载短篇小说集《打火机》,
　　上海良友图书印刷公司,1936年。
② 参见［美］哈罗德·布鲁姆著,江宁康译:《西方正典——伟大作家和不朽
　　作品》,第142页。

米诺夫反倒"以伟特博士的资格成了福寿大药房的董事兼厂长"，而白汉三则被扫地出门。如此说来，"伟特博士"似乎就是白俄谢米诺夫。然而正如假造的广告"肖像"所暗示，那张西洋脸孔其实是谢米诺夫在这场闹剧中所拥有的全部资本。进而言之，这张广告肖像真正可资消费的象征符号是欧美高等洋人，谢米诺夫只是作为前者的"替身"存在。更为关键的是，谢米诺夫之所以能获得"伟特博士的资格"，全靠美国领事利用领事裁判权干预中国司法，而谢米诺夫虽然成了"福寿大药房的董事兼厂长"，但他却不是"董事长"①。那么，药房真正的控制者是谁呢？对此小说虽未言明，但是读者可从药房改组后"添上美国注册的字样"的新招牌上看出端倪。于是，经过美国领事"终审"定谳，原来由白汉三杜撰的"伟特博士"最终却成了如假包换的"美国货"。那么"伟特博士"是以美国领事为代表的帝国主义者吗？答案也不尽然，因为这一形象的诞生是以白俄替身为中介，由中国洋奴接力完成的"中国化"特产。由此可见，"伟特博士"的"能指"交织着中国洋奴、白俄替身和美国领事的身影，因而其真正意义上的"所指"也就无法简单地对应某个人物概念，而是一套通行于半殖民地上海的复杂权力关系。

　　在《伟特博士的来历》中，郑伯奇通过"真假"转换、层层递进的叙述设置，不仅为小说闹剧形式所要求的每一处情节陡转都赋予了充分的"必然性"，而且颇为辩证地揭示出"伟特博士"形象生成的政治与文化逻辑。而小说以"伟特博士再造丸"替换"丈夫再造丸"这一更名细节透露出，在半殖民地上海，无论白汉三还是王

---

① 据小说所述，谢米诺夫曾口头答应王汉魂做个"买办"，但新董事会未予通过，可见他并无实权。

汉魂都无法成为"大丈夫"，真正的"大丈夫"只能是以美国领事为代表的帝国主义者。不仅如此，"王汉魂"这一人物命名正体现了作家的反讽：其人之所作所为与其名之宏大叙事构成了戏谑的语义张力，亦与小说的闹剧形式合拍。而如果进一步分析小说"白王相争，外人得利"这一隐喻着近代以降中国政治乱象的情节模式，我们可以发现郑伯奇的这一反讽其实蕴含着深切的民族痛感。倘若回顾郑伯奇的创作历程，可见与"王汉魂"构成"互文性"的文学人物是"黄克欧"。在1928年出版的剧本《抗争》中，郑伯奇为这位主人公特别安排了在上海咖啡馆大战调戏中国侍女的外国水兵的情节，以此抒发强烈的反帝爱国之情[①]。事实上，正如成仿吾所论，郑伯奇"最初是作为一个热情的爱国者投入到五四新文化运动中来的"，当时他尚在日本留学，深受异族压迫，对帝国主义无限愤慨[②]，而其"中国少年学会会员"的身份又为这种弱国体验增加了理性反思的维度[③]。郑伯奇1921年问世的小说处女作《最初之课》就取材于这段充满屈辱记忆的异国经历，并由此开启了作家坚定的"反帝"文学倾向[④]，进而形成一个"反帝"的文学谱系：《抗争》《帝国的荣光》（1928）、《轨道》（1928）、《奸细》（1931）、《宽城子大将》（1932）、《圣处女的出路》（1933）、《普利安先生》（1936）等。

---

① 郑伯奇：《抗争》，上海：创造社出版部，1928年，第21—22页。

② 参见成仿吾：《〈郑伯奇文集〉序》，《郑伯奇文集》，第1页。

③ 郑氏不仅是少年中国学会会员，而且是该会核心人物曾琦、左舜生、李璜等"在'震旦'读书时住在邻屋的老同学"，因而深受"少年中国学会"思想的影响。参见郑伯奇：《文坛生活二十五年》，《忆创造社及其他》，香港：生活·读书·新知三联书店香港分店，1982年，第87页；郑伯奇：《忆创造社》，《忆创造社及其他》，第5—6、39页。

④ 参见郑伯奇：《〈中国新文学大系小说三集〉导言》，《郑伯奇文集》，第249页。

　　由此可见，从"黄克欧"的"反帝"到"王汉魂"的"反讽"，在郑伯奇的文学世界中主题性存在的两种文学倾向在《伟特博士的来历》处交汇。不过与以往重在揭露帝国主义者暴行的"反帝"叙事不同，《伟特博士的来历》以讽刺的笔法深度清理了国人主动顺服乃至虔心膜拜帝国主义者权力宰制的洋奴意识。而从清末"谴责小说"开始，经由白薇《假洋人》等作品的关注，最终集大成于鲁迅上海时期的杂文，中国文学已经形成了洋奴批判的深厚传统，并且构成了郑伯奇不得不面对的"影响的焦虑"。抑或如布鲁姆所言，"强有力的作品本身就是那种焦虑"①，《伟特博士的来历》的独特之处正在于塑造了白俄替身这一角色，从而可以用一种全新的视域侦测国人思想深处的洋奴病毒。

　　如前所述，白俄谢米诺夫在这场闹剧中的全部资本仅是一张用来攀附高等洋人、哄骗无知小民的白人面孔，这使他成了"李鬼"式的可笑角色。而这样的叙事也是当时左翼文学的共识，比如菀尔的小说《"祖国"》，一开篇时叙述人就以"鱼目混珠"的方式让貌似"英吉利人"或"美利坚人"的白俄遮司基夫妇出场②。倘若我们对此现象进行知识考古，不难发现这当中不仅有着"生活事实"的支撑，更体现了时人普遍的白俄印象。1933年3月末，很多上海市民读到了这样一则社会新闻：白俄"国际巨骗"赖维次基与其同党分别冒充"法副领"和"副总巡"，以办理法租界赌场牌照名义，骗取华人30,000元"运动费"③。而数年后的另一则消息可能更让今

① ［美］哈罗德·布鲁姆著，江宁康译：《西方正典——伟大作家和不朽作品》，第6页。
② 菀尔：《"祖国"》，《大众文艺》第2卷第3期，1930年3月1日。
③ 参见《俄巨骗冒充法副领事开设赌场图诈华人》，《申报》1934年3月30日，第12版。

日的读者诧异：一位山东人刘英才，父为华人，母为白俄，因其"面貌酷肖西人，遂得乘机惯行假充西探敲诈拆梢度日"①。

　　至于《伟特博士的来历》设置的美国领事替白俄谢米诺夫出头干预中国司法的情节，虽说动机交代得略显含混，却也能在现实中寻得依据。如前所述，早在1920年9月，中国北洋政府宣布取消帝俄使节待遇②，并在次月颁行《决定管理俄侨办法之通令》，中止俄侨领事裁判权③，旋即在哈尔滨特设东省特别区法院办理俄侨司法，此乃"吾国审理外侨之鼻祖，实亦收回各国治外法权根基之所系"④。而为了逃避中国政府的司法管辖，时有不法白俄冒充他国国民，以求得到这些拥有领事裁判权的帝国主义者之保护。1924年10月，哈尔滨《东陲商报》就跟踪报道了一起白俄商人索斯金"以帝国主义为护符"的案件⑤："俄商有白党索斯金者，与华人吕贵涉讼，贿买英国领事，为其护符……如狗而蒙之虎皮，谓可以凭吓人也。"⑥

　　或许是因为见惯了某些白俄靠"脸"行骗或欺人的把戏，他们到底是"罗宋阿大"或"罗宋瘪三"⑦，还是高等欧美白人，很多上海市民可以轻易识别。在1932年元月的一篇媒体文章中，一位白俄乘坐黄包车不付钱，后来迫于众怒虽极不情愿地付账，但仍不忘逞口舌之快，吹嘘自己是"大英国人"，然而，这种"想假借世界的

---

① 参见《貌似西人藉以作恶　冒称搜查行劫》，《申报》1937年1月5日，第17版。
② 参见《九月二十三日大总统令》，《申报》1920年9月25日，第4版。
③ 参见《决定管理俄侨办法之通令》，《申报》1920年10月29日，第10版。
④ 参见《东省特别法院之现状》，《申报》1921年12月30日，第7版。
⑤ 参见《以帝国主义为护符之索斯金被押》，《东陲商报》1924年10月17日，第7版。
⑥ 《俄商索斯金敢与我法庭对抗欤》，《东陲商报》1924年10月18日，第3版。
⑦ 参见茸馀：《罗宋阿大》，《申报·春秋》1935年4月2日，第14版。

列强的权威"来"恐吓"中国百姓的做法,引来的只是"鄙夷的笑
声"①。从这当中,我们不难发现巨大的身份落差带来的喜剧性。而
如果如白俄这般仅凭一张脸孔就张扬种族主义,那他必然会因为
缺乏"做白种人"所必需的"特定的风格"②而沦为闹剧般的滑稽
戏仿。

　　值得注意的是,菀尔在《"祖国"》中也曾提到了白俄主人公所
遭遇到的白种人内部的身份落差,但这却成为其转向无产阶级思
想的动因。而在同为左翼作家的郑伯奇这里,由于他对十里洋场
复杂的华洋关系及其繁复的身份识别系统有着敏锐的洞察,因而
在处理白俄人物时,更为看重白俄身份落差带来的喜剧性效果,进
而暴露其依附于帝国主义者的反动本质,揭示其必然走向灭亡的
历史命运。而早在 1933 年,郑伯奇就已从阶级分析的角度驳斥了
上海"摩登的小姐少爷"和"摩登派的诗人文士"对白俄的"难过"
与"同情",表达了他对那些"没落"白俄的严厉批判态度③。也正是
从这一坚定的阶级立场出发,郑伯奇将白俄谢米诺夫塑造成以出
卖脸孔和人格为生的"活动傀儡"。不仅如此,他还在叙述过程中
将重心转向发掘白俄"替身"的建构过程,由此追问白、王这两个
洋奴消费白俄"替身"的底气从何而来。如前所述,20 世纪 30 年
代初那些位于法租界的白俄咖啡馆,特别是点缀其间的白俄侍女,

① 参见徵言:《权威的假借》,《申报·大众文艺》1932 年 1 月 9 日,"本埠增
　　刊"第 1 版。
② 萨义德认为,"做'白种人'是一种非常具体的存在方式,一种把握现实、语
　　言和思想的途径。它使一种特定的风格得以产生。"参见[美]爱德华·W.
　　萨义德著,王宇根译:《东方学》,北京:生活·读书·新知三联书店,1999
　　年,第 290 页。
③ 参见郑伯奇:《深夜的霞飞路》,《申报·自由谈》1933 年 2 月 15 日,第 18 版。

一度是张若谷、黄震遐等海派作家消费西洋都市文化的符号。而在这些"高雅"消费之外，某些上海小市民中的登徒子开始到"外滩公园的人肉市场"追逐"罗宋的肉"①，以此满足自身的异国情调想象、对于贵族生活的艳羡、对于"白色的没落"的感慨②。甚至在一些势利小人眼中，白俄不仅被物化为消费品，更是沦为戏谑欺侮的对象。

在此，我们有必要考察大量白俄难民来华后的历史境遇。在20世纪30年代的上海街头，曾出现了一批装备奇特的白俄磨刀者，或许正是这种新奇引起了人们的注意，他们甚至被写进了当时的诗文当中③。然而如汪仲贤在《上海弄堂写真》中的记述，这些白俄磨刀者的实际遭遇，却让人们领教了某些上海小市民人格的卑污：

> 他们的磨石是圆的沙石，装有铁柄，可以摇动，似较国货磨石省力而且神速。有一般下等人见白色人种也会做这贱业，便故意去作弄他们。有一次我街头看见一家作场里的工友拿了一把旧劈柴刀教罗宋人磨出锋来。罗宋人也不拒绝，拿了刀子很有耐性的磨着，磨得满头大汗，旁观的人围了一大堆，都在捏着鼻子暗笑。近来这种磨刀的罗宋人已不看见了，大概屡次受人作弄，知道这几个钱不好赚，只得弃行改业咧。④

① 参见尘无：《外滩公园与人肉市场》，《社会日报》1932年6月30日，第1版。
② 参见昌炤：《白色的没落》，《申报》1933年5月8日，"本埠增刊"第2版。
③ 参见徐梵澄：《沪上见白俄磨刀子》，《徐梵澄文集》第4卷，上海：上海三联书店、华东师范大学出版社，2006年，第472页；陶涛：《法公园外》，《申报·自由谈》1933年5月20日，第17版。
④ 汪仲贤作，许晓霞画：《上海弄堂写真（三〇）——削刀磨剪刀》，《社会日报》1934年3月19日，第1版。按，引文中言近来这种磨刀的罗宋人"已不看见了"，似为"已看不见了"之误。

而比之于这种恶作剧式的捉弄,另一则报道更揭示了人性的阴暗:爱多亚路上的某位酒醉白俄被中国人包围取笑,"结局是一位吃甘蔗的家伙,把甘蔗渣放进他的后领里",白俄追上讨说法,却被后者打倒,白俄复起理论,又被一众围观者推搡摔倒,"继着大家便哈哈哈哈地笑了起来"①。

白俄与欧美高等洋人虽同属白人,但他们的身份、地位却迥异,因而通过考察国人对待这两种白人的不同态度,正可检视彼时华洋关系的复杂状态。在《申报》1933 年末的一篇文章中,叙述人先后目睹了如下场景:先是看到南京路上两个白俄流浪者被中国人群殴,他们"有的说:'罗松瘪三真讨厌,该打!',有的说:'他们在上海没有人保护,打死也没人问。'"随后叙述人越过苏州河,看见一个酒醉的美国水兵殴打中国黄包车夫,而车夫慑于洋人势力"只有呼号,没有反抗……大家也只好面面相觑,不敢作一些不平的共鸣,尽有的当作瞧热闹在观看"②。从这里,我们能够发现上海小市民意识中的势利、阴暗与残忍。

如果我们沿着郑伯奇的追问更进一步,则会发现某些上海小市民不仅有着消费"罗宋瘪三"的底气,而且也有办法将高等洋人的欺辱"以柔化之"。鲁迅曾在杂文《踢》和《抄靶子》中深刻揭示出"吃外国火腿"(被洋人踢打)、"抄靶子"(被外国巡捕搜身)这些上海小市民口中看似平常的调侃所暗藏的自轻自贱与自我欺骗。但在此处,笔者想借助当时媒体的论述,引入另外两个"沪语新词"——"洋盘"和"阿洋哥",来深化我们对于郑伯奇洋奴批判的理解。

---

① 参见乃令:《罗宋人》,《申报》1934 年 7 月 2 日,第 18 版。
② 参见冠英:《同是外国人》,《申报》1933 年 12 月 15 日,第 13 版。

　　什么是"洋盘"呢？所谓"盘"是盘算，表示价格。上海各行各业"与洋人交易，暗中高抬价额，这种'暗盘'就叫'洋盘'。客地人若到上海，无商业道德的商店或游戏场中，往往也拿待洋人的手段去对待客人，只要说一声'洋盘'，则一切代价都要照洋人一样计算了。……现在'洋盘'二字已成了一切'外行'的代名词"①。而所谓"阿洋哥者，洋盘之客气称呼也"。两者在逻辑上的相通之处在于，"洋人不谙中华国情，事事都是外行，阿洋哥也是如此"。然而，正如时人所论："我们笑洋人花冤枉钱，其实他们花的钱都是在我们头上刮进去，零碎泄露一点出来，我们便沾沾自喜，我们中国人才是天字第一号的阿洋哥。"②

小　结

　　综上所述，在郑伯奇看来，白汉三、王汉魂消费白俄的"底气"，根源于小市民意识中的奴性：狡诈势利的权力换算以及自欺欺人的思想蒙蔽。而这些都在白俄这个有着西人、白人、穷人等多重面相的"他者"身上得到了充分释放。正是这种奴性，在上海半殖民地的社会环境中变形为洋奴意识，进而实现了与帝国主义意识形态的共谋。在《伟特博士的来历》中，通过白俄谢米诺夫假戏真做的情节翻转，郑伯奇以颇似布莱希特（Bertolt Brecht）"间离效果"

---

① 参见汪仲贤：《沪语新辞典图说·（四）洋盘》，《社会日报》1932年12月1日，第1版。

② 参见汪仲贤：《上海俗语图说（一五二）续集·（第六十四篇）阿洋哥（上）》，《社会日报》1935年11月24日，第1版；汪仲贤：《上海俗语图说（一五四）续集·（第六十四篇）阿洋哥（下）》，《社会日报》1935年11月26日，第1版。

的手法给了那些沉浸在消费白俄之小市民意识中的读者一记响亮的耳光,这不仅使得小说彻底告别了海派文学的享乐主义、拜金主义以及"偶然性"的神秘主义,并且对于国民思想中的奴性进行了辛辣的讽刺,从而充分揭示出反帝斗争和洋奴批判的复杂性与艰巨性。因而,郑伯奇这一深入大众文化场域,以"雅俗共赏"的方式实现的洋奴批判,正是其有别于当时其他左翼作家的"原创性"所在。

通过上述的论析,我们可以发现郑伯奇的这种"原创性"并未局限于布鲁姆所言的"审美自主性"[1],而是展现出这位左翼作家对于暗藏在半殖民地上海社会中的复杂权力话语关系的深刻思考。正是基于此,特别是考虑到郑伯奇对于华洋关系题域的持续关注和深入开掘[2],今后的中国现代文学史至少应在"洋奴批判"这一主题之下为他留下更多的历史叙述。

---

[1] 参见［美］哈罗德·布鲁姆著,江宁康译:《西方正典——伟大作家和不朽作品》,第 8 页。

[2] 郑伯奇"反帝"小说谱系中的很多文本都以日常生活中的华洋关系为叙述线索,如《最初之课》《圣处女的出路》《宽城子大将》《普利安先生》等。

第七章　乡愁[*]

　　1931 年"九一八"事变之后,萧军、萧红、舒群、罗烽等人汇聚在哈尔滨,在中国共产党领导下从事"抗日反满"的革命文艺活动,后因日伪当局白色恐怖加剧,不得不在 20 世纪 30 年代先后流亡到上海,从此与左翼文学合流,而日后中国现代文学史上著名的"东北作家群"或言"东北流亡作家群"就此诞生[①]。也就在流亡上海之后的短短两三年间,萧军的《羊》、萧红的《访问》《索菲亚的愁苦》、舒群的《无国籍的人们》以及罗烽的《考索夫的发》《手提琴底乞讨者》等白俄题材的小说或散文相继问世,继普罗和左翼文学之后,在中国文坛上形成了又一波白俄叙事的小高潮。值得关注的是,所谓"流亡上海之后"的真正含义在于,流亡的痛楚和上海左翼文学的语境使得这些东北作家突破了地域与思想的封闭,在国际无产阶级革命和中华民族救亡图存的格局中重塑文学视野,

---

[*] 原载《中国现代文学研究丛刊》2014 年第 3 期,原题《隐秘的书写——1930 年代中国东北流亡作家的白俄叙事》。

[①] "东北作家群"概念始见于王瑶在 20 世纪 50 年代初出版的《中国新文学史稿》,而"东北流亡作家群"的概念出自白长青 1983 年发表的《论东北流亡作家群的创作特色》一文,后者在表述上更加准确,不过两者的内涵和外延基本一致,均指 20 世纪 30 年代流亡关内的东北作家,以萧军、萧红、罗烽、舒群、端木蕻良等人为主。参见逄增玉:《新时期东北作家群研究述评》,《黑土地文化与东北作家群》,长沙:湖南教育出版社,1995 年,第 286—293 页。

重新解读故乡记忆,从而重新发现了白俄,而在此之前,白俄在他们的文本中仅作为叙事背景中的异国元素偶尔出现。这也正印证了杨晦先生的论断,正是"流亡"造就了"东北作家群",因为"在思想上,他们这时候才真正睁开了眼睛,才认清了自己的前途,自己的使命……"①

一、上海的"哈尔滨":重新发现白俄的文学地理

萧军流亡上海后一次偶遇白俄的亲身经历,生动诠释了"重新发现"白俄的过程。如前所述,那是1934年的一个冬日,刚刚从哈尔滨经由青岛流亡到上海的萧军游荡在一派俄国风情的霞飞路上,迎着三三两两走过来的俄国人,他突然发觉这里很像哈尔滨的中央大街。这一遇见老乡般的小惊喜让萧军难以释怀,随后将其写进了给鲁迅的信中②。如果回到历史语境,我们可以理解萧军的惊喜,一方面,对于彼时的东北人萧军而言,"一旦到了上海,就犹如到了'异国',一切都是生疏,一切都是不习惯,言语不通,风俗两异,无亲无朋……犹如孤悬在茫茫的夜海上,心情是沉重而寂寞!"③;另一方面,哈尔滨是萧军的第二故乡,哈尔滨生活是他最为珍惜的故乡记忆。说起哈尔滨,这座有着"东方的彼得堡"之称

① 参见杨晦:《流亡,流亡曲和我的故乡》,《文艺与社会》,上海:中兴出版社,1949年,第34页。

② 参见萧军:《鲁迅给萧军萧红信简注释录·第六信》,《萧军全集》第9卷,第49页。

③ 参见萧军:《鲁迅给萧军萧红信简注释录·第五信》,《萧军全集》第9卷,第46—47页。

的新兴城市,举凡标志性建筑、重要公共场所、市民的生产消费,乃
至生活和语言习惯,大都带有自然而深刻的俄国文化印记。据时
人观察,哈埠之"重要商业为白俄人所经营者,十居三四"①,至于
萧军所忆及的"中央大街",那更是一道白俄文化风景线,每到夜
里,熙熙攘攘的白俄人群就踏遍了这"鹅卵石铺的街道"②。因而,
当萧军这个流亡关外的准哈尔滨人看到白俄时,一定会被一种强
烈的思乡之情紧紧抓住,更何况这种思乡之情不仅是流离之苦,更
是亡国之痛。然而,让萧军意想不到的是,他在鲁迅几天后的回信
里却读到了让他远离白俄的严肃警告。而从鲁迅对萧军这善意的
提醒中,我们似乎可以发觉,即使在左翼文学内部,上海与东北的
作家对于白俄也有着不同的态度。在鲁迅看来,那些以告密为生
的白俄是一个反革命的符号。而在这种关于白俄的"刻板印象"
背后,则存在着独特的历史、文化以及政治的逻辑。

　　如前所述,作为苏联之敌和破坏中国共产党领导的城市罢工
斗争的"替工者",在沪白俄是中国共产党的敌人,因而也就成为
普罗文学的革命对象。而从蒋光慈《丽莎的哀怨》的"失败"（引
发读者对白俄的同情）和丁玲《诗人》的"成功"（写出了白俄的没
落）可以看出,白俄叙事"是一种极难于把握的题材"③。而所谓"难
于把握"的真正含义在于,20 世纪 30 年代初的普罗（左翼）文学中
形成了"不准同情"的白俄叙事话语规范,即只能将白俄定位为没
落阶级的历史残留,而不能对其进行悲剧性的文学呈现。正是从

---

① 参见仲谋氏:《沪哈二埠白俄人之生活》,《申报·自由谈》1929 年 9 月 3 日,
　　第 21 版。
② 参见王统照:《北国之春》,《王统照文集》第 5 卷,济南:山东人民出版社,
　　1982 年,第 100—101 页。按,该书初版本为上海神州国光社 1933 年 3 月版。
③ 参见燕紫:《〈文史〉·〈没落〉》,《京报·诗剧文》1934 年 12 月 29 日,第 10 版。

这鲜明的革命斗争意识出发,当时的普罗(左翼)文学中存在着两种处置白俄的方法,一是暴露其反动、腐朽的阶级性,揭示其走向灭亡的必然命运,冯乃超的《断片——从一个白俄老婆子说起》、钱杏邨的《那个索罗的女人》、丁玲的《诗人》等作品皆然;二是在暴露、揭批的基础上,改造可以改造的白俄,使其走向新生,代表作品有殷夫的《音乐会的晚上》、菀尔的《"祖国"》等。值得注意的是,在此类"走向新生"的作品中,白俄不仅要在思想深处获得无产阶级意识,而且要力争在地理空间上回到苏联,与之相适应,此类作品就形成了"成为一个工人"以及"奔向苏联"的叙事模式。

应该说,在1934年前后,当萧军等东北作家带着"抗日反满"的革命硝烟从哈尔滨流亡到上海时,他们是在上海左翼文学的语境中重新发现了白俄,因而他们笔下的白俄叙事首先是学习上述话语规范与叙事模式的产物。不过在流亡者萧军看来,除了作为左翼文学中"反革命"的符号,白俄还是一个乡愁的印记。此时的萧军正处在流亡的痛苦心境中,因而被"思乡之情"遮蔽了政治敏感,使其一时间变得"随便"起来。曾有研究者指出,"东北流亡文学与左翼文学的关系是被包容的关系,东北流亡文学在左翼文学的旗帜下生辉,左翼文学因有东北流亡文学而起色"①。而要更为深入地论述两者之间的复杂关系,特别是要厘清东北流亡作家汇流入左翼文坛之后的文学与思想构造,贯穿于两者的白俄叙事无疑提供了一个绝佳的视域。就此而言,我们可以将萧军在上海遇到白俄这一事件理解为一个隐喻,它似乎暗示着这些东北流亡作家的白俄叙事即将陷入一种交织着革命训诫与亡国之痛的"故乡回

① 沈卫威:《东北流亡文学史论》,郑州:河南人民出版社,1992年,第189页

忆"之中 ①。

二、"悲哀的回忆"

1934 年末,在青岛德式监狱的囹圄之中,舒群完成了自己日后的成名作《没有祖国的孩子》的初稿,但还有另外一部鲜为人知的小说也是直接取材于这段监狱生活—— 1938 年 4 月问世的《无国籍的人们》。顾名思义,《无国籍的人们》讲述了"我"在青岛监狱中所结识的四个"无国籍的人",即白俄穆果夫宁夫妇和果里、力士两兄弟的故事。在小说中,因盗窃入狱的白俄犯人穆果夫宁常在监狱里高声唱歌,而"我"因这歌声与之相识,且一见如故:

> 这种悲哀的调子,常常打动我的心,使我记起了一些悲哀的回忆。
> 有一次我向他说:
> "你不要唱吧,朋友!"
> "那要在死后的时候。"
> 我们这样地认识了;以后,便常常打招呼:
> "你好? 朋友!"
> 我们这样互相交换了一句话,几乎像是几年前的旧友一样。②

---

① "故乡回忆"不仅是东北流亡作家笔下的主题,而且是其特有的创作状态。曾有研究者指出,东北作家群那些最著名的短篇均为他们流亡关内后对故乡的回忆之作,此类"魂系北国的'回忆'型短篇小说"建构了一种特色鲜明的"回忆文学"。参见张毓茂主编:《东北现代文学史论》,沈阳:沈阳出版社,1996 年,第 63—64 页。

② 舒群:《无国籍的人们》,《战地》,第 237—238 页。

　　这段出现在小说开篇的对话确定了文本中"我"与穆果夫宁的"朋友"关系,而"我"与这个素昧平生的白俄之所以能成为"旧友",原因在于他那悲哀的歌声常使"我"记起"一些悲哀的回忆"。当我们继续读下去,会看到监狱看守对穆果夫宁的妻子,那因做私娼而入狱的白俄女人的种族歧视与人格侮辱,更为关键的是,这个白俄女人的丈夫穆果夫宁对苏联有着刻骨的仇恨,是个不折不扣的反动分子。于是,面对小说中的这些叙述,我们会惊讶于主人公"我"的这些"悲哀的回忆"的力量:它穿透了人们惯常的对其盗窃犯身份以及异族种族特征的双重歧视,甚至超越了阶级斗争的对立关系,直达彼此心灵的契合。那么,这些"悲哀的记忆"是什么呢?要回答这一问题,我们有必要回到穆果夫宁的歌声:

　　　　白云下,有我的祖国,我的家。
　　　　风雨中,有我的一颗心,有我的一朵花。
　　　　花落了,心伤了,在这天涯。①

　　这是一首白俄悲叹自己失去祖国的流亡之歌。而《无国籍的人们》的创作大致处于 1936 年 5 月至 1937 年"七七"事变这段时间,此时正值日寇全面侵华的危急时刻,举国上下抗日救亡热情高涨。而舒群的东北流亡作家的身份,使他更加真切地感受到了失去家园的流离之苦,那对故乡的想念、对自身命运的哀恸构成了他最挥之不去的"悲哀的回忆"。由此,我们或许可以发现,革命作家"我"与白俄盗窃犯穆果夫宁之所以能成为"朋友",正是因为那"同是天涯沦落人"的同情之感。如果这样一种论断合理,我们要

① 舒群:《无国籍的人们》,《战地》,第 239 页。

深入追问的是，这一乡愁激发下的"同情"之写作如何达成？

　　或许在一个比较的视野中，我们会更加清晰地识辨蕴藏在"同情"之中的政治及其与之相关的写作。1936 年 5 月，舒群在《文学》第 6 卷第 5 期上发表了小说《没有祖国的孩子》，这部作品与《无国籍的人们》标题相似，主题相近，主要人物都叫果里，二者堪称姊妹篇。通过《没有祖国的孩子》，舒群对果里流亡者的命运给予了深切同情，而且因为跳出了"浅薄的民族主义的陷阱"，这种"同情"获得了"国际主义的内容"，被左翼文坛褒扬为优秀的无产阶级革命叙事[①]。毋庸多言，朝鲜是一个举世公认的殖民地，因而对朝鲜流亡者的同情与支持不仅具有无可争辩的正当性，而且正是国际无产阶级革命的重要组成部分。与此截然不同，白俄失去的俄罗斯非但没有被异族奴役，相反正是世界工人阶级的祖国以及国际无产阶级革命的中心，因而白俄任何旨在复国之举都是反革命的罪行。那么作为党的革命作家，舒群怎么会逾越"不准同情"的话语规范，鼓吹对白俄的"同情"呢？这个答案还需在小说文本中寻找。

　　在《无国籍的人们》中，果里和力士是两个白俄孩子，他们是兄弟俩，一个十五岁，一个十三岁，他们自上海离家出走，坐船想要回到"祖国"苏联，但因无钱买船票而被投入监狱，并与同囚一室的叙述人"我""做了很好的朋友"。在小说结尾，这两个孩子终于"被释放又走上自己的旅程"，而穆果夫宁则"被掮到墓地里去"。细读文本，同为白俄的穆果夫宁与果里和力士构成了一组完全相反的人物谱系：

　　　　　穆果夫宁（反）　　　　　　　果里和力士（正）

[①] 参见梅雨：《创作月评》，《文学界》第 1 卷第 1 期，1936 年 6 月 10 日。

老去（未老先衰）	年幼
不洁（犯罪）	纯洁
反苏	憧憬苏联
顽固	变革（妈妈还不愿意回国）
流亡	回国
死亡	成长
没落	新生

在这样的人物与情节设置中，穆果夫宁是顽固的反面典型，他以自己的苦难生活揭示出流亡的痛苦，并最终用死亡树立了"此路不通"的警示牌。与之相反，果里和力士则告诉人们，流亡白俄若想彻底改变自己落拓异国的悲惨命运，只有回到祖国——苏联的怀抱。通过这一设置，小说完成了一个左翼文学中常见的"奔向苏联"的革命叙事。

　　然而，饶是用心的舒群尽管努力地将自己独特而沉痛的乡愁与左翼文学白俄叙事的话语规范缝合起来，但那几乎难以遏制的"同情"仍与之相抵牾。首先，同情的对象竟然包括顽固反动的穆果夫宁，这显然有越界之嫌。其次，左翼文学"奔向苏联"的叙事模式是一种去国家化的阶级叙事，通常包含着"成为一个工人"的阶级认同，但在舒群这里，果里和力士并没有阶级觉悟，他们回国的真正动机只是"回家"——回到一个能得到庇护的温暖怀抱中。其实，不论穆果夫宁还是果里和力士，他们在精神上都是无家可归的"孩子"，而最让"我"感佩的是果里和力士坚忍顽强、不畏强暴的反抗精神。值得注意与对比的是，在此前上海左翼文学的白俄叙事中，从未出现过如此刚猛有力的反抗精神。而这一发现并赞赏反抗精神的叙述似乎只有在民族救亡的视域中才能得到更好的解释——这是东北流亡作家舒群"抗日反满"战斗精神的投射。总而言之，"借他人酒杯，浇心中块垒"，这篇小说实质上仍是一个救亡图存的民族国家叙事，虽然它采用了一个"国际无产阶级革命"的叙事外壳。

不仅如此，这种厕身于民族与阶级话语间隙之中的微妙姿态，在萧军的笔下表现得更为直接和明显。有趣的是，萧军1935年发表的小说《羊》在情节上与《无国籍的人们》有着惊人的相似。《羊》中的主人公"我"也是在青岛监狱中坐牢，也有一对从上海坐船要回苏联的白俄孩子，他们也是因为没有船票而被投入监狱，他们甚至与果里兄弟一样，都带着一块敝帚自珍的面包住到牢里，而小说叙述中监狱窗外的那群羊则恰巧是舒群在坐牢时那座监狱特有的风景[①]，考虑到萧军并没有在青岛坐牢的经历，因而《羊》的故事原型很可能来自好友舒群的讲述。

区别于重在表现流亡白俄命运的《无国籍的人们》，《羊》的主旨是通过"我"的监狱生活展现革命者的斗争精神。在小说中，"我"不仅对两个白俄孩子——阿列和郭列表示了充分的同情，还担负起革命教导的重任，而两个白俄孩子"奔向苏联"的自由之旅促使"我的思想开始了困兽一样的复苏"，决心告别"羊一样的忍耐"[②]。因而，这部曾被左翼批评家称之为"牢狱小说"[③]的作品完全是一次左翼文学脉络中的革命写作。然而，萧军在交代两个白俄孩子的归国动机时，却表露出自己作为东北流亡作家独特的问题意识。比起果里兄弟"没有家"的解释，阿列兄弟的回国动机似乎

[①] 参见董兴泉：《舒群年谱》，《舒群研究资料》，第18页。

[②] 萧军：《羊》，《文学》第5卷第4号，1935年10月1日。

[③] 参见立波（周立波）：《一九三五年中国文坛的回顾》，《读书生活》第3卷第5期，1936年1月10日。

更容易让读者相信。这两个来自上海的孩子在过节时喝醉了酒，不小心打碎了一家商店的玻璃，父母不愿意包赔，两人就因此被关了一天一夜，这直接引发了两人"奔向苏联"的行为。在今天看来，这不过是两个孩子的负气出走，但是萧军却给予其摆脱异族奴役，奔向民族解放的深情解读：

> 我们是有国的啊！为什么谁都要管！谁都要管！到那里去，那里都管……在上海，法国人也管，到这里……中国人也管。……
>
> ……
>
> 我们的国，在电影上我们看过……也没有外国人管辖……什么外国人也不敢在那里管我们。①

由此可见，白俄孩子想要回国并非因为阶级压迫，而是民族苦难，这是一种失去了祖国庇护的流亡者的痛苦。而在菀尔的《"祖国"》中，主人公遮司基也有一番对白俄"二等公民"地位的血泪控诉，但其指向的斗争对象却是剥削阶级——中国的、外国的、白俄的有钱人②。因而，与舒群一样，透过对流亡白俄的同情，萧军在小说中书写了一个流亡者失去故乡的痛苦记忆。

三、"一只被灾荒迫出乡土的乌鸦"

1936年6月，曹聚仁曾在《社会日报》的"社论"中指出，那

---

① 萧军：《羊》，《文学》第5卷第4号，1935年10月1日。
② 参见菀尔：《"祖国"》，《大众文艺》第2卷第3期，1930年3月1日。

些流亡北平的东北人"其命运并无以异于皇皇如丧家之犬的犹太人"，而北平招租住户门上那写有"东北人莫问"字样的招贴字条更是让东北同胞心寒齿冷①。1937 年 8 月，东北流亡作家罗烽在上海出版了自己第一部短篇小说集《呼兰河边》，集中收录了《呼兰河边》《考索夫的发》等十三篇小说。针对当时华北等地驱逐东北人出境的噪音，以及某些上海作家对东北作家的歧视，罗烽在小说集的后记中用愤怒的口吻解释了自己的创作缘起："我不过是一只被灾荒迫出乡土的乌鸦……用我粗躁、刺耳的嗓门，把我几年来积闷的痛苦倾泻出来就算完事。我绝未敢有落在鸟语花香的游园里，同黄莺儿一争短长的奢想。"②1947 年，这部小说集中包括《考索夫的发》在内的十篇小说又被收入到了《故乡集》，在《故乡集》的后记里，罗烽仍对当年文坛内外对于东北的漠视耿耿于怀："十二年前在'抗日有罪'的上海，我曾写了些有关故乡的文章。"③罗峰的这些表述，提示我们注意两个问题：第一，这些小说是作家对于已经沦陷的故乡的回忆；第二，之所以要写出这些回忆，是要反击那些清客文人对国家苦难无耻的遮蔽与遗忘，以及个别"道学先生"对东北流亡作家笔下故乡苦难的责难。在罗烽看来，作为一位东北流亡作家，义不容辞的责任就是在这充满迷醉、冷漠和遗忘的中国社会中做一只报丧的乌鸦，大声鸣叫东北人民的苦难与抗争。而在罗烽的故乡书写中，小说《考索夫的发》是个非常独特的片段，它不仅以白俄为主人公，而且还是中国现代文学史上第一部描写中俄混血儿的小说，同时也是第一部讲述白俄以及中俄混血

---

① 参见曹聚仁：《东北是"他们"的》，《社会日报》1936 年 6 月 28 日，第 1 版。
② 罗烽：《〈呼兰河边〉后记》，上海：北新书局，1937 年，第 3 页。
③ 罗烽：《〈故乡集〉后记》，上海：光华书局，1947 年，第 1 页。

儿"抗日反满"的小说。罗烽为何要写作这样一部小说,个中原委值得我们仔细探讨。

如前所述,对待苏联的政治态度,是判定"白俄"的核心标准。在此意义上,中国籍的考索夫曾经是一个名副其实的"白俄"。1932 年,"我"的这位邻居和朋友出现在欢迎日军进占哈尔滨的队伍中,他和其他白俄一起高喊着"日本皇军万岁""俄罗斯精神不死"的口号,拥护日伪统治,沉浸于白俄的复国迷梦。此时的考索夫像一个斗士,可在日本人到来之前,他不过是一个经常受到邻居善意嘲弄的自卑的大男孩。而邻居们之所以明知故问地问"你是哪国人",原因在于考索夫是一个"两合水"的混血儿,其母是俄国人,其父则是位忠厚老实的中国木匠。考索夫有一个典型的中国名字"杨继先",而比搭配着俄罗斯人面孔的中国名字更有中国特征的是他的一头黑发,也正是这一头黑发构成了考索夫国家认同的难题:他自认为是个白俄,却因这头黑发而"害臊"和"愤懑"。为了发泄这种耻辱和愤懑,他剃光了头发,希望以此告别自己身上的中国印记,与此相关联的一系列举动还包括对"杨继先"这一中国名字表示不满,拒绝承认中国国籍,拒绝进中国学校,甚至辱骂自己的父亲为"中国猪"。

自从日本人来了以后,"再也没有哪个大胆的中国人敢问考索夫:'你是哪国人'?"他认为自己已经抛开了那个令他感觉耻辱的问题,对日本人的依赖点燃了他堂堂正正做白俄的梦想。然而正如中国籍意大利人万斯白所回忆的那样,这些向日本人高呼"万岁"的白俄为他们的背叛和谄媚付出了代价,日本人用掠夺、驱逐、强暴和杀戮回报了白俄们的拥戴①。日本人赐予"美男子考索夫"

---

① 参见万斯白(Amleto Vespa)著,文缘社译:《日本在华的间谍活动》,上海:文缘出版社,1939 年,第 21—22 页。

的回报是兽行中的极致——轮奸,而被他辱骂为"中国猪"的父亲因向日本人讨说法而被关进日本宪兵队,从此再也没能回来。考索夫在愤恨中又一次剪掉了一头黑发,以此摒弃这一与日本人共同的身体特征,并且杀了那两个轮奸他的日本人作为复仇。在小说的最后,死囚"杨继先"在监狱里拒绝剪发,因为"它是我父亲的遗物,我要把它带到坟墓里……还给我亲爱的父亲"。临刑前,杨继先(考索夫)将自己的一绺黑头发托因"叛国罪"而入狱的"我"转交给他的母亲,以此"纪念死去的父亲"①。

在《考索夫的发》开篇,罗烽用"你是哪国人"这个困扰考索夫的身份认同问题展开追问,结尾用一绺黑头发表明这个混血儿的认同在中国。如果对这部小说进行主题学的分析,它实际上是一个"寻找父亲"的故事,也是一个"回家"的故事。于是,当考索夫为了自己的中国父亲而反抗日本侵略者的暴行时,他不仅承认了父子关系,更认同了自己的祖国是中国。而由此,小说也完成了一个"抗日反满"的革命叙事。但是,考索夫作为一名白俄,真的会如罗烽小说文本所描绘的那样,那么愿意或者说那么容易就认同自己是一个中国人吗?

曾经长期侨居哈尔滨的著名白俄作家涅斯梅洛夫对中国的白俄身份认同问题有过深入的思考。据李萌介绍,涅斯梅洛夫在中国东北乡间旅行时曾遇到过一个有俄罗斯血统的小男孩,或许自小被拐卖而来,小男孩完全不会讲俄语,是一个地地道道的"白皮肤"的中国孩子。而正是在这个知道自己与众不同,但却不知道自己为何会生活在与众不同之中的俄罗斯男孩身上,涅斯梅洛夫看到了一代俄罗斯流亡者的命运,并由此写了《老毛子》一诗。不仅

---

① 罗烽:《考索夫的发》,《中流》第 1 卷第 9 期,1937 年 1 月 15 日。

如此,这种身份认同的悲剧始终让涅斯梅洛夫难以释怀,一个半月之后他又写作了同名短篇小说《老毛子》①。小说中,俄罗斯小男孩有了自己的中国名字"王新德",但他却总在梦里听见一个俄国词"谢辽沙",这个梦境中的呼唤如同一根来自祖国的引线,让他一点点地找到了自己的俄国认同②。值得注意的是,在《老毛子》这部小说中,"王新德"建构自己的国家民族认同,依靠的正是语言这个事实上的"特殊的连带"(particular solidarities)③。由此,"涅斯梅洛夫完全准确地分析了由于国内的混乱造成留在中国的俄侨孩子们民族文化的认同性"④。的确,对于失去祖国的白俄知识精英而言,坚守俄罗斯的语言与文化不仅是维系白俄社群存在的精神纽带,而且也是他们引以为傲的俄罗斯文化正统性之体现,正如梅列日科夫斯基所言:"我们不是流亡者,而是使者。"⑤

　　通过比较可见,"王新德"的身份认同是文化叙事,而"考索夫"的则是身体叙事。另据文本提供的信息,考索夫以俄语为母语,在"俄国教堂学校"读书,整日与白俄为伍,就文化认同而言,考索夫显然更像一个俄国人。而当我们回到历史语境,可以发现,

① 涅斯梅洛夫这两篇均以《老毛子》为题的诗歌和短篇小说先后发表于1940年第24期和第30期《边界》杂志。参见[俄]阿·扎比雅卡著,高春雨译:《阿·涅斯梅洛夫作品中的"儿童主题"》,《俄罗斯文艺》2012年第1期。

② 参见李萌:《缺失的一环——在华俄国侨民文学》,第197页。有关《老毛子》一诗及同名小说的分析也可参见[俄]弗·阿格诺索夫著,刘文飞、陈方译:《俄罗斯侨民文学史》,第387页。

③ 参见[美]本尼迪克特·安德森著,吴叡人译:《想象的共同体——民族主义的起源与散布》(增订本),上海:上海人民出版社,2011年,第125页。

④ [俄]阿·扎比雅卡著,高春雨译:《阿·涅斯梅洛夫作品中的"儿童主题"》,《俄罗斯文艺》2012年第1期。

⑤ [俄]弗·阿格诺索夫著,刘文飞、陈方译:《俄罗斯侨民文学史》,第6页。

罗烽小说中对于考索夫教育与生活背景的叙述恰恰真实地反映了当时哈尔滨"归化"俄人及中俄混血儿的国家认同状况。

在英国学者盖尔纳看来，民族主义观念的塑造需要依靠学校教育的帮助，形成一套可以在社会中广泛散播、使社会成员达成彼此沟通的语言机制①。这也即是说，所谓"祖国观念"突出体现在以国语为主要标志的国民教育系统当中。然而，至少在20世纪20年代初，"哈埠之学务非特与内地各处比较固为幼稚时代，即与本埠之俄人较亦相形见绌"②。具体而言，当时哈尔滨的国民教育水平比之于日俄侨民教育相对低下，对此，曾有论者疾呼哈尔滨的教育状况是任凭"文化侵略类痴盲"："该地儿童之上学者，寥寥无几，即有上学者，亦以入日俄设立者为多。"③哈尔滨华人的教育状况尚且如此，归化白俄之国民教育就更显薄弱，"往往父为华籍，而子仍入俄侨学校，名为华人，不识华文，且与华人仍然隔膜，此与准其归化之本旨殊谬"④。而即使在1926年中国政府成立哈尔滨特别市，真正完整行使主权之后，这座城市仍以俄国文化为尊，此种状况曾让有识之士颇为忧虑：

> ……在哈之华人，多半趋向俄化，服用衣食，悉以俄式为准则，一般之娶有俄妇者，对于家庭间一切设备，以及起居饮

---

① 参见［英］厄尔斯特·盖尔纳著，韩红译：《民族与民族主义》，北京：中央编译出版社，2002年，第75页。

② 殷仙峰编辑：《哈尔滨指南》，哈尔滨：东陲商报馆，1922年，"学务"第1页。

③ 云聆：《提起哈城泪不干》，《申报·自由谈》1928年12月2日，第21版。另有资料显示，20世纪30年代初哈尔滨由东省特区设立的小学为11所，在校生有2135人，而白俄小学为60所，在校生有6500人。参见王正雄编：《东北的社会组织》，第91页。

④ 参见《东省特别区教育现状》，《申报》1930年2月27日，第11版。

食,大都悉依俄式;且此类华人,对于祖国之语言文字,反甚隔膜,其华文程度,不及国民小学之学生者,甚多甚多;反观在哈俄人则不然,虽有居留哈埠达二三十年者,能操华语及服用中国衣食者,几如凤毛麟角,亦从未见嫁华人之俄妇服中国服者,即此可见多半华人,已被俄人同化,此辈对于祖国观念,势必日益薄弱,不知国人何法以挽颓风也? ①

20 世纪 30 年代的历史语境及"生活事实"表明,通过文化来争夺考索夫的国家认同几乎是一个难以完成的任务,因而,罗烽在讲述考索夫的故事时不得不转而求助于"自然而然"的身体与血缘的力量。当然,与血缘密切相关的是父慈子孝的家族伦理,而这种自明性的身体与伦理叙事的深层结构,是那蕴含在"自然的连带关系"中的某些不容选择的东西所生发出的"有机的共同体之美(the beauty of gemeinschaft)"②。然而,这位曾经以自己的黑头发为耻辱,将自己认同为白俄的考索夫,又是如何发现自己是中国人的呢? 在罗烽的叙述中,这原因只有一个,是罪恶的日本人用兽行把考索夫推回到了中国一边。值得注意的是,小说中的考索夫本是男人,如果考虑其参加白俄复国运动时所表现出的狂热以及复

---

① 项致远:《哈尔滨最近人口统计与居民生活之状况》,《心声月刊》第 1 卷第 1 期,1930 年 1 月。

② "gemeinschaft"为德语,意为"共同体",德国社会学家斐迪南·腾迪斯(F. Tonnis, 1855—1936)在《共同体与社会》一书中首次将 gemeinschaft 用于社会学,指建立在自然关系(家族、宗教)基础之上的群体。这一语词后来也被安德森使用。参见[德]斐迪南·腾尼斯著,林荣远译:《共同体与社会——纯粹社会学的基本概念》,北京:商务印书馆,1999 年;[美]本尼迪克特·安德森著,吴叡人译:《想象的共同体——民族主义的起源与散布》(增订本),第 138 页。

仇时的勇敢,他还应该是个热血男儿,然而,就叙事功能而言,他却等同于一个被强暴的女人。而事实上,这种强暴叙事也只有在民族主义视域中才能得到更好的解释。在民族主义话语体系中,一个国家或民族若是被女性化,能够更容易生长出这个民族所需的纯洁性,因而,当一个中国女性遭受异国或异族男人的凌辱,这就是整个中华民族最大的耻辱,必将激起最激烈的反抗 ①。

　　综上所述,从罗烽的叙述脉络中可以提炼出两个核心概念。一是"转向",通过白俄考索夫的转向,文本靠近了左翼文学白俄叙事中改造白俄的模式,然而这种"靠近"而非"契合"的姿态正展露出罗烽东北流亡作家的身位:转向的目的地不是苏联而是中国,转向的动机不是获得无产阶级意识而是反抗暴日的罪行。与之密切相连的第二个要点是"代表",就哈尔滨独特的历史经验和高度融合的国际性而言,考索夫/杨继先以他中俄混血儿的特殊身份突出代表了这座多元共生的国际都市,而考索夫的"中国出生"、中国父亲、中国国籍,再加上最为关键的转向后的中国认同,这些中国印记赋予了这种代表的合法性,也就是说,他能够代表沦陷了的哈尔滨,能够代表中国。因而,他的苦难才是整个中国的苦难,他的抗争才是整个中国的抗争。然而,在上述的"转向"与"代表"过程中,作为个体的考索夫的身份认同问题被抗日反满的革命话语遮蔽并替代;而以更深的理论层面视之,在这一遮蔽与替代的背后是一个东北流亡作家的无奈与失语,换言之,除了血缘,还有什么可以为罗烽笔下的东北人提供可靠的国家认同? 在此意义上,白俄考索夫是一个关于民族国家的隐喻,然而考索夫本人却消失在这个隐喻之中。

---

① 参见陈顺馨:《强暴、战争与民族主义》,《读书》1999 年第 3 期。

四、"俄罗斯式的家屋"

综观中国普罗(左翼)文学中的白俄叙事,可以发现这些作品普遍缺乏对白俄之"家"的细致描写。在《丽莎的哀怨》中,我们仅知道丽莎在上海的家中有一张尼古拉大帝的画像,而在菀尔的《"祖国"》中,白俄主人公遮斯基在北京的小家也只不过是对中国小资产阶级家庭的复制,丝毫不见俄国色彩:"四壁糊上一些花纸,把旧的写字柜,梳妆台擦得新的一般光泽。圆桌子上铺了一条自己绣花的洁白台布,中央放上去一瓶鲜花。"[1]

1936 年初,流亡上海的萧红创作了一篇白俄题材的小说《访问》,通过叙述与朋友的白俄女房东——"旧俄时代一个将军的女儿"的一次不期而遇和短暂交流,一个傲慢、困窘、善良而又顽固的白俄妇人形象跃然纸上。而在小说开篇就有如此的家宅描绘:

> 这是寒带的,俄罗斯式的家屋:房身的一半是埋在地下,从外面看去,窗子几乎与地平线接近着。门厅是突出来的,和一个方形的亭子似的与房子接连着,门厅的外部,用毛草和麻布给它穿起了衣裳,就这样,门扇的边沿仍是挂着白色的霜雪。
>
> 只要你一踏进这家屋去,你立刻就会相信这是夏季,或者在你的感觉里面会出现一个比夏季更舒适的另外的一个季节。……阳光在沙发上跳跃着,大火炉上,水壶的盖子为了水的滚煮的原故,克答克答的在响,窗台的花盆里生着绿色的毛

---

[1] 菀尔:《"祖国"》,《大众文艺》第 2 卷第 3 期,1930 年 3 月 1 日。

绒草。总之，使人立刻就会放弃了对于冬季的怨恨和怕惧。①

上引的家宅描写中，有视觉、听觉、身体的总体感觉，甚至还有心理感觉。而当黑暗使"我"无法分辨这座"俄罗斯式的家屋"的门牌号码时，"我"竟然记得这座房子外观上一个独一无二的小细节——"门厅旁边嵌着的那块小玻璃"。那么在一部叙事作品中，一个被作者如此细致入微地描绘的家宅到底有什么意义呢？它仅仅是一种普通的环境描写吗？

在狄更斯的《远大前程》中，律师事务所办事员文米克小小的家被作家描写得淋漓尽致，这里有一步就能跨过的护城河、两尺长的吊桥以及每天准时响起的炮声，这座"城堡"就像一块涵养精神生态的湿地，它把连吃饼干都像把信件投入邮筒般机械僵硬的办事员文米克重新变回了善良活泼的城堡主人。而在法国现象学家巴什拉看来，"家宅庇护着梦想，家宅保护着梦想者，家宅让我们能够在安详中做梦"，而就哲学根基而言，家宅的梦想原则奠基于关乎哲学合法性的前提——"人的存在（l'être humain）被置于一种幸福之中，和存在有着原始联系的幸福之中"。值得注意的是，巴什拉虽然认为所有的家宅都具有安顿回忆的能力，但他同时指出，比之于"公寓"，那种有地窖、阁楼、角落和走廊，具有"垂直感"的"房子"能够更好地刻画"我们的回忆所具有的藏身处"，并将以熟悉的味道、细腻的色彩和独特的感觉为我们开启记忆与梦想之门②。而在萧红笔下的"俄罗斯式的家屋"那里，我们似乎看到了这

---

① 悄吟（萧红）：《访问》，《桥》，上海：文化生活出版社，1936年11月，第57页。原载《海燕》元月号，1936年1月20日，署名萧红。

② 参见［法］加斯东·巴什拉著，张逸婧译：《空间的诗学》，上海：上海译文出版社，2009年，第4—13页。

种"房子"的影子。对于流亡者萧红而言,这样的"房子"无疑寄
托了她安顿身心的梦想,不过它首先收纳的是白俄女房东的回忆。
正如王统照在1931年的观察,哈埠白俄不仅商业力量雄厚,而且
因为"欧战前这里就是俄人的留居地","饮食,居住,社交,游戏的
趣味,还是他们旧有的典型",所以在哈白俄自有一种特别的归属
感 ①,而这与上海白俄的难民心态截然不同。因而,萧红细致而深
入地描写家宅,首先意味着对白俄居住者的承认与尊重,进而意味
着走近和了解白俄居住者生存境遇的善意与耐心,而这种态度在
"我"进入家屋后的"访问"中,表现得更为明显。

而与冯乃超的小说《断片——从一个白俄老婆子说起》对于
主人公话语的严格管控形成鲜明反差的是,在萧红的《访问》中,
叙述人"我"是一个有礼貌的来客,以略带好奇但不失尊重的目光
打量着这位白俄女房东,倾听着她那以怀旧为主题的唠叨。她给
"我"阅读感人的俄罗斯恋爱故事,向"我"展示当年俄国流行的舞
步,大谈自己帝俄时代的光辉岁月,对中国饼干、非洲种小狗表示
失望,甚至偏执地拉上窗帘,惊叫"这不是俄罗斯的星光,请不要照
我"。而面对她这种冥顽不化的反动态度,"我"并没有放弃批判的
立场。这位俄国妇人在十九年前流亡到哈尔滨,那时她才二十二
岁,新婚不久,如今她将房子仅有的两个卧室出租,自己蜗居在厨
房里,依靠教人做花边——这些帝俄时代流行的时尚——来补贴
家用。这个厨房不仅狭小局促,而且鲜有来客,在这里甚至找不到
第二只茶杯,她孤独地生活在用花边、小说、舞步等等比她还要老
的"旧物"编织起来的帝俄回忆中。然而,在"我"冷静的注视中,
这些"回忆"显露出了没落、虚妄、可怜的真相。她视若珍宝的那

---

① 参见王统照:《北国之春》,《王统照文集》第5卷,第101页。

些花边在"我"看来陈旧不洁，"一点儿也不出色"，它们就像她这个人一样属于老旧时代，早已无人问津。当她展示完旧日流行的舞步之后，"我"看到她那好像"刚刚恢复了的青春"又从她身上滑了下去，而当"她说到'宫廷'，说到'尼古拉'"以及其他"华贵的事物"时，那种似乎"要在空中去怀抱她所讲的一切"的姿态更让人看了悲从中来。于是，萧红通过平静谦和的笔触讲述了一个棱角分明的革命叙事。对于"她"的没落与孤独，"我"愿意倾听和理解，但并不同情，更不煽情。"我"和"她"有着截然不同的政治立场与价值判断，两人来自不同的世界，也必将走向殊途："于是我们说着再见。我向街道走去，她却关了门。"

　　在萧红笔下的这次"访问"中，还有一个细节值得注意。那就是"我"与这位白俄老太太稍一接触，马上就发现她是个犹太人——"她的头发虽然卷曲而是黑色，只有犹太人是这样的头发；同时她的大耳环也和犹太人的耳环一样，大而且沉重。"回顾此前普罗和左翼文学的白俄叙事，所谓"白俄"大多只是作为政治和流亡的符号而被笼统识别，并未顾及其内部复杂的民族构成，因而《访问》中如此细致入微的白俄身份识别描写实属少见[①]。事实上，白俄群体内部有着一套由民族、阶层、地域等因素构成的复杂身

---

① 在 1935 年日本当局旨在吸引西方犹太资金的"河豚鱼计划"实施之前，在华犹太人基本上来自俄罗斯（苏联），他们为逃避俄罗斯国内的反犹主义和革命战乱而逃往中国的哈尔滨和上海等地，因而中国百姓乃至官方大多视犹太人为"白俄"，以区别于苏联人。以上海为例，直到 1937 年"上海市政委员会"（ShangHai Municipal Council，又译"工部局"）才正式承认"犹太人是一个完全不同的社会团体，在俄罗斯白人的保护下活动"。参见［美］瑞娜·克拉斯诺著，王一凡译：《永远的异乡客——战时上海的一个犹太家族》，上海：上海三联书店，2007 年，第 7—9 页。

份识别体系,那些在俄国本土出生者甚至还轻视在中国出生者①。
而这种对白俄群体非常精细的区分在萧红另一篇白俄题材的散文
《索菲亚的愁苦》中表现得更为明显。

"索菲亚是我的俄文教师"②,她来自一个"十月革命"前就迁移
到哈尔滨的老俄侨家庭,而在"十月革命"以后,这些老俄侨总是开
口闭口地咒骂"穷党"——"北方人俗称'布尔塞维克'的名字"③,
就此而言索菲亚也可算是一个"白俄"。在《索菲亚的愁苦》中,萧红
抓住了一个在华白俄最为纠结的,也是关乎社会正义的问题:如何
看待贫穷。正如散文开篇所言,很多旧日里叫骂"穷党"的沙俄时代
俄侨,如今自己成了另一层意义上的"穷党",即沦落社会底层的穷
人,正遭受着贫穷的痛苦和权力的压迫。在与索菲亚的深层交往中,
"我"逐渐了解了她的"愁苦",也就是由贫穷而引发的身份认同危机。

索菲亚的父亲是马车夫,本是高加索人,原本就处在沙俄民族
统治结构的底层,"从前是'穷党',现在还是'穷党'"。在一个雪
天,索菲亚在路上摔了跤,受到了"从前安得来夫将军的儿子"的
侮辱,对方骂她是"穷党",而索菲亚的回骂更加尖刻,让对方立刻
收声:"骂谁穷党! 你爸爸的骨头都被'穷党'的煤油烧掉了。"正
是这种来自白俄内部的阶级矛盾,让索菲亚看清了"穷党"的意义:
"那些沙皇的子孙们,那些流氓们才是真真的'穷党'。"④ "病好了

---

① 参见［美］杜夫曼著,雪蟄译:《远东白俄概述》,《黑白半月刊》第 3 卷第 8
期,1935 年 4 月 30 日。
② 在哈尔滨,萧红、萧军曾请一位名为佛民娜的俄侨姑娘教授俄语,这位佛民
娜老师就是"索菲亚"的原型。参见萧军:《萧红书简辑存注释录·第十四
信》,《萧军全集》第 9 卷,第 238 页。
③ 瞿秋白:《新俄国游记》,第 65 页。
④ 悄吟(萧红):《索菲亚的愁苦》,《桥》,第 79 页。

我回国的。工作，我不怕，人是要工作的"，在散文结尾，索菲亚决心回到苏联工作。而在当时的哈尔滨，索菲亚的选择和遭遇其实是很多白俄的真实经历。经过多年漂泊，再加上身边苏侨的影响，很多哈尔滨白俄"很乐意到苏联去工作"，但因为白俄事务管理局控制着护照的发放，其中不仅存在权钱交易——"要护照就得付钱"，而且还对赴苏人员"多方留难"①，这自然就使得索菲亚这样的"穷党"难以获得"回国证"②。而通过对"穷党"问题的思考，我们可以发现，索菲亚的身份认同危机及其最后的抉择不是空降自革命启蒙，而是自然生发于其真实的生存处境。

　　细读《访问》与《索菲亚的愁苦》，两者讲述的都是"回家"的故事，字里行间浸透着萧红对故乡的回忆，而这"回家的故事"又隐含着左翼文学中常见的揭露顽固白俄的没落，以及改造白俄，使其"成为一个工人"和"奔向苏联"的叙事模式。如果回到历史语境，左翼文学的这一革命话语颇具历史合理性。面对数以十万计

---

① 参见［美］耶斯金著，符宾译：《十九年后——一个美籍俄国商人的东方游记》（二），《生活星期刊》第 1 卷第 14 号，1936 年 9 月 6 日。

② 另据卡南教授的研究，1933 年 12 月，流亡中国东北的著名白俄反动领导人基斯利钦将军在日本人赞助下成立俄国移民事务局，这一组织随后成为"满洲国"的正式政府机构，用来控制在"满洲"的俄国人。所有成年白俄人都必须在满洲俄国移民事务局注册，以此作为取得身份证明、居民许可、就业证和旅行文件的资格，而未注册的白俄不仅无法找到工作，其子女也无法接受教育。参见［以］丹·本－卡南著，尹铁超、孙晗译：《卡斯普事件——1932—1945 年发生在哈尔滨的文化与种族冲突》，哈尔滨：黑龙江人民出版社，2009 年，第 411—413 页。而 1935 年的一篇编译文章也曾指出，设立于哈尔滨的"'满洲国'白俄事务管理局"乃是"专为措置白俄事务与联络所有白俄侨民"而设立的机构，而"哈尔滨大多数的白俄对于以谢米诺夫之心腹去主持该局，似乎很觉愤懑"。参见宗汉译：《日本与谢米诺夫》，《世界知识》第 3 卷第 3 号，1935 年 10 月 16 日。

的白俄,简单僵化地执行"不准同情"的规范显然是左倾错误的表现,白俄中固然有不少堕落分子,但绝大多数为平民出身,他们颠沛流离的遭遇"自有其深长的社会、经济、政治的原因,决非白俄个人所能负责"①。而另一方面,对于那些反动白俄不加批判地一味同情与怜悯或许也是自作多情。1935 年 3 月,代表自由主义知识分子立场的《华年周刊》发表了一篇关于救济白俄妇女的评论,文章对于改造白俄问题的分析很有见地:

> 我们认为白俄的所以成为问题者,就因为"白俄"两个字。……白俄自己把一股子的气愤,尽移之于作对苏联的仇恨,他们痴心在期望罗门诺夫皇朝的重建,谢米诺夫的卷土重来;他们除了剥削为生外,根本就不想从事别的正当的生活;他们宁可做乞丐妓女,而不愿正正当当的出些力以换得自己的食粮,在这种场合之下,过分的怜悯不免太浪费了吧!②

因而,当萧红书写故乡记忆中的白俄时,问题的关键不在于其白俄叙事是否需要革命的光照,而在于如何自然顺畅地讲述革命的光照。1934 年夏天,流亡青岛的萧红曾经向鲁迅请教创作的革命性问题,她很担心自己的《生死场》在题材和主题上与彼时革命文学的主流是否合拍,对此鲁迅复信说:"不必问现在要什么,只要问自己能做什么。现在需要的是斗争的文学,如果作者是一个斗争者,那么,无论他写什么,写出来的东西一定是斗争的。"③正是鲁

---

① 参见《白俄的碰头》,《华年周刊》第 6 卷第 12 期,1937 年 4 月 5 日。
② 《白俄妇女的救济》,《华年周刊》第 4 卷第 11 期,1935 年 3 月 23 日。
③ 鲁迅:《鲁迅给萧军萧红信简注释录·第一信》,《萧军全集》第 9 卷,第 9 页。

迅的点拨让萧红进一步认清了属于自己的文学道路，那就是在争取思想革命化的同时，坚持书写自己熟悉的题材，把握自己真实的体验。具体到白俄叙事而言，萧红坚持在革命的语境中把握日常生活中真实的白俄，从而塑造了生动的白俄"个人"，同时也"革命性"地讲述了自己独特的故乡回忆。

小　结

萧义德在论述流亡知识分子时指出，作为人类"最悲惨的命运之一"，流亡给予知识分子的真正痛苦远不仅仅在于被迫离开家乡，而在于内心深处的"一种中间状态，既非完全与新环境合一，也未完全与旧环境分离，而是处于若即若离的困境，一方面怀乡而感伤，一方面又是巧妙的模仿者或秘密的流浪人"[1]。而本章更为深入的理论探讨则在于：通过白俄叙事，这些作为流亡者的东北作家展现了怎样的革命书写与故乡记忆？

综观上述东北流亡作家的白俄叙事，它们都讲述着左翼文学革命话语的规范与模式。不过革命话语既开启了讲述，也限制着讲述，在以阶级斗争和"反帝"为基调的左翼文坛，东北流亡作家的亡国痛楚难以直抒胸臆。因为经常游走在左翼文学话语规范的边缘，东北作家笔下的白俄叙事也曾招致左翼阵营的激烈批评[2]。

---

[1] 参见［美］爱德华·W.萨义德著，单德兴译：《知识分子论》，北京：生活·读书·新知三联书店，2002年，第44—45页。

[2] 1936年3月5号，罗烽在左翼文学杂志《夜莺》创刊号上发表了短篇小说《手提琴底乞讨者》，回忆一位哈尔滨街头的白俄乞丐。小说甫一发表，就有论者认为这篇小说和蒋光慈《丽莎的哀怨》一样，犯了同情白俄的错误。参见香草：《评〈夜莺〉创刊号》，《申报·书报春秋》1936年3月22日，"本埠增刊"第3版。

就此而言，萧红在给鲁迅的信中表露出的担心并非多余，这些流亡作家来自本土经验的写作与当时左翼文学运动的主流并不完全合拍，因而他们不得不成为左翼文坛中的"巧妙的模仿者"与"秘密的流浪人"，在革命话语的间隙隐秘地讲述故乡回忆。而作为一种隐秘讲述故乡的方法，他们的白俄叙事中不约而同地出现了"家"的隐喻。"回家"，是东北流亡作家所有梦想的根基，也是他们西西弗般的守望，而因为独特的历史机缘，"白俄"被安放到了东北流亡作家的家国叙事之中。

　　对于这些以哈尔滨为第二故乡的东北作家而言，他们生活在一座高度国际化的都市，成长于一片文化杂交的土地。这里没有纯洁的民族起源与历史记忆可以想象，甚至缺乏坚实的国民教育来塑造国家认同，而国民政府奉行的不抵抗政策将整个东北拱手让给日本人，这更使得如何做一个"中国人"成为沦陷后的东北人不得不面对的一个问题①。因而，这里正是那些在中国文坛上约定俗成的民族主义话语开始破碎之处。然而，日本的侵略带给这些东北作家国破家亡的命运，使得他们又不得不啼血讲述着抗日救亡的民族主义话语。这种独特的历史际遇显然构筑了他们思想上的复杂性与矛盾性，也给他们带来了关内左翼作家难以体会的压抑、痛苦与愤懑。而当他们流亡到上海，投身左翼文学无产阶级革命的国际主义话语之时，突然发现自己那些"悲哀的回忆"不得不婉转尘中，侧身前行。以上种种，似乎都注定了东北流亡作家笔下的故乡记忆是一次又一次艰难而隐秘的书写，同时也酝酿着突破与重塑现代民族－国家话语的可能性。

---

① 参见杜重远：《东北人不要忘记是中国人》，《狱中杂感》，上海：生活星期周刊社，1936 年，第 39—41 页。

第八章　牺牲*

　　1933 年 10 月，以"世界性"风格著称于中国文坛的青年作家巴金 [1]，完成了又一部以外国人——白俄为主人公的短篇小说《将军》，并在次年元旦发表于自己参与创刊的《文学季刊》，稍加修改之后，这篇小说又被收入 1934 年 8 月出版的同名短篇小说集中。如果考虑到巴金此前以《俄罗斯十女杰》和《复仇》集为代表的一系列外国主人公作品，特别是那些"成为一种完整意义上文学创作"的"域外小说" [2]，《将军》的问世似乎只是这一"外国故事"文学谱系波澜不惊的延续 [3]。或许正因为一直荫蔽在"域外小说"的丛林之中，《将军》长期以来并未受到巴金研究者的重视。然而，如果将这部小说放置于 20 世纪 20 年代末至 20 世纪 30 年代初普罗（左翼）文学白俄叙事的历史脉络当中，其独特价值与重要意义将

---

* 原载《四川大学学报》（哲学社会科学版）2018 年第 3 期，题为《从"域外小说"回归"中国叙事"——巴金短篇小说〈将军〉文本意义再审视》。

[1] 参见中国文艺年鉴社编辑：《一九三二年中国文坛鸟瞰》，《中国文艺年鉴：第一回（一九三二年）》，上海：现代书局，1933 年，第 17—18 页。

[2] 参见陈思和：《巴金的域外小说》，《文学自由谈》1992 年第 1 期。

[3] 1936 年初，曾有评论者指出，《将军》是一部"把眼光放过了国界"的"同情"之作，而此前"巴金先生有许多用外国故事来写的小说"的主题亦集中于此。参见自珍：《论巴金的短篇小说——兼论近日小说的特性与价值》，《国闻周报》第 13 卷第 11 期，1936 年 3 月 23 日。

会得以彰显。本章即以巴金的《将军》为研究对象,重审这一白俄叙事的建构过程,借此探讨巴金的思想形塑与文学转向,以及巴金与左翼文学的深层关系。

一、"域外小说"的积淀与瓶颈

检视彼时普罗(左翼)文学的白俄叙事,有一个值得注意的现象,那就是这些白俄主人公大都是贵族出身,他们曾经过着锦衣玉食的生活,如今却在流亡的沦落中面临着人生抉择。蒋光慈的《丽莎的哀怨》(1929)、钱杏邨的《那个罗索的女人》(1929)、冯乃超的《断片——从一个白俄老婆子说起》(1929)、殷夫的《音乐会的晚上》(1929)、菀尔的《"祖国"》(1930),以及丁玲的《诗人》(1932)等小说一概如此。如此的身份设置,固然可以彰显涤荡贵族阶级的革命伟力,但也给文本带来了某种模式化的叙事风险,甚至因为过度强调"制造敌人"的革命话语,从而压制了文本理应具有的复调性。

倘若放宽视野,可见如此的身份设置也并非普罗(左翼)文学的专利。比如在海派作家张若谷的笔下,想象并消费白俄咖啡侍女的贵族身份,正是其享受上海摩登生活的一种方式①。而擅写"异国情调"题材小说的青年作家靳以,也经常借助白俄主人公的贵族出身,营造浪漫而感伤的叙事氛围。这一"想象贵族"的叙事手法,原本旨在表现摩登与浪漫的都市文化,然而,很不幸的是,经过坊间无数跟风之作的拙劣模仿,这一手法很快就沦为"俗

① 参见罗汉(张若谷):《都会交响曲》(四),《申报·艺术界》1929年4月1日,"本埠增刊"第6版。

套"：或者借此抒发对于白俄显赫身世和"殒落"命运的慨叹与"悲悯"[1]，或者将其当作欣赏白俄妓女时的特殊"享受"[2]。而正因为赝品盛行，彼时中国文坛上的白俄叙事大幅贬值，甚至被一篇《申报》文章嘲讽为炮制"异国情调"的廉价原料[3]。

在此背景之下，巴金的《将军》可谓独树一帜。因为在这篇小说中，主人公费多·诺维科夫虽然自称"将军"，但其高贵的身份却是由"幻想"得来：他对于以往生活的反复讲述不仅来自"怀旧"的情感，更是源于虚假的编造。追溯起来，费多·诺维科夫本是除伯次奎将军（亲王）的卫兵，后因勇拦惊马救主有功而被提拔为中尉，他的妻子也不过是"一个小军官的女儿"，两人在彼得堡过着殷实但绝对谈不上富贵的日子，"不过偶尔喝着香槟"而已[4]。由此可见，通过诺维科夫这样一个来历清楚、乏善可陈的小人物，巴金的《将军》彻底摒弃了此类题材小说中常见的传奇性，进而跳脱了"制造敌人"或"想象贵族"的叙事窠臼，完成了一个相当扎实的白俄"普通人"的故事。

探究起来，《将军》之所以能够超越上述的叙事窠臼，首先离不开"域外小说"的文学积淀。值得注意的是，对于巴金而言，这些域外小说绝非旨在猎奇的"异国情调"，而是介入革命的特殊方式。正如有学者所论，早在 1927 年至 1928 年留法期间，"异域的新鲜感受、法国式的浪漫主义、国际化的左翼政治视野以及流行于欧洲的无政府主义思潮"，共同建构了巴金"带有国际主义倾向的

---

① 参见郭兰馨：《都市散记》，《申报·春秋》1933 年 5 月 15 日，第 16 版。
② 参见昌炤：《白色的没落》，《申报》1933 年 5 月 8 日，"本埠增刊"第 2 版。
③ 参见木郎：《"我们的"作家》，《申报》1933 年 12 月 11 日，"本埠增刊"第 3 版。
④ 余一（巴金）：《将军》，《文学季刊》第 1 卷第 1 期，1934 年 1 月 1 日。

文学视野"①。据说早年的巴金常以其敬爱的文学大师罗曼·罗兰（Romain Rolland）的一句名言自勉："国家太小，人类才是我们的主旨！"② 因而，当巴金带着人道主义关怀和国际主义视野，沿着"域外小说"的文学轨迹进入白俄叙事时，他的严肃与自信都展露无遗。

　　不过，仅凭于此，似乎还不足以保证《将军》的艺术成就。此前巴金的那些域外小说虽然写出了"生活背景的真实"和"作家主观情绪的真实"③，却也不自觉地将作家本人疏离于祖国和人民的"域外"。事实上，早在 1932 年 9 月，施蛰存就曾在其主编的《现代》杂志发表书评，针对巴金此类取材上的世界性／世界主义（Cosmopitanism）尖锐地指出："巴金先生要写人类的痛苦，却放过了自己（自己国人）切身所感到的痛苦，而只搬演了一些和国人痛痒不相关的故事，其动人的力量自然要蒙着一重阻碍。"归根结底，如此类乎"翻译"的"搬演"正暴露出巴金的取材"缺乏独到的体验与观察"④。两年之后，另一位评论者也批评巴金因为对于国内的现实"比较接近的少，而只得用外国地方作为故事发生发展底场所"，以致"削弱了作品的感动性质"⑤。1958 年，巴金在一篇自述文章中坦承，自己当年学习屠格涅夫（И. С. Тургенев），采用第一人称讲述"外国故事"的初衷，就是因为"讲故事"不仅"便于倾吐感

① 参见吴晓东：《巴黎情境与巴金的国际主义视景》，《读书》2013 年第 1 期。

② 参见 O. Brière, S. J. 著，简正译：《巴金：一位现代中国小说家——一个法国人的巴金论》，《万象》第 3 年第 5 期，1943 年 11 月 1 日。

③ 参见陈思和：《巴金的域外小说》，《文学自由谈》1992 年第 1 期。

④ 参见施蛰存：《〈复仇〉》，《现代》第 1 卷第 5 期，1932 年 9 月 1 日。按，该文未署名，此据巴金随后以致施蛰存公开信形式发表的回应文章推断。参见巴金：《作者的自剖》，《现代》第 1 卷第 6 期，1932 年 10 月 1 日。

⑤ 参见江蓠：《〈文学〉·〈化雪的日子〉》，《京报·诗剧文》1934 年 10 月 27 日，第 10 版。

情"，而且"用不着多少生活"①。显然，这一叙事手法规避／凸显了作家与现实生活的隔膜。

　　比之于此类"外国故事"的"搬演"，巴金以《灭亡》《新生》和《家》（《激流》之一）为代表的一系列"中国故事"显然更具原创性，它们为中国现代文学贡献了带有"激烈的'安那其'色彩的青少年革命知识者的系列群像"②。不过，这些"中国故事"重在革命事业的鼓吹或个人悲哀的倾诉③，但却缺乏艺术上的节制。纵有革命激情，亦难维持《家》（《激流》之一）那般的情感冲击力，以至于某些作品显得真诚有余而真实不足，甚至让读者产生一种读《圣经》般"可望而不可即的态度"④。

　　回到历史语境，凭借长篇小说《灭亡》和《家》的大获成功，年轻的巴金已经成为"五卅以后最主要的作家"之一，不过作为"无政府主义的信徒"，巴金"对革命的见解与左翼作家不同"⑤。出于无政府主义"排斥一切专政"的激进立场⑥，巴金反对包括苏维埃

---

① 参见巴金：《谈我的短篇小说》，《人民文学》1958 年第 6 期。

② 参见唐金海：《近百年文学大师论——兼论巴金在中国现当代文学上的原创性和杰出贡献》，《复旦学报》（社会科学版）2005 年第 5 期。

③ 参见巴金：《〈灭亡〉作者底自白》，《开明》第 22 期，1930 年 4 月 1 日。

④ 参见自珍：《论巴金的短篇小说》，《国闻周报》第 13 卷第 11 期，1936 年 3 月 23 日。

⑤ 参见李奎德：《现代中国文坛鸟瞰》，《细流》第 3 期，1934 年 7 月 15 日。按，作为学习西方革命传统的产物，广义的中国左翼文学，其作家主体应包括主张空想社会主义、科学社会主义和无政府主义者，巴金自然在内。参见张纯厚：《论西方左翼思想的三次高潮》，《文史哲》2014 年第 1 期。而狭义的中国左翼文学，特指围绕 1930 年 3 月成立的"左联"而形成的文学派别。参见王富仁：《关于左翼文学的几个问题》，《中国现代文学研究丛刊》2002 年第 1 期。本章使用中国左翼文学在狭义上的概念。

⑥ 参见芾甘（巴金）：《无政府主义的阶级性》，《民钟》第 16 期，1926 年 12 月 15 日。

专政在内的任何威权统治,而俄国"十月革命"后布尔什维克对
"无政府主义者及其他各派的社会主义者"的清洗更是激起了他的
愤怒①。不仅如此,对于当时追随苏联革命道路的中国共产党,巴金
也颇有误解②。因而,普罗(左翼)批评家对于这位成绩斐然的新兴
作家持有着相当严厉的批判态度。刚果伦就曾将巴金归入"资产
阶级文坛",斥责《灭亡》为"虚无主义的个人主义者的创作"③。钱
杏邨也认为巴金虽然"写作甚多",但却"并无新意"④。

　　而在彼时普罗(左翼)文学阵营对于巴金的尖锐批评中,胡风
的看法无疑最具学理的深度。在他看来,巴金的《罪与罚》和《海
底梦》这两部小说最大的缺点就是缺少"现实性",流于"人道主
义、安那其主义"的观念的发挥⑤。针对巴金一向坚持的无政府主
义思想,胡风在 1932 年底发表的《关于现实与现象的问题及其他》
一文中特别指出,如果巴金能够"比现在更深地从现实生活出发",
并且"始终保持严肃的创作态度",那么"总有一天他会改变他底立
场"⑥。而在 1933 年发表的一篇回应文章中,巴金虽不认可胡风从

---

① 参见芾甘(巴金):《"欠夹"——布尔雪维克的利刀》,《民钟》第 10 期,
　　1925 年 1 月 1 日。
② 参见吴定宇:《巴金与无政府主义》,《中国现代文学研究丛刊》1984 年第 3 期。
③ 参见刚果伦:《一九二九年中国文坛的回顾》,《现代小说》第 3 卷第 3 期,
　　1929 年 12 月 15 日。
④ 参见钱杏邨:《一九三一年中国文坛的回顾》,《北斗》第 2 卷第 1 期,1932
　　年 1 月 20 日。
⑤ 参见谷非(胡风):《粉饰,歪曲,铁一般的事实——用〈现代〉第一卷的创作
　　做例子,评第三种人论争中的中心问题之一》,《文学月报》第 1 卷第 5—6
　　期合刊,1932 年 12 月 15 日。
⑥ 参见谷非(胡风):《关于现实与现象的问题及其他》,吉明学、孙露茜编:
　　《三十年代"文艺自由论辩"资料》,上海:上海文艺出版社,1990 年,第
　　487—488 页。原载《文艺》第 1 卷第 1 期,1933 年 10 月 15 日。

"一个政治纲领的模子"出发的评价标准,却也坦言自己"为小资产阶级的生活环境所限制",所以在创作中"常常无意地流露了小资产阶级的意识",并将"接近"真正革命的"无产阶级"作为克服自身思想局限的方法①。

由此可见,彼时年轻的巴金正面临着创作的瓶颈。这位早慧的作家如果要走向艺术成熟,首先必须斩断以"道听途说"和"自说自话"方式不断"劫掠"自身经验的叙述脐带,并且突破对于个人经验的简单重述,转而揭示"将来未知的一步跳跃"②。借用茨威格对巴西文学的分析,巴金要想成为一位真正的"中国"新文学作家,那么就必须摆脱对于"欧洲模式"的模仿,而要像"英国的狄更斯或者法国的都德"那样,"用现实主义的手法刻画自己的祖国与人民"③。而《将军》正是左翼文学阵营所期待的一部"改变"之作,巴金也由此完成了自己文学道路上的"一步跳跃"。

二、"反帝"意识与"将军"的诞生

早在《将军》发表之初,茅盾就在《读〈文学季刊〉创刊号》一文中称赞道:"单看题目,总以为这一篇不是描写抗日将军,或者就是描写内战将军了。那知大大不然,这原来写的是流落在哈尔滨的冒牌将军的白俄而已。作者一枝笔也是很好的,把这位自封将军的流落者写得可笑也复可怜,甚至写他靠老婆卖淫来过活;自有

---

① 参见巴金:《我的自辩》,《现代》第2卷第5期,1933年3月1日。
② 参见［意］卡尔维诺著,马小漠译:《序言》,《短篇小说集》(上),南京:译林出版社,2012年,第3—6页。
③ 参见［奥］茨威格著,樊星译:《巴西:未来之国》,上海:上海文艺出版社,2013年,第131页。

'将军'两字以来,从没有这样倒霉过。"[1] 不过,茅盾此处对于小说背景的理解有误,文中白俄主人公流落的城市并非巴金颇为陌生的哈尔滨,而是其自十九岁(1923 年)起就生活于此的第二故乡上海[2]。值得注意的是,《读〈文学季刊〉创刊号》一文的未删节版还刊登在 1934 年 4 月的《文学》杂志上。茅盾特别强调,"描写这些'特种人'的小说,我们也看过几篇,然而往往把主人公怀旧的心情写成了感伤,弄得浅薄无味",而《将军》则"以圆熟的技巧"写出了"无聊的幻想",因而是"一篇成功的作品"[3]。如其所述,茅盾本人对白俄问题关注已久。早在 1931 年,他就曾指认"民族主义文学"的代表作《陇海线上》"招供"了"中央军"雇佣"白俄人来残杀中国人的把戏"[4]。而在 1933 年出版的长篇小说《子夜》中,他更是描绘了一处由"几个白俄的亡命客"所创办的丽娃丽妲村,以此将白俄标定为腐朽没落的反革命符码[5]。而正因为对于白俄问题有着颇

---

① 仲方(茅盾):《读〈文学季刊〉创刊号》,《申报·自由谈》1934 年 2 月 1 日,第 19 版。

② 1939 年巴金曾撰文指出《将军》的叙事空间是"上海"的某个咖啡馆。参见巴金:《黑土——回忆之一》,《宇宙风》第 80 期,1939 年 6 月 16 日。再者,从《将军》的内证来看,叙述人在介绍主人公诺维科夫的心理时,曾有"他每一次走进那个弄堂,远远地看见自己的家"的表述,从"弄堂"一词推断,作为小说故事背景的城市应属吴语地区。按,这一发现由山东大学孙子玉同学在研究生讨论课上提出,谨致谢忱。

③ 参见惕若(茅盾):《〈文学季刊〉创刊号》,《文学》第 2 卷第 2 期,1934 年 2 月 1 日。

④ 参见石萌(茅盾):《〈黄人之血〉及其他》,《文学导报》第 1 卷第 5 期,1931 年 9 月 28 日。《文学导报》的创刊名为《前哨》。

⑤ 小说中的丽娃丽妲村是李玉亭、杜新箨之流实现"且欢乐罢,莫问明天:醇酒妇人"人生观的醉生梦死之地,也是"四小姐"在《太上感应篇》之外的另一个逃遁之所。参见茅盾:《子夜》,北京:人民文学出版社,2004 年,第 226、452、456 页。按,该书初版本为上海开明书店 1933 年 2 月版。

为深入的理解,茅盾才对文坛那些"浅薄无味"的白俄叙事很不满意。相比之下,巴金超越了庸常的道德评价与简单的阶级审判,别开生面地写出了这位白俄流亡者的"幻想"。

事实上,茅盾对《将军》的推重不止于此。1934 年,鲁迅和茅盾——中国左翼文学的精神领袖与领军人物合作选编了一本中国现代作家短篇小说集《草鞋脚》,原计划交由美国人伊罗生(Harold Robert Isaacs)在国外出版,以此向世界发出中国进步作家的声音。正因如此,鲁迅和茅盾尽心尽力地展开选编工作,所选篇目亦由两人研究决定①。最终巴金的《将军》与郁达夫的《迟桂花》、冰心的《冬儿姑娘》、魏金枝的《制服》以及茅盾的《大泽乡》一起,被列入该书的"其他"组别②。而在茅盾经与鲁迅商议后执笔的《拟选小说及其作者评介》一文中,共介绍了七位作家,其中对于巴金的评介如下:

> 《将军》作者巴金是一个安那其主义者,可是近来他的作品渐少安那其主义的色彩,而走向 realism 了。他是青年学生——尤其是中学生所爱读的作家。他的作品有长篇小说《灭亡》,《雨》,短篇小说集《萌芽》等等七八种。《灭亡》是他的处女作。最近他的《灭亡》和《萌芽》都被禁止发卖,因为这两本书里都讽刺国民党。《将军》是他的近作,登在北平出版的《文学季刊》,一个自由主义的刊物,一九三四年一月出世。③

---

① 参见茅盾:《关于选编〈草鞋脚〉的一点说明》,《中国现代文艺资料丛刊》第 5 辑,上海:上海文艺出版社,1980 年,第 208—209 页。

② 参见葛正慧、孔海珠、卢调文辑注:《鲁迅、茅盾选编〈草鞋脚〉的文献·〈草鞋脚〉分类选目》,《中国现代文艺资料丛刊》第 5 辑,第 194—198 页。

③ 参见葛正慧、孔海珠、卢调文辑注:《鲁迅、茅盾选编〈草鞋脚〉的文献·拟选小说及作者简介》,《中国现代文艺资料丛刊》第 5 辑,第 198 页。

　　在这段简短的介绍中,有一处虽小但却明显的错误,那就是
《萌芽》应为长篇小说(上海现代书局 1933 年 8 月初版),而非短篇
小说(集)。从这处误记可见,巴金这部重要作品在当时并未受到
鲁、茅二人的深入关注,相比之下,《将军》则是他们瞩目的焦点。
在鲁迅和茅盾看来,作为反对国民党专制统治的革命作家,巴金终
于通过以《将军》为代表的"近作"告别了无政府主义思想,走上了
"现实主义"的道路,进而实现了与中国左翼文学的交汇。

　　那么,巴金这一深为鲁迅和茅盾所激赏的转向与交汇,又是如
何实现的呢?

　　倘若回顾小说中"普通人"诺维科夫"将军"幻想产生的过程,
我们不难看出,他之所以能够将白俄酒友口中的玩笑升格为"真
正"的"将军",除了酒精的麻醉以及对于旧日生活的追怀,最主要
的原因是感觉到了那个中国侍者的"真正相信",进而激发出其内
心潜藏的帝国主义情绪。而归根结底,正是在对中国(包括中国
狗、中国天气、中国侍者、中国将军)的极端蔑视中,诺维科夫反证
了自己的"将军"身份[1]。小说中,即使在饱受同为白人的美国水兵
凌辱之后,诺维科夫仍然抓住"肤色"这一帝国主义者的身份识别
标志物死不放手[2]。因而,与其说诺维科夫的"幻想"发自一个异国
流浪者的自欺,倒不如说它源于一个帝国主义者的顽固。除此之
外,这一"幻想"的建构还有一个重要的助力,那就是中国侍者的
"真正相信"。小说中的中国侍者"肥胖""愚笨",有着"粗糙的声
音"和"难看"的"肥脸",从这些明显带有负面评价的叙述人话语

---

① 余一(巴金):《将军》,《文学季刊》第 1 卷第 1 期,1934 年 1 月 1 日。
② 参见[美]伊曼努尔·华勒斯坦著,路爱国、丁浩金译:《历史资本主义》,第
　　46 页。

中不难看出，巴金对这个人物充满厌恶，而厌恶中又蕴含了深刻的批判。在巴金看来，这位中国侍者不仅与诺维科夫"分享"了艳羡剥削阶级权力宰制的将军"幻想"，而且为这一幻想添加了"洋奴"的半殖民地特色。

以除伯次奎将军（亲王）为偶像的前沙俄中尉诺维科夫曾经是一位货真价实的帝国主义者，但如今却流落异国，不得不退出了帝国主义者垄断和扩张的权力体系，甚至身处被侮辱被损害的弱势地位。然而，因为与欧美帝国主义者同为"白人"，他却"天然"地分享了一份种族优越感，并且狐假虎威地在某些中国洋奴身上得到了验证。由此可见，诺维科夫的"幻想"本身虽然是虚假的编造，但却深刻揭示出帝国主义意识形态的运行轨迹以及上海这一半殖民地空间的权力秩序。正因如此，巴金这一"幻想"的设置具有巨大的自我消解的力量：一个求之于普通人生活尚且不得的白俄，一个靠着妻子卖淫为生的醉鬼，竟然在遥远的异国"成为"一个"将军"，进而获得了彼时左翼作家笔下的"高贵出身"。而正是通过白俄诺维科夫的"幻想"，巴金完成了一次棱角分明的反帝叙事，由此切入了普罗（左翼）文学白俄题材小说的批判主题。

如果说《将军》中落魄上海的诺维科夫是一位冒牌将军，那么流亡法国的彼特留拉（С. В. Петлюра）则是历史场景中的一位正牌将军。这位流亡法国的白俄将军是乌克兰"坡格隆"（Pogrom）事件——帝俄时代"专门屠杀犹太人的运动"的主持者之一 [①]。1927年，彼特留拉在巴黎被俄国犹太革命者席瓦次巴德开枪击毙，而后者在法国进步力量的呼吁之下在当年 10 月 26 日被法国法庭宣判无罪。当时身在法国的巴金热切支持这一革命事件，并在日后将其

---

① 参见巴金：《海底梦·前篇》，《现代》第 1 卷 1 期，1932 年 5 月 1 日。

文本化为《复仇》和《海底梦》的小说情节①。而触发巴金在文学中重述这一革命事件的动机，则是其在 20 世纪 30 年代初的上海租界仍然"感到坡格隆时代犹太人所感到过的悲哀"②。显然，巴金是在上海这一半殖民地空间中，从一个中国人的切身体验出发，重新"发现"了彼特留拉将军。就此而言，"真假"将军都是帝国主义的符码，同样折射巴金强烈的反帝意识。不过，"假"将军诺维科夫已经深深嵌入了中国社会，有着远超彼特留拉的现实意义。

追溯起来，巴金这种敏感而深刻的反帝意识，自然与其"作为中国人不止一次地遭受人们的白眼"的海外经历有关③，不过更主要的原因还是民族危机带给他的震撼。经历了"五卅"运动的洗礼，巴金已然认清"无政府主义革命必须把反帝任务放在首位"④。而在 1928 年底回国之后，巴金先后迎来了"九一八"和"一·二八"的国难，后者更是亲身经历，不仅"日兵的枪刺"几乎刺到身上，而且心血所系的《新生》书稿也毁于日军炮火⑤。1932年 7 月，巴金以复仇和挑战的精神重写了《新生》，用这座"帝国主义的爆炸弹所不能够毁灭"的"纪念碑""来证明东方侵略者底暴行"⑥。而在这部"重生"的小说中有这样一个场景：挣扎在苦闷心

---

① 参见巴金：《关于〈海的梦〉》，《巴金全集》第 20 卷，北京：人民文学出版社，1993 年，第 606 页。原载香港《文汇报》1979 年 7 月 8 日、15 日。按，小说《海的梦》之名在民国时写作《海底梦》。

② 参见巴金：《作者的自剖》，《现代》第 1 卷第 6 期，1932 年 10 月 1 日。

③ 参见巴金：《谈〈新生〉及其它》，《巴金全集》第 20 卷，第 397 页。

④ 参见艾晓明：《青年巴金及其文学视界》，上海：复旦大学出版社，2009 年，第 30 页。

⑤ 参见巴金：《写作生活的回顾》，《新时代月刊》第 4 卷第 2 期，1933 年 3 月1 日。

⑥ 参见巴金：《自序（二）》，《新生》，上海：开明书店，1933 年，第 6 页。

境中的主人公李冷来到上海的某个公园消磨时光,然而却看见"一个穿蓝色制服的西洋人,正抚着他底八字胡在微笑,另外一个穿黄色制服的中国人带着愚蠢的微笑在旁边恭敬地侍候着。那个西洋人经过两个穿湖绉长袍青缎鞋的粉脸瘦汉子底旁边,投了一瞥轻蔑的眼光在他们底脸上,就发出一声粗笑"①。不难看出,这位流露着"轻蔑"目光的西洋人及其"带着愚蠢的微笑"的中国仆人与《将军》中的诺维科夫和那位"愚蠢"的中国侍者之间有着深刻的"互文性"。而正是通过对于此类帝国主义者和洋奴人物的深刻批判,巴金建构了自己这一时期"反帝"的文学主题②。

三、"牺牲"精神与"黑土"的故事

如上所述,基于共同的"反帝"主题,《将军》与普罗（左翼）文学的白俄叙事实现了交汇。然而,两者在各自小说主人公归国动机设置上的差异,却又深刻揭示出彼此迥然不同的政治立场。普罗（左翼）文学白俄主人公的"奔向苏联",源自无产阶级意识的生长,而诺维科夫的思想转向则与俄罗斯的"黑土"故事密切相关。

小说中,诺维科夫的"将军"幻想只能存活于经常买醉的这家小咖啡店,而一旦"从那咖啡店出来,他低头一看自己的身上,就像把将军的官衔被人革掉了似的,他的骄傲便马上起飞了"。而对于挣扎在流亡困境中的诺维科夫而言,那位相信并倾听他的中国侍

---

① 巴金:《新生》,第 133 页。
② 按,据巴金自述,1931 年 9 月发表于《小说月报》第 22 卷第 9 期的短篇小说《狗》是"自己比较满意"的一篇"创作",其在北四川路上亲眼目睹的一次外国水手酗酒逞凶事件并由此而激发的愤懑之情,正是该文写作的缘起。参见巴金:《谈我的短篇小说》,《人民文学》1958 年第 6 期。

者就像被落水者紧紧抓住的救命稻草。此时的诺维科夫任由"幻想"牵引，甚至不得不忍受这位唯一倾听者的市侩习气，直到后者对于"黑土故事"的调笑才让他从这种廉价的"相信"中惊醒。而正是在这个中国侍者无法理解的白俄客人对着一小袋从祖国带来的黑土垂泪的故事中，诺维科夫听到了"俄罗斯母亲"的召唤，从而发现了一直被幻想笼罩着的真实自我，并决定不惜一切代价回归祖国。不难看出，正是"俄罗斯母亲"的召唤在终极意义上实现了小说情节的翻转[①]。

　　在1939年问世的一篇散文中，巴金再次解读了这个嵌入在《将军》当中的"黑土故事"。据巴金回忆，这是留法期间一个朋友向他讲述的发生在巴黎一家白俄咖啡馆里的"真实的故事"，而他本人"也在一本法国电影里见到和这类似的场面"[②]。不过这些"前文本"只为巴金提供了素材，照亮素材的则是他对俄国文化的理

---

① 余一（巴金）:《将军》,《文学季刊》第1卷第1期,1934年1月1日。按,在1934年8月问世的小说集《将军》中,巴金在"他把土都带了出国来! 这个人真傻!"后面另起一段添加了如下文字:"那黑土一粒一粒一堆一堆在他的眼前伸展出去,成了一片无限的大草原,沉默的,坚忍的,连续不断的,孕育着一切的。在那上面动着无数的黑影,沉默的,坚忍的,劳苦的……这一切都是他的眼睛所熟习的,他不觉感动地说了:……"显而易见,这段文字更加突出了"黑土"在俄罗斯文化中的重要意义。参见余一（巴金）:《将军》,上海:生活书店,1934年,第330页。

② 参见巴金:《黑土——回忆之一》,《宇宙风》第80期,1939年6月16日。按,这一"黑土"故事的出处暂不可考,不过它在法国的确是经久流传,并曾在中国留学生群体中引发共鸣。1981年,著名画家吴冠中在巴黎与三十年前的留法老同学熊秉明晤谈,后者有感于两人当年在归国问题上的不同选择,特别讲述了这一"黑土"故事:"几个白俄每隔一时期便相叙于某咖啡店,坐下后先打开一包俄国的黑土,大家对着黑土默默喝黑色的咖啡……"参见吴冠中:《永无坦途——吴冠中自述》,长沙:湖南美术出版社,2015年,第175页。

解。在巴金看来，"对着黑土垂泪，这不仅是普通怀乡病的表现，这里面应该含着深的悒郁和希望"①。而所谓"悒郁和希望"的提法，出自丹麦文学批评家佐治·布南德斯（G. Brandes，今译勃兰兑斯）在《俄罗斯印象记》一书结尾处对俄罗斯黑土原野的深情描述②。那么，"黑土"与"俄罗斯母亲"之间，究竟有着怎样的思想关联呢？

晚年巴金在回忆自己文学道路中的俄罗斯因素时，特别将亚·赫尔岑（А. И. Герцен）列在四位最重要的俄国老师之首③。事实上，阅读赫尔岑的《往事与回忆》正是巴金写作《灭亡》之前重要的思想准备④。值得强调的是，这位赫尔岑老师对于俄罗斯因广袤空间而形塑的独特民族精神有着深刻的自觉，并且对西欧人被"国土空间的狭小规模"所挤压而产生的精于计算的"小市民习气"非常"愤慨"⑤。正如巴金在 1931 年所述，赫尔岑曾提出"土地与自由"的革命口号，认为俄国的社会基础在于带有原始共产主义色彩的农民公社——密尔（Mir）制度，若使之与"个人之自由相调和"，那么俄罗斯将"不经资本主义而跳到社会主义"⑥。而在以

① 巴金：《黑土——回忆之一》，《宇宙风》第 80 期，1939 年 6 月 16 日。

② 参见巴金：《黑土——回忆之一》，《宇宙风》第 80 期，1939 年 6 月 16 日。

③ 参见巴金：《文学生活五十年（代序）——一九八〇年四月四日在日本东京朝日讲堂讲演会上的讲话》，《巴金全集》第 20 卷，第 562 页。原载日本《圣教新闻》1980 年 4 月 16 日。

④ 参见巴金：《谈〈灭亡〉》，《巴金全集》第 20 卷，第 392 页。原载《文艺月报》1958 年 4 月号。

⑤ 参见［俄］别尔嘉耶夫：《论空间对俄罗斯灵魂的统治》，汪建钊编选：《别尔嘉耶夫集——一个贵族的回忆和思索》，上海：上海远东出版社，2004 年，第 40 页。

⑥ 参见一切（巴金）：《赫尔岑论》，《时代前》第 1 卷第 3 期，1931 年 3 月 20 日。

赛亚·伯林（Isaiah Berlin）看来，"赫尔岑深信俄国的农民公社是一种'避雷针'，因为他相信俄国农民起码尚未感染欧洲无产阶级与欧洲资产阶级那些扭曲人性的都市恶习"[1]。别尔嘉耶夫（H. A. Бердяев）则认为，俄罗斯广袤的空间"本身就是俄罗斯命运的内在的、精神的事实"，由此构成了"俄罗斯灵魂的地理学"[2]。尽管别尔嘉耶夫批评旷野对俄罗斯灵魂的统治导致了"俄罗斯的惰性、满不在乎、缺乏首创精神，责任感薄弱"，但他同时也强调，"俄罗斯的灵魂地理学"塑造了一系列的民族美德，比如温顺、牺牲精神以及灵魂的无限敞开[3]。

　　毋庸赘言，对于上述"俄罗斯灵魂的地理学"，写作《将军》时年轻的巴金或许未必有着深刻的理性认识，但是通过深入研读以赫尔岑为代表的俄国思想家的著作，巴金对于以"黑土"为表征的俄罗斯文化有着深刻的思想共鸣。追溯起来，巴金其实是带着无政府主义的"前理解"走进了俄国文化，而无政府主义最为吸引巴金之处，恰是其强烈的牺牲精神[4]。

　　回到小说的叙述逻辑，当诺维科夫为了妻子安娜义无反顾地选择回国，从而重拾牺牲精神之际，他也就在思想上回归了以"黑土"为表征的俄罗斯文化母体，并且获得了人道意义上的存在合法性。因而，较之于其他普罗（左翼）小说白俄主人公强烈的悔罪意

① ［英］以赛亚·伯林著，彭淮栋译：《俄国思想家》，南京：译林出版社，2001年，第 241 页。

② 参见［俄］别尔嘉耶夫：《俄罗斯灵魂》，《别尔嘉耶夫集——一个贵族的回忆和思索》，第 39—40 页。

③ 参见［俄］别尔嘉耶夫：《论空间对俄罗斯灵魂的统治》，《别尔嘉耶夫集——一个贵族的回忆和思索》，第 40 页。

④ 参见巴金：《我的几个先生》，《中流》第 1 卷第 2 期，1936 年 9 月 20 日。

识,诺维科夫的回国决定显然理直气壮:"现在我们不是仇敌了,我们都是一样的人。"[①] 他确信自己在经历了"也在受着践踏,受着侮辱"的流亡生活之后,有资格作为一个洗尽政治铅华的俄罗斯游子回归祖国。然而,正如小说那开放式的结尾所暗示的,不管流落异国街头的诺维科夫沉睡抑或死去,他的这个"回家"梦想都是既无处安放又无人理解,结局只能是承领命运的清醒与牺牲。

在小说中,诺维科夫的妻子安娜则是牺牲精神的另一代表:她是为了维持家庭生计而沦为妓女。安娜不仅美丽忠贞,而且对现实有清醒的认识,她与左翼文学中的另两位白俄妻子——钱杏邨《那个罗索的女人》中淫荡无耻的"玛露莎"以及丁玲《诗人》中贪婪自私的"安尼"有着天壤之别。而巴金之所以将这位追随丈夫流徙万里的俄国女人塑造得如此正面,离不开俄罗斯文学中那些堪称"俄罗斯母亲"的女性形象的感召[②]。

---

① 《将军》中的这句话及其所在的段落,在1959年版《巴金文集》第8卷中被修改为:"我现在明白了。……我们都是一家的人。你们看,我在这里受着怎样的践踏,受着怎样的侮辱啊!"并且,删去了1934年《文学季刊》版中此段之前诺维科夫怨恨布尔什维克的文字:"'就是你们,你们把我害到这样!'他把脚用力踏在光滑的柏油马路上,像在践踏他的敌人,他就愤愤地骂起来。这话不是对那个中国侍者说的,却是对那些人说的。他想那些人给他的苦痛已经是很多的了。"取而代之的,则是这样一抹乡愁:"他长长地叹了一口气。眼睛里掉下几滴泪水来。"参见巴金:《将军》,《巴金文集》第8卷,北京:人民文学出版社,1959年,第190页。两相比较,巴金删除了1934年《文学季刊》版中主人公理直气壮的回国动机以及蕴含其中的对于苏联政治体制的异见,转而将其替换为主人公渴望回归祖国的游子情怀。这种改写很可能与新中国成立后"一边倒"的亲苏政治氛围有关。

② 巴金在1935年5月写道,当年他在巴黎"差不多是带了感激的眼泪来写"俄国女革命家苏菲亚·柏洛夫斯加亚的传记,由此理解了屠格涅夫笔下的女主人公为何"总是比男主人公强"。他还赞叹"俄罗斯女性点起了解放运动的圣火",并且对赫尔岑笔下"十二月党人的妻子姊妹"的勇敢(转下页)

　　总而言之,借由"黑土"的故事,巴金不仅为他的白俄主人公
找到了抛弃幻想和回归祖国的契机,而且使其重拾"牺牲精神",迸
发出人性的光辉。尤有要者,巴金借此故事的讲述,进一步扬弃了
自身的无政府主义思想,重新发现了积淀在国家和民族意识之中
的历史内容与真实情感,在文学上深度回归"中国"。毋庸置疑,这
是一个包含着人物形象和作家自身"双重回归"的精彩故事。如
所周知,俄国无政府主义革命家巴枯宁(М. А. Бакунин)和克鲁泡
特金(П. А. Кропоткин)对于青少年时代的巴金有着深刻影响,而
两者首要的革命目标就是推翻沙皇的专制统治[①]。因而,沿着革命
的脉络,我们不难理解《将军》对于堕落与自欺的诺维科夫——这
一沙俄历史残留物的严厉批判。不过,这种严厉批判却一直恪守
着人道主义的根本原则,用巴金在《新生》中引用过的费尔巴哈名
言来讲,就是"人对于人是至高的存在"[②]。正因如此,《将军》完成
了一个充满牺牲精神和人性光辉的革命叙事。

小　结

　　因为主题和篇幅等具体因素的限制,我们不必在巴金漫长的
文学历程中过分夸大《将军》的地位,但却有理由相信,这个文本

（接上页）与坚贞敬佩不已。考证起来,就连《将军》中那位曾被诺维科夫视
　　为偶像的除伯次奎将军之名,很可能也是缘于巴金通过阅读尼克拉索夫旨
　　在歌颂和铭记"跟着丈夫到西伯利亚矿坑去的除伯次奎王妃"的长诗《俄
　　罗斯女人》而得来的"俄国知识"。参见巴金:《在门槛上——回忆录之一》,
　　《水星》第2卷第3期,1935年6月10日。
① 参见芾甘(巴金):《无政府主义的阶级性》,《民钟》第16期,1926年12月
　　15日。
② 巴金:《新生》,第19页。

与巴金作为一位"中国作家"独特的主体性生成之间有着密切关联。进而言之，《将军》昭示着巴金由此找到了理解和叙述"中国"的态度与方法，告别了遥远飘逸的异域背景和缺乏控制的情绪铺陈 [1]，借用别林斯基（В. Г. Белинский）的说法，他转而致力于触摸本民族"内部生活"之"最隐蔽的深处和脉搏"[2]。值得注意的是，正因为以"中国"作为理解"世界"的根基与方法，在思想上"回归"中国之后的巴金，反而更具国际主义的襟怀，此时的"世界"不再是外在于中国革命实践的抽象理想，而是内在于中国革命实践并由此得以不断形塑、检验和丰富的价值寻求。也正是在此深入而细致地书写中国现实的意义上，巴金经由《将军》实现了与中国左翼文学的交汇，而这不仅促进了巴金自身的文学蜕变，也为后者注入了更为深刻的人道主义思想。以中国现代文学史的角度视之，借由主人公诺维科夫的幻想，巴金以充满同情的笔触，刻画出蕴含在"弱者"生命深处的尊严，体现出彼时中国作家在开掘人类思想世界层面所能达到的深度，而这或许才是巴金"世界主义"文学风格的真正意义所在。

---

[1] 在《将军》集所收录的 10 篇小说中只有《在门槛上》和《将军》是"外国故事"，而巴金上一部短篇小说集《复仇》共收录 14 篇小说，其中有 12 篇完全是欧洲人物，余下的《亚丽安娜》和《初恋》虽以中国人为叙述人，但背景也是欧洲。两相比较，可见《将军》集在取材上的"回归"中国的态势非常明显。而此后巴金虽仍有少量"外国故事"问世，但已"显示出与早期同类小说相比所殊见的现实人生气息和形象饱满的风采"。参见艾晓明：《青年巴金及其文学视界》，第 140 页。

[2] 参见［俄］别林斯基著，满涛、辛未艾译：《文学的幻想》，《别林斯基文学论文选》，上海：上海译文出版社，2000 年，第 9 页。

第九章　"英雄"*

　　1930 年 5 月,已在沪上文坛小有名气的"民族主义的文艺底先驱"① 黄震遐投笔从戎,在上海闸北加入"中央军校教导团",随后奔赴"中原大战"② 前线。因与沪上文友失去联系,人们一度以为黄震遐已经"失踪并且类乎战死",并作诗文悼念之③。所谓盖棺论定,这些诗文一定程度上体现了友人们对黄震遐文学生涯的评价。其中的一首悼诗如是言之:

> 你所追求的是充满了美和力的新生命,
> 是用"男子的力""女子的美"所造成。
> 美丽的人生是民族的精魂,

---

* 原载《现代中国文化与文学》2014 年第 1 期,题为《"英雄"的传奇:黄震遐〈陇海线上〉的白俄叙事》。稍有增补后收入盛嘉编:《误读的经典》,厦门:厦门大学出版社,2015 年,题为《"讨逆"的白俄英雄与"雇佣"的西洋浪漫——重读 1930 年代"民族主义文学"的代表作〈陇海线上〉》。

① 参见秋原(叶秋原):《纪念诗人黄震遐》,《申报·艺术界》1930 年 8 月 22 日,"本埠增刊"第 2 版。

② 此次蒋、冯、阎大战的主战场集中于津浦、陇海、平汉三线,而河南战事尤烈,故史家称之为"中原大战"。参见秦孝仪总编纂:《中国现代史辞典——史事部分(一)》,台北:近代中国出版社,1980 年,第 177 页。

③ 参见《失踪诗人黄震遐残稿》,《真美善》第 6 卷第 5 号,1930 年 9 月 16 日。

嗳！我们的热血英雄，拜伦！　①

然而让友人们深为惊喜的是，1931年2月，这位追求"力和美"的"热血英雄"在"失踪"数月之后，以中篇小说《陇海线上》宣告了自己的强势回归。这部作品以"中原大战"为背景，讲述了主人公"我"——"黄宗汉"加入闸北中央军校教导团，并在数月后作为教导二师"铁甲连"的一等兵奔袭千里，深入河南前线与冯玉祥军队作战的故事。小说之所以名为"陇海线上"，是因为此次"中原大战"的主战场就在"陇海线铁路东段"，而黄宗汉所在的教导二师则是"中央军里装备最优良的一个部队"，肩负正面主攻之重任，至于小说中提到的在柳河及野鸡岗一带的战斗，更是整个"中原大战"中最重要的战役，"国民革命军"总司令蒋介石曾亲临柳河前线督战②，"双方在柳河，野鸡岗一带大约相峙一周之久"③。另据黄震遐在1931年的一篇访谈中所言，《陇海线上》写的完全是"亲身经历"，因而"不是一篇什么文学的作品，只是一个小兵的日记而已。其中大部份，都是在营中灭灯以后，燃烛光伏在地上写成的。所以全篇上，根本就没有什么文艺的修辞的构思"④。

正因为题材重大，且具有很强的自传性和实录色彩，这部小说在当时引起了强烈反响，成为文坛公认的"民族主义文学"代表作，黄震遐也由此跃升为范争波和朱应鹏"合组公司的顶刮刮的两

① 乙裴：《纪念黄震遐》，《前锋周报》第11期，1930年8月31日。

② 参见李诚毅：《民十九"中原大战"忆往——鸡声马蹄录之二》，《春秋》（台北）第5卷第3期，1966年9月。

③ 王行方：《为"中原大战"补遗》，《春秋》（台北）第5卷第5期，1966年11月。

④ 参见白林：《〈陇海线上〉作者诗人——黄震遐先生之谈话》，《星期文艺》第3期，1931年8月1日。

块牌子"之一①。而对于这部集中了革命、"反革命"、知识分子、民族主义等诸多"症候"的文本,现有的学术研究已摆脱了单向度的政治批判模式,开始发掘这一"反动"叙事的历史复杂性。而在细读文本的基础上,笔者发现了一个有趣的现象:在这部以弘扬"民族主义"革命精神为主旨的文本中,除了"我"之外,一共出现了十一个有名有姓的人物,也都是"我"的战友,其中竟然有七个是白俄:士兵巴格罗夫、顾连长、排长谢立洁、"上尉排长和团附"余义德,以及后来加入队伍的三个准尉——佘干科、驾雀罗夫和阿尼西毛夫。更为关键的是,叙述人"我"不仅较为详细地介绍了这些白俄战友,而且对其中大多数人给予了浓墨重彩的描绘,使其成为小说中的主要人物,而叙述人对于文本中的中国军人,除了万国安,其余都是一笔带过。

　　事实上,在小说问世当初,茅盾就对其中的白俄元素高度敏感,并给予尖锐抨击,指认其"招供了所说的轻甲连是雇佣了白俄人来残杀中国人的把戏"②;另一位左翼批评家也认为,《陇海线上》是一部表现"统治者们争斗"的政治宣传品,从中只能看到一群断肢折臂"妄念祖国的白俄流氓"③。然而,正如小说结尾处出现的党歌国歌所示,这部小说的主题是宣扬以"民族主义"为核心的"三民主义"精神。那么,在这样一场堪比美国"放奴战争"(南北战争)的"正义"之战中,怎么会出现如此众多的白俄军人? 这些喧

---

① 另一块牌子是创作了《刹那的革命》《国门之战》等作品的军旅作家万国安。参见石萌(茅盾):《"民族主义文艺"的现形》,《文学导报》第1卷第4期,1931年9月13日。

② 参见石萌(茅盾):《"民族主义文艺"的现形》,《文学导报》第1卷第4期,1931年9月13日。

③ 参见荒渠:《评〈陇海线上〉》,《文艺新地》第1卷第1期,1932年4月20日。

宾夺主的"老外"又是怎样被整合到"民族主义"的革命叙事之中的呢？进而言之，在"民族主义文学"的地基之上，这一独具风貌的白俄叙事是怎样被建构起来的？它又隐含着怎样的"革命"想象与思想矛盾？这些都是值得认真思考的问题。

一、"英雄"的诞生

《陇海线上》甫一推出，就引得"民族主义文学"阵营一片赞誉之声。有人激赏其为足以与雷马克《西线无战事》相颉颃的"伟大战争小说"，它"将亲临战地生活，及战事之真面目，冲锋陷阵之状况，士兵之心理，描写尽致"[1]。更有人认定这是一篇压倒雷马克《西线无战事》的力作，此乃作者亲身投入战斗后的纪实，因而具有无可比拟的真实性[2]。这些论者之所以将《陇海线上》与《西线无战事》相提并论，缘于后者是风靡世界的"步兵底史诗"，"可算是巴比塞底《火线下》以后最伟大的战事小说"[3]。这部小说"在中国也可称盛极一时"。德文版单行本问世不到一年，中国就先后出现了洪深、马彦祥（现代书局）及林疑今（水沫书店）两个译本。据小说改编的同名电影也在上海南京大戏院热映，连映十天还是场场爆满[4]。1930年春，郑伯奇、夏衍等人主持的上海艺术剧社还曾将

---

① 参见郑康民：《中华的〈西线无战事〉》，《申报·自由谈》1931年3月26日，第13版。

② 参见萧君：《诗人归来——黄震遐的新著〈陇海线上〉》，《申报·艺术界》1931年3月28日，"本埠增刊"第3版。

③ 晏如：《西部前线平静无事》，《申报·艺术界》1929年6月1日，"本埠增刊"第5版。

④ 参见凌梅：《雷马克与〈西线无战事〉》，《读书月刊》第1卷第1期，1930年11月1日。

《西线无战事》改编为同名话剧在上海北四川路东洋演艺馆公演，一时"颇为轰动"[①]。而雷马克紧随《西线无战事》之后推出的姊妹篇《战后》在中国也是一纸风行，先后竟然出现了光华书局版等七个中译本[②]。

由此看来，"民族主义文学"阵营普遍将《陇海线上》视为一部优秀的"战争小说"，不过与雷马克的"非战"迥异，他们鼓吹的则是"主战"。就在《陇海线上》发表的几个月后，曾有论者猛烈抨击以《西线无战事》为代表的非战论调，认为在当下的中国，反军阀、反封建、反帝都需要正义之战，为唤醒民族意识，文艺的首要而急切的任务就是"关于民族求独立自由的战争底讴歌"[③]。朱应鹏也激烈抨击"文艺上的非战运动"，认为"战争至少在现代是绝对不可避免之事，'化干戈为玉帛'，不过是一个白日之梦而已"，尤有要者，"如果为民族求出路而战的话，那末战争也未始不可以歌颂，并且，就现在的中国情形而论，似乎我们还没有'非战'的资格"[④]。

而"民族主义文学"阵营之所以形成如此共识，一个重要的原因是以往的中国新文学中缺少"主战"的战争文学以及以"尚武"精神为核心的英雄叙事[⑤]，相反"在文艺上反对战争，已经成为时

---

① 参见夏衍:《懒寻旧梦录》(增补本)，第 114 页。

② 参见《出版界与著作家·〈西线无战事〉底姊妹作》，《读书月刊》第 2 卷第 1 期，1931 年 4 月 1 日。

③ 参见狄更生:《战争》，《前锋周报》第 7 期，1930 年 8 月 3 日。

④ 参见应鹏(朱应鹏):《文艺与民族意识》，《申报·艺术界》1930 年 7 月 6 日，"本埠增刊"第 3 版。

⑤ 参见偶然:《〈比利时的悲哀〉及一段文学杂话》，《申报》1926 年 10 月 25 日，"本埠增刊"第 6 版。

髦之事"①,就连那些流行于沪上的外国电影,也"多采非战主义,讥讽兵士的生活"②。考究起来,这种"非战主义"的流行,固然缘于"欧战"之后西方反战思想在中国的流布,然而更主要的原因则是在经历多年的军阀兵燹之后,"大众对于战争发生厌恶的心理"③。1927年的《小说月报》发表了一篇题为《英雄》的讽刺小说,主人公"张军需"只有在捉奸与通奸的床笫之间方显"英雄"本色④。即使到了"北伐"时期,讨伐军阀的统一战争获得了社会各阶层的广泛支持,媒体也开始宣传参加"国家之兵"的爱国义举⑤,但笼罩在国人心头的战争阴霾却难以散去。而此时"战争文学"的代表作——孙席珍的中篇小说《战场上》虽以"北伐"战争中最为重要的汀泗桥战役为背景,但其主人公黄得标却是一个"老于行伍,笨而胆小"的底层士兵,小说仍以细腻的"战争恐惧"书写见长⑥。

　　但逢《陇海线上》发表之时,正如《前锋月刊》编者所言,在此弱肉强食的世界局势之中,面对中国风雨飘摇的国际地位以及日

---

① 参见光美:《战争》,《申报》1930年8月19日,"本埠增刊"第3版。

② 据统计,1923—1928年上海电影院共上映战事影片6部,其中《战地鹃声》《战地之血》最具特色。参见育奇:《五年来上海所映外国影片概略》,《申报》1929年1月4日,"本埠增刊"第5版。

③《编辑的话——关于〈陇海线上〉与〈刹那的革命〉》,《前锋月刊》第1卷第5期,1931年2月10日。

④ 小说主人公张军需在河北中国旅馆里开枪缉贼,成了救美的"英雄",然而所谓劫案不过是谢师长的三姨太与戏子通奸时所起的纠纷,而张军需则因救美成功,成为三姨太的新任奸夫。参见徐元度(徐霞村):《英雄》,《小说月报》第18卷第12号,1927年12月10日。

⑤ 参见赤枫:《打破"好男不当兵"的恶观念》,《申报·艺术界》1928年9月13日,第22版。

⑥ 参见汪倜然:《新书月评·〈战场上〉》,《申报·艺术界》1929年5月27日,"本埠增刊"第5版。

趋消极和沉闷的民众精神,中国正热切呼唤着"富有兴奋刺激性的战争文学"①。而《陇海线上》以亲历者身份直接、深入地叙述了"中原大战",正好满足了"民族主义文学"对"战争文学"与"英雄"的期待,因而一经发表就被树立为标杆和旗帜。

《陇海线上》这部小说不仅对战争有着写实性的描写,它更为当时的人们呈现了一个英雄的谱系。在这当中,投笔从戎的主人公"我"无疑是位"英雄",不过作为一位军校新兵,"我"是在战争中认识战争,在战斗中学习战斗的"成长者",而那些久经沙场的白俄军人才是每次战斗必打头阵、披坚执锐的主力,更是"我"努力学习的榜样。他们大都英勇善战:有"不怕死,专门做无畏的冒险"的佘干科;有虽然皮肤白嫩、神经敏锐、爱修饰、好虚荣但却是征战好手的驾雀罗夫。而小说中最为英勇的白俄军人当数哥萨克巴格罗夫,此君虽然在太平时期是个"最酗酒闹事的坏蛋",在战场上却是"不怕死的兵",但巴格罗夫并非只有匹夫之勇,他是训练有素的职业军人,此人"生长于俄属的黑龙江省,一世以兵为业,举凡老兵所应有的常识,他都应有尽有"。除此之外,排长谢立洁则体现了另一种更为重要的职业军人素养——严守军令,正是他"发出的严厉的口令,好像责罚的棍子般,将我一切偷生怕死的思潮完全驱走"。

白俄军人是行动勇猛的斗士,但同时他们内心更保藏着对于战友和祖国的深沉情感。在小说中,叙述人用了很大的篇幅来描述"我"与白俄军人的友谊,但"我们"的友谊并非来自某种意识形态的感召,而是在激烈战斗生活中自然形成的袍泽之情。巴格罗夫常在行军的间隙照顾"我",严寒中送上毯子和酒。一次行军中,

① 参见《编辑的话——关于〈陇海线上〉与〈刹那的革命〉》,《前锋月刊》第1卷第5期,1931年2月10日。

"我"不慎出现驾驶险情，多亏谢立洁排长手疾眼快拉住"我"的摩托车，否则一定会摔下山崖，粉身碎骨。而当部队给养不能及时送到，士兵们因饥饿而叫骂之时，又是谢立洁排长自掏腰包，让大家能够果腹。不过，虽同为战友，白俄军人却是漂泊在外的异国人，因而，每当夜晚露营的时候，那悲伤的怀乡之曲总是让人感动至深。佘干科高歌的《白蔷薇》"将艳丽而失望的音波送到每个人心中的最深处"，谢立洁"那沉重的 Baritone 歌喉"更是让"我的灵魂也是多么的受了深巨的刺激"，唱出了"故乡的惓恋，亡国的悲哀，以及流浪漂泊者的心情"。而对于这位与"我"关系最为"密切"的排长，"我"既钦佩又同情，钦佩他持重、睿智和过硬的军事本领，同情他漂泊的身世和亡国的悲哀 ①。

　　由此看来，这些白俄军人凭借"英勇善战"的战斗能力，"关爱战友"的袍泽之情，以及"眷怀祖国"的民族精神成为军人的典范，他们是"中原大战"中更为功勋卓著的"讨逆"英雄；也正是因为这重英雄身份，他们才获得了参与乃至主导《陇海线上》这一"革命"文本的正当性。

二、"客军"的意义

　　倘若放宽视野，"民族主义文学"的"革命"叙事中不乏外国人身影，而其中最常见的就是来自"东方君子之国"的朝鲜志士。这些流亡中国的"朝鲜男女"在哈尔滨等地从事抗日革命活动 ②，有的还如小说《战后》中"柳连长"那般直接投身中国的"国民革

---

① 黄震遐：《陇海线上》，《前锋月报》第 1 卷第 5 期，1931 年 2 月 10 日。
② 苏灵：《朝鲜男女》，《前锋月刊》第 1 卷第 3 期，1930 年 12 月 10 日。

命"①。而小说《异国的青年》的主人公金铁更是浴血在"北伐"前线,他的很多朝鲜同胞甚至战死于郑州一役②。这些朝鲜志士的存在彰显了源自"三民主义"的"世界主义"精神,正如金铁所言:"我们献身贵国的沙场,并不是没有意义的,我们要自救,力量不够;而且,明知只有弱小的民族联合起来,才有自决的一日,所以,我们毫不怀疑的走了这条路。"③而这也正体现了潘公展所鼓吹的"民族主义"文学观:与"大日耳曼主义,大斯拉夫主义"不同,秉承"王道精神"的"三民主义中的民族主义"之最终目的在于"使这个霸道横行的世界为之改观",因而"文艺运动所应该把握着的民族主义,决不是狭隘的国家主义,也决不是强凌弱,众暴寡的蚕食鲸吞的帝国主义者的世界主义,乃是以民族自决的原则造成民族一律平等的世界主义"④。比之于为抗日复国流血牺牲的朝鲜志士,黄震遐笔下的白俄流亡者只是"帝俄"的"遗民",其"亡国的悲哀"也仅是对"一个政治派系的政权"的追忆而已⑤。因为并不具备反抗异国侵略的道义基础,他们缺乏"王道"意义上的"民族主义"合法性。如是观之,消解了"眷怀祖国"的"民族精神"之后,白俄"讨逆英雄"的"革命"面目开始模糊起来,而源自"三民主义"的"民族主义"之外的"客军"气质反而愈发鲜明。

《陇海线上》有一段文字,因曾受到鲁迅、瞿秋白等人的引用和抨击而广为人知:

---

① 魏绪民:《战后》,《前锋周报》第 32 期,1931 年 4 月 2 日。
② 李翼之:《异国的青年》,《前锋周报》第 8 期,1930 年 8 月 10 日。
③ 李翼之:《异国的青年》,《前锋周报》第 8 期,1930 年 8 月 10 日。
④ 参见潘公展:《从三民主义的立场观察民族主义的文艺运动》,《中央日报·大道》1930 年 7 月 18 日,第 11 版。
⑤ 参见钱振纲:《论黄震遐创作的基本思想特征》,《中国文学研究》2002 年第 3 期。

　　　　每天晚上站在那闪烁的群星之下，手里执着马枪，耳中听
着虫鸣，四周飞动着无数的蚊子，样样都使人想到法国"客军"
在非洲沙漠里与阿剌伯人争斗流血的生活。[1]

　　这段有关"野鸡岗"一役之"七人远征队"的叙述，关键词在于
"客军"。鲁迅据此指认国民党军队如同"法国的安南兵"一般"做
了帝国主义的爪牙"，以征战于异族的态度"来毒害屠杀中国的人
民"[2]。瞿秋白在引述这段文字后也认为，"中国'中央'政府的军队
驻扎在'陇海线上'，居然和法国殖民家（Colonisateur）的'客军'
驻扎在非洲——有如此之相同的情调"，因而所谓"中央军"不过是
"豢养着白俄的哥什哈（Cossack）"的"国族"，而被当作"匪"的百
姓则是静待屠戮的"土匪民族"[3]。
　　今天看来，鲁迅和瞿秋白对这段文字的批判出自特定的革命
语境，斗争之势剑拔弩张。然而，这段被反复征引的文字虽是叙
述人"放哨时偶然的浮想"[4]，但其内在的逻辑却出自作家对西洋
"艺术文化"精神的自觉追求[5]。在1929年发表的《从"客军"讲
到杂种人》一文中，黄震遐已经详尽地解释了"客军"一词。我们

①　黄震遐：《陇海线上》，《前锋月报》第 1 卷第 5 期，1931 年 2 月 10 日。

②　参见晏敖（鲁迅）：《"民族主义文学"的任务和运命》，《文学导报》第 1 卷第
　　6—7 期合刊，1931 年 10 月 23 日。

③　参见史铁儿（瞿秋白）：《屠夫文学》，《文学导报》第 3 期，1931 年 8 月 20
　　日，后改题为《狗样的英雄》，收入《瞿秋白文集》（一），北京：人民文学出版
　　社，1953 年，第 266—268 页。另按，"哥什哈"即后来通译的"哥萨克"。

④　参见倪伟：《"民族"想象与国家统制——1928—1948 年南京政府的文艺
　　政策及文艺运动》，上海：上海教育出版社，2003 年，第 144 页。

⑤　参见周云鹏：《民族主义文学（1930—1937 年）论》，复旦大学博士学位论
　　文，2005 年，第 71 页。

知道,所谓"客军"原指"客兵",即与本地军队相对"由他处调驻之兵"①。但在黄震遐这里,"客军"则是其独创的法国的 Legion Etranger 的译名,意即"异国人所组成的军团"。据称"客军"的种类有很多:"像法国十七世纪时的'爱尔兰旅团',十九世纪加理波的'赤衣军',以及近日张宗昌的'白俄队伍',都是与 Legion Etranger 同一趋向的团体。"而这一"'客军'的精神是可以代表西洋文明……只要认定这一国的宗旨趣味和自己相同,便不惜牺牲一切而为之效力。……'客军'的'国家'就是他们的'宗旨趣味',进一步言,他们的'宗旨趣味'就是他们的'财产利益',因此便无不奋战到底,至死不屈了"②。由此可见,"客军"在黄震遐口中享有盛誉,然而只需再略加考察,即可发现"客军"身上仍难摆脱"雇佣兵"(Mercenary)的本色。在欧美通行辞书中,"雇佣兵"常被解释为"不顾政治影响和后果而受雇于任何国家或民族并为之作战的职业军人。……法国在 18 世纪时,瑞士雇佣兵是其正规军里的精锐部队。但是从 18 世纪末叶以后,雇佣兵多半是兵痞。"③更为关键的是,这些"为外国政府作战的士兵,通常其动机是为了薪饷、战利品或满足冒险的心理,很少是出于意识形态之认同而做承诺。佣兵有时被称为'发财兵'(soldiers fortune),在有文献可考的历史中便已是军队的一部分。"④通过上述考辨可见,雇佣兵的

① 参见中国大辞典编纂处编:《国语辞典》第 2 册,第 1462—1463 页。另按,此类"客军"语料屡见不鲜,兹举一例言之:《永年客军过境发还垫款》,《益世报》(天津)1930 年 4 月 21 日,第 7 版。

② 参见黄震遐:《从"客军"讲到杂种人》,《申报·艺术界》1929 年 4 月 29 日,"本埠增刊"第 7 版。

③ 参见《不列颠百科全书》(国际中文版)第 11 卷,北京:中国大百科全书出版社,1999 年,第 106 页。

④ 参见《大美百科全书》编委会编:《大美百科全书》第 18 卷,北京:外文出版社,1994 年,第 418 页。

本质特征在于非意识形态性的参战动机,这也正是黄震遐口中的"宗旨趣味"和"财产利益"。不仅如此,黄震遐所列举的"张宗昌的'白俄队伍'",更是为"客军"的"雇佣兵"本色做了最为生动的诠释。

早在 20 世纪 20 年代初,大批游荡在中国东北边境的白俄溃兵成了奉系军阀张作霖的"入籍军",并被编成"俄国队",由张宗昌统一指挥,而这也就是张宗昌"白俄队伍"的由来[①]。"张宗昌所部白俄兵约五千名,冲锋陷阵,极为勇敢。此辈所能视死如归者,即因薪饷优厚,士兵每月五十元,下级军官每月三百元,中级军官每月四百元。每次作战须特备羊羔美酒大嚼。以故白俄兵每月需要饷三十万元,他军欠饷,俄军独否。"不过一旦欠饷,白俄队伍立刻军心动摇,甚至"渐有不轨之酝酿"[②]。

到了 20 世纪 20 年代中后期,张宗昌指挥的"俄国队"所向披靡,颇为风光,还曾登上著名的《良友》画报[③]。李宗仁在回忆 1927 年"北伐"中的合肥梁园之役时指出,张宗昌"直鲁军"马济部的白俄骑兵"在北战场中声威素著,因俄兵马高人大,当之者每为其气势所慑,而望风披靡"[④]。然而"张宗昌部下以白俄兵为最善战,

---

① 有关奉系军阀"俄国队"的研究,可参阅李兴耕等著:《风雨浮萍——俄国侨民在中国(1917—1945)》,第 163—168 页;汪之成:《上海俄侨史》,第 231—234 页。

② 白俄队伍之异动被张宗昌觉察,遂将"其中桀骜难驯者三千余人,一律开往青岛,名曰训练,实则拘留,下余一千余名,则分批送往哈尔滨解散"。参见《直鲁军危机渐露》,《申报》1928 年 2 月 17 日,第 9 版。

③ 画报照片中的白俄士兵在吸烟斗,中国士兵则在身旁微笑,配图文字为:"张宗昌部下中俄军士之友善"。参见万国新闻社范济时摄:《奉军生活照片》,《良友》第 13 期,1927 年 3 月 30 日。

④ 参见李宗仁口述,唐德刚撰写:《李宗仁回忆录》,南宁:广西人民出版社,1980 年,第 472 页。

亦最残忍"①,他们在国人心目中留下的印象与黄震遐笔下的"英雄"可谓大相径庭。1925年,皖直奉战争蔓延至江阴,酿成后来史称"己丑江阴兵灾"的惨祸,而在这场战役中担任攻城冲锋重任的就是张宗昌的白俄雇佣兵②,他们"在江南一带,酗酒扰民,掳抢奸淫",思之让人不禁"怒目裂眦",甚至愤恨得想要"生啖其肉"③。这些白俄雇佣兵在当时的中国媒体上留下了很多奸淫妇女、虐杀百姓的恐怖记载④,也因此成为"北伐"将士最为痛恨的敌人。据称"北伐"中"直鲁军"的湖北、长城等号铁甲车的白俄兵战败被俘,而"革军悉枪决之,行刑前,以麻绳穿其鼻孔,革军牵之,如牵牛马。盖革军以其以他国人民而杀害中国兵士,殊属可恶。故处以是刑。"⑤而到了"北伐"战争后期,张宗昌的白俄队伍被迫向北伐军投降,有些士兵就此加入国民党军队⑥。

上述对白俄军人"客军"身份和经历的简单考辨,大致也适用于黄震遐笔下那位具有"十余年战争的经验"的谢立洁排长。那么,这些白俄军人为什么要投身于这场发生在异国的"中原大战"呢?小说中的叙述人对"三个从后方赶来的俄国准尉"的刻画为

① 参见衣萍(章衣萍):《窗下随笔》,上海:北新书局,1929年,第15页。
② 参见侣桐:《己丑江阴兵灾拾零》,《新上海》第10期,1926年2月1日。
③ 参见国屏:《白俄在上海生活一斑》,《上海报》1935年9月14日,第7版。本资料线索出自福建私立海疆学术资料馆剪报,但未注明出处。参见福建私立海疆学术资料馆编:《上海社会志》,厦门大学图书馆特藏部收藏,类号241.7(401),登记号4176。
④ 参见麕怜:《记俄兵扰民事》,《申报·自由谈》1927年6月23日,第13版;璋:《白俄乱华纪事之一》,《申报·自由谈》1926年5月7日,第17版。
⑤ 参见弼斋:《津浦路战事中之俄俘》,《申报》1927年6月4日,第16版。
⑥ 1928年秋的《北洋画报》上还曾登出过白崇禧向投诚入籍军训话的照片。参见张建文摄:《白崇禧向投诚之入籍军(俄人)言说及入籍军之几个军官》,《北洋画报》第231期,1928年10月16日,第2版。

此提供了答案。这三个人"都是都市化的小伙子，在千里外的上海的租界里，差不多每人都有一个年青的爱人。他们投效到中国军队来的起因，也多半是为虚荣，发洋财，或是实行其个人的罗曼生活"①。这段明显延续了《从"客军"讲到杂种人》思想的文字清楚地表明，那些加入了"中央军"的白俄军人没有任何革命意识可言，在本质上仍是地道的雇佣兵。而从巴格罗夫的行为来看（从奔驰的铁甲车上向路边的河南妇人丢掷西瓜皮取乐），这些白俄雇佣兵的军纪仍不严整，他们不过是中央军版的"张宗昌的'白俄队伍'"而已。不仅如此，这些白俄军人的雇佣兵身份以一种战争机器式的商业逻辑严重损害了"民族主义"乃至"三民主义"的革命伦理——光荣的"国民革命军"由此跌落为军阀"佣兵"②，因而成为《陇海线上》这部"革命"文本中最大的叙事裂隙。那么这些过去恶名昭彰的白俄雇佣兵，何以能在黄震遐笔下迅速变身为"英雄"？

三、"法郎苏司"的秘密

若要考辨黄震遐的"英雄"观念，不妨从追问《陇海线上》的一个细节开始，即白俄哥萨克巴格罗夫为什么要用"俄国文法的北方话"，亲密地向"我"喊着"他那替我所起的外号——法郎苏司（法国）"③？

如前所述，20世纪20年代末的黄震遐常与张若谷、朱应鹏、

---

① 黄震遐：《陇海线上》，《前锋月报》第1卷第5期，1931年2月10日。
② "北伐"伊始，《民国日报》的一篇文章指出，除广州的"国民革命军"和冯玉祥的"国民军"外，中国的士兵都是军阀用金钱豢养的"佣兵"。参见《在奉军中服务的回忆》，《民国日报》（上海）1926年8月13日，第7版。
③ 准确说来，"法郎苏司"应该是俄语 француз 的音译，意为"法国人"。

傅彦长、邵洵美、徐蔚南、叶秋原等文坛名流到法租界霞飞路一带的咖啡馆中消磨时光①,而法租界其实是"'流寓上海俄罗斯人底殖民地',一切底文化都是莫斯科式,它最著名的大道便是霞飞路,俄国人称它为'尼古拉斯第二'街,它一切的陈设布置都是纯粹的艺术装潢,路上有露天底咖啡馆,完全俄国式的饭店,还有影戏馆与跳舞场,可以供一般民众们彻夜底享乐"②。如所周知,沙俄的上流社会以法国文化为尊,因而霞飞路上的白俄商家为上海带来了浪漫的法国情调。甚至可以说,上海的法国文化其实是一种"白俄化"的法国文化。如此说来,对于黄震遐而言,"法郎苏司"不仅是一种优雅的都市想象,还是一种热烈的生活追求。或许正因为"我"带着一身的"法国"式浪漫,从现实走进了文本,所以才被深谙"法国"情调的白俄巴格罗夫戏称为"法郎苏司"。因而,此时的"法郎苏司"——这一看似简单的绰号成了两位浪漫英雄——"我"和白俄巴格罗夫之间的"暗语"。

不过,"法郎苏司"的意义远不止于此。"法郎苏司"扎根于黄震遐的思想深处,乃是"都市文化"的重要表征。那么"都市文化"又是什么呢? 这就必须回到黄震遐的"民族思想"。在黄震遐看来,西洋民族的"民族思想"来自战争的锤炼③,反过来又逐渐成为

---

① 参见张若谷:《珈琲座谈代序——致申报艺术界编者》,《申报·艺术界》1929年1月23日,"本埠增刊"第7版。另按,张若谷素以追慕和书写异国情调著称于文坛,且与黄震遐相交莫逆,曾在黄参军后"代为留养"其妹,而后者也是黄震遐唯一在世的亲人。参见秋原(叶秋原):《纪念诗人黄震遐》,《申报·艺术界》1930年8月22日,"本埠增刊"第2版。

② 参见黄震遐:《我们底上海》,《申报·艺术界》1928年12月30日,"本埠增刊"第7版。

③ 参见黄震遐:《民族思想与战争》,《申报·艺术界》1928年4月20日,"本埠增刊"第5版。

战争的"灵魂"①。而正因为"民族思想"驱动战争带来了征服②，人类才产生了光明强健的"艺术文化"③。由于"民族思想"奠基于古希腊的城邦制度，所以这种"艺术文化"主要表现为"都市文化"④。总之，黄震遐认为"民族思想"是西洋民族的思想核心，战争是"民族思想"的形塑方式，而"艺术文化"（"都市文化"）则是"民族思想"的美学呈现。正是在这三者的综合作用之下，西洋民族逐渐形成了优秀的国民性——"贼性"⑤，这种"贼性"具体表现为喜好冒险，热衷于殖民扩张⑥，崇尚对别国的"征服"⑦，以及在国家危难

---

① 在黄震遐看来，比之于法国大革命和美国南北战争等西洋战争，中国的战争缺乏"民族主义"精神，因而"从来不曾有过'灵魂'"。参见震遐（黄震遐）：《战争底灵魂》，《申报·艺术界》1928年8月22日，"本埠增刊"第6版。

② 黄震遐鼓吹征服与侵略，他钦佩历史上的匈奴与蒙古，认为这些民族"异常的清洁勇敢和高贵"，同时感慨中国如果能够和西洋一样的完美，"就早已可以在两千年前时出去侵略欧洲去了，反过来去大行其帝国主义于白人了"。参见黄震遐：《日本人》，《申报》1928年2月3日，"本埠增刊"第2版。因而，黄震遐崇拜凭借"可敬可傲的凶蛮""践遍了世界的一大半"的蒙古人，而这一观念实为其诗剧《黄人之血》的逻辑起点。参见震遐（黄震遐）：《我是一个鞑靼》（诗），《申报·艺术界》1928年8月14日，"本埠增刊"第6版。

③ 参见黄震遐：《宗教·艺术与征服》，《申报·艺术界》1929年3月16日，"本埠增刊"第5版。

④ 参见黄震遐：《侠客》，《申报·艺术界》1928年7月25日，"本埠增刊"第6版。

⑤ 与之相反的是中国式的"奴性"，而两者之别正是"优秀民族"与"下贱民族"的分野。参见黄震遐：《贼性与奴性》，《申报·艺术界》1928年6月4日，"本埠增刊"第6版。

⑥ 参见黄震遐：《往西跑朝东去》，《申报·艺术界》1928年8月11日，"本埠增刊"第6版。

⑦ 参见黄震遐：《征服的血痕》，《申报·艺术界》1929年5月13日，"本埠增刊"第6版。

之际不惜"死斗"等等①,而"英雄"精神正是这种"贼性"的突出代表。

　　那么,到底什么人称得上"英雄"呢? 在黄震遐看来,中国向来缺乏民族意识与自由精神,近代以降更是屡败于列强,民气消沉,已成波斯第二②,这样的国家自然缺少英雄文化。而西洋民族则一向追慕英雄,男人们"觉得为国家,宗教,爱人而流血,只不过是男性最普遍的责任,简直是家常便饭",少女们则往往以"英气勃勃的海盗,前线归来的军官,比得一手好剑的艺术家,以及体育场的 Champion"为梦中情人③。因而,"英雄美人才是自由的爱好者,包含'力与美'的优秀份子,他们的行为举动,都是'积极的艺术思想'的结晶"④。黄震遐将西洋民族的英雄归纳为三种原型,即海盗、绿林好汉和剑侠,这三者分别代表着西方近代的三种典范价值:"殖民独立""侵略开垦"与"勇敢公正的侠义行为",并以此为基础缔造了"世界上的最高权威强国精神"⑤。值得强调的是,黄震遐认为西洋英雄中的真正翘楚乃是那些四处漂泊的"战将",也就是前文所指的"客军",其典范人物就是比张宗昌的白俄兵更早的外国雇佣兵——在华组织常胜军镇压太平天国的美国人华尔,此

---

① 参见黄震遐:《勇敢民族最后的死斗》,《申报》1928 年 5 月 15 日,"本埠增刊"第 6 版。

② 参见黄震遐:《所谓世界主人——读史随笔之三》,《申报·艺术界》1928 年 6 月 28 日,"本埠增刊"第 5 版。

③ 参见黄震遐:《不同的对像》,《申报·艺术界》1929 年 9 月 27 日,"本埠增刊"第 8 版。

④ 参见黄震遐:《积极的艺术思想》,《申报·艺术界》1929 年 8 月 31 日,"本埠增刊"第 7 版。

⑤ 参见震遐(黄震遐):《关于海盗种种》,《申报·艺术界》1929 年 10 月 1 日,"本埠增刊"第 2 版。

人一生"以漂泊游荡度日，冒险是他底职业，战斗是他底情人"①。

　　综上所述，黄震遐的"英雄观念"植根于"民族思想"，而这种"民族思想"实质上是"民族精神"或曰国民性，其最终的解释标准不在于民族大义或国家利益，而在于个人的"英雄"体验②。作为向西方学习的产物，这种"民族思想"及其所表现出的"艺术文化"（"都市文化"）既有拜伦式慷慨激越、永不妥协的浪漫精神③，也有尼采式扩张自我、追慕超人的强力意志④，还有以法国为中心的"唯美－颓废主义"遁于艺术、乐享快感的思想印记⑤。

---

① 参见震遐（黄震遐）：《一个美国底漂泊者——华尔将军》，《申报·艺术界》1928年9月1日，"本埠增刊"第6版。

② 在黄震遐看来，英雄最重要的品质不是爱国，而是勇敢和荣誉。比如全印度最优秀的"昔格司"民族能征善战，曾在1845年及1846年两次举兵反抗英国殖民者，但最终战败。而"'昔格司'战争的结果，是两个勇敢民族互争雄长的一个判断，英人既然得胜，'昔格司'人便即甘心服从"，日后成为英国（准）军事力量中最忠勇骁悍的印度团体，上海租界的巡捕"红头阿三"亦在此列。参见黄震遐：《昔格司民族》，《申报·艺术界》1929年4月5日，"本埠增刊"第6版。

③ 20世纪20年代末的黄震遐有"东方拜伦"之称，他也自认与拜伦"豪放热烈的个性相像"，所写文章深受拜伦影响。参见黄震遐：《黄震遐致编辑的信》，《前锋月报》第1卷第5期，1931年2月10日。

④ 黄震遐认为，"艺术文化"是经由"文艺复兴"复活的古希腊文化，而基督教的"宗教文化"则是黑暗时代遗毒。参见黄震遐：《黑暗与光明》，《申报·艺术界》1928年7月3日，"本埠增刊"第5版。而在他看来，绽放在战争的火线上的"艺术文化"是一种"坚强的美，如火如荼的美，刚健活泼的美"，它"只有前进，没有后退，只有生活，享乐，决无死亡的恐怖隐逸的思想"。参见震遐（黄震遐）：《火线上的艺术思想》，《申报·艺术界》1929年10月18日，"本埠增刊"第2版。

⑤ 鲁迅曾敏锐地指出："民族主义文学"作家"本未尝没有半意识的或无意识的觉得自身的溃败，于是就自欺欺人的用种种美名来掩饰，曰高逸，曰放达（用新式话来说就是'颓废'），画的是裸女，静物，死，写的是花月，（转下页）

而以后者为核心的"法郎苏司"情调,无疑在黄震遐的思想乃至生活中占据着重要位置。不过,所谓"法郎苏司"情调,倒未必一定局限于法国的范围,而是代表了对西洋现代都市文化"世界主义"(Cosmopolitan)气质的追慕。按照黄震遐的分析,"只有租界才是真正的上海。租界里又可以分为三个不同性质底区域,如果按照希腊思想来讲,便是三个国家":一是法租界,其最著名的街道就是一派俄罗斯风情的霞飞路;二是英租界,这是类似香港的物质文明之邦;三是虹口,尤以北四川路为代表,一到午夜这里就成为"麻醉疯狂的万国会场"[1]。然而,至关重要的是,在上述学习西方的过程中,黄震遐却没能区分迥然不同的两个部分:现代价值和殖民霸权,因而以渴慕的姿态歌颂着力与美、冒险与侵略的殖民精神。

　　而正因为秉承着自己的民族思想与英雄观念,黄震遐笔下的"中原大战"可谓独具风貌。正如潘公展所言,此役"历时凡四个月又十二日,双方损失之巨,都打破了历来战争的纪录"[2]。而在纷飞的炮火之外,双方的"政战"也在激烈进行。在这方面,久经政治

（接上页）圣地,失眠,酒,女人。"参见晏敖（鲁迅）:《"民族主义文学"的任务和运命》,《文学导报》第 1 卷第 6—7 期合刊,1931 年 10 月 23 日。再者,解志熙曾指出,区别于北平文坛以周作人、俞平伯、何其芳等人为代表的"重情趣的唯美－颓废主义者",上海文坛活跃着以邵洵美、腾固、章克标等人为核心的"重官能的唯美－颓废主义者",在这一作家群的鼎盛时期,张若谷、徐蔚南、傅彦长、张道藩等人都曾参与其间。参见解志熙:《美的偏至——中国现代唯美－颓废主义文学思潮研究》,上海:上海文艺出版社,1997 年,第 81、227 页。按,黄震遐本人的创作亦可归入这一"重感官的唯美－颓废主义"文学思潮。

[1] 黄震遐:《我们底上海》,《申报·艺术界》1928 年 12 月 30 日,"本埠增刊"第 7 版。

[2] 潘公展:《十年来的中国统一运动》,中国文化建设协会编:《抗战十年前之中国（1927—1936）》,台北:文海出版社有限公司,1974 年,第 13 页。

风云的蒋介石显然更胜一筹。战衅既启,国民党"中央宣传部"就通电全国,发布冯玉祥炸毁平汉陇海铁路,阻碍奉安,忤逆总理,不奉中央命令,擅调军队,私委五路指挥,称兵叛乱,破坏统一和平,勾结苏俄,包容共党等十条罪状①,并要求所有南京政府实际控制的省市党部据此"罪状"进行"讨冯"宣传。而在"中原大战"打响之后,南京政府更是发起猛烈的宣传攻势,一方面在多个省市召开声势浩大的群众"讨逆大会"②,另一方面则全力展开"笔伐"③,在严密监控全国舆情的同时④,严厉惩处那些偏离"要点",宣传不力的官员⑤。而早在《陇海线上》发表的半年以前,就在双方鏖战之际,刘謩的纪实性战争小说《西征依马录》已在《中央日报》的"大道"副刊连载,这部小说不仅严格遵照国民党宣传部的"宣传要点"

---

① 参见《中宣部制定对冯宣传要点》,《申报》1929 年 5 月 25 日,第 4 版。

② 参见《湘省讨逆大会》,《中央日报》1930 年 5 月 1 日,第 5 版;《粤省讨伐阎冯大会》,《中央日报》1930 年 4 月 26 日,第 5 版。

③ 这一时期的国民党《中央日报》连篇累牍地"揭露"冯军"奸淫掳掠"的暴行,而其中一则有关孙殿英部"匪兵"意图轮奸妇女遭遇誓死抗争,遂割其双乳而残杀之的报道尤其令人恐怖。参见《冯逆祸豫目击者言》,《中央日报》1930 年 4 月 27 日,第 5 版。

④ "冯阎之崩溃"是国民党宣传部经过密切监控得出的"十九年五月份国内报纸言论趋势"。报告显示,国内大部分报纸拥蒋,只有国家主义派之《公民日报》以及改组派之《革命日报》唱反调,而日人之《日日新闻报》则态度消极。参见中央宣传部指导科编:《审查全国报纸杂志刊物总报告》,1930 年 5 月,国民党党史馆(台北)档案,档案编号 436/154。

⑤ 1930 年 5 月 20 日天津特别市举行宣传大会,会议没有对冯玉祥"口诛笔伐",而是在"宣传要点"之外自行发布了以"反封建集团的战争"为核心的五个"伐逆"口号,被国民党"中央宣传部"指认为以"意义含糊,莫知所指"之口号,"对冯逆作间接宣传",因而"将该特别市党部宣传部部长周仁齐及秘书周德伟撤职并交中央监察委员会议处"。参见《为天津特别市党部宣传荒谬,不守纪律,诬蔑中央,掩护冯逆,特屡陈颠末,恳予以处分由》,国民党党史馆(台北)档案,档案编号 3.3/36.18。

攻击冯、阎一方,并且与《中央日报》的前线报道形成紧密互动,图解政治之意跃然纸上①。

比之于《西征依马录》,《陇海线上》虽也旗帜鲜明地站在蒋介石政权一边,鼓吹消灭"军阀"的"革命"之战,但既没有描摹"宣传要点",也没有将冯军士兵妖魔化,而是以一种浪漫的英雄情怀来观照战争,这不仅使得那些英勇善战的白俄雇佣兵反客为主,成为这场"革命"战争的主角,而且揭示出战争真实而又荒诞的本来面目②。如此的英雄叙事显然不符合南京政府的宣传口径。如前所述,黄震遐对于"民族主义文学"乃至"民族主义"都有着自己的独特理解,并在文本中较为自由地表达了这一理解,而这种较为自由的状态也是"前锋社"("民族主义文学"核心组织)较为松散的同人团体性质使然。

四、"英雄"之殇

黄震遐幼年失怙,1930 年又不幸丧母,在此打击之下精神一度消沉,"遂日以醇酒妇人自娱"③。痛定思痛,他决心杀死旧日浮浪的

---

① 刘骞原为国民革命军"第七师政治训练处主任",其《西征依马录》在《中央日报》连载后,又集结成篇,另行发表于 1930 年 7 月的《黄埔月刊》。该小说讲述了第七师由寿山出发,攻克洛阳的光辉战史,并对冯玉祥做了诸如"向锻鞋敬礼""向烟屁股下跪"之类的夸张丑化。正因如此,《黄埔月刊》编辑将其视作揭露"冯逆罪恶史之宝贵的文献"。参见刘骞:《西征依马录》,《黄埔月刊》第 1 卷第 2 期,1930 年 7 月 30 日。

② 参见倪伟:《"民族"想象与国家统制—— 1928—1948 年南京政府的文艺政策及文艺运动》,第 140—142 页。

③ 参见郑康民:《中华的"西线无战事"》,《申报·自由谈》1931 年 3 月 26 日,第 13 版。

"黄震遐"，到战争中"改造一个新的，充满生气的'黄宗汉'"①。或许是因为受到《战地之花》等外国影片的影响，黄震遐曾经以为"军人们的三W生活"，即Wine、Women、War（醇酒、美人、战争）是"生活史中最有趣最刺激的一页"，是"艺术文化"的重要表征②。当奔袭在火线之上，他才知道战争并非如影片中那般刺激与兴奋，因而《陇海线上》这篇小说所要讲述的并非读者所期待的"天翻地覆的炮战，成千整万的死伤，流离失所的难民，可怕的奸淫掳掠，以及可泣可歌英雄美人的轶事"，而是"战争的背境，民族奋斗的历史底过程，以及团体生活中那一种真正的精神，千金难买的友谊"③。也正是出于切身的战争体验，黄震遐笔下的白俄军人挣脱了这一群体在国人心中"嗜血成性、残暴野蛮"的"刻板印象"，不仅他们的战斗能力与军事素养受到颂扬，他们眷怀祖国的乡愁甚至也得到了尊重。在中国现代文学史上，黄震遐不仅让这些命运悲苦的白俄雇佣兵第一次获得了人性化的文学呈现，而且匠心独运地发掘出他们身上独特的军人之美。正如波德莱尔所言，这种军人之美的"特殊标记是一种雄赳赳的不在意，是一种冷静和大胆的奇特混合，这是一种出自随时准备去死的必要性的美"④。

　　不过，囿于"民族思想"与"艺术文化"的局限，黄震遐笔下的

① 黄震遐：《陇海线上》，《前锋月报》第1卷第5期，1931年2月10日。
② 参见云遐：《从马德兰说到三W生活》，《申报·艺术界》1929年10月10日，"本埠增刊"第10版。按，就文章的发表时间、主旨、风格和笔法来看，"云遐"很可能是黄震遐的笔名，而"云"（雲）字或为"震"字之讹。
③ 黄震遐：《陇海线上》，《前锋月报》第1卷第5期，1931年2月10日。
④ 参见[法]波德莱尔著，郭宏安译：《1846年的沙龙——波德莱尔美学论文选》，桂林：广西师范大学出版社，2002年，第435页。

战争仍是一种寻找浪漫的新方式,只不过以"号筒的雄音"和"战马的悲鸣"取代了旧日"灯红酒绿中千百次的软语温言"以及"天性的疯狂与麻醉"。然而,用一种新浪漫代替旧浪漫并不能由此获得生存的真正意义。在经历了这场为生命添加"酸与辣的质素"的战争冒险之后,黄震遐在小说中留下了强烈的幻灭感。所谓革命军队,招纳的不仅是"我"这样投笔从戎的志士,还有无家可归的"乞丐,以及小流氓们";《党军日报》上大肆吹嘘的所谓"轻甲车",其实不过是经过简单改装的宝马牌三轮摩托车而已,它们曾经是战争中的"一阵狂风,一道怒浪,但等到风敛波停,也就如'瓦斯'般的消散,泡影般的幻灭了"①,而正如黄震遐在致《前锋月刊》编辑的信中所言,这次投笔从戎"也只是人生悲剧中一幕特别比较滑稽有趣的穿插而已"②。

正因如此,小说文本中唯一能从这种幻灭感中拯救浪漫话语的就只有白俄英雄。然而,这些白俄英雄真是如此浪漫吗? 他们真实的生存处境究竟如何? 事实上,无论是粗野豪放的巴格罗夫,还是"柴霍甫化的俄国中年人"谢立洁排长,对他们而言,那种"流血断骨"的战斗生活并不浪漫,战争的恐怖带给了巴格罗夫迷醉式的癫狂,也让谢立洁"失去灵魂的主人"。而这些白俄军人之所以投身于中国沙场,其真实目的不过是凭借他们唯一的身体资本和仅有的军事技能博得一个容身异国之处。不仅如此,白俄军人的"英勇"也并非如黄震遐所鼓吹的那般充满诗意,就文本脉络而言,"英勇"与他们忠于祖国的信仰并没有必然联系,他们在中国只是

---

① 黄震遐:《陇海线上》,《前锋月报》第 1 卷第 5 期,1931 年 2 月 10 日。
② 参见《编辑的话》,《前锋月报》第 1 卷第 5 期,1931 年 2 月 10 日。按,该文摘录了黄震遐致《前锋月刊》编辑的信。

雇佣兵，没有任何复辟沙俄的政治意图。如果说两者之间有深层的勾连，那也只是一种负面的关系，即这些失去祖国庇护的亡命之徒不得不通过轻视死亡来获得战斗的勇气，因而"英勇"不过是他们与命运抗争的唯一武器。

在小说结尾处，面对以重大伤亡换来的"凯旋"，"我"有过"难过"与"凄颤"，而作为军人，"我"通过强调这场战争的正义性来开解悲悼："这便是世界大同最初的牺牲"，阵亡的士兵们也将因此而"流芳千古"。可是那些隔绝于意识形态召唤之外，客死沙场的白俄雇佣兵又拿什么来慰藉自己的在天之灵呢？1930 年 5 月的《申报》登载了一篇关于白俄雇佣兵的报道，读之让人不禁心酸：

> 本埠老靶子路一七二号，俄人残废院中，于昨晨一时，有一住居该院之断脚俄人，因在中国军队中当兵，被枪弹击伤脚骨，此次疗养院中，颇感生活之苦，遂自缢房中，其状甚属可怜，闻年只三十二岁。①

而除此之外，还有一位白俄作家在《大撤退》一书中写道：

> 俄国的白军受命运的摆布卷入了中国的内战，在一系列流血的战斗中遭到惨重的损失。在中国的辽阔土地上，从沈阳到上海，从太平洋之滨的青岛到中原地区的河南首府开封，到处都有俄罗斯士兵和军官的坟墓。②

---

① 《断脚俄兵自缢》，《申报》1930 年 5 月 24 日，第 16 版。
② 转引自李兴耕等著：《风雨浮萍——俄国侨民在中国（1917—1945）》，第 168 页。

何谓"英雄"？这是本章一个迟到而又必需的追问。在浪漫主义视域内,卡莱尔认为"英雄"的首要特征在于"一种深沉的、崇高而纯粹的真诚",正是出于对信仰的真诚,英雄能够不为流俗和表象所蔽,获得洞察本质和昭示真理的能力[①]。而这些"流血断骨"的白俄雇佣兵被命运捆绑在异国战车上,只有勇猛没有信仰,只有回忆没有未来。尽管被黄震遐解读为"英雄",但他们既不是国民党意识形态话语中的爱国者,也不是黄震遐的"民族思想"和"艺术文化"中的浪漫者,只是一群卑微痛苦的异国流亡者,一些被贴上"英雄"标签的战争机器。

小　结

在今天看来,《陇海线上》的白俄叙事为研究者提供了一个独特的观察视角。正如文中"客军"这一名称所示,这些白俄"英雄"就像一群来自异国的客人,带着一身的浪漫气息,纤尘不染地行走在民族 – 国家话语的边界之外。而正因为跳脱了中国人无法避免的民族与国家纠葛,他们将黄震遐导演的这部英雄的"传奇"展演得淋漓尽致,却也反讽式地将其荒谬本质暴露无遗。而更为关键的是,这部旨在为中国革命乃至中华民族提供脉案的英雄"传奇",却不得不依靠"客军"而勉强完成。在此意义上,黄震遐的英雄叙事不仅是虚假的,而且是虚无的,这套"借师助剿"般的陈旧话语所竭力掩盖的正是民族自信心的丧失。

然而,如果考虑到黄震遐在写作《陇海线上》时年仅二十一

---

① 参见［英］托马斯·卡莱尔著,周祖达译:《论历史上的英雄、英雄崇拜和英雄业绩》,北京:商务印书馆,2010 年,第 53、148 页。

岁①，我们似乎不该对这部作品有过多的苛责。或许真正有意义的学术思考并不在于这些"后见之明"的指摘，而在于"设身处地"的理解。因而，从更深的理论层面来看，《陇海线上》这部作品所表征的虚假浪漫映照的是当时整个"民族主义文学"的意识形态困顿：他们虽极力鼓吹文艺活动应以"唤起民族意识为中心"，并主张为民族之繁荣而促进"民族的向上发展的意志，创造民族的新生命"②——这一努力对于建构"现代中国"自然不无贡献③——但却既无法确证国民党当局的政权合法性，也无力回应20世纪30年代初亟待解决的国家认同难题。正如徐訏在其晚年的回忆录中所论，"民族主义文学"是一个早产于国民党当局政治和统治双重困境之中的"畸形儿"：在"民权"和"民生"话题无法触碰的限制之下，"三民主义文学"被强行压缩为"民族主义文学"，而面对日本侵略者的步步紧逼，国民党当局妥协苟安的对日政策又将这一本应是"抗日文学"的"民族主义文学"挤压为"反苏反共文学"④。因而，在此现实与思想的双重束缚中，年轻的黄震遐只能求助于他所熟悉的都市生活与西洋想象，最终凭借那"雇佣"来的白俄"浪

---

① 据1931年8月的一篇访谈文章透露，黄震遐时年二十二岁，原籍广东南海，生于北京，十四岁后居上海。参见白林：《〈陇海线上〉作者诗人——黄震遐先生之谈话》，《星期文艺》第3号，1931年8月1日，第3版。另据姜飞援引台湾文献的考证，此处的二十二岁为虚岁，周岁为二十一岁，即黄震遐1910年出生。参见姜飞：《国民党文学思想研究》，广州：花城出版社，2014年，第121页。

② 参见《民族主义文艺运动宣言》，《前锋月刊》第1卷1期，1930年10月10日。

③ 参见倪伟：《"民族"想象与国家统制——1928—1948年南京政府的文艺政策及文艺运动》，第102—116页。

④ 参见徐訏：《关于反左联的文学理论的几种说法》，《现代中国文学过眼录》，台北：时报文化出版企业有限公司，1991年，第73—74页。

漫",搭建起"民族意识"的空中楼阁。

　　1933 年 11 月,黄震遐发表了另一篇关于白俄雇佣兵的小说《甲必丹谢尔洁夫》,小说中的叙述人"我"就是《陇海线上》的"黄宗汉",而主人公谢尔洁夫则是那位忧郁的白俄英雄——"谢立洁"排长,因而这篇小说可谓《陇海线上》的续集或姊妹篇。然而,"甲必丹谢尔洁夫"褪去了"谢立洁"排长身上的浪漫光彩,展现出一位白俄雇佣兵悲苦生活的灰暗底色。鸟尽弓藏,"中原大战"之后,谢尔洁夫被"中央军"遣散回沪,不得不重操"雇佣兵"旧业——受雇成为某位中国富人的保镖,过着贫穷而卑微的生活[1]。不难看出,叙述人"我"对于谢尔洁夫的寻找,正体现出黄震遐对白俄雇佣兵的真实命运的深入思考,而这一转变也意味着黄震遐的"民族主义文学"思想和书写进入了一个新的阶段。

---

[1] 黄震遐:《甲必丹谢尔洁夫》,《矛盾月刊》第 2 卷第 3 期,1933 年 11 月 1 日。

第十章　迷失*

　　1936 年元月 1 日，年仅二十四岁，但早已蜚声沪上文坛的"新感觉派"作家穆时英开始在第 8 卷第 1 期的《文艺月刊》上连载自己的中篇小说《G No. Ⅷ》，随后在第 8 卷第 4 期（4 月 1 日）和第 8 卷第 5 期（5 月 1 日）将其续完。作为穆氏为数不多的中篇小说之一，《G No. Ⅷ》在其生前并未结集出版，直至 2008 年才被收入严家炎、李今主编的北京十月文艺出版社版《穆时英全集》。而小说题名则源于女主人公——"白俄间谍"丽莎的代号，由此，穆时英为中国现代文学的白俄人物谱系贡献了一个崭新的形象。检视当前学界丰富而深入的穆时英研究，《G No. Ⅷ》显然并未得到与之相匹配的重视与探讨。究其原委，这一普遍性的忽视大概与《G No. Ⅷ》采取"间谍小说"这一颇为通俗的文学类型，较少"新感觉派"技法的"典型性"有关，这使其偏离了很多研究者的关注重心。而更为直接的原因或许在于，《G No. Ⅷ》的情节模式和人物设置明显承袭自作者另一部间谍题材的短篇小说《某夫人》（1935），特别是考虑到穆时英创作中一再出现的"自我重复"的不严肃态

---

*　原载《清华大学学报》（哲学社会科学版）2017 年第 4 期，题为《遭遇"他者"与迷失"上海"——穆时英中篇小说〈G No. Ⅷ〉的白俄叙事》。

度 ①,这难免使得研究者对《G No. Ⅷ》产生狗尾续貂的联想,因而意兴阑珊。

　　然而,如果我们悬置上述前见,回到《G No. Ⅷ》的文本本身,将会发现穆时英之所以采用"间谍小说"的形式,固然有其一贯的商业化写作的考量,但更为深层的原因则是穆氏对于这种文学形式以及上海"都市文化"的独特理解。比之于《某夫人》,《G No. Ⅷ》自有独立的问题意识与美学追求,而其对前者的承袭,非但不是作家"自我重复"的证据,反而正体现了其重构"国际间谍"题材小说的努力 ②。《G No. Ⅷ》通过描写男女主人公梁铭与化名波兰女子"康妮丽"的丽莎之间的"性别战争",深刻揭示出这位"高等华人"在半殖民地上海这一"特定社会中所体验到的危险与挫败" ③,而这一遭遇"他者"(the other)的"历险",不仅为我们把握穆时英文学道路从"普罗文学"至"新感觉派"再到国民党"民族主义文学"转向提供了一个典型的案例,更为我们解读作家本人深刻的民族－国家认同危机提供了重要的线索。

一、"丽莎"前传

　　追溯起来,穆时英对沙俄／白俄问题早有关注。1933 年 6 月,

---

① 穆氏将《一九三一》中的一部分改为《田舍风景》,而《上海的季节梦》中的一些章节则是直接挪移自《墨绿衫的小姐》。参见张勇:《摩登主义:1927—1937 上海文学与文化研究》,台北:人间出版社,2010 年,第 93 页。此外,《谢医师的疯症》则是《白金的女体塑像》的模板。

② 反观《某夫人》,其通过日／韩(男／女)二元对立的情节设置,旨在完成对"异国情调"的猎奇。女主人公、朝鲜间谍 Madam X 只有代号没有名字,这一无名状态恰恰透露出作家对于朝鲜人民抗日救亡思想的漠视。

③ 参见［美］利奥·洛文塔尔著,甘锋译:《文学、通俗文化和社会》,北京:中国人民大学出版社,2012 年,第 6 页。

穆时英与陈宗濂合译的以沙俄宫廷政变为题材的剧本《那种人是危险的》（八幕剧）发表于《文艺月刊》第 3 卷第 12 期，剧中的奥斯脱门男爵夫人爱娜就是一个类似女间谍的角色。1935 年 11 月，穆时英阅读了邱东平刊载于《文学季刊》的白卫军题材小说《福罗斯基》，赞其为"优秀的作品"①。此外，穆时英在这一时段的日常生活中更是经常享用那些由白俄提供的"上海摩登"，如著名的丽娃丽妲村和文艺复兴咖啡馆②。因而，早在白俄间谍"丽莎"这一形象出现之前，白俄元素就已不时闪现在穆时英的文本中。1933 年，左翼作家茅盾在《子夜》中曾写到"几个白俄的亡命客"新辟的丽娃丽妲村，此乃杜新箨之流的醉生梦死之地③。而在穆时英笔下，"丽娃栗妲邨"（丽娃丽妲村）却成了小说主人公逃遁都市喧嚣的静谧城堡，而那些游荡其中的白俄则是这一城堡中的典范人物④。穆时英从这些没落白俄身上捕捉到了一种无根漂泊的绝望情绪，而这

① 参见穆时英：《文学市场漫步》（一），严家炎、李今编：《穆时英全集》第 3 卷，北京：北京十月文艺出版社，2008 年，第 88 页。原载《晨报·书报春秋》（上海）1935 年 11 月 9 日，第 7 版。

② 1938 年，身在香港的穆时英撰文指出，自己在上海时，每周六下午的时光经常"消磨在丽娃栗妲邨"。参见穆时英：《上海之梦》，严家炎、李今编：《穆时英全集》第 3 卷，第 131 页。原载《旬报》第 1 卷第 1 期，1938 年 5 月 11 日。另据康裔回忆，1934 年穆时英时常与其相约在"霞飞路的'文艺复兴'吃咖啡"。参见康裔：《邻笛山阳——悼念一位三十年代新感觉派作家穆时英先生》，严家炎、李今编：《穆时英全集》第 3 卷，第 488 页。原载香港《掌故月刊》1972 年第 10 期。

③ 茅盾：《子夜》，第 226 页。

④ 穆时英：《被当作消遣品的男子》，严家炎、李今编：《穆时英全集》第 1 卷，第 246 页，原载《公墓》，上海：现代书局，1933 年；穆时英：《丽娃栗妲邨》，《申报·自由谈》1933 年 2 月 27 日，第 16 版。按，穆时英还在《公墓》（1932）、《黑牡丹》（1933）、《贫士日记》（1935）、Traumerei（1935）等文本中描述了丽娃丽妲村。

正与穆时英对于上海的"寂寞感"产生了共鸣①,因为白俄虽是上海市民化西洋"摩登"最主要的"供应商",但作为"无国籍者"却不得不寄生租界仰人鼻息,而穆时英虽乐享摩登生活,但"面对着自己不曾参与创造的工业文化,这位现代男性既没有机会发明针对都市刺激的防御机制,同时在这座都市中也找不到归属感"②。于是,此时穆时英笔下的白俄既不同于普罗文学的"敌人"叙事,也异乎海派作家的"摩登"礼赞,而是作为一个游荡在都市的文化符码。例如在《上海的狐步舞》中,穆时英将上海称作"造在地狱上的天堂",而"白俄浪人"正代表这一"天堂"的"地狱"面相③。在《夜总会里的五个人》中,"一排没落的斯拉夫公主们"用她们的疯狂艳舞揭示了那曾经强颜欢笑的"五个快乐的人"内心的迷惘与恐惧④。而这也印证了彼时一位外国观察者的看法:"白俄给上海带来了一种犹如狂欢节的疯狂气氛,然而这种疯狂往往以乐极生悲而告终。"⑤

　　但到了《G No. Ⅷ》,曾经的"斯拉夫公主"终于升格为主角。小说以白俄女人丽莎——著名国际间谍联盟的 G No. Ⅷ 窃取日本关东军情报为核心"事件",讲述了丽莎"惊艳"的间谍经历。这位

① 参见穆时英:《〈公墓〉自序》,严家炎、李今编:《穆时英全集》第 1 卷,第 234 页。原载《公墓》,上海:现代书局,1933 年。

② 参见[美]史书美著,何恬译:《现代的诱惑——书写半殖民地中国的现代主义(1917—1937)》,南京:江苏人民出版社,2007 年,第 373 页。

③ 穆时英:《上海的狐步舞(一个断片)》,严家炎、李今编:《穆时英全集》第 1 卷,第 331、337 页。原载《现代》第 2 卷第 1 期,1933 年 11 月 1 日。

④ 穆时英:《夜总会里的五个人》,严家炎、李今编:《穆时英全集》第 1 卷,第 272—273 页。原载《公墓》。

⑤ [英]哈莉特·萨金特著,徐有威等译:《白俄在上海》,《民国春秋》1993 年第 2 期。

女主人公拥有多重身份：许尼德夫人、萧罗丽达舞场舞女、波兰应召
女郎康妮丽、白俄叶甫琳娜公主。她像蒋光慈《丽莎的哀怨》中的丽
莎一样，穿梭在不同的男人身体之间，不过穆时英笔下的丽莎不再
以身体谋生，而是为白俄复国的梦想献身。值得关注的是，在小说
一开篇，穆时英就用"哀怨"一词来形容丽莎①，而这正是蒋光慈定
义其女主人公的关键词。不过，如此"哀怨"绝非蒋光慈笔下的自怨
自艾，而是具有一种贵族式的孤傲与冷艳，这位白俄公主怀抱着坚
定的复国志向，以不停"变脸"的方式迎向摩登而迷乱的上海生活。

　　显而易见，《G No. Ⅷ》与《丽莎的哀怨》构成了某种深刻的互
文性。不仅如此，丁玲在 1932 年 9 月问世的短篇小说《诗人》中，
也曾刻画了一位名为丽莎的白俄妓女，以此改写和强化了蒋光慈
未能完成的革命叙事。回顾起来，初登文坛时穆时英的"《咱们的
世界》等篇"曾被视为普罗文学中"少见"的"成熟的作品"②，而如
今他却通过"复国者"丽莎彻底颠覆了由蒋光慈开创并经过丁玲
匡正的左翼文学白俄叙事，以小说的形式重申了与左翼文学的彻
底决裂。

二、"间谍"丽莎

　　《G No. Ⅷ》中的女主人公丽莎是一位著名的国际间谍，其跌
宕起伏的间谍生活也是整部小说的叙事主轴，而日本关东军特务
员忠贞一和国民政府特务科长梁铭分别对丽莎的追捕则构成了

---

① 穆时英：《G No. Ⅷ》，《文艺月刊》第 8 卷第 1 期，1936 年 1 月 1 日。

② 狄克（张春桥）：《一九三○年中国文艺杂志之回顾》（节选），严家炎、李
　今编：《穆时英全集》第 3 卷，第 363 页。原载《当代文艺》第 1 卷创刊号，
　1931 年 1 月 15 日。

小说的核心情节。毫无疑问，这是一篇"间谍小说"（the secret agent adventure），而"间谍小说"是西方现代常见的一种文学类型（genre）。更准确地讲，《G No. Ⅷ》属于由"间谍小说"衍生出的"反间谍小说"（novel of counterespionage），并且因为"逮捕间谍"（to catch a spy）的核心情节设置而"在形式上最接近侦探小说"[①]。如所周知，间谍小说有着相对固定的主题和高度类型化的叙事模式，比如以"跨国阴谋"为固定的叙事背景，故事大多起因于"国际政治利益冲突"，间谍的任务"千篇一律的和军事或科技秘密有关"，而"'追逐'（chase）与'躲避'（evasion）"则是其最为常见的情节[②]。上述这些间谍小说的类型元素在《G No. Ⅷ》中逐一出现，可见穆时英的这一文本颇为切题。

不过，正因为叙事的高度类型化，间谍小说或侦探小说特别注重以逻辑推理和情节设置为核心的叙事技巧，用英国现代作家切斯特顿的话说："在这种小说里，技巧几乎就是窍门的全部所在。"[③] 以此检视，年轻的穆时英显然还没有掌握这一"窍门"。首先，小说中不止一次出现了有违间谍基本职业素质的叙述硬伤。例如：在窃取了日本关东军机密作战计划之后，假称"道地的慕尼黑市民"许尼德夫人的丽莎身处险境，但却在"满洲"的火车车厢里"以一个悒郁的女子的最高音"唱起了"哀怨的旧俄的调子"。不仅如此，化身为波兰应召女郎康妮丽的丽莎，家中起居室"正面

---

① 参见 John G. Cawelti、Bruce A. Rosenberg 著，王葳真译：《间谍小说的形式》，《中外文学》（台北）2000 年第 29 卷第 3 期。

② 参见 John G. Cawelti、Bruce A. Rosenberg 著，王葳真译：《间谍小说的形式》，《中外文学》（台北）2000 年第 29 卷第 3 期。

③ ［英］G. K. 切斯特顿著，沙铭瑶译：《谈侦探小说》，《切斯特顿随笔选》，天津：百花文艺出版社，2002 年，第 2 页。

的壁炉架上"竟然挂着末代沙皇"尼古拉大帝画像"这一标志性的白俄符号。其次，如果说间谍基本的职业素养是"隐蔽自己的一切"，那么反间谍特务的基本职业素养便是"怀疑周围的一切"，然而国民政府某单位"机警的"特务科长梁铭在面对波兰女子"康妮丽"——"正是一个和使他提心吊胆 G No. Ⅷ 一样的，有着璀璨的淡金色的头发的女子"——之际，其嗅觉和判断力全部关闭，竟然"早已忘了"自己的反间谍工作。而那位日本关东军特务员看起来好像是"怀疑一切"，他将丽莎及其搭档李维耶夫的随身行李逐一检查登记，甚至认真测量丽莎的内衣尺码，然而这更像是作家精心安排的一场时尚服饰展演，并且添加了色情的意味①。尤有要者，这位在作家笔下有着"白痴似"的"单恋者"模样的日本特工，虽然"忠贞"敬业，但其业务能力比之于梁铭不过五十步笑百步而已：追捕丽莎靠的是"差不多走遍了上海的街道"，唯一的破案线索来自在霞飞路上"无意间听到那和许尼德夫人一样的，有着清脆的金属声的"足音②。最后，与上述两点相关，《G No. Ⅷ》并未正面展现间谍小说中最具悬疑色彩同时也最为激动人心的"窃取"与"追捕"场面。因而，《G No. Ⅷ》充其量只是一部二流间谍小说。

事实上，穆时英不仅没有能力，而且也毫无心思完成一部优秀的间谍小说。因而比之于揭示穆时英在间谍小说技巧上的缺失，更为深入的探讨或许应该是追问穆氏为何选择这一颇为通俗的文学类型。1935 年 8 月，穆时英在评介美国现代作家约翰·陶士·帕索斯（John Dos Pansos）时指出，"现代生活和现代文明"有两个特征，即鸡尾酒式的混杂性和蒸汽机式的机械性，而要表现这

①　穆时英：《G No. Ⅷ》，《文艺月刊》第 8 卷第 1 期，1936 年 1 月 1 日。
②　穆时英：《G No. Ⅷ（续）》，《文艺月刊》第 8 卷第 5 期，1936 年 5 月 1 日。

样的时代,"旧的形式都成为不可适用的废物",因此帕索斯不得不创造以"不连续性与客观主观的统一"为核心理念的新形式体系:多主角、多中心、多线索并各自独立地推进情节,从而以精密设计的"不连续性"表现"社会本身的不连续性"①。追溯起来,穆时英在 1932 年创作但未能完成的长篇小说《中国行进》中就已经开始对帕索斯进行学习,也正是在这一过程中,"间谍小说"这一文学类型开始进入穆时英的视野。

　　间谍小说虽然通俗,却无原罪。英国批评家利维斯盛赞康拉德的长篇小说《特务》(The Secret Agent, 1907)为"真正的一流杰作",认为其深刻揭示出人们"彼此隔绝的感情和意图的涌动"②。不仅如此,雷蒙·威廉斯曾论述了英国现代文学三个重要的都市主题:"现代城市作为一群陌生人的效果""个体在人群中的孤独寂寞",以及"对城市的'不可测知'提供了一种非常不同的解释",而以福尔摩斯为代表的"新的城市侦探的形象"正是对凝练了上述主题的"19 世纪晚期'黑暗的伦敦'"所做出的文学回应③。这样看来,"间谍小说"这一文学类型非常适合用来表达帕索斯意义上杂糅变幻、魅惑震撼的现代都市体验,而上海带给身处其中的穆时英的正是这般感受。另一方面,间谍小说中间谍人物特有的本质正在于"不可见性(invisibility)",即"一切有关间谍本人的事

① 参见穆时英:《约翰·陶士·帕索斯》,王贺辑校:《穆时英集外文新辑》,《中国现代文学研究丛刊》2016 年第 3 期。原载《大晚报·火炬》1935 年 8 月 1 日、4 日第 6 版,署名穆时英。

② 参见［英］F. R. 利维斯著,袁伟译:《伟大的传统》,北京:生活·读书·新知三联书店,2002 年,第 350 页。

③ 参见［英］雷蒙德·威廉斯著,阎嘉译:《大都市概念与现代主义的出现》,《现代主义的政治——反对新国教派》,北京:商务印书馆,2002 年,第 57—61 页。

物……必须是秘密的或是伪装出来的"①。因此,间谍小说就成为设置帕索斯式叙事单元封闭的"不连续性"的上佳之选。而在《G No. Ⅷ》中,穆时英通过丽莎、梁铭和忠贞一这三个各自独立的视角展开叙事,无疑体现出他对帕索斯的借鉴。

　　不仅如此,通过对文本的细读可以发现,《G No. Ⅷ》的写作与彼时上海通俗文化的间谍叙事有着密切关联。根据小说叙述人交代,国际间谍 G No. Ⅷ 曾经在"一·二八"事变之际和川岛芳子一起"偷了许多军事秘密"②。此处提及的川岛芳子是当时一位恶名昭彰的日本女间谍③,且曾被某些大众媒体视为"传奇"④。再者,小说中描述梁铭初访康妮丽之际,在黑暗的楼梯间突然感到自己"像是跑进了'陈查礼侦探案'里边似的"。而所谓"陈查礼侦探案"是20世纪30年代初在上海热映的以华人侦探陈查礼为主人公的好莱坞系列电影⑤。此外,早在穆氏1932年问世的短篇小说《空闲少

---

① 参见 John G. Cawelti、Bruce A. Rosenberg 著,王葳真译:《间谍小说的形式》,《中外文学》(台北)2000 年第 29 卷第 3 期。

② 穆时英:《G No. Ⅷ》,《文艺月刊》第 8 卷第 1 期,1936 年 1 月 1 日。

③ 川岛曾在 1931 年潜至上海,"藉充舞女,刺探军事政治情报,以助上海'一·二八'事变"。参见《金璧辉汉奸案》,《法律知识》第 2 卷第 1—2 期合刊,1948 年 4 月 1 日。按,川岛芳子,本名金璧辉,逊清肃亲王之女。1932 年 1 月 18 日,她与时任日本驻沪公使武官助理的田中隆吉指使日本浪人和若干汉奸总计 20 余人,袭击路经三友实业社门前的 4 名日本僧人,事后诬陷此事系该厂中国义勇军所为,是为"一·二八"事件的导火索。参见张宪文主编:《中国抗日战争史(1931—1945)》,南京:南京大学出版社,2001 年,第93—94 页。

④ 参见华尚文:《女间谍——中日战事实话》,《大众画报》第 1 期,1933 年 11月;丽君:《川岛芳子——日政府的著名女密探》,《玲珑》第 4 卷第 9 期,1934 年 3 月 28 日。

⑤ 该系列影片主要有《陈查礼探案》《陈查礼巨探案》《法京血案》等。（转下页）

佐》中,被俘的日本军官在处理自己与中国女看护的关系时,总会想起从前看过的一部有关"美国军官和德国女间谍的一段孽缘"的小说 ①。而此类"孽缘"正是彼时上海热映的《勇大尉》(Only the Brave)、《奈何天》(Mata Hari)之类的好莱坞间谍影片惯用的情节套路 ②。以此检视,后文将要详述的梁铭与康妮丽的关系不过是一段更具传奇性的"间谍"孽缘而已。综上所述,穆时英在《G No. Ⅷ》创作中自觉吸收了上海流行文化中的间谍与侦探元素,此举不仅使其获得了建构这部间谍小说所需的前文本,更是很好地把握了当时的流行风尚与大众趣味。

正因为对于都市文化和文学形式有着独特的理解,穆时英拒斥了当时国产影片中"仿照了好莱坞的侦探风气,而打算用侦探的炫奇来引诱观众"的"畸形倾向" ③。在《G No. Ⅷ》中,穆时英并未将叙事重心放在(反)间谍行动上,而是以相当精细的方式营造了颇具"生活真实"的空间场域 ④,进而书写了一个另类的"都市男

（接上页）参见逸群:《评〈陈查礼巨探案〉》,《申报·电影专刊》1934 年 1 月 14 日,"本埠增刊"第 5 版;纵汉:《评〈法京血案〉》,《申报·电影专刊》1935 年 4 月 19 日,"本埠增刊"第 5 版。

① 穆时英:《空闲少佐》,上海:上海良友图书印刷公司,1932 年,第 9、25—26 页。

② 参见谢恩祈编:《电影故事》,上海:上海良友图书印刷公司,1934 年,"战事"第 10、15 页。

③ 参见伐杨(穆时英):《一九三五年之国产电影》,《十日杂志》第 12 期,1936 年 1 月 30 日。

④ 考证起来,小说中的摩登场所多为实录。如梁铭与丽莎跳舞的那家 Del Monte 舞场,中文名"地梦得"或"但尔蒙脱",当年"那儿是一色的白俄女人……其中有公主和将军的女儿",至少在 1938 年以前,这里还像小说中所描写的那样方便而雅致。参见曹聚仁:《百乐门及其他》,《上海春秋》,第 325 页;《上海各舞厅巡礼》,《电声》第 7 卷第 40 期,1938 年 11 月 14 日。而丽莎想要去看表演的"堪庆诃舞厅",或许就是（转下页）

女"的"海上传奇"①。如果说这些就是《G No. Ⅷ》的"内容"，那么它的确有理由呼唤"间谍小说"的"形式"。

三、"复国者"丽莎

作为一位多重国际间谍，丽莎只问价格不问买家，这一点与黄震遐在《陇海线上》中塑造的白俄雇佣兵颇为类似。不过，比之于后者潜隐于疯狂或忧郁之中的眷怀祖国情绪，丽莎通过"美人计"窃取情报换得复国运动经费，其"以身许国"的行为显然更具崇高感。而借此由白俄雇佣兵到白俄"复国者"的形象演进，也可看出穆时英对于国民党"民族主义文学"的继承与发展。事实上，在写作《G No. Ⅷ》的一年前，"经姚苏凤介绍，穆时英与当时上海市教育局长兼《晨报》社社长潘公展拉上关系，担任《晨报》副刊《晨曦》主编"②。随后他向左翼电影界发出檄文，号召"黄帝的子孙，肃清那些不要祖国，出卖民族的'文化红军'"③，并撰文鼓吹"国家

（接上页）金神父路附近的一家白俄咖啡馆"忒珈钦谷 Tkachenko"。参见若谷（张若谷）：《忒珈钦谷——霞飞路俄国珈琲店小坐速记》，《申报·艺术界》1928 年 8 月 11 日，"本埠增刊"第 5 版。此外，丽莎参加白俄复国者秘密聚会的"小巴黎人咖啡座"，则很有可能是现实中附设于巴黎大戏院二楼的"巴黎咖啡馆"。参见《商场消息·巴黎咖啡馆昨日开幕》，《申报》1930年 2 月 3 日，"本埠增刊"第 2 版；《巴黎大戏院今日开幕》，《申报》1930年 1 月 5 日，"本埠增刊"第 7 版。

① 参见沈从文：《论穆时英》，严家炎、李今编：《穆时英全集》第 3 卷，第 434 页。

② 参见李今：《穆时英年谱简编》，严家炎、李今编：《穆时英全集》第 3 卷，第 559 页。

③ 参见穆时英：《檄》，严家炎、李今编：《穆时英全集》第 3 卷，第 41 页，原载《晨报·每日电影》（上海）1935 年 8 月 24 日，"本埠增刊"第 10 版。

统治的力量"以及"集团的英雄主义"①。这些举动显然都是在呼应
国民党的"民族主义文学"。值得注意的是,穆时英在《G No. Ⅷ》
中,叙述丽莎所参加的白俄复国者聚会时,一再使用了"潘兴同志"
的说法,而以此"革命化"的"同志"来称呼当时普遍被视为"代
表了思想反动、政治落伍的无国籍的俄国人"的白俄②,恰恰体现
了穆时英试图将白俄复国者崇高化的急切冲动。不过,尽管穆时
英严肃而正面地塑造了丽莎坚贞不渝的白俄复国者形象,但是比
之于黄震遐笔下那些刀头舐血的白俄雇佣兵,国际间谍丽莎身上
所负载的各类摩登符码,明显张扬了被黄震遐压抑在革命与铁血
话语中的"都市文化"崇拜。进而言之,穆时英虽然尊重丽莎的复
国"话语",这使得小说具有了一定的复调性,但却又通过叙述人的
"话语"以及情节的设置一再予以质疑和消解。首先,丽莎因为复
国理想而沦为一种工具性的非人状态,她不仅在间谍工作中实施
"美人计"奉献了身体,而且一举一动都在白俄间谍头目玛耶的监
控之中,不得不"疲倦"地面对着那些"没有形体的眼睛"。其次,
丽莎和她的复国梦想注定面临毁灭的命运。螳螂捕蝉黄雀在后,
日本特务员忠贞一已经掌握了丽莎的真实身份,致命一击蓄势待
发。最后,至为关键的是,丽莎在间谍身份之外还有一个真实的面
相,那就是化名为波兰女子康妮丽的应召女郎。而就人物塑造的
内在逻辑而言,这一设置让人颇感突兀,因为作为著名的国际间谍
以及白俄公主,无论经济状况还是贵族荣誉感,丽莎都不应该在私

---

① 参见穆时英:《自由之路——给自由主义者》,严家炎、李今编:《穆时英全
　集》第 3 卷,第 59 页,原载《晨报·晨曦》(上海)1935 年 9 月 26 日,第 7
　版;穆时英:《战斗的英雄主义》,严家炎、李今编:《穆时英全集》第 3 卷,第
　61 页,原载《晨报·晨曦》(上海)1935 年 9 月 30 日,第 7 版。
② 参见伏生(胡愈之):《白俄》,《生活周刊》第 7 卷第 36 期,1932 年 9 月 10 日。

人生活中沦为高级妓女。对此，似乎只有一个较为合理的解释，那就是穆时英需要丽莎来营造上海摩登生活中必不可少的异国情调与色情氛围。因而，在穆时英的叙事逻辑中，丽莎这一人物形象的活力不在"复国"而在"摩登"，只是这位摩登女郎"更为复杂"，她可被归入由《Craven "A"》（1933）、《黑牡丹》《白金的女体塑像》（1933）等文本所塑造的形象谱系："她们通常有一段悲剧的命运，她们的精力在现代的生活方式中耗费殆尽。"[①]

综上所述，穆时英笔下的丽莎虽然有着"以身许国"的崇高政治信仰，却不可避免地沦为上海摩登生活的符码，"复国者"的身份设置虽然呼应了国民党"民族主义文学"的意识形态召唤，但她却注定成为一个被抽离了现实内容的忠烈牌位。那么，穆时英究竟为何要在自己的小说中树立这样一个白俄牌位呢？若要索解这一问题，我们还要从穆时英与左翼文坛的交恶说起。

在相继发表了《南北极》等作品之后，穆时英受到了来自左翼文坛的严厉批评。阳翰笙认为《南北极》流露出"中国式的流氓意识"，深刻反映出作者的"观点"和"态度"存在问题[②]。舒月则直接将《南北极》驱逐出普罗（左翼）文学阵营，指认其"无论在意识，形式，技巧方面，都是失败的"[③]。作为对于上述批评的回应，穆时英在1932年9月的《现代出版界》第4期上发表了《关于自己的话》，

---

① ［美］史书美著，何恬译：《现代的诱惑——书写半殖民地中国的现代主义（1917—1937）》，第359页。

② 参见寒生（阳翰笙）：《〈南北极〉》，严家炎、李今编：《穆时英全集》第3卷，第364—365页。原载《北斗》创刊号，1931年9月20日。

③ 参见舒月：《社会渣滓堆的流氓无产者与穆时英君的创作》，严家炎、李今编：《穆时英全集》第3卷，第403页。原载《现代出版界》第2期，1932年7月1日。

"微妙地批评了隐藏在各种'主义'背后的伪善"①。而随着与左翼文坛关系的破裂,穆时英开始直接攻击左翼作家革命伦理的虚假性。1934 年 2 月,他在《公墓》集自序中自信而激动地表示:

> 我是比较爽直坦白的人,我没有一句不可对大众说的话,我不愿像现在许多人那么地把自己的真面目用保护色装饰起来,过着虚伪的日子,喊着虚伪的口号,一方面却利用着群众心理,政治策略,自我宣传那类东西来维持过去的地位,或是抬高自己的身价。我以为这是卑鄙龌龊的事,我不愿意做。……至少我可以站在世界的顶上,大声地喊:"我是忠实于自己,也忠实于人家的人!"忠实是随便什么社会都需要的!②

而除了直接的文字论争,穆时英还在自己 1935 年发表的短篇小说《苍白的彗星》中,借由藤田纱厂工人运动骨干朱盖南十年来饱受共产党"左倾"革命路线"愚弄"的困苦遭遇,控诉了那些领导罢工运动的共产党人的虚伪与蛮横③。回到历史语境,可见穆时英对于普罗和左翼文学的攻击并非捕风捉影,当时某些左翼作家的确患上了"左倾幼稚病",犯下了"革命的浪漫蒂克"(瞿秋白语)的错误。而国民党"民族主义文学"阵营往往捉住这些把柄,猛烈攻

---

① [美]史书美著,何恬译:《现代的诱惑——书写半殖民地中国的现代主义(1917—1937)》,第 351 页。
② 参见穆时英:《〈公墓〉自序》,严家炎、李今编:《穆时英全集》第 1 卷,第 233 页。
③ 穆时英:《苍白的彗星》,《人生画报》第 2 卷第 2 期,1935 年 12 月 25 日。按,本文未收入《穆时英全集》。

击左翼文学革命伦理之"假"①。就此而言,穆时英的反击并无太多新意,不过是重拾了国民党右翼文人的调门。

综上所述,穆时英之所以在《G No. Ⅷ》中将作为中国共产党及左翼文学之敌的白俄"复国者"塑造成了无比忠诚的正面形象,显然是在嘲讽左翼作家在革命伦理和人格操守上尚且不及自己所鄙视的白俄敌人。考究起来,丽莎所负载的政治"忠诚"符号意义,也并非穆时英的虚构,而是植根于时人因为厌弃中国恶劣的政治生态而投射到白俄身上的"文明"想象。1931年上海的一本市民读物曾刊文指出,中国革命尚未成功的难题其实可由北四川路上的白俄乞丐作答:这些流亡者虽然饥寒交迫但是信仰如初,不变节不投机,"为的是完成他的人格。什么是人格?便是人人须忠于他的主义";而反观中国,不仅政客投机变节、腐化堕落,国民亦昧于眼前私利,毫无公共意识,如此缺乏人格健全之国民的国家,又岂有革命成功之理②。不难看出,穆时英敏锐捕捉到了时人这一"白俄印象"中所蕴含的逆反性社会心理,并在此基础上塑造了旨在揭批左翼作家革命伦理虚假性的复国者丽莎形象。

然而,探究起来,穆时英的批判逻辑本质上不过是一种政治信仰上的取消主义:既然革命神圣得高不可攀,与其假冒投机,不如高高挂起。而这种取消主义不仅指向共产党的革命,同样也消解了国民党的革命。值得注意的是,小说男主人公梁铭的"投诚"经

---

① 彼时此类攻击俯拾皆是,兹举两例言之:一是嘲讽普罗作家不食人间烟火,在与民众的实际接触中笑料百出。参见韦卓吾:《请普罗作家到民间去》,《申报》1933年3月5日,"本埠增刊"第2版;二是指责普罗作家生活腐化堕落,"为了钱才会向劳苦大众呐喊"。参见散嘉:《一位作家的生活》,《申报》1934年2月3日,"本埠增刊"第3版。

② 参见许啸天:《从一个白俄人的脸上看出来的》,《红叶》第17期,1930年10月25日。

历颇具穆时英由"左"转"右"的自传色彩：这位国民政府上海某
单位的特务科长本是"莫斯科中山大学训练出来"的"布尔希维
克"。然而在小说中，不仅叙述人对于这一重要的政治转向未加任
何解释，就连梁铭本人也从未出现过与此有关的困惑，这就使得
"变节"成了根本不值一提的细枝末节。而梁铭在从事反间谍工作
时心不在焉，玩忽职守甚至感觉自己如同"一个在鼻子上搽了粉的
小丑"般荒诞可笑，这一切无疑都表明畅享上海摩登生活是优先于
政治信仰的第一人生选项。再者，小说叙述人认为特务科长梁铭
过着"不是杀人便是被杀的粗野的生活"，如果仅从字面理解，此处
流露的态度不过是轻视梁铭职业的流品，但如果联系穆时英此时
发表的另一篇散文《死亡之路》来看，梁铭的命运不过类乎文中暴
殄生命的死刑犯或行刑者，殊无正义可言[①]。而正是在这些文本叙
事的裂隙之处，穆时英暴露出对于国民党意识形态话语乃至政治
活动本身的轻蔑。进而言之，穆时英虽然在转向国民党右翼文学
之后发表了一系列政治告白，并号召作家告别"用酒精和都市的
色情文明来刺激并麻醉自己"的虚无主义，应该"更刻苦地训练自
己，使自己成为更坚强的人"[②]，但在由众声喧哗的"杂语"构成的
包含作家丰富之虚构与想象的文本世界中，其一以贯之的"摩登"
价值观无所遁形。

[①] 参见穆时英：《死亡之路》，《人生画报》第 2 卷第 4 期，1936 年 3 月 1 日。
　　按，此文未收入《穆时英全集》。
[②] 穆时英：《晨曦文艺社成立宣言》，严家炎、李今编：《穆时英全集》第 3 卷，
　　第 97—98 页。原载《晨报》（上海）1935 年 12 月 18 日，第 6 版，原文未署
　　名。按，根据晨曦文艺社成立大会的"议案"，"推穆时英、叶灵凤起草成立
　　大会宣言"，因而叶灵凤对此宣言的写作应该也有贡献。参见《报告：关于
　　晨曦文艺社》，《晨报》（上海）1935 年 12 月 18 日，第 6 版。

四、"洋人"丽莎

在《G No. Ⅷ》中，当梁铭抛开工作的烦恼，怀着"爽朗"的心情准备投身上海欢场之际，却面临着挑选女伴的难题。因为早已厌倦从咪咪、玛琳妮妲到佐千子、小美蓉老九这一众中外舞女／妓女，所以当他从"《泰晤士报》角上那三行文字的小广告"上发现了住在环龙路一七二号，"说英语，法语，具备一切女性的条件，征求晚间工作"的波兰女子"Cornelia"（康妮丽）时，有如发现"新大陆"般惊喜①。而通过如上描述可以发现，梁铭不仅是欢场老手，而且品味颇具国际性，更为关键的是，康妮丽是作为一个新鲜而又具有异国情调的高级妓女进入了梁铭的猎艳视野，这一起点牢牢标定了两者关系的商业本质。然而，随着情节的发展，"本来她是一个庸俗的商品，是在他的经验里边的，现在她忽然跑到他的经验外面去了"②，原本作为雇主／嫖客的梁铭非但无法掌控作为雇员／妓女的康妮丽，反而在后者的嘲弄和牵引之下失魂落魄，甚至遭到了精神阉割。显然，是康妮丽这个强大的"他者"（the other）击碎了梁铭的主体性（subjectivity）想象，使其迷失在上海这一半殖民地空间之中。那么接下来的问题就是，一个沦为高级妓女的"波兰"女子康妮丽为何具有如此力量？对此，我们试从两个方面寻求解答：一是思考穆时英为何要赋予丽莎波兰人的身份，换言之，这一从"白俄"到"波兰"的替换有何深意；二是探究梁铭原本具有怎样的主体性想象，这一想象又是如何被瓦解的。

---

① 穆时英：《G No. Ⅷ》，《文艺月刊》第 8 卷第 1 期，1936 年 1 月 1 日。
② 穆时英：《G No. Ⅷ（续）》，《文艺月刊》第 8 卷第 4 期，1936 年 4 月 1 日。

在小说中，"康妮丽"不仅是异国情调的表征，更是"诗的对象，恋的对象，灵魂的对象"。而回到历史语境可见，作为一个大幅贬值的西洋"符号"，"白俄"已经无力负载这两项叙事功能。随着大量白俄妓女的出现，"白俄"不仅在上海欧美外侨眼中失去了代表"洋人"的资格[①]，就是一般国人也视之为"可怜的名词"[②]。而彼时上海报章诸如探秘霞飞路白俄"魔窟"之类的记述层出不穷，更是使得白俄女人的形象如坠地狱[③]，以致此类"异国情调"题材因被过度消费而流于恶俗[④]。

正因如此，穆时英在《G No. Ⅷ》中另起炉灶，以不停"变脸"的方式让丽莎完成了"异国情调"的叙事功能。不过，由于"变脸"太快，小说甚至出现了叙事纰漏：丽莎的间谍搭档李维耶夫竟也称其为康妮丽，而这本是其化身为波兰女子时的假名。值得注意的是，在小说中，凡是丽莎正面而充分地展现"异国情调"的时刻均以德国人或波兰人的面目出现。如是观之，在梁铭对康妮丽的激烈追逐中，后者必须是真正的"洋人"才有意义，这在小说中不断闪现甚至作为小节标题的种族特征——"Blonde"（引者注："白金色头发"，该词作名词为"金发女郎"）中表现得非常明显。事实上，从阅读康妮丽刊登的"求职"广告开始，梁铭就已经进入了一个精致的"都市文化"梦想，正如他本人所言，"今天像是昏昏沉沉地做了一整天的梦……正像所有的梦一样美丽而不可信"。而就

---

① 参见［英］哈莉特·萨金特著，徐有威等译：《白俄在上海》，《民国春秋》1993年第 2 期。

② 参见紫瑛：《"该"》，《天津半月刊》第 6 期，1933 年 11 月 16 日。

③ 参见丁奴：《霞飞路上》，《申报》1932 年 5 月 28 日，"本埠增刊"第 1 版；曾今可：《都会之夜》，《汗血周刊》第 6 卷第 1 期，1936 年 1 月 1 日。

④ 参见木郎：《"我们的"作家》，《申报》1933 年 12 月 11 日，"本埠增刊"第 3 版。

文本所提供的社会与文化资源而言，几乎只有波兰女子才能承载这一梦想。

　　让我们先从康妮丽的广告讲起。在这则只有三行字的广告中，除了基本信息之外还有一个标定文明等级的关键词——"法语"。在小说中，康妮丽的工作语言是"不纯粹的英文"，而真正体现其身份的是讲法语。法语是彼时沪上高雅"都市文化"的象征和试金石①。在穆时英笔下，法语也曾被赋予了这样的符号意义，比如《公墓》的主人公玲子是最为纯情和优雅的恋人形象，而她就曾跟随在"法国大使馆任上"的父亲旅法多年，喜读19世纪法国象征主义诗人魏尔伦（Paul Verlaine）的诗集②。接下来，梁铭根据广告指引来到康妮丽位于环龙路上的寓所。比之于这段"浸在梦里似的"街道，康妮丽居住的那座"英国风的，古旧的屋子"更像是"从这个明朗的都市切开来的，氤氲着中世纪的罗曼史和感伤主义的城堡。所以走上了石阶，按着门铃的梁铭会怀着恋爱着什么人似地感情了"。在梁铭看来，康妮丽当然不乏肉欲的吸引力，房间里"煎着牛排"的"浓烈的炙味"或许就是一个借鉴自刘呐鸥的性欲符码③，但其真正打动人心之处则是"中世纪"的忧郁气息，这由钢琴谱架上搁着的"一本亡国歌者萧邦的曲谱"作为表征。不仅

---

① 参见百药（张若谷）:《神秘之街的一夜》,《申报·艺术界》1928年10月28日，"本埠增刊"第9版;张若谷:《上海夜话·都会咖啡楼》,《申报·春秋》1933年3月25日,第16版。

② 穆时英:《公墓》,《穆时英全集》第1卷,第315页。

③ 这一隐喻很可能来自刘呐鸥的短篇小说《礼仪和卫生》,后者将白俄女人比作"像高加索的羊肉炙一样的野味"。参见刘呐鸥:《礼仪和卫生》,《新文艺》第1卷第1期,1929年9月15日。另外，在穆时英笔下,"牛排"也常隐喻着性欲,曾出现在《五月》（1935）、《一个小人物的命运》（1936）、《PIERROT》（1934）、《骆驼·尼采主义者与女人》（1934）等小说中。

如此,小说第三章的题目即为"中世纪的感情",其第一小节的题目则为"忧郁夫人"。不过,小说叙述人特意交代,此处的"中世纪"绝非意味着简单的复古,而是通过精心修饰而实现的摩登:

> 穿了在肩头有着蓬松的,梦样的纱结的,缀着银色的金属片,直拖到地上的黑色的晚服,康妮丽已经不是穿着 Pyjama(睡衣)的掘金者,而是画了淡淡的斜眉,涂了睫毛,搽了暗红的唇膏,连眸子也朦胧起来,脸色也苍白起来,一个中世纪的——所以是二十世纪的忧郁夫人的姿态了。①

那么,这一看似悖谬的"二十世纪的中世纪"到底意味着什么呢?

1935 年 7 月 11 日,穆时英在评论好莱坞电影 Roberta(《春露华浓》)时指出,在彼时的西方现代艺术领域中,一种崭新的美学风格正在形成,其代言人正是该片主演琴述罗吉斯这样的"近代文明与中世纪神秘主义的混合品":

> 她是在漂亮的衣服,轻捷的鞋跟,娇媚的嗓子,以及掘金者的虚伪里面蕴藏着不可捉摸的热情,坦白的,天真的心脏,和温柔的灵魂的。②

两相比较,不难看出这篇文章与《G No. Ⅷ》有着明显的互文

---

① 穆时英:《G No. Ⅷ(续)》,《文艺月刊》第 8 卷第 4 期,1936 年 4 月 1 日。
② 穆时英:《Roberta 之话——时装 tap 爵士、琴述罗吉斯及其它》,王贺辑校:《穆时英集外文新辑》,《中国现代文学研究丛刊》2016 年第 3 期。原载《大晚报·火炬》1935 年 7 月 11 日。

性，而琴述罗吉斯正是康妮丽的美学原型。尤有要者，穆时英接下来以电影音乐和身体呈现为例，深入论述了这一美学风格的形成过程。在他看来，通过大量使用牧笛和小提琴而避免萨克斯风，并采用接近肖邦的"韵味"的主题歌，一种"不是向古典音乐的妥协"的"更高级的爵士乐"即将诞生；而经过"裸体运动"的洗礼，西方现代艺术的穿衣不再是为了遮羞，而是"当作一种人造线条来装饰自己的肉体，使自己获得某种程度的改造自然的胴体的自由"，因此 Roberta 中"新设计的晚服是尽量采取了中世纪的神秘主义的……使衣服所造成的胴体线条和剩余在外面的手足之类引起男子们对于衣服里面的风景的憧憬" [1]。

上述"中世纪的神秘主义"——这种彼时西方最为新潮的艺术风尚，也正是《G No. Ⅷ》的美学追求。而从《Roberta 之话——时装 tap 爵士、琴述罗吉斯及其它》中延续下来的两个细节，即"萧邦"与"裸体运动"则为我们理解穆时英以"波兰"替代"白俄"的深层叙事逻辑提供了线索：在《G No. Ⅷ》中的波兰音乐家肖邦不仅是"亡国者"和丽莎旧日贵族生活的印记 [2]，更是一个"中世纪的神秘主义"符码，而谈吐"非常庸俗"、"唯一的趣味就是裸体运动"的"德国籍的珠宝商"许德尼先生则反证了波兰的"时尚"合法性。

溯及既往，"萧邦"一直是穆时英念兹在兹的浪漫符码。在1932 年完成的《公墓》中，男主人公想象将来要把自己患有肺结核的爱人玲子"葬在紫丁香冢里，弹着 mandolion（曼陀林），唱着

---

① 参见穆时英：《Roberta 之话——时装 tap 爵士、琴述罗吉斯及其它》，王贺辑校：《穆时英集外文新辑》，《中国现代文学研究丛刊》2016 年第 3 期。

② 小说中，丽莎曾回忆起自己当年和密哈莱维支谈论"普希金和萧邦"。

萧邦的流浪曲,伴着她"①。而在 1935 年问世的《玲子》中,同名女主人公曾在 1926 年的毕业季里"丽丽拉拉地唱着古典的波兰舞曲"②。此外,1935 年,穆时英在一篇谈论电影理论的文章中指出,"萧邦底《夜曲》(Noture)"风格是"凄切"和"感伤"③。考究起来,正是张若谷等海派作家开创了对于"波兰"的西洋"都市文化"想象。在上海霞飞路上众多的咖啡馆中,俄国人所设的"巴尔干"咖啡馆是张若谷及其文友们"最爱坐的一家",那里的"华沙咖啡"尤其让人印象深刻④。从这一细节可以看出,这些海派作家隐约认为波兰与沙俄/白俄具有种族和文化上的亲缘关系。不仅如此,两年前,傅彦长在观看一部波兰电影《意凤加》时竟被告知此乃"俄国的作品",甚至连剧场配发的"西文说明书"也是俄文⑤。可见"俄波难辨"在当时大概是普遍的现象。不过,比之于人数甚巨的白俄,波兰人在上海并不常见⑥,而这使其更具"异国情调"的稀缺价值。因而,傅彦长文中所述的波兰印象颇具海派文学的代表性:

---

① 穆时英:《公墓》,严家炎、李今编:《穆时英全集》第 1 卷,第 310 页。

② 穆时英:《玲子》,严家炎、李今编:《穆时英全集》第 2 卷,第 135 页。

③ 参见穆时英:《电影艺术防御战》,严家炎、李今编:《穆时英全集》第 3 卷,第 214 页。原载《晨报·每日电影》(上海)1935 年 8 月 22 日,"本埠增刊"第 10 版。

④ 参见张若谷:《珈琲座谈》,上海:真美善书店,1929 年,第 3—4 页。

⑤ 参见傅彦长:《波兰影剧》,《申报·艺术界》1927 年 7 月 19 日,"本埠增刊"第 3 版。

⑥ 根据上海公共租界工部局的统计,1930 年上海公共租界"俄人"的户口人数为 3487 人,位居外侨第三位,而"波兰人"仅有 187 人,列第十一位,前者人数是后者的 18 倍有余。这一数字虽仅限于公共租界范围,但已经能够反映两者人数上的巨大差距。参见《捐务报告·一九三五年十月二十三日上海公共租界外侨户口调查表(法租界不在内)》,《上海公共租界工部局公报》第 6 期第 54 册,1935 年 12 月 25 日。

"波兰人一向在我们的教科书里面被认为亡国奴的，凡尔塞和约订立之后，波兰才是一个独立的民族国家，其实在十九世纪，波兰在得着政治的自由之前，它已经是一个很有艺术文化自由的独立民族……重要的波兰名人，以音乐家及文学家为最多，如大钢琴家萧邦，巴特雷夫斯基，创造世界语的柴门霍甫博士，大文学家显克微支等等。"①文中提及的这些波兰名人我们大都耳熟能详，只是对于那位巴特雷夫斯基颇感陌生。好在张若谷此前曾有专文介绍，称这位"波兰大音乐家"名为 Jean Paderewski，张译"柏特罗斯基"，一战后曾任波兰总统，并由此成就了一段艺坛与政坛佳话②。不过，傅彦长此处对于国人波兰印象的追溯，却与史实稍有偏差。正如美国学者卡尔·瑞贝卡所论，随着 1896 年梁启超《波兰灭亡记》发表，"波兰"的确逐渐成为一个警示中国的"亡国"案例，但自1898 年"戊戌变法"失败以后，"波兰"在晚清知识分子心中开始转变为民族精神的隐喻，原来的"'亡国'被重新定义为'当代人民斗争的所在地'"③。1935 年，穆时英也曾在对"民族主义文学"的鼓吹中表示，"波兰有谱《葬曲》的萧邦，每一个民族都有他们自己命运的歌者"④。

综上考述，我们发现穆时英特别选定"波兰"用来替换"白

---

① 参见傅彦长：《波兰影剧》，《申报·艺术界》1927 年 7 月 19 日，"本埠增刊"第 3 版。

② 参见张若谷：《现代世界钢琴名家·波兰前大总统》，《申报·艺术界》1925年 10 月 18 日，"本埠增刊"第 3 版。

③ 参见［美］卡尔·瑞贝卡著，高瑾等译：《世界大舞台——十九、二十世纪之交中国的民族主义》，北京：生活·读书·新知三联书店，2008 年，第 44—49 页。

④ 穆时英：《作家群的迷惘心理》，严家炎、李今编：《穆时英全集》第 3 卷，第47 页。原载《晨报·晨曦》（上海）1935 年 9 月 13 日，第 7 版。

俄"的逻辑在于：第一，"波兰人"颇具"艺术文化"，且在当时的上海差评较少，可以代表彼时西方的艺术风尚；第二，"波兰人"与"白俄"具有种族和文化上的亲缘性，这使得小说女主人公的身份（民族／国家）变化不至突兀；第三，"波兰人"曾有过艰苦卓绝的复国历史，可以呼应丽莎的"复国者"身份。事实上，也只有在此叙述逻辑中，我们才能解释康妮丽房间中为何会同时出现肖邦的曲谱与"尼古拉大帝画像"。而这一甘冒叙述风险而完成的波兰与白俄的并置，再次暴露出穆时英波兰浪漫想象和白俄复国话语的肤浅与虚妄。简而言之，白俄的"复国"不过是国家内部的政权复辟，而波兰的"复国"则是争取民族解放的正义斗争，两者岂能等量齐观？有关波兰的"复国"，张若谷甚为崇拜的波兰音乐家柏特罗斯基曾有严正而周详之专论，并在 1919 年被移译于中国著名的《东方杂志》[①]。尤有甚者，彼时略备世界近代史常识者皆知，沙俄参与甚至主导了对于波兰的三次瓜分，实乃"波兰志士"心中的第一血仇："彼俄国者，裂波兰故土最多，压波兰遗民最酷，擒贼先王，首在覆俄。"[②] 而在穆时英笔下，肖邦与尼古拉大帝竟然握手言和，此举皆由"中世纪神秘主义"之摩登促成也。

五、"他者"丽莎

如上所述，穆时英巧妙地以"波兰"替换了"白俄"，由此拨去

---

① 参见罗罗：《波兰之复兴》，《东方杂志》第 16 卷第 4 号，1919 年 4 月 15 日；罗罗：《波兰之复兴（续）》，《东方杂志》第 16 卷第 5 号，1919 年 5 月 15 日。按，根据该文"译者按"的介绍，原作者为 Jean Paderewski，罗译"柏达里夫斯基"。
② 参见《波兰志士》，《东方杂志》第 1 卷第 4 号，光绪三十年（1904）四月二十五日。

了时人关于"俄国姑娘"（暗指白俄妓女）[①]与"罗宋瘪三"的刻板印象，还原了一个真正代表"都市文化"的"洋人"。换言之，经过此番替换，梁铭的西洋"恋女"已臻善美，那么这样一位"漂亮的中国绅士"在这场跨越种族与文化的情感追逐中表现如何呢？更为关键的是，这并非梁铭一个人的"战争"。

梁铭是谁？检视穆时英的文学世界，梁铭是其"男子汉"人物谱系中的突出代表。这一人物谱系贯穿了穆时英包括普罗（左翼）文学、"新感觉派"和转向"民族主义文学"后的各个时期，可谓其充满"变量"的文学形象中唯一的"定量"。其中的"雄霄"（《交流》，1930）、"黑旋风"（《黑旋风》，1929）、"小狮子"（《南北极》，1930）、"海盗李二爷"（《咱们的世界》，1931）等快意恩仇的土匪式人物自不必说，就是在《被当作消遣品的男子》中，男主人公也是才貌双全：女主人公不仅"爱瞧"那"立体的写生"式面容，更喜欢他"粗暴的文字，犷野的气息"[②]。《骆驼·尼采主义者与女人》中的男主人公是个"很有趣的人，也生得很强壮"，因此获得女主人公青睐[③]。事实上，这些"男子汉"大多是女性的征服者，只是征服的方式各不相同。在偏向"普罗"之时，"海盗李二爷"代表了"暴力"的征服，而在转向"新感觉"以后，征服采取了更加"文明"的方式。有人在与摩登女郎的邂逅中依靠"可爱的男性的脸"和绅士风度

[①] 有关"Porusski girls"（白俄姑娘）与上海色情行业的关系，以及她们苦难境遇的描述，亦可参见［德］基希著，周立波译：《秘密的中国》，上海：东方出版中心，2001年，第85页。按，该书初版本为上海天马书店1938年4月版。

[②] 穆时英：《被当作消遣品的男子》，严家炎、李今编：《穆时英全集》第1卷，第243—244页。

[③] 穆时英：《骆驼·尼采主义者与女人》，严家炎、李今编：《穆时英全集》第2卷，第148页。原载《万象》第1卷第1期，1934年5月20日。

让对方"自荐枕席"并托付真心(《Craven"A"》);有人凭借学识和修养在纯情的爱恋中充当女友的精神导师(《玲子》,1935)。更为重要的是,正如《公墓》中男主人公在与一位陌生的法国女孩相遇时所表现的那样,这些"男子汉"在西洋女子面前从容而自信。不仅如此,他们还有着"异国情调"的情感经历,《五月》中的混血儿蔡珮珮"有着日本人的贞洁的血,美国人的活泼天真的血"①,小说中正处在四个优秀中国男人的围猎之中。

不过,这些"男子汉"为建构自己的形象也付出了艰苦努力。《交流》中的雄霄原本有着"女性似"的"妖媚",虽然他对此颇为自恋,但还是通过体育运动、公众演说乃至投笔从戎的生死历练,不断提升自己的"英挺的气概",最终成长为"富有尼采所谓'超人'的个性的俊将军"②。而在《黑旋风》中,学做义侠的"黑旋风"不得不在"巡警"这一权力符号面前败下阵来,"我竟会哭了。……咱是男儿汉;等着瞧吧"③。而"黑旋风"在此流露出的儿童化倾向,不仅表明成为"男儿汉"是一个艰难的历程,更揭示出"男性气概"与权力的共生关系。具体而言,"雄霄"通过参加"北伐"获得权力、成为"俊将军","黑旋风"则梦想梁山聚义、渴望权力,而《烟》中的主人公"华懋公司的经理"则是因丧失权力而损伤"男性气概"的例子。这位"第一流的企业家"生意破产,所吸香烟由高档的"吉

---

① 穆时英:《五月》,严家炎、李今编:《穆时英全集》第2卷,第194页。首发于短篇小说集《圣处女的情感》,上海:上海良友图书印刷公司,1935年。

② 穆时英:《交流》,严家炎、李今编:《穆时英全集》第1卷,第4、6、74页。该书初版本为上海芳草书店1930年5月版,此据李今:《穆时英年谱简编》,严家炎、李今编:《穆时英全集》第3卷,第547页。

③ 穆时英:《黑旋风》,严家炎、李今编:《穆时英全集》第1卷,第107页。原载《新文艺》第2卷第1号,1930年3月15日。

士牌"骤降为低档的"哈德门"，买烟的过程更是充满屈辱：他"低着眼皮"、"低声"、"脑袋更垂得低一点"，"他觉得真要哭出来了，便抢了那包和他一样渺小的廉价的纸烟，偷偷地跑了开去"[①]。

　　如果深入剖析这一"男子汉"人物谱系，可见其自我认同（identity）正是源于对权力的追逐或占有。1932 年 11 月，以《上海的狐步舞》发表为标志，穆时英突然褪去鼓吹流氓无产者抗争的左翼色彩，转为书写都市摩登的"新感觉派"文学，批评界一片哗然。此时杜衡的"二重人格"说独树一帜[②]，并得到穆时英本人的承认和补充[③]，遂被后世研究者奉为圭臬。然而，正如瞿秋白所揭示的那样，穆时英"这一类的黄金少年，自然是财神菩萨的子弟，至少也是梦想要做财神菩萨的小老板"，他在《南北极》中鼓吹"谁的胳膊粗，拳头大，谁是主子"的流氓无产者暴力，而如今的中国"早就是'谁的洋钱多，神通大，谁是主子'了"，于是这一暴力崇拜变形为金钱崇拜，因而《被当作消遣品的男子》所流露出的甘为女性消遣品的情绪不过是小资产阶级知识分子拜金主义和享乐主义的矫情与撒娇[④]。的确，无论是早期作品中的乡村流氓无产者，还是"新感觉派"文本中的上海摩登男女，穆时英的主人公从不怀疑社会权力结构本身，反而是这一权力结构的膜拜者。因而在笔者看

---

① 穆时英：《烟》，严家炎、李今编：《穆时英全集》第 2 卷，第 150、156 页。原载《现代》第 5 卷第 1 期，1934 年 5 月 1 日。

② 参见杜衡：《关于穆时英的创作》，严家炎、李今编：《穆时英全集》第 3 卷，第 423—424 页。原载《现代出版界》第 9 期，1933 年 2 月 1 日。

③ 参见穆时英：《我的生活》，严家炎、李今编：《穆时英全集》第 3 卷，第 7 页。原载《现代出版界》第 9 期，1933 年 2 月 1 日。

④ 参见司马今（瞿秋白）：《财神还是反财神（乱弹）》，严家炎、李今编：《穆时英全集》第 3 卷，第 408—414 页。原载《北斗》第 2 卷第 3—4 期合刊，1932 年 7 月 20 日。

来,穆时英并不存在"二重人格",有的只是对权力的见猎心喜或患得患失。穆时英 1934 年发表的短篇小说《百日》曾被编辑者视为"充着世故的悲哀",揭示"寂寞的世界"的深沉之作①。然而小说中女主人公倾诉哀思时被"二伯"家的佣妇不经意打断,于是她立刻展露出上等人的权力意识:"究竟是粗人,跟她讲话就没听。不识抬举的!"②而在《白金的女体塑像》中,男主人公谢医师在面对女病人白金色的裸体时,内心曾掀起欲望惊涛,然而,在穆时英笔下,这样的激情主要用于展示欲望,并没有成为其反思自我与批判社会的契机,那位谢医师之后娶了太太用来收纳欲望,进而彻底回归优雅的中产阶级生活③。

如此看来,梁铭是穆时英"男子汉"人物谱系中的典范,并且全副武装着权力、金钱、英俊和经验,以必胜姿态投入到对于"金发女郎"康妮丽的征服之战。然而,战况却是一触即溃。在等待康妮丽出现的瞬间,身为特务科长和猎艳老手的梁铭竟然"兴奋得发起抖来",接下来"对着这位从胸襟里散发出性感的芳香的女神,梁铭慌慌张张地说起话来了",然而对方回应的却只是"茫然"的眼光,这让"梁铭忽然怕羞起来",不敢直接讲出自己求欢的动机。在与康妮丽共进晚餐时,梁铭发现对方"完全像是个有教养的女子……把汤匙拿到嘴边去的姿态很优雅,很精致"。而正因诧异于"文明"

---

① 参见梁得所:《编辑后记》,《大众画报》第 3 期,1934 年 1 月。

② 穆时英:《百日》,《大众画报》第 3 期,1934 年 1 月。

③ 穆时英在小说结尾写道:"九点廿分,从整洁的棕色西装里边挥发着酒精,咖啡,炭化酸和古龙香水的混合气体的谢医师,驾着一九三三的 Srudebaker(按,此处拼写有误,应为 Studebaker,系彼时著名美国汽车品牌,今译"斯图贝克")轿车把太太送到永安公司门口,再往四川路五十五号的诊所里驶去。"参见穆时英:《白金的女体塑像》,上海:现代书局,1934 年,第 18—19 页。

风景的发现,梁铭愈发"怯懦"得难以启齿,甚至感到对方的眼神"时常是一种威胁"①。

　　不言自明,对于康妮丽而言,这场交往不过是一场"买卖",可是梁铭却渴求"热情"。因而面对着这位"很像没有爱欲"的"女神",他不得不使出了惯用的暗器——"背心口袋里那两颗用剩下来的……溶度极高的,女用的 Drycol"②。而如果对比穆时英此前笔下的"墨绿衫的小姐",曾主动向男主人公提供"波斯人秘制的媚药"③,梁铭这一使用暗器(春药)的卑劣手段极大地损伤了他的"男性气概"。因此梁铭并没有放弃努力,他渴望名正言顺地征服康妮丽。随后,在精心选择的 Del Monte 舞厅里,梁铭在酒精的掩护下用"谎话"发动进攻,并且亮出撒手锏:"他说他是在美国生长并受教育的华侨,说他每年夏天要到夏威夷去避暑",并炫耀了自己在夏威夷跨越种族与文化的豪奢生活④。而说起夏威夷,我们大概马上会想起刘呐鸥在短篇小说《赤道下》中所展现的"异国情调"⑤。事实上,在彼时上海的摩登生活中,"夏威夷"也正是这样一个时尚的符码⑥。不过,梁铭这段讲述中最核心的关键词显然是"华侨","豪奢"和"异国情调"都依附于此。那么,梁铭虚构的这

---

① 穆时英:《G No. Ⅷ》,《文艺月刊》第 8 卷第 1 期,1936 年 1 月 1 日。

② 穆时英:《G No. Ⅷ(续)》,《文艺月刊》第 8 卷第 4 期,1936 年 4 月 1 日。

③ 穆时英:《墨绿衫的小姐》,严家炎、李今编:《穆时英全集》第 2 卷,第 141 页。

④ 穆时英:《G No. Ⅷ(续)》,《文艺月刊》第 8 卷第 4 期,1936 年 4 月 1 日。

⑤ 从小说的热带风情,特别是提到的地名"真珠港"(珍珠港)来判断,此地应为夏威夷。参见刘呐鸥:《赤道下》,《现代》第 2 卷第 1 期,1932 年 11 月 1 日。

⑥ 20 世纪 30 年代初,在上海"吕班路口"有一家小有名气的"新夏威夷咖啡座",顾客在这里可以享受到白俄侍者"态度很谦恭的招待。"参见郭兰馨:《都市散记》,《申报·春秋》1933 年 5 月 15 日,第 16 版。

个"华侨"身份只是酒后胡言还是另有深意?

　　追溯起来,"华侨"这个符号在穆时英笔下并非首次出现。前述《五月》中蔡珮珮的父亲就是美国华侨,哈佛大学经济学博士,在旧金山经商①。而在《上海的季节梦》中,金城银行和金城棉织厂老板李铁候是类乎吴荪甫的铁腕民族实业家,有志与日本藤田纱厂一争高下,而他正是华侨出身,以在澳洲开洗衣铺起家②。回到历史语境,在20世纪30年代的上海,华侨是知识分子关心的重要话题之一,而穆时英本人对此也颇感兴趣③。历史地看,这些海外游子胼手胝足在异国打拼出一片天地,堪称"中华民国的命脉"④。一方面,包括作为檀香山(夏威夷)华侨的孙中山在内,"历次的革命,华侨无役不与……所谓'华侨为革命之母'……这种光荣的头衔,实可当之而无愧"⑤;另一方面,华侨每年汇款数额甚巨,"吾国数十年来日受榨取敲吸,而财源不至枯竭者,赖有此耳"⑥。最后,也是更为关键的是,富于"坚忍冒险之精神"的华侨负载了彼时国人稀缺的民族自豪感⑦。

————————————

① 穆时英:《五月》,严家炎、李今编:《穆时英全集》第2卷,第178页。

② 穆时英:《上海的季节梦》,《十日杂志》1935年第7期。

③ 黑婴在1932年回国入暨南大学后,曾登门拜访穆时英,而后者对其南洋华侨身份很感兴趣。参见黑婴:《我见到的穆时英》,《新文学史料》1989年第3期。

④ 参见岂黐:《失业侨胞与闽南民生问题之严重性》,《海外月刊》第11期,1933年7月。

⑤ 参见郑弈盛:《由英属马来亚党务停止活动说到海外党务工作应有的认识》,《海外月刊》第15期,1933年11月。

⑥ 参见李宗黄:《华侨对党国之贡献及今后之新使命》,《海外月刊》第1卷第2期,1932年10月10日。

⑦ 参见李宗黄:《华侨对党国之贡献及今后之新使命》,《海外月刊》第1卷第2期,1932年10月10日。

　　彼时寓居沪上的华侨则素以生活奢靡著称，"至上海华侨学生之浪费，有月开数百元者，若百数十元可算为俭省"[①]，以至于普罗大众"一提起华侨，似乎就很容易联想到'发洋财'一条路上去"[②]。不仅如此，因为与西洋文化有着深入接触，华侨不仅生活习惯颇为"洋气"，而且喜好体育运动，比如"在暨南读书的华侨……身材的结实，大可做男性富于筋肉美的典型，运动是他们的特长，历届的江南足球锦标，没一次不唾手而得"[③]。

　　如是观之，彼时的"华侨"是一个负载了现代追求和民族精神的符码，也正是在此意义上，"华侨"可被理解为中国人的优秀代表。不过，正如《G No. Ⅷ》中的梁铭自称"国际汇兑商人方衡之"这一细节所暗示的那样，穆时英镂空了"华侨"这一符号的历史内涵与苦难记忆，而是借助华侨的外汇储备、摩登生活乃至"男性气概"，"衡之"于"洋人"康妮丽，而这也是梁铭所能动用的最后一处民族主义文化符码。

　　然而，梁铭的"杀手锏"未能奏效，这一举动在康妮丽看来"和小孩子一样"幼稚可笑。不仅如此，康妮丽对梁铭"男性气概"的消解愈发猛烈，接下来她"讽刺"梁铭文弱得"很可以写几首恋诗"，甚至"轻蔑"地指斥其为"神经衰弱症的患者"。而康妮丽跳舞时一句语带娇嗔的抱怨"该死的小东西"竟让梁铭非常敏感，连

[①] 参见陈嘉庚：《南侨回忆录》，长沙：岳麓书社，1998年，第48页。按，该书初版本为新加坡怡和轩1946年3月版。此据阮基成：《〈南侨回忆录〉版本大团圆》，李玉清主编：《集美寻珍》（4），南京：河海大学出版社，2016年，第82页。

[②] 参见健：《难侨呀！到那里去呢？》，《申报》1933年8月24日，"本埠增刊"第1版。

[③] 参见老姚：《劫后沧桑话暨南（二）——对立的两派（华侨生）（内地生）》，《社会日报》1932年7月10日，第1版。

忙强调自己的身材高过对方。康妮丽如此的连番"捉弄"在梁铭内心激起强烈反弹,他想要康妮丽知道他是"一支强悍的雄牛",此刻他有"一个欲望,他想把她压碎在自己的身子下面"。结果梁铭在春药的帮助下终于得到了康妮丽的身体,暂时恢复了"男性气概"。然而,当清晨带来清醒,世界又恢复原貌:

> (康妮丽)是那样冷静而淡漠的眼色!……像已经完全不认识他是什么人似地。
> ……
> 虽然脸色还留着酡然的酒的颜色,声音里边却积满了皑皑白雪。
> 梁铭觉得好像一切都完了的样子,懊丧地躺了下去,真想把被掩着脸哭起来了。[①]

显然,这是梁铭精致的"都市文化"梦想完全破碎的时刻,也是其"男子汉"形象彻底崩溃的瞬间。在这个"叶公好龙"的故事里,在这场使出浑身解数的"两性战争"中,梁铭最终丢盔卸甲大败而归。尤为关键的是,在康妮丽这个"洋人"面前,梁铭"这个镇静的中年人十年来第一次为了恋人而痛苦着了"。小说第四章第一小节的标题为"康妮丽在那里",而下面这一幕是梁铭定格在追寻康妮丽的"朝圣之路"上的最后画面:

> 在二楼和三楼中间,他停了一分钟,他是在期待一些什么东西,可是在他脚下的只是伸展到黑暗里边去的,无穷尽的

---

① 穆时英:《G No. Ⅷ(续)》,《文艺月刊》第 8 卷第 4 期,1936 年 4 月 1 日。

楼梯,除了他自己的步声在走廊里空洞地响着,什么声音也没有,于是他绝望地想:

"康妮丽,你在那儿呵!"①

而正如梁铭"自己的步声"所隐喻的那样,心中对康妮丽的最后呼唤,其实是在寻找已然迷失的自我。借用齐泽克的分析,康妮丽非常类似"硬汉小说和黑色电影中的蛇蝎美人形象","我们无法在主人与奴隶的对立中清晰地确定她的方位";但她却"完美地例证了拉康的下列命题——'女性并不存在':女性只是'男性的征兆'(the symptom of man),她的魅力掩盖了她的'非存在'(nonexistence)这一空白"②。如此说来,康妮丽／丽莎正是梁铭全力以赴建构出的"他者",它所指涉的只是梁铭的"主体"(subject)。史书美在论述穆时英笔下的摩登女郎时曾经指出,"她不是阉割男主人公的工具,而是能与男主人公相互同情的对象"③。然而"洋人"丽莎显然是个例外,她不仅阉割了梁铭,而且彻底瓦解了梁铭作为"高等华人"的主体性想象,使其迷失在上海这一半殖民地空间。换言之,这是一个摩登版的"李鬼"挑战"李逵"的"故事新编",败局自然在读者意料之中。

最后,让我们将目光转回到康妮丽。就在梁铭陷入无处找寻的绝望之际,康妮丽出现在白俄复国者集会中,并在那里收获了骑士般"悲壮"的爱情:即将为了复国运动慷慨赴死的白俄贵族伊

---

① 穆时英:《G No. Ⅷ(续)》,《文艺月刊》第 8 卷第 5 期,1936 年 5 月 1 日。
② 参见[斯洛文尼亚]斯拉沃热·齐泽克著,季广茂译:《斜目而视:透过通俗文化看拉康》,杭州:浙江大学出版社,2011 年,第 113—115 页。
③ [美]史书美著,何恬译:《现代的诱惑——书写半殖民地中国的现代主义(1917—1937)》,第 359 页。

凡·配曲罗维支向丽莎求婚,并留下了永久的"忆念"。由此可见,"都市文化"的"传奇"仍在,只是不属于中国人梁铭而已。通过梁铭这一遭遇白俄"他者"的历险与失败,穆时英虽然细腻表达了"高等华人"屈辱与幻灭的情绪,但是却未能质疑上海半殖民地空间的权力结构与文化等级,反而继续追寻建基于此的"都市文化"的"传奇"。

小 结

在穆时英 1932 年发表的短篇小说《夜总会里的五个人》中,主人公季洁书房的"书架上放满了各种版本的莎士比亚的《Hamlet》。日译本,德译本,法译本,俄译本,西班牙译本……甚至于土耳其文的译本"[①]。这一细节折射出作家"世界主义"的文学修养与美学追求。而如此"文化跨越的想象"未能成为形塑民族–国家现代性的契机,相反却完成了史书美所言的以"都市"来替换"殖民"的叙事策略[②]。正因如此,《G No. Ⅷ》中的梁铭与丽莎才会有都市沦落人的共同感受,这也就是小说第四章标题"没有影子的人们"的真正意指。然而,正如小说通过梁铭的挫败所表明的,这种"共同"是虚幻而空洞的想象。而这一"替换"的策略在本质上不过是一种"摩登主义",即"复制'现代'所以貌似'现代',但不免使'现代'时尚化以至于庸俗化的文化消费和文学行为方式"[③]。

① 穆时英:《夜总会里的五个人》,严家炎、李今编:《穆时英全集》第 1 卷,第 268 页。
② 参见［美］史书美著,何恬译:《现代的诱惑——书写半殖民地中国的现代主义(1917—1937)》,第 343—344 页。
③ 参见解志熙:《摩登与现代——中国现代文学的实存分析》,北京:清华大学出版社,2006 年,第 304 页。

在此意义上,丽莎是一个被时尚化和庸俗化的"他者",与之相应,梁铭则是同样被时尚化和庸俗化的"自身"。"男性气概"是一个与西方现代"主体性"相伴生的重要文化概念,而这也正是《G No. Ⅷ》"替换"策略中的重要一环,甚至穆时英本人也以"性情和体格都比较坚强"自许①。然而,正如法国社会学家布尔迪厄所论,"男性气概"的核心内涵"首先是一种责任":"'真正具有男子气概'的男人会尽自己的最大努力扩大自己的荣誉,在公共领域内赢得光荣和尊敬。"② 而在美国政治哲学家曼斯菲尔德看来,"男性气概"的本质在于一种为"个体性负责"的"血气"与"理想主义","男性气概"反对由过度"理性控制"的"麻木的资产阶级社会",因为"这个社会缺乏爱和抱负"③。然而,在穆时英笔下乃至本人的"男性气概"中,却找不到任何对于祖国和人民的责任与爱。

1936 年 2 月至 4 月,几乎与《G No. Ⅷ》同时发表,穆时英在《时代日报》连载了《我们这一代人》。这部取材于"一·二八"沪战的短篇小说一度曾被研究者视作穆时英抗日救国思想的体现,然而正如史书美所言,穆时英意在嘲讽而非爱国,他甚至使用大量的内心独白来"突显主人公建立在虚伪爱国主义热情之上的虚浮幻想和战争现实之间所存在的断裂"④。如果说穆时英对于国家的苦难和危机采取如此冷漠与虚无的态度,那么这位

① 穆时英:《才能之衰落与没有才能的人》,严家炎、李今编:《穆时英全集》第3 卷,第 104 页。原载《时代日报·二十世纪》1936 年 2 月 20 日,第 3 版。
② 参见［法］皮埃尔·布尔迪厄著,刘晖译:《男性统治》,深圳:海天出版社,2002 年,第 69 页。
③ 参见［美］哈维·C. 曼斯菲尔德著,刘玮译:《男性气概》,南京:译林出版社,2009 年,第 317—320 页。
④ 参见［美］史书美著,何恬译:《现代的诱惑——书写半殖民地中国的现代主义（1917—1937）》,第 356 页。

曾经颇具左翼色彩的作家又是如何看待普罗大众的呢？在其
1934年发表的《PIERROT——寄呈望舒》中，主人公潘鹤龄为
给自己的客人们解闷而讲了一个笑声爆棚的笑话，在这个低俗
得让笔者不得不将其放在注解中加以介绍的笑话中，穆时英以
一种狂妄而阴冷的心态嘲笑了那些深受不平等制度压迫的底层
群众的困苦与希望①。

　　正因为彻底绝望于自己的国家和人民，却又神往于"都市文
化"的"传奇"，颇有文学才华的穆时英在"西洋"绝路之外另辟
"东洋"蹊径，并最终走上了"附逆的汉奸"的不归之路②。逝者已
矣，且在盖棺数十年之后，终获迟到之论定。然而，诚如法农所言，

---

① 照录这一故事如下："从前有一对夫妻，穷得厉害，简直连一天三顿饭也没
　有把握。那天晚上，他们夫妻俩商量了半天，想有什么法可以不穷，商量了
　半天便决定了到西山山腰那儿庙里去求菩萨。在菩萨前面很诚恳地叩了三
　个头的当天晚上，夫妻俩全梦见那尊菩萨跑来跟他们说，明天早上起来，后
　门门槛那儿有三颗珠子，去捡了来，要什么东西，只要把一颗珠子往天上一
　扔，嘴里说一声要什么，便会从天上掉下来。第二天起来，后门门槛那儿果
　真有三颗珠子。捡了那三颗珠子，夫妻俩便商量着要什么好。男的说要这
　个，女的说要那个，两个人说着说着争了起来，那男子越争越气，把自己手里
　的一颗珠子往上一扔道：'要这个！要那个！给你鸡巴！'不料那么说了一
　声，天上掉下来数不清的鸡巴，堆满了一屋子！……那女的白了男的一眼，
　怪他不该那么粗鲁，随随便便的掉了一颗宝珠，还弄了一屋子鸡巴，想了一
　想就把自己手里的一颗珠子往上一扔，说：'去你的，鸡巴！'她想还有一颗
　珠子可以留下来要钱的。那么一来，果真一屋子的鸡巴全没了，心里正在
　爽朗起来，忽然他的丈夫杀猪似地嚷了起来道：'怎么好？我的也没了！'
　没有办法，只得用最后一颗珠子把丈夫的鸡巴要了回来，还是安分守己的
　做人。"参见穆时英：《PIERROT——寄呈望舒》，《穆时英全集》第2卷，第
　103页。原载《现代》第4卷第4期，1934年2月1日。
② 参见解志熙：《"穆时英的最后"——关于他的附逆或牺牲问题之考辨》，
　《文学评论》2016年第3期。另按，解志熙先生曾惠寄此文未刊稿，为本章
　的写作提供了无私而宝贵的帮助，特此致谢。

"当一个故事保持在民间传说的内部,这可以说是表达了一个地区的'地方魂'"①。毋庸置疑,在"新感觉派文学"或"海派文学"当中,还有很多诸如丽莎/康妮丽之类的"浪漫"故事,甚至也已成为我们文学世界的"地方魂"。而对于研究者而言,这或许是一个并不浪漫的严肃课题。

① ［法］弗朗兹·法农著,万冰译:《黑皮肤,白面具》,南京:译林出版社,2005年,第46—47页。

第十一章　旅程*

　　在 20 世纪 30 年代初,靳以因擅写"异国情调"而与巴金并称于中国文坛[①]。不过与巴金那取材广泛、带有浓重寓言气息的"世界性"不同,靳以的"异国情调"始终专注于同一个城市,那就是有着"东方的彼得堡"之称的哈尔滨。1932 年,刚刚从复旦大学国际贸易系毕业的靳以来到哈尔滨,此行的目的有二:一是向在哈埠长期经营五金生意的父亲表明自己弃商学文的决心,二是劝说破产的父亲返回天津故里[②]。说起来,靳以虽是初来哈埠,但他对东北这块黑土地并不陌生。从三岁起,靳以就被母亲带到当时在沈阳经商的父亲处,在那里整整生活了十个年头[③]。因此,这次哈尔滨之行也算是童年东北记忆的延伸,让靳以对哈尔滨感觉既新奇又亲切。行走在一派俄国风情的哈尔滨街头,两旁的俄式建筑常使靳以"想起一些俄国作家所描写的乡间建筑","间或有一两个俄国孩子从

---

* 原载《中国现代文学研究丛刊》2011 年第 5 期,题为《一次穿越"异国情调"的文学旅程——略论靳以 1930 年代初的白俄叙事》。

① 参见中国文艺年鉴社编辑:《一九三二年中国文坛鸟瞰》,《中国文艺年鉴:第一回(一九三二年)》,第 17—18 页;王明淑:《〈圣型〉》,《现代》第 4 卷第 6 期,1934 年 4 月 1 日。

② 参见南南:《从远天冰雪中走来——靳以纪传》,太原:山西人民出版社,1999 年,第 36 页。

③ 参见南南:《从远天冰雪中走来——靳以纪传》,第 7 页。

房中跑出来"，更使他有种仿佛"不是在中国"的恍惚之感 ①。正是这半年的哈尔滨生活，为决心步入文坛的靳以提供了最初的，也是最丰厚的文学养分。靳以敏锐地感受到了哈尔滨这座俄国化都市的"异国情调"，并凭借对此的精准表达确立了自己独树一帜的文学风格。

1933 年 8 月，靳以的短篇小说《圣型》在《现代》第 4 期发表，这部小说"写着一个漂泊在街头的犹太女人同一个孤独青年的遇合" ②，笔触细腻，笔调忧郁。据作家的好友、诗人辛笛回忆，小说一经发表"就引起轰动，许多人都争相传阅"，因此成为靳以的成名作。谈及小说一鸣惊人的原因，辛笛认为正是"因为小说充满异国情调，这使读者感到新奇，尤其是一些青年读者。这同现代人对同胞在异国的经历感到新奇是一样的" ③。而这位"犹太女人"玛丽安娜其实是一位"白俄"——她在"十月革命"后追随旧日恋人路得维基从俄国逃到中国。

事实上，靳以所有的"异国情调"作品均以白俄为主人公：《陨》讲述的是俄国贵族潘葛洛夫在"十月革命"后的逃亡生涯；《溺》中的彼得诺维赤出身地主之家，为爱所伤，流落成卖唱乞丐，应该是位"无国籍白俄"；《女难》中因爱而疯的落霍夫·包别辽夫斯基则是"哈尔滨第一家珠宝毛皮商"的儿子，无疑也是位白俄；《纠缠》中的费也金·郭洛夫司基则是外红内白的"萝卜党"，而《老人》讲述的就是一位收藏沙俄时代记忆的旧货店店主——阿克

---

① 参见靳以：《哈尔滨》，中学生社编：《都市的风光》，上海：开明书店，1935年，第 87 页。该文首发于《中学生》第 46 号，1934 年 6 月 1 日，原题《哈尔滨——地方印象记》。

② 参见王我生：《读〈圣型〉》，《现代出版界》第 1 卷第 23 期，1934 年 4 月 1 日。

③ 参见南南：《从远天冰雪中走来——靳以纪传》，第 35—36 页。

索夫诺夫的故事。总括来看,从《圣型》开始,通过上述这一系列的白俄叙事,靳以开始了一段穿越"异国情调"的文学旅程。

　　所谓"异国情调"(exoticism),根据杜平的梳理,"exotic"一词来源于希腊语"eksotikos",意为"外国的""异邦的",而这也构成了"exotic"一词的核心意涵,直到启蒙时代它也没有被附着除了空间上的"异"和时间上的"古"以外的价值判断及特别态度;而由"exotic"所派生出的"exoticism"一词则有广狭两义,广义指作家"对陌生现象的关注",它是文学乌托邦倾向的一种表现;狭义则指作家对新鲜事物特殊的好奇心态。此外,作为对这种"好奇"之义的批判性分析,"exoticism"被后殖民理论家视为一种"文学和文化批判话语",它更多的是和文化上的帝国意识及殖民心态相关①。由此可见,"新奇"是西方文化语境中的"exoticism"一词的核心内涵,即强调主体在面对"异"之客体时所产生的陌生化感受。

　　在现代中国的文化语境中,"异国情调"也常被视为"新奇"的代名词。在1928年上海的一部《文艺辞典》中,编者如此解释"异国情调":

　　　　"异国情调"(Exoticism),描出平常所未曾惯见惯闻的境界的时候,在艺术底效果上说,即含有某种的特殊的情调,这就是所谓异国情调。依高田底说法,这可分为两种,即是在空间的异国情调和时间距离的异国情调。例如西洋作家在空间上的异国情调常以东洋为限,在时间上一般都爱描写希腊时

<hr>

① 参见杜平:《英国文学的异国情调和东方形象》,四川大学博士学位论文,2005年,第11—16页。

代底趣味。但也有兼写时间的空间的两种异国情调的，如福罗贝尔底《沙朗波》是。①

在 1931 年出版的另一部《新文艺辞典》中，"异国情调"也被理解为一种面对异国文化时的新鲜或新奇感受：

> "异国情调"（Exotic Mood; Exoticism），本国以外的风物和气分，或特殊的情调，都是所谓"异国情调"。Gautier 把异国情调一词，别为两类，一为空间上的"异国情调"，另一为时间上的"异国情调"。前者自然是指本国以外的新鲜的国土，后者则系一般地只限希腊时代的趣味。例如弗罗培尔的《沙仑波》（Salanboo），是兼有着时空上的两种异国情调，又如陆蒂的《菊子夫人》，则纯系富于东洋趣味的空间上的异国情调。②

需要强调的是，"异国情调"一度风靡于 20 世纪 30 年代的中国文坛。从 1930 年 1 月的第 1 期开始，普罗文学《拓荒者》杂志开始刊登上海现代书局《丽莎的哀怨》的广告：

> 读者要知道白俄妇女在上海的生活吗？要了解旧俄之何以殁落，新俄之何以生长吗？要读富于异国情调之作品吗？请一读蒋光慈先生的这一部长篇《丽莎的哀怨》！③

---

① 孙俍工编：《文艺辞典》，上海：民智书局，1928 年，第 719—720 页。
② 顾凤城等编：《新文艺辞典》，上海：光华书局，1931 年，第 259—260 页。
③《〈丽莎的哀怨〉广告》，《拓荒者》第 1 卷第 1 期，1930 年 1 月 10 日。

连普罗文学作品都要以"异国情调"为卖点,可见其流行之广。正因如此,"异国情调"被收入了当时最为权威的《国语辞典》:"谓自未曾闻见之特殊境界中,所得新奇之情味,如西洋文艺而以东洋故事为题材者,可称为富有异国情调。"[1]

所谓"穿越",是指靳以这些富有"异国情调"的小说曾经徜徉于"罗曼的气分,异域的题材"[2],但它们最终突破了此类作品常见的浪漫外壳和猎奇心态,告别了附着其上的乌托邦想象或反乌托邦想象,开始走近作为平常人的白俄,并对他们的境遇与命运展开深入的思考。其实仅从小说的题名,我们就能看出靳以的"穿越"轨迹:从乌托邦化的"圣型"到描述从天堂落入凡间历程的"陨"与"溺",再从奇情的"女难"进入现实中的"纠缠",最后将目光集中于一个收藏记忆的白俄"老人"。通过这样一个复杂的白俄人物谱系,靳以在穿越"异国情调"的同时,也完成了一次旨在书写"现实"的文学蜕变。

一、"听来"的浪漫与忧郁的乌托邦

如果我们以白俄形象的"艺术真实性"为标准,可将靳以的白俄叙事划分为前后两个阶段,第一阶段包括《圣型》《陨》《溺》和《女难》,浪漫感伤和异域风情是其主要特质;第二阶段则由《林莎》《纠缠》和《老人》组成,这些文本的主旨不再是浮光掠影的浪漫猎奇,而是以深沉的笔触描述白俄的内心世界。

---

[1] 中国大辞典编纂处编:《国语辞典》第 4 册,第 3940 页。
[2] 参见《〈圣型〉广告》,《现代》第 4 卷第 1 期,1933 年 11 月。按,该文献线索来自南南:《从远天冰雪中走来——靳以纪传》,第 37 页。

　　总体而言,第一阶段的白俄叙事大多是"听来"的故事。这种"听来"的姿态正是作者猎奇心态的表现,而"听来"的故事往往也以浪漫感伤为基调。《圣型》中的叙述人"我"从玛丽安娜口中听到了她被旧日恋人路得维基抛弃的故事,这引起了"我"极大的同情,因为她是"上了男人的当",而"我"则是"吃了女人的苦"。正是这种充满感伤的惺惺相惜,让"我"视其为"神圣的典型"——此亦"圣型"题名的由来 ①。事实上,讲出一段悲伤的爱情往事,然后带着爱情的伤痛继续流浪,正是玛丽安娜这一人物所承担的全部叙事功能。因而,她的出场和离去都是飘忽不定的,就像是飘过旅行者窗外的一幕忧郁风景。早在《圣型》问世之初,就有论者质疑玛丽安娜这一形象的真实性,指出小说这种"从街头拾来乞妇"的情节早已是明日黄花,中国作家穆时英的《黑牡丹》、日本作家片冈铁兵的《艺术的贫困》都已用过,而且作者对这种异国情调的把握并不深刻,比之于采取"异域的题材",小说的主旨似乎更在于描写"平常的男女关系" ②。

　　为浪漫的爱情故事寻求传奇性的叙事平台,《女难》是此类"听来的故事"的另一个典型。《女难》由一次"凝视"开始。"我"经常在哈尔滨中国大街上看到两个男人,"一个是穿了哥萨克军服,长着大白胡子,骨瘦如柴的老俄国人;一个是短小的,在边路上疯疯颠颠的有三十岁左右的犹太人" ③。根据叙述人"我"的交代,这个"傲慢"的老人就是"那一年在俄帝国时代指挥着军队把成千无辜的中国人逼到黑河里淹死的那个关达基将军,所以年轻的中

① "型"有"法式"之义,"如言典型"。参见中国大辞典编纂处编:《国语辞典》第 3 册,第 2461 页。

② 参见王明淑:《〈圣型〉》,《现代》第 4 卷第 6 期,1934 年 4 月 1 日。

③ 靳以:《女难》,《青的花》,上海:生活书店,1934 年,第 115 页。

国人和苏联籍的人有时来袭击他"①。然而,对于这样一个屠杀中国百姓的刽子手,叙述人虽语带批判但并无太多敌意,反而用大段的篇幅把他刻画成了一个威武庄严的老军人或者老绅士的形象,让他佩戴着一大串沙皇时代的勋章,其中不乏为中国百姓的鲜血所染红者,大摇大摆地走在中国的大街上。就小说的叙事脉络而言,靳以之所以没有深描已然确立的批判立场,主要是因为叙述人需要关达基这样一位"绅士"以绅士的方式向他讲述一段畸情的爱情故事。那个经常攻击漂亮女人的犹太疯子让"我"好奇,于是"我"就跟随他们来到"金鸡点心铺",在犹太疯子离开后,"我"就像一个真正的绅士那样,开始了一个"听"故事的过程:

> 我用右手把帽子举起一点来,和善地问着:
>
> "老先生您能告诉我方才和您谈话的那个人的姓名么?我想您一定和他熟识。"
>
> "呵,是的。我和他的父亲就是好朋友,他的名字是洛霍夫·包别辽夫斯基。"
>
> 那老人也很和蔼地回答我,说完了,用手摸着胡子。俄国人,大半是没有英美人那无理的傲慢的。
>
> ……
>
> "那么,您可以使我知道些么?"
>
> "好,没有什么,像他的事每一个年轻人都该知道知道的。"②

这个"听"来的琼瑶化的痴情故事——生于富贵之家的洛霍

---

① 靳以:《女难》,《青的花》,第116页。
② 靳以:《女难》,《青的花》,第121—122页。

夫因被女戏子欺骗、侮辱而陷入疯癫，并不是我们分析的重点，反倒是这种绅士般的"听"故事方式更值得关注。此时的小说更像是一篇哈尔滨游记，作者把道听途说的各种浪漫故事讲给读者，而这种绅士般的"听"故事和"讲"故事的方式不仅提供了故事的真实性担保，而且把故事引入一个乌托邦化的叙事空间：这里的异国情调抽离了人事纷扰，而爱情则是唯一的主题。

细读《圣型》和《女难》，不难发现氤氲其中的忧郁气息其实是浪漫情绪的变形，而后者在很大程度上则是由哈尔滨这座充满异国情调的城市所提供。在《圣型》中，现代大都市的若干摩登符号逐一闪现：独身公寓、方达基舞场、狐步舞、柠檬茶、"从秋林买来的德国版英美近代诗选"、不期而遇的时髦女人……在《女难》中，前述"我"与关达基将军的相遇，就是一次典型的欧化社交，展现了对于优雅的都市生活的想象。考究起来，在20世纪30年代中国的文化语境中，"异国情调"有着追慕欧洲——特别是法国风尚的浓厚印记。在上海，这体现在张若谷等人对法国现代都市文化的模仿，而在哈尔滨，这座俄国化的城市也因为紧跟法国时尚潮流而被视作摩登之城。在《哈尔滨》一文中，靳以以"小巴黎"为题，这样向读者介绍哈尔滨：

> 哈尔滨是被许多人称为"小巴黎"的。中国人在心目中都以为上海该算是中国最繁华的城市，可是到过了哈尔滨就会觉得这样的话未必十分可信。自然，在哈尔滨没有那种美国式的摩天楼，也没有红木铺成的马路；但是，因为住了那么多有钱的人，又是那么一个重要的铁路交叉点，个人间豪华的生活达到更高的程度。因为衔接了西伯利亚大铁路，最近的衣饰式样从巴黎就更快地来了，这为一切中国外国女人所喜

欢。在那条最热闹的基达伊斯基大街上,窗橱里都是出奇地陈列了新到的这一类货品。这使女人们笑逐颜开,而男人们紧皱眉头。(有的男人也许不是这样的)①

　　哈尔滨这座没有历史重负的浪漫新都,是讲述浪漫忧郁的爱情故事的最佳场景。因此,在哈尔滨这座俄国风格的摩登都市里,俄国人和他们的故事往往成为靳以笔下那些被胡风讥之为"恋爱至上主义者底'浪漫事'"②的原型人物和素材。又如祝秀侠所论,在这一阶段靳以"一切的题材,都是满含着他的伤感情调,从安那,从彼得,从各位主人翁的嘴角里,行为里,来透发他的内心的酸楚"③。究其原委,彼时的靳以正沉浸在失恋的痛苦中:"在个人的感情生活中受到了伤害,还没有完全摆脱那些痛苦的回忆。"④就这样,失恋的痛苦和对爱情的坚守构成了这一时段靳以小说的主题,而被镂空了身份特征和生存境遇的白俄则成了这些忧郁爱情故事的叙事外壳,并以一种"洋娃娃"式的"浪漫"满足了中国读者的西洋想象。

---

① 靳以:《哈尔滨》,中学生社编:《都市的风光》,上海:开明书店,1935 年,第 86 页。
② 参见胡风:《粉饰,歪曲,铁一般的事实》,《胡风全集》第 5 卷,武汉:湖北人民出版社,1999 年,第 132 页。原载《文学月报》第 1 卷第 5—6 号合刊,1932 年 12 月 15 日,署名"谷非"。
③ 参见祝秀侠:《靳以的〈圣型〉及其他》,《灰余集》,上海:读者书房,1936 年,第 200 页。原载《新语林》第 4 期,1934 年 8 月 20 日,题为《靳以的创作——评〈圣型〉及其它》。在文中,称《圣型》中的女主人公"玛丽安娜"为"安那"。
④ 巴金:《他明明还活着》,《靳以选集》第 5 卷,成都:四川人民出版社,1984 年,第 609—610 页。

在靳以那些以"采取异域的题材"为"独殊的特色"[①]的作品中，以白俄乞丐为主人公的《溺》曾被视为"中国的新罗曼主义的短篇代表作品"[②]。小说讲述了一个发生在巴心·彼得诺维赤——流落哈尔滨的白俄"街道歌唱求乞者"身上的凄美爱情故事。比之故事内容，更吸引人的是小说叙述人"我"和白俄乞丐巴心·彼得诺维赤的相识过程，而这也是又一幕典型的欧化社交场景。小说讲述"我"在街头偶然听见了彼得诺维赤感人至深的演唱后，主动与其结识：

> 我随了他走，遇上机会我就说：
>
> "喂朋友！我能认识你么？"我就把我的名字告诉他。
>
> 他好像有一点惊讶，立定了脚，看到我，也听到我的话，就回答我：
>
> "可以的！我的名字是巴心·彼得诺维赤。"
>
> 他把他的手给我握着，在起初我有一点怕，后来也就不在乎地和他握着手。[③]

由此，一个"听来"的奇情故事得以展开：主人公彼得诺维赤流浪三十年，从风流倜傥、锦衣玉食的地主公子，变成了丢了耳朵和手指的卖唱乞丐，但他无怨无悔，他用他的歌声来追忆爱情，呼唤负心人琴娜的归来。小说中，彼得诺维赤之所以成为"卖歌的人"并非为生计所迫，而是要抒发在琴娜不辞而别后，累积在"胸

---

① 参见王明淑：《〈圣型〉》，《现代》第4卷第6期，1934年4月1日。

② 参见中国文艺年鉴社：《一九三二年中国文坛鸟瞰》，《中国文艺年鉴：第一回〈一九三二年〉》，第18页。

③ 靳以：《溺》，《圣型》，上海：复兴书局，1936年，第66页。

中的哀怨"①。故事固然凄美,但是以这样的理由来解释一个地主
儿子的求乞,恐怕过于"浪漫"。正如布莱希特所言,乞讨是"那些
什么也没学过的人的职业;只是这种职业看来也得去学会"②。一
个原本处在稳定的社会和道德秩序中的自由人,要想将自己变成
一个乞丐不仅需要极大的勇气,而且需要反复的学习。要了解求
乞对人的自尊所构成的巨大挑战,观看维托里奥·德·西卡导演
的《风烛泪》或许是个不错的选择,影片中的退休公务员温培尔托
使出了浑身解数,其中包括训练他的狗乞讨,但仍没能让自己成为
一个乞丐。事实上,在四年前的小说《陨》中,靳以自己也已揭破
了"因爱而乞讨"的浪漫幻象。此时的靳以还没有像写作《溺》那
样沉迷于爱情的感伤,因此笔调要比《圣型》刚强很多:"作者运用
他那稀有的圆润技巧,将潘葛洛夫的倔强底性格,和他那为饥饿逼
迫得想屈服而又少不得要顾全颜面那样内心挣扎的苦痛和情绪,
极深刻的给他表现出来。"③的确如此,靳以成功地刻画了一个人从
贵族到流浪汉的心理转变。在仓促的逃亡之路上,潘葛洛夫经历
了人生中的很多"第一次",而其中最重要的是他第一次学习乞讨:
"他守候着,总是在第一次失败之后期望着第二次,可是每个第二
次的结果总是和第一次差不多的。"④这次不成功的学习和拔金牙
未果,满手满嘴是血的细节一起,使这部作品获得了震撼人心的艺
术力量。

　　不过,在写作《陨》时,靳以还没到过哈尔滨,这使得他对潘葛

① 靳以:《溺》,《圣型》,第81页。
② [德]布莱希特著,高年生、黄明嘉译:《三毛钱小说》,上海:上海译文出版
　社,2008年,第2页。
③ 王明淑:《〈圣型〉》,《现代》第4卷第6期,1934年4月1日。
④ 靳以:《陨》,《东方杂志》第28卷第6号,1931年3月25日。

洛夫的贵族生活缺少必要的了解。此时的潘葛洛夫就像一颗来自太空的陨石，其陨落的命运是一个最让人感到新奇的故事，靳以成功地"想象"了陨落过程中的内心痛苦，而当这种痛苦成为叙述重心时，人物和故事的背景反而模糊了，这就像我们在那些成功的寓言故事中看到的一样。因而，此时的潘葛洛夫还远远没有"人间化"。在此意义上，靳以笔下那些与白俄之间绅士般的交往以及"听"故事的方式，都可视为深入了解白俄过程的初步，虽然充满浪漫想象，但接触与了解毕竟已经开始。

二、日常的生活与"日常"的白俄

所谓太阳底下无新事，"新奇"总耐不住日常生活的打磨。不难理解，如果白俄已经融入你的日常生活，那么"新奇"自然也就随风而逝。在《林莎》中，"我"与林莎毗邻而居，彼此的接触不再是偶遇，而是同一屋檐下的生活。尽管这仍是一个"听"来的故事，但此时的"听"已经成为彼此交往的自然延伸。和前期的白俄叙事一样，《林莎》仍旧以悲伤的爱情为故事主线，但"我"和"林莎"的关系不再是陌生人之间的同病相怜，而是"异国的友人"之间的彼此关怀。"她如一个年长的姊姊在谆谆地嘱咐着我"[①]，在"我"的眼中，林莎就像一个痴情而善良的姐姐，我看着她回忆过去时的痛苦和憧憬爱情时的天真，也曾分享着她找回爱情时的快乐，因而，林莎的爱情是真实的，这不再是一个陌生的白俄女子的浪漫爱情，而是"我"的白俄邻居和朋友的爱情。"我"见证了林莎对爱情的坚守，以及为这种坚守所付出的代价，因此小说的叙事重心已

---

① 靳以：《林莎》，《青的花》，第 262 页。

经开始转移：从一个人的"爱情"到拥有爱情的"一个人"，这是一个关于林莎的"真实"故事，小说的"林莎"之名其实也正标识了这种叙事重心的转移。

在狄更斯的文学世界中，《大卫·科波菲尔》是一个非常重要的存在。谈及于此，狄更斯坦言："我在深心的最深处有一个得宠的孩子，他的名字就是'大卫·科波菲尔'。"① 在这部伟大的小说中，狄更斯通过对密考伯先生浓墨重彩的描绘，写出了自己童年时全家时常进出债务监狱的痛苦记忆。在狄更斯笔下，这位密考伯先生是一位借债艺术家，他曾郑重地请求"我"以他的命运为戒，并留下这样的训诫："假如一个人每年收入二十磅，用去十九磅十九先令零六便士，他是快活的，但是假如他用去二十磅一先令，他就苦恼了。"② 但是这却并不影响他快乐地、满怀信心地借债度日，并竭尽所能地享受生活。

靳以在《纠缠》中，也写了这样一位"借债艺术家"——费也金·郭洛夫司基，虽然这位被称为"萝卜党"的白俄二房东并无密考伯先生那样的挑战社会主流价值的勇气——在报纸上登广告宣告自己的失业，以此"勇敢地向社会挑战，教它改正这件事"③，但在依靠借债而过上一种具有美学意义的生活这一点上，郭洛夫司基是有过之而无不及的："我常看到他愁眉苦脸的坐在那里，或是手托着下颏在思索着的样子。但在饮食方面他却很考究，常有许多讨债的人来，面包的债也积到三十圆了。"④ 费也金·郭洛夫司基

① ［英］狄更斯著，董秋斯译：《大卫·科波菲尔》，北京：人民文学出版社，1958 年，"作者叙"第 1 页。
② ［英］狄更斯著，董秋斯译：《大卫·科波菲尔》，第 193 页。
③ ［英］狄更斯著，董秋斯译：《大卫·科波菲尔》，第 487 页。
④ 靳以：《纠缠》，《青的花》，第 229 页。

这种债台之上的"考究"生活，引起了"我"的强烈"兴趣"。这位白俄二房东经常借钱买肉，买鸡，如果"两天没有吃肉"，他就哀鸣"我不能活下去了"。不过，这位饕餮之徒并非没有原则的酒囊饭袋，他为人坦诚且不乏率真。在房租问题上，他一直谦和而诚信。更有趣的是，因为他经常向房客——"我"的姐姐借钱，姐姐不堪其扰，用中国式的托词说自己手头也很紧张，对此，郭洛夫司基竟然信以为真，在自己有了进款之后特意找到姐姐，表示要慷慨解囊，扶危济困。

　　"我们不能完全明了外国人，正如外国人不能完全明了我们一样。"[1] 正是通过这种深层的交往，"我"发现了两个来自不同民族和文化的人要想真正彼此了解，绝非易事。郭洛夫司基一直好奇的是，为什么"我"的姐夫只有一个妻子，在他的理解中，"每一个中国人都有两个太太的"，而"我"则"只是疑惑着他哪里来的收入维持着生活"。压死骆驼的最后一根稻草终于来临，郭洛夫司基因为无力还债被以"欺诈罪"拘留十天。他只有三个小时在家告别，在这三个小时内，这个白俄家庭会发生什么状况呢？"我以为他们是要流泪，要像狂雨一样地亲着嘴；到末了该像电影一样的半疯狂的表情"，然而，"这房子里仍然是如常的沉静"。这个家庭抗拒牢狱之灾的方法，是在沉静中做最后一顿烤牛肉，将"没有肉是不能饱的"人生哲学进行到底。虽然在告别之际，郭洛夫司基也曾泪流满面，但他却以体验不同的生活为理由自我开解："把世界上各样滋味的事都尝尝也好，多方面的人生是要多方面去过呵！"然而，对于目睹了这场变故的"我"来说，这样的人生哲学并不具有合法性："可是在我心里想着他是太自私，若是在有钱的时候肯少用点，

---

① 靳以：《纠缠》，《青的花》，第234页。

不是就可以渐渐还清了么？"①

　　说起来，郭洛夫司基这个人物其实是有原型的，在《哈尔滨》一文中，靳以再次提及这个"懒得像一只猪，没有钱，可是绝顶的喜欢吃"的白俄二房东②。此文首发于 1934 年 6 月的《中学生》杂志，旨在向读者介绍已经沦陷的东北国土和都市风光，或许是为了适应普通读者的"期待视野"，靳以对这位白俄二房东做了漫画式的描写。如果放开视野，可见在华白俄的"挥霍"习惯，一直是中国人打量这些外国人时的焦点。1922 年的一篇媒体文章曾这样对比俄华居民不同的消费习惯："侨居哈埠的俄人习惯，与华人不同，因为是俄国男女在哈埠大多数有职业，生利者多，生活程度，自然比华人高的多，所以俄国的男女，平素很奢华，嗜酒者占多数，性好挥霍，不喜积蓄，普通的俄人，往往有断炊之虞；华人生活程度较低，多半系小本商人或佣工者，性节俭，好蓄财，量入为出……但穷蹙者甚少。"③ 而与上述较为负面的评价不同，徐訏在 1937 年 6 月发表的一篇文章中，则从"民族性"的角度，将盛夏时节上海"许多穷窘的白俄终要到青岛去避暑"的行为，视为"白种人不能耐苦，只能耐劳的一种表征"④。此文虽然后出，却也为我们理解郭洛夫司基这一人物形象的"艺术真实性"提供了重要的参考。

　　如同篇名所示，《纠缠》中的叙述人"我"不再是"凝视"白俄的旁观者，而是与其发生"纠缠"的当事人，通过"纠缠"，我了解到了一个鲜活的秉持不同生活态度的白俄二房东。在小说中，

---

① 靳以：《纠缠》，《青的花》，第 236—240 页。
② 参见靳以：《哈尔滨》，中学生社编：《都市的风光》，第 90 页。
③ 毅农：《哈尔滨的状况》，《晨报》（北京）1922 年 3 月 5 日，第 5 版。
④ 参见徐訏：《民族性中的耐劳与耐苦》，《新中华》第 5 卷第 12 期，1937 年 6 月 25 日。

"我"虽然并不赞同郭洛夫司基的生活方式和人生哲学——就"纠缠"这一词汇的贬义色彩而言，"我"对此不无微词，却又并非一味的贬损，而是发现了两种不同文化之间的深层差异，并且认识到对待这种差异，不能简单地判断优劣，而是需要深入的交流和彼此的理解。显然，此时的靳以，已经改变了以往打量白俄时乌托邦化或反乌托邦化的猎奇目光，开始关注作为日常生活中"个人"的白俄，而这正是其对于中国现代文学白俄叙事的重要贡献之一。

三、家宅、记忆与"现实"的生长

如前所述，在 20 世纪 30 年代中国文学的白俄叙事中，普遍缺乏对白俄之"家"的精细描写。而正如法国哲学家巴什拉所论，在家宅中藏着"一个属于内心并且具体的本质"，能够"证明所有受到保护的内心空间形象所具有的独特价值"，这是"认同感产生的地方"[1]。在俗常的意义上讲，一个生活化的家宅是某种稳固的秩序和安全感的体现，它表明家宅主人正过着一种有"奔头儿"的生活；而就哲学层面而言，文学只有深入书写了家宅，才能真正走入主人公的内心，才能找到那些构成起源于"存在"的梦想。如是观之，是否精细地描写了白俄的家宅，实为检验彼时中国文坛白俄叙事之"生活真实"的重要指标。

巴什拉曾以亨利·博斯科的小说《古玩家》中的家宅为例，来论述"地窖"带给读者的梦想[2]。有趣的是，在靳以的小说《老人》

---

① 参见［法］加斯东·巴什拉著，张逸婧译：《空间的诗学》，第 1—2 页。
② 参见［法］加斯东·巴什拉著，张逸婧译：《空间的诗学》，第 20 页。

中，主人公阿克索夫诺夫经营着一家"不称职"的古玩店——"阿克索夫诺夫旧物巴扎"。如果要用最简洁的词汇来定义阿克索夫诺夫和他的旧物店，那就是"老／旧"。每一个看到阿克索夫诺夫的人，都会对衰老有着更深一层的恐惧，而他的货物比他还要老，"旧"是它们的唯一"共同性"。"他的货物之陈旧，就如同他这个人一样，到了只有使人叹气的地步。"从"一八八零年最应时的女人披肩"，到"在发明那一年，就造出来的留声机"，再到"少了一支脚的写字桌"，这家店里尽是些"莫名其妙的东西"[1]。

　　如果说《古玩家》中的地窖收藏的是梦想的话，那么阿克索夫诺夫的旧货店收藏的就是对梦想的无尽回忆，这是一个失去家宅者的家宅，一个失去梦想者的梦想，靳以从"失去"的角度，反证了拥有家宅的重要意义。店中所有的一切货物，在阿克索夫诺夫的眼中都是美好的，它们都有着"一段光辉的过去"。因而，与其说他是在收购旧物，不如说他是在收集记忆，他不断地复制乃至杜撰负载在旧物上的记忆。更为关键的是，他把这些收集来的记忆加工打磨成了自己的回忆，他为每个由顾客或他自己编制的悲情故事添上活色生香的细节，并幸福地沉浸在故事之中。然而，就像文学主题学上常见的"最后一个"一样，阿克索夫诺夫老了，而且后继无人。他"孤独而无味地活着"，唯一的亲人——孙子兼伙计沙夏在两年前偷偷离开他去了美国，再也不愿意把青春"埋在这破旧的氛围之中"[2]。阿克索夫诺夫最终原谅了孙子，但他"可看不过去这个世界"，可是衰老让他无能为力，只有他收藏的那些记忆与他相濡以沫；用只有他能听懂的语言说："歇歇吧，老爷，我们是都该休

① 靳以：《老人》，《虫蚀》，上海：上海良友图书印刷公司，1934年，第29—30页。
② 靳以：《老人》，《虫蚀》，第32页。

息了"，而他"点点头，摸摸这样，动动那样，他的心又感到平和的愉快了"①。

在靳以笔下，阿克索夫诺夫的家宅是一个收藏回忆的巨大容器，这些回忆指向了梦想的起源，更准确地说是对梦想的复制。然而，它复制得越像，就离真实的梦想越远，就如同"阿克索夫诺夫旧物巴扎"那斑驳的牌匾一样，老人的记忆也开始斑驳。每个人都有自己的家宅，就像每个人都有自己的梦想一样，而老人的家宅却和他一样老去，或者说永远留在了那些旧日故乡的幸福时光当中，至于老人的孙子沙夏，则又有着自己的家宅和梦想。"阿克索夫诺夫旧物巴扎"就像一个关于家宅的梦，它期待回到那些原初的幸福当中。

小　结

在笔者看来，靳以塑造的阿克索夫诺夫是中国现代文学史上最为成功的白俄形象之一。然而，就在接近胜利终点的地方，靳以将自己的文学列车驶离了白俄叙事的轨道，《老人》成了靳以白俄叙事的告别篇。原来，此时的靳以正处在自己文学生涯中最为艰难的一次转向当中。在收录《老人》的小说集《虫蚀》的序言中，靳以反省自己过去的写作是"浸沉于个人的情感之中，只为一些身边事紧紧地抓住，像一尾在网罟中游着的鱼，一直是没有能力全然冲到外面去"②。因而，他决心以这一本书结束"旧日的作品"，从而走出过去那种"眼泪"的真实，走向现实的"真实"：

---

① 靳以：《老人》，《虫蚀》，第51页。
② 靳以：《〈虫蚀〉序》，第1页。

即使我是为了真的情感才提起笔来,甚至于在写着时候,把眼泪流到纸上的时候也有过,可是对于读者大众我给了他们些什么呢? 我知道有些人在流着泪来读我的作品的,有些人为我那温柔的语调所打动;在我这面就没有更重要的事该写出来么? 在读者那一面,也不是没有更切要的事该告诉他们的。现在我是走进社会的圈子里来了,这里,少男少女已经不是事件的核心,这里有各式各样活动着的人,在不同的生活方式之下,他们各有自己的苦痛,这种苦痛也是为我所习见的,为了想知道更多一点,我也曾更细心地观察。①

在《老人》中,靳以终于褪去了以往"异国情调"中惯有的浪漫乌托邦的猎奇外壳,逐步深入白俄的日常生活和内心世界,并最终抓住了白俄形象的本质特征。此时的靳以穿越了"异国情调",正站在一个全新的起点上。人们有理由期待,他将给读者奉献更多的具有现实深度的白俄叙事,创造更多深入俄国乃至苏联文化的白俄形象。然而,靳以却在这个最为接近成功的时刻选择了放弃,个中原委,需要认真考索方可得之。不过,所谓"现实主义"的文学潮流(文学规范)的影响则是其中不容忽视的重要因素。事实上,自蒋光慈《丽莎的哀怨》在1929年末遭到共产党内部的严厉批判之后,白俄叙事越来越成为左翼文学内部的一个话语禁忌,即使偶有表现也只能将白俄定位为没落阶级的历史残留和无产阶级的革命敌人,而不能对其进行任何悲剧性的呈现。既然"日常"的白俄远离左翼文学理应表现的"现实",那么他们就不能将靳以带

① 靳以:《〈虫蚀〉序》,第1—2页。

向"现实主义"的正途。就这样,靳以为了投身"现实主义"的文学潮流而放弃了白俄叙事,但也恰恰因为这种放弃而远离了真正的"现实主义"的文学方向。纵观靳以的文学道路,尔后他似乎再也没有超越白俄叙事的优秀作品出现,这不仅是他个人的损失,更是中国现代文学的遗憾。而这种"放弃"与"远离"的历史教训,或许正是值得我们认真总结和深刻反思的学术议题。

第十二章 "风景"*

　　在 20 世纪 30 年代的中国文坛,白俄乞丐以不同的面貌出现在周楞伽、靳以、罗烽、萧红等作家笔下,形成了一个"前不见古人,后不见来者"的独特人物谱系。所谓"独特"的真正意义在于,这一人物谱系为国人提供了一个重新思考身份认同,想象未来国家图景的契机。

　　正如曹聚仁所回忆的,这是那些出身"比所有到上海来的洋人都高贵些"的白俄,以其悲惨的流亡遭遇让他"看清楚了洋人的真正面貌"①。的确如此,在 20 世纪 30 年代的中国,无论是在上海还是哈尔滨,洋人始终都是国人观看自身现实处境的一面镜子,白俄尚且如此,列强将何以堪②。处在洋人圈最底层的白俄,往往成为

---

* 原载《南开学报》(哲学社会科学版)2013 年第 4 期,题为《苦难的"风景"——20 世纪 30 年代中国文学的白俄乞丐叙事》。
① 参见曹聚仁:《洋人》,《我与我的世界:曹聚仁回忆录(修订版)·浮过了生命海》(上),北京:生活·读书·新知三联书店,2011 年,第 407—408 页。
② 1930 年,上海浦东曾发生白俄歹徒强奸中国妇女未遂事件,事后该俄人被扭送至派出所,但"因船妇不愿多事,由警察将该俄人押解出境作罢"。针对于此,一位中国评论者非常激愤地呼吁:"同胞!这是一件多么危险的事啊!一个被逐的白俄,尚能在我们的上海滩上逍遥法外,为所欲为,假如列强的禽兽们兽性发作起来,强奸妇人即简直是一件儿戏的事哩!浸假而十人效之,浸假而百人效之……危险,危险!可怜,可怜!"参见沈秋虎:《读了〈洋泾无耻白俄作恶记〉后》,《红叶》第 71 期,1931 年 11 月 7 日。

国人检视华洋关系的最低标准。而在那样一个华洋对立，民族自信心低落的时代，作为高等白人的落魄乞丐显然是吸引国人眼球的新闻热点。不难想见，当作为白种人和（半个）欧洲人的白俄以"乞丐的身份"散落于普罗大众的日常生活之际，中国知识精英将受到怎样的文化冲击。而事实上，正是这一荒诞而真实的社会现实为国人开启了一段想象他者与想象自我的奇妙旅程。

一、"风景"的呈现：白俄乞丐的文明与尊严

20 世纪 30 年代的周楞伽是一位具有现实关怀的上海作家，他在一篇散文中真切描绘了一位中国作家与白俄乞丐相遇时的独特心态：

> 出了门，穿过一条狭暗的小弄，走到霞飞路上，迎面便有一个人，向我脱下帽子来，那是一个白俄。
> ……
> 我和他，在表面上，是完全隔膜的。
> 但我们底内心，却尽有着共通的地方。他每次看见我，脱下他底帽子来时，总得向我微笑。这微笑里含有苦味。从这微笑里，我能看出他往昔的穷奢极欲和现在的颠沛困顿。
> 然而我却终于没有布施过他什么，这因为我不知道布施一个俄国乞丐是否和布施一个中国乞丐相同。①

早已习惯于中国乞丐的叫嚷与哀求，面对这种突如其来的"脱

---

① 周楞伽：《白俄》，《申报·自由谈》1933 年 4 月 2 日，第 17 版。

帽"与"微笑","我"竟然无所适从。因为这种"文明"的乞讨行
为使这位白俄乞丐看起来像一位有修养的文明人士,这使得"我"
和"他"处在无法施舍的同一社会等级之中。在散文结尾处,报童
那"热河失守"的吆喝声更是将"我"变成了与"他"一样的亡国
之人,而对于这样一位"异国的友人","我"自然更加无从"施舍"。
最后,"我"终于颇费思量地以一种"友人"的姿态实现了帮助,每
次见面都给对方买一盒"五华牌"香烟。有趣的是,将一个踟蹰街
头的白俄乞丐视作异国的友人,这一极具挑战性的叙述却随着叙
述自身的展开而瓦解——因为无力负担每次相遇时的购烟费用,
"我"最后不得不选择望风而逃。这种叶公好龙式的结局所揭示的
是,叙述人与白俄乞丐之间的隔阂与疏离似乎比同情与理解更多。
如是观之,叙述人是把白俄乞丐当成一个测度自身的镜像,而在这
一镜像之中,文明的乞讨方式成了叙述人瞩目的焦点,所有的正面
价值也都生发于此。

　　20 世纪 30 年代初,作家程碧冰正"困守在上海霞飞路一个小
弄堂的亭子间中,过着没落的生活"①。也正在此时,那些同样在霞
飞路上过着没落生活的白俄邻居们走进了他的文本世界。在一首
名为《可怜的异国人》的叙事诗中,程碧冰用深情的笔触记录了自
己与白俄乞丐的"同病相怜":

　　　　那天的早晨,
　　　　我走过黄浦滩滨,
　　　　一个西装褴褛的异国青年,
　　　　举起双手来向我致敬。

---

① 参见程碧冰:《后序》,《病院中》,上海:神州国光社,1931 年,第 5 页。

……

"Oh！先生；早安！

请你给我一个铜子！"

伸出他枯柴般的瘦手，

向我讨一个铜子。

"朋友！不要紧！

互助是人类的责任，

可是我惭愧，

没有多的金银。"

我摸给他：

衣袋里剩余的车费，

只十几个铜子，

他已是感谢不已。

他立正着向我呆望，

迟疑而复迟疑，

又举起枯柴般的瘦手，

表示深诚的谢意。①

　　不难发现，作者这种"互助"精神的核心是"我"与白俄乞丐的人格平等。而这位白俄乞丐的"致敬""立正"与"谢意"正是一种人格上的自我担保，他在向施舍者表达感激的同时，把这种感激保持在人格尊严之上。

　　说起上海的西洋乞丐，那也是由来已久。徐珂在《清稗类钞》

---

① 程碧冰：《可怜异国人》，《良友》第 66 期，1932 年 6 月。按，该诗开篇已经交代主人公是"俄罗斯的华胄"，以及"流浪到异国的失败者"。

中就曾论及上海街头的"外国乞儿",但这些"碧眼黄发之乞人"入乡随俗,所用的乞讨方式不过是与中国乞丐大同小异的"长跽以请"而已 ①。因而,上述白俄乞丐又是脱帽、又是微笑的求乞方式的确是西洋式的新鲜玩意儿。

　　乞讨是一种"文明"的求助方式,而施舍则需要在尊重乞丐感受的前提下进行。这一崭新的命题在中国作家的哈尔滨白俄乞丐叙事中得到了更为深入的论说。随着大批白俄难民的到来,哈尔滨街头开始出现大批俄国乞丐,这些人大部分是在第一次世界大战、俄国国内战争中受伤致残的士兵,他们手中攥着沙俄或临时政府时代发放的、以血签名的国家期票,唱着悲伤的民谣,沿着热闹的商业街乞讨 ②。到了 20 世纪 30 年代,随着大量白俄乃至老俄侨因失去中东路依托而失业,乞讨已经成为哈埠部分极度贫困白俄的生活常态。在一位旅行者看来,"在此地,最使人感触的,要算是街头上的白俄游丐了! 你看他们向人乞讨时,手儿一扬,头儿一歪,好像是作宗教仪式,嘴里却低声的操着不规则的中日俄三国语言,来叙述他极需人帮忙的苦况。" ③ 而一位哈尔滨作家"微"则更为细致地刻画了白俄独特的乞讨方式:

　　　　一种是乞食街头,仅有的衣服总是保持着可能的洁净,头发梳得很光的,陌生的眼睛,绝不会看出他们是乞讨者,因为

---

① 参见徐珂:《清稗类钞》第 40 册"棍骗・乞丐",上海:商务印书馆,1928 年第 5 版,"乞丐类"第 30 页。

② 参见［俄］叶列娜・塔斯金娜著,《回忆国》,李延龄主编,李蔷薇、荣洁、唐逸红译:《中国,我爱你》,哈尔滨:北方文艺出版社、黑龙江教育出版社,2002 年,第 38 页。

③ 水聿:《东北见闻记》,《生活日报星期增刊》第 1 卷第 6 号,1936 年 7 月 12 日。

他们不向你哀求，追踪，甚至连一点表示都没有，脸上依旧是显着绝不示弱的庄严，常常使人疑惑他们是一个清闲者，除非衣服已经破乱到十分，才会使人看出破绽来。①

除了悲情与坚忍，白俄乞丐更是用手风琴演奏俘获了这位中国作家的心灵：

　　……（他们）穿的不完整的衣服，无表情，也无声息，只是熟练的拉着手风琴，忧郁的，感伤的调子，无休息的，从清晨到深夜。犹其是在冬天，夜深了的时候，人们全回到自己的家里去：就是没有家的流浪的乞讨者，已经投到了自己的安宿处——门洞里或是垃圾箱上，只有手风琴的拉奏者还在拉奏着，好像自己久已认定了自己的命运，他不慌忙，也没有任何的期待，让雪花冰冷他的头与手，他的精神同死静的马路一样死静，然而琴声，一点一点急促，一点一点沉重，一片忧伤的调子，仿佛是在凭吊着旧有的国魂以及自身的末运。②

　　无独有偶，东北作家罗烽也对白俄手风琴乞讨者有着深情的描述，这是一位俄罗斯盲人，也是一位"尼古拉二世忠实的牺牲者"。他每在"凄风冷雨的秋夜里，以忧郁的面孔，配合感伤的曲子"：

　　　　那草莽将花园埋葬，
　　　　画眉鸟儿高声歌唱，

① 微：《白俄在哈尔滨》，《汗血周刊》第5卷第22期，1935年12月1日。
② 微：《白俄在哈尔滨》，《汗血周刊》第5卷第22期，1935年12月1日。

流浪儿又流落他乡，

早被世人遗忘。

……

我死了吧，死了应该，

有谁把我葬埋？

谁晓得，谁能晓得，

何处是我的坟台！ ①

　　这是一首俄罗斯的《孤儿曲》，它那"哀怨"而熟悉的旋律常引来路边俄国孩子们的合唱，它是流浪白俄孩子们的"面包"。小说中，一个苏俄的犯人向"我"解释着回荡在寒夜中的曲子："这该是他自慰的方法的一种吧。"而在流离关外的现实生活中，追忆故乡街头的白俄琴师，何尝不是流亡者罗烽慰藉自己思乡之情的方法呢？

　　毋庸置疑，这悲伤的琴曲奏出了东北流亡作家罗烽和"微"的思乡心声，但在这里我们更为关注的是这种演奏方式本身。说起来，"手风琴弹唱"也不过是中国"唱或不规则之戏曲，或道情或山歌，或莲花落"的"挟技之丐"②之变形而已。但两者最大的区别在于，这些"手风琴弹唱者"——乞讨者身上有着中国乞丐所没有的来自演奏本身的庄重态度③。对于这些白俄乞丐来说，演奏本身具

---

① 罗烽：《手提琴底乞讨者》，《夜莺月刊》第 1 卷第 1 期，1936 年 3 月 5 日。

② 参见徐珂：《清稗类钞》第 40 册"棍骗·乞丐"，"乞丐类"第 5 页。

③ 在穆时英 1932 年发表的的短篇小说《莲花落》中，主人公老乞丐和他的妻子就是以唱莲花落乞讨为生。不过，小说的叙事重心显然在于出卖尊严的"乞讨"，而非"莲花落"的演唱，换言之，是"乞讨"而非"演唱"表达了小说的苦难主题。

有意义，他既要通过演奏来养活自己，同时也要通过演奏来表达自己。这一点，在靳以的白俄乞丐叙事中表现得尤为突出。

如果说短篇小说《溺》是靳以搭建的一座忧郁乌托邦，那么小说主人公的悲伤恋歌就是进入这座乌托邦的口令。如前所述，彼得诺维赤本是锦衣玉食的地主公子，后来一路漂泊，苦苦寻觅抛弃了自己的爱人琴娜，以至于变成了丢了耳朵和手指的卖唱乞丐，但他无怨无悔地用歌声来呼唤爱情的归来。如此"浪漫"的求乞动机显然缺乏现实的依据，但却与其"感伤"的歌唱相得益彰。"他那苍老的，微微颤动着的音调，凄迷而又悲伤地传到每个人的心中"，唱到最后，彼得诺维赤满眼泪水，而观众"也都静默地发着呆"①。可见这位"街道歌唱求乞者"的"浪漫"，离不开演唱行为本身所构建的价值与意义。事实上，和东北作家"微"笔下那些穿着西装并尽可能让自己整洁潇洒的"绅士"乞丐一样，彼得诺维赤有一种"绝不示弱的尊严"。他以街头歌唱这样一种弱行为，表达了一种根本性的悲伤，这既是对自己旧日生活的回忆，也是对自己悲惨命运的慨叹。而正是这种乞讨方式本身，使彼得诺维赤获得了某种艺术家的风度与尊严。

综观上述的白俄乞丐叙事，它们在各自作家的笔下呈现出不同的面貌，也指向不同的问题意识。在周楞伽那里，白俄乞丐是一个让人唏嘘的警示符，比起他们，在日寇威逼下的苟活的"我们"不过是五十步之于百步而已。对于程碧冰来说，白俄乞丐是一个检验现代公民互助意识的标尺。而在东北流亡作家罗烽等人笔下，白俄乞丐是一个提示故乡的符号，他们用回忆的刀锋切割着破碎的乡愁，而他们的坚忍与决绝又让奋力抗争的作家们引为同调。

---

① 靳以：《溺》，《圣型》，第66页。

在靳以看来,白俄乞丐浪漫而感伤,他们是忧郁乌托邦中的最为痴情的沉迷者。然而,当我们把这些相貌不同的白俄乞丐组成一个人物谱系时,一种惊人的"家族相似"展露无遗:他们都有着文明、坚忍而又自尊的气质。就这样,白俄乞丐被中国作家塑造成了都市中的风景。

二、"风景"的发现:乞丐叙事的现代转换

在柄谷行人看来,就时间性而言,所谓"风景之发现"其实是一种"被忘却了的颠倒",因为人们在"谈论'风景'以前的风景时,乃是在通过已有的'风景'概念来观察的","所谓风景乃是一种认识性的装置,这个装置一旦成形出现,其起源便被掩盖起来了"[①]。由此看来,如果说在 20 世纪 30 年代初的中国作家眼中白俄乞丐成了都市的"风景",那么探究这一"风景之发现"的认识装置才是我们思考的重点。

1939 年 6 月,夏衍在香港用反讽的笔调写道:"霞飞路上消失了白俄乞丐,这条街倒反减少了她特有的异国情调了。"[②]的确,在"异国情调"的猎奇目光之下,包括白俄乞丐在内的一切"新奇"事物都有可能成为"风景"。不过异国情调并不是风景生成机制本身,而只是其呈现形态。"新奇"无疑是异国情调的核心,但它并没有后殖民主义者眼中的"原罪"。在土耳其作家帕慕克看来,正是通过奈瓦尔、戈蒂耶等人的异国情调作品,一个避开了"狭隘民族

① 参见[日]柄谷行人著,赵京华译:《日本现代文学的起源》,北京:生活·读书·新知三联书店,2003 年,第 10、12 页。
② 夏衍:《上海谈奇录·白俄·转向派·"宣抚班"》,《救亡日报》1939 年 6 月 10 日,第 3 版。

主义和遵循规范的压力"的伊斯坦布尔才得以呈现①。因而，即使是异国情调视域中的"风景"，有时仍有可能要在异国情调之外去寻求风景的发现机制。进而言之，白俄乞丐成为"风景"的关键不在于"白俄"，而在于"乞丐"：正是那些西洋式的乞讨方式才让他们成为卓尔不群的"风景"。

　　如果要揭示上述中国作家白俄乞丐叙事的独特性，那么我们就有必要对比一下他们笔下的中国乞丐叙事。20世纪30年代的周楞伽，常以表现上海这座摩登都市中边缘人物的苦难生活为文学主题，并擅长通过"乡下人进城"的叙事模式，用已然崩溃的乡村来烛照充满罪恶、行将崩溃的都市，《虫豸》《剩余者》《饿人》等作莫不如此。因而，乞丐形象是作为苦难命运的承受者而出现在周楞伽的文学叙事中的，他们或者向命运屈服，苟活于嗟来之食（《剩余者》），或者在上海繁华的夜色中静待死神的捕获，以"一家五口要饿死"的真实苦难来面对路人的白眼乃至谩骂（《饿人》）。

　　相比于周楞伽手扪伤痕式的直露笔法，靳以对乞丐生活的叙述要细致而深刻得多。在其短篇小说《夏晚》中，一对街头卖艺的父女使出浑身解数，完成了一场蕴含了这两代人苦难命运的表演，却未能获得围观者的欣赏。最后这位父亲一心想要通过表演"绝活"来做最后一搏——父亲要在自己视若生命的女儿的腹部上"拿大顶"②，但他就像马克·吐温笔下那位拳击手汤姆·金（《一块牛排》）一样，用最坚强的抗争收获了最残忍的失败。或许正如那个失败的"绝活"所隐喻的，在这一场求乞性表演中求乞行为本身并

---

① 参见［土耳其］奥尔罕·帕慕克著，何佩桦译：《伊斯坦布尔：一座城市的记忆》，上海：上海人民出版社，2007年，第228页。
② "拿大顶"为"武技之一，以两手挂地，两足向上竖起；亦称拿顶"。参见中国大辞典编纂处编：《国语辞典》第2册，第862页。

没有意义，观众们所认同的只是"可怜"，换言之，那个绝活即使表演成功，也不过是博得观众更多的怜悯而已。

在20世纪30年代的中国文学中，一个白俄乞丐可以为了爱情而卖唱求乞于街头，而中国乞丐们要面对的却几乎是千篇一律的生存危机。正如靳以在另一篇小说《求乞者》中所描述的，这种沉重、苦难而又习以为常的社会现实，不仅让叙述者失去了追问的热情，不再关注"从一个地位颇不低下的从事教育者到一个街头求乞人"这样一段遥远而跌宕的路途①，而且使其丧失了关注的热情，因为在苦难之海，一次施舍微弱如米粒，况且求乞行为本身也如同鲁迅散文诗《求乞者》中所描绘的那般虚浮，那般"近于儿戏"。

一个人为什么要施舍？又有什么人值得施舍？这些问题在靳以的短篇小说《沉》中得到了深入的探讨。小说主人公游走于哈尔滨灯红酒绿的夜生活，将救助乞丐当成让自己焦躁的心灵获得安宁的方法，但他也曾警醒于这种施舍者所惯有的沾沾自喜，努力说服自己把帮助无告之人作为一个现代公民的责任。他体谅求乞者的苦衷，认为其悲惨命运多半源于"没有他们的机缘，社会不容纳他们"，但是抽纸烟者不在此列，因为对这些"消遣者"的妇人之仁其实是对社会之恶的纵容，而他们本来就"该从这世界上消灭下去"②。

我们不难发现，即使细致如靳以者，其笔下的中国乞丐形象仍然显得卑贱而屈辱。一位中国乞丐似乎只有学会像白俄同行一般"傲岸"，他才能获得文明与尊严的面容。"傲岸"的中国乞丐，这正是罗烽短篇小说《残废人》中的主人公，而中国乞丐的"傲岸"，则

---

① 靳以：《求乞者》，《渡家》，上海：商务印书馆，1937年，第15页。

② 靳以：《沉》，《珠落集》，上海：文化生活出版社，1935年，第163—164页。

是这部小说关键的叙事动力。这位主人公的"傲岸"之所以令人费解，正在于这种表情似乎从未出现在中国乞丐脸上："除了尼古拉的子孙而外，我在中国人乞讨者当中，真还一次也没有见过类似那个汉子的人呢。一个中国人要落到乞讨的地步，都是用尽了卑贱，才能换得一饱……"①

如果我们在中国现代文学史的层面考察，上述这些体现着文明与尊严的白俄乞丐形象为中国文学的乞丐叙事注入了活力，带来了"现代"气息。而在此之前，中国现代文学的乞丐叙事已经被禁闭于控诉"社会之恶"的狭小题域。回望中国古代文学中的乞丐叙事，除了苦难、悲伤以及人道关怀的承载者②，乞丐常是超越性的文化符码。首先，"古代乞丐，亦颇有气节，孟子有'箪食豆羹，蹴尔而与之，乞人不屑'之喻，便是明证"③；其次，乞丐常代表着超越凡俗的精神追求，伍子胥的"吴市吹箫"、齐王的"华林行乞"都乃文坛佳话④；再者，所谓"每况愈下"，在道家文化中，那些外表最为卑贱的乞丐却往往具有化腐朽为神奇的非凡力量⑤。

现代以降，中国乞丐的形象风光不再。1917年，作为中国最早的白话新诗人之一，刘半农在《相隔一层纸》中写了一个躺在怕烤坏了水果的"老爷"窗外，冻得"要死"的"叫化子"⑥。这是中国现代文学中的第一个乞丐形象，他和第一个"学徒"、第一个"人力车

---

① 罗烽：《残废人》，《横渡》，上海：商务印书馆，1940年，第100页。

② 参见曲彦斌：《中国乞丐史》，北京：九州出版社，2007年，第203—210页；周德钧：《乞丐的历史》，北京：中国文史出版社，2005年，第193—220页。

③ 清：《乞丐小考证》，《节制》第7卷第10期，1928年12月。

④ 参见微：《古今乞丐比较观》，《节制》第8卷第2—3期，1929年3月。

⑤ 在《聊斋志异》的《画皮》中，阎罗王就曾化身为"颠歌道上，鼻涕三尺，秽不可闻"的"乞儿"，救活了被女鬼掏心的王生。

⑥ 刘半农：《相隔一层纸》，《新青年》第4卷第1号，1918年1月15日。

夫"等"下等人"一道,引领着"五四"文学的人道主义方向。刘半农之后的中国乞丐叙事层出不穷,但却未能脱离其所确立的叙事框架。它们大都旨在通过乞丐的苦难来控诉社会之恶,尽管乞丐的苦难得到了不同程度的呈现,但在"乞求同情"与"展示悲情"的逻辑内,"乞讨"和"施舍"行为本身却并非叙述的重点。

中国现代文学中的乞丐叙事为何会失去超越性与丰富性,只在控诉的腔调内发声?"至近世乞丐,每因流离而失赡养,或因懒惰而失业,谚有'讨饭三年,做官也没心相'"①,一方面,中国各大城市中乞丐悲苦无告而又罪恶丛生的现实状况让作家的笔触不得不沉重;另一方面,也是更为重要的是,一种新型的关于乞丐的观念日渐形成并深刻影响了作家的叙事。

"中国乞丐最多之处,殆为上海乎?推其原因,上海为通商大埠,水陆交通綦便,中国富人多麇居沪上,故各地乞丐,视上海为天堂,于是携老扶幼,不远千里而来。"②而到20世纪20年代末,乞丐问题已成上海市政当局不得不面对的社会顽疾,并由此引发了一场关于"救丐"的热烈讨论。如何定义乞丐?论者斥责乞丐过的是"惰民的生活,不耕而食,不织而衣"③,此乃"中国文化上的污点,是新中国建设的危机"④,而上海闹市街头那些蜂拥而至的乞丐,已经成为"中国的特产品,给各国人民的赏光",这是"最可叹且最可耻的事"⑤。此时的乞丐已经被定位为社会毒瘤与国家耻辱,再没有

---

① 微:《古今乞丐比较观》,《节制》第8卷第2—3期,1929年3月。
② 张舍我:《沪滨随感录》,《申报·自由谈》1920年4月29日,第14版。
③ 参见潘公展:《发刊词》,《节制》第7卷第10期,1928年12月。
④ 参见裘金女士:《从教育的眼光来观察救丐运动》,《节制》第7卷第7期,1928年9月。
⑤ 参见许元庆:《实行救丐的计划》,《节制》第7卷第6期,1928年6月。

一丝飘逸潇洒之气。

　　乞丐又是如何乞讨的？曾有论者探访了一个以乞为业的家庭，自此揭开了"狡丐"的重重黑幕[①]。曾有作家感叹："对于上海那些有组织、有训练的乞儿，实在不容易应付，虽然尽可以给他们几个铜板，为的不过是免他们缠拢，算不得什么慈善，而且明知给他们的铜元，或将落到那比我们还有钱的乞儿头的袋子里。"[②]此时的施舍也早已与作为最低道德标准的同情心无关，成了一个上海人不得不交的"城市管理费"。

　　谈到乞丐的谋生之道，自然离不开对"丐头"之恶的揭批。一位作者在详细地考察了"上海乞丐的组织"后指出，"二沈二赵，一王一周一钟一陆"八个丐头——号称"八兄弟"，将整个上海分而治之，建构了一个组织严密、管理有序的乞丐王国[③]。但从作者所罗列的那些罪状中，我们却也发现了一个反向的论题，那就是在缺乏周密有效的社会管理的前现代中国，乞丐组织事实上是以帮会形式组织而成的"初级社会群体"，它在传承乞丐亚文化的同时，完成了一部分社会管理功能，实际上兼具帮会式社团和行业协会的双重身份[④]。即使是此次讨论中最为人所诟病的由帮会控制的乞丐组织，其所收取的"丐捐"大多也经过政府的许可和授权[⑤]。由此可见，乞丐组织的"非法化"显然是一个被建构的社会认知，而这一建构之所以成为可能，当然离不开一整套关于乞丐的"现代"观念

① 参见吴伯量：《乞丐奇观》，《节制》第 8 卷第 1 期，1929 年 1 月。

② 梁得所：《杂感随笔》，《良友》第 50 期，1930 年 10 月。

③ 参见蒋思一、吴元淑：《上海的乞丐》，《天籁》第 22 卷第 2 号，1933 年 6 月。

④ 参见周德钧：《乞丐的历史》，第 165 页。

⑤ 参见生可：《青红帮之黑幕》，《中国会党史料集成》（上），北京：北京图书馆出版社，1999 年，第 1734 页。

的确立。

在这样一套有关乞丐的观念体系中,救治之道揭示了乞丐泛滥之社会病症的脉案与药方,因而位居核心。在很多讨论者看来,救治乞丐的关键不在于施舍,而在于帮助乞丐自食其力,相反,以良心救丐不仅无助问题的解决,反而会姑息和助长乞丐的懒惰习气。进而言之,以道德合法性的层面考量,所谓施舍不过是另一种"交易":乞讨者出售人格和尊严,而施舍者则廉价收购之。因而,比之于现实的救济措施——收容、养护、就业和加强城市管理①,教育乞丐们养成独立人格、获得必要的工作技能被视为乞丐救济工作的根本②。

事实上,如果要对中国现代社会的乞丐文化进行知识考古学的发掘,我们的目光可能要回望得更远。作为一种常识性的看法,乞丐的数量及其状况往往会影响一个外来者对一个城市乃至国家的印象,而在晚清以降的中国,乞丐则被士人"升格"为一种衡量民族和国家文明程度的标准。1876年,刘锡鸿作为郭嵩焘的副使出使英国。他在记录这段经历的《英轺私记》中,对于伦敦的乞丐治理感受颇深:"人无业而贫者,不令沿街乞丐,设养济院居之,日给饔餐,驱以除道造桥诸役。故人知畏劳就逸,转致自劳而自贱,

①根据日本学者小浜正子的研究,1927年上海南市慈善团体与上海县警察人员合作开办了乞丐习艺所,后改称游民习勤所,并于1929年6月开始收容游民和乞丐,至1931年6月,该所共收容了1347人,其中有50.5%的人由上海公安局遣送至此。小浜同时指出,上海当局对游民和乞丐的整治有时简直等同于"捕捉",被收容者们必须有保人才能释放,而且必须首先保证日后不再行乞。参见〔日〕小浜正子著,葛涛译:《近代上海的公共性与国家》,上海:上海古籍出版社,2003年,第78页。

②参见怜梅:《救济的正路》,《节制》第7卷第1期,1928年1月。

莫不奋发以事工商。国之致富,亦由于此。"[1] 也是在这一年,冯桂芬提出要模仿荷兰国设养贫、教贫二局以收乞人的成功经验,结合中国固有的善堂、义庄体系,发展新式慈善事业[2]。

　　如果乞丐成了评价社会文明程度的"标准"的话,那么乞讨方式就是其核心指标。在初版于1917年的《清稗类钞》中,编纂者徐珂曾揭露了中国乞丐的野蛮鄙陋、虚伪诡谲的丑恶面目,并且认为中西乞讨方式的差异正体现了双方国民素质的云泥之别:

　　　　若欧洲之丐,或为路人擦火,或为游客刷靴,或扶挈老人,或以玩物糖果上之儿童,鲜有徒手索钱者。实由权利义务对待之说深入人心,虽在乞丐,亦于无职业之中,勉求职业,即此一端,而吾国人之品格,已远逊于外人矣。[3]

　　1934年,精通英国文学的林语堂在《伦敦的乞丐》一文中,细数了中英两国乞丐的区别以及这种区别背后的文化差异,认为英国乞丐中的"告地状"者并不乞求路人的"矜怜"与"白赏",而是以书写格言警句来获得"赞叹"与报偿,在他看来,"从这种地方,也可以看出英人的自重的民性"[4]。

　　综上所述,无论是刘锡鸿的"国之致富"、冯桂芬的慈善事业构想,还是徐珂的"权利与义务对待之说",乃至林语堂的"自重的民性",这些中国知识精英都把欧洲先进国的乞丐(治理)状况视作一

---

[1] 刘锡鸿:《刘锡鸿英轺私记》,长沙:湖南人民出版社,1981年,第75页。

[2] 参见冯桂芬:《显志堂稿·收贫民议》,《校邠庐抗议》,北京:朝华出版社,2017年,第199页。

[3] 徐珂:《清稗类钞》第40册"棍骗·乞丐","乞丐类"第4页。

[4] 参见语堂(林语堂):《伦敦的乞丐》,《文学》第2卷第4号,1934年4月1日。

种"现代性"标准,以此来检视中国国民乃至国家的文明程度。正是在由这一套"现代性"的乞丐观念所形塑的思想视域当中,白俄乞丐才有了文明与自尊的妆容。

三、"风景"的"误读":白俄乞丐
的"前世"与"今生"

如果对 20 世纪 30 年代上海与哈尔滨的白俄乞丐进行历史学的考察,也许我们会发现别样的"风景"。根据一位外国旅行者的描述,在哈尔滨,一大群白俄孩子会在他们父母闲适的遥望之下,追逐突然出现的外国游客,有时还会突然把乞讨的手伸进减速行驶的汽车中,让车中之人惊悸万分;此外,还有形形色色的以各种疾病乞人怜悯的展演苦痛者,甚至还有妇人租用婴儿为道具上演"悲伤"的喜剧[①]。在上海,俄国乞丐因为每天"伸着手向你要钱"纠缠不休而得名为"露宋毕三"(罗宋瘪三)[②]。根据汪之成的研究,这些白俄乞丐与中国乞丐并无二致,"他们同样是以行乞,偷窃,做短工等种种方式,去苟延自己的生命。洋乞丐所不同的是,不能像中国乞丐那样,有个缜密的组织,而只像是乌合之众的一群异土上的流亡者"。他们中间的确有礼貌地向路人乞讨的落魄绅士,但也不乏拉人强行乞讨者,并因此招致上海公安局的强力取缔[③]。此外,上海白俄惯常使用的乞讨手段还有"卖洗油肥皂"。这种死拉硬拽的"卖物之丐"曾上过彼时知名市民读物《红玫瑰》杂志的封面,并

---

① 参见 Lilian Grosvenor Coville 著,程枕月译:《最近的哈尔滨》,《旅行杂志》第 7 卷第 5 号,1933 年 5 月。
② 参见张明养:《白俄在远东》,《太白》第 2 卷第 4 期,1935 年 5 月 5 日。
③ 参见汪之成:《上海俄侨史》,第 315—317 页。

得到了配图诗文嘲讽的"殊荣"①。

不过，这些丑陋的画面似乎并没有出现在中国作家笔下。考究起来，中国作家的这种善良与宽厚很可能与他们对白俄流亡命运的同情有关。他们笔下的白俄乞丐在流亡之前往往是贵族或官吏，乞讨对他们来说是一场突如其来的悲剧。如前所述，这种命运的陡转在靳以的短篇小说《陨》中得到了细致呈现。在死亡的胁迫下，流亡贵族葛洛潘夫不得不学习乞讨，不过这种对底线自尊的挑战并未成功，他最终还是冻死在贵族旧梦之中②。由此看来，中国作家笔下的白俄乞丐更像是一幅摆拍的照片，在镂空现实之后，白俄乞丐获得了自尊的主体精神和"自重"的国民性。然而更为深入的理论问题在于，这种对文明典型本身的想象是否同样是中国作家"误读"的结果？

追溯起来，西方的乞丐文化源远流长。在基督宗教文化传统中，乞丐是一个蕴含神性的文化符号。约公元 337 年，在亚眠城门口，基督就曾经以一个乞丐的形象出现在罗马骑士马丁面前。后者出于同情将自己身穿的大衣一分为二，一半给了这个乞丐。次夜，披着这一半大衣的基督出现在马丁面前，于是马丁受洗入教，并最终成为利居热市的主教③。作为"真福八端"之首，耶稣曾教导群众说，"神贫的人是有福的，因为天国是他们的"（玛 5 :3）。因而，包括关爱乞丐在内的"神贫"精神后来成为基督教的重要教义。到了中世纪，教会的"神贫"精神得到进一步发扬，即"施舍

---

① 参见凤竹绘，卓呆题，钝银书：《闹市中的汰油腻》，《红玫瑰》第 6 卷第 33 期，1931 年 1 月 21 日。

② 靳以：《陨》，《东方杂志》第 28 卷第 6 号，1931 年 3 月 25 日。

③ 参见［法］若兹·库贝洛著，曹丹红译：《流浪的历史》，桂林：广西师范大学出版社，2005 年，第 1 页。

成为了一种责任,作为交换,穷人必须在上帝面前为他的行善者祷告说情"①。而在圣方济看来,耶稣的另一个形象正是贫穷的人,他"和他的荣福童真玛利亚及他的门徒们以求乞生活度日"②,因而,"你见到一位乞丐,等于见到了我主及其贫困的母亲"③。正因为乞丐和求乞获得了神性,圣方济会(又称"乞食修道会")将乞讨作为修会的主要的生存手段和修行方式:"如若我们的工作顾不住我们,我们可以到上帝为我们所摆的桌子上去——就是沿门乞食。"④而对"神贫"的歌颂或隐或显,始终是欧洲文学的主题之一,比如在华兹华斯那首著名的诗篇《坎伯兰的老乞丐》中,诗人用温暖的笔触来歌颂一位行走乡里的乞丐,他不仅从农人和骑士那里获得了邻人般的关爱,而且作为一位灵魂的提醒者而被尊重:他提醒人们不忘苦难的存在,应该时时以宽大为怀,抵御自私冷漠的侵蚀⑤。

　　"在东正教的拜占庭王国衰落以后,莫斯科王国成为保留下来的唯一的东正教王国"⑥,正是这一宝贵的宗教遗产使得沙俄成为欧洲宗教文化传统中重要的一极。俄国著名作家屠格涅夫就曾对乞丐的宗教文化意义有过深入探讨。早在1915年,刘半农就在

---

① 参见[法]若兹·库贝洛著,曹丹红译:《流浪的历史》,第24页。

② 参见《方济的第一会规》(9,5 :FF31),转引自 Cesare Vaiabi 著,佳兰翻译组译:《方济之路》,香港:香港天主教方济会,2006年,第54页。

③ 圣方济:《方济的忠告集》(6,1 :FF155.80),转引自 Cesare Vaiabi 著,佳兰翻译组译:《方济之路》,第54页。

④ [挪威]穆格新编著:《教会史略》,汉口:中华信义会书报部,1940年,第78页。

⑤ [英]华兹华斯著,黄杲炘译:《坎伯兰的老乞丐》,《华兹华斯抒情诗选》,上海:上海译文出版社,2000年,第13—20页。

⑥ 参见[俄]尼·别尔嘉耶夫著,雷永生、邱守娟译:《俄罗斯思想——十九世纪末至二十世纪初俄罗斯思想的主要问题》,第8页。

《中华小说界》第 2 卷第 7 期上用文言以小说形式翻译了屠氏（刘译"杜瑾讷夫"）的散文诗《乞食之兄》，即后来通译的《乞丐》。在屠格涅夫看来，乞丐与施舍者之间有着天然的人格平等，他们彼此交换的不仅是同情与感谢，更是理解与尊重。

除了《乞丐》，屠格涅夫另有一首堪称其姊妹篇的《施舍》，该诗进一步深刻揭示了俄国乞丐文化中的宗教关怀。在诗中，一位贫病交加、众叛亲离的老人即将沦为乞丐，但他为自己即将到来的沦落而感到羞耻。正当其疲乏困惑之时，一个像耶稣一样温和而神秘的陌生人为他解开了心结："去吧，伸出手去，你也给别的好心人一个机会，让他们用事实表明自己是善人。"于是老人听从劝导，用别人的施舍给"自己买了块面包——他觉得乞讨来的面包块十分香甜——他心头并没有羞耻的感觉，相反，一阵窃喜笼罩了他心头"①。

正是这种基于基督教教义的"平等"乃至"神性"，欧洲乃至俄罗斯的乞丐文化获得了一种"绅士"风度。而随着大批白俄的到来，这些俄国乞丐又把这种文化传统带到了中国。事实上，在 20 世纪 30 年代的天津也常能看到这些白俄乞丐的身影，他们"不上街，不串户，只是到教会门前，不言不语，手持帽子，帽沿朝上，帽顶朝下，向进教堂的人要钱"②。此时的他们，似乎又恢复了"天堂守门人"的角色。

---

① ［俄］屠格涅夫著，沈念驹译：《施舍》，《屠格涅夫全集》第 10 卷，石家庄：河北教育出版社，2001 年，第 330—331 页。

② 参见杜立昆：《白俄在天津》，《天津文史资料选辑》第 9 辑，天津：天津人民出版社，1980 年，第 177 页。另据 1934 年《申报》的报道，当时天津有白俄接近 5000 人，英租界小白楼地区已形成"各色营业俱备"的白俄聚居区。参见《中东路沿线白俄纷纷迁津》，《申报》1934 年 8 月 16 日，第 3 版。

　　不过,就像白俄是革命历史的残留物一样,这种绅士般的乞丐文化也不过是"现代性"社会治理制度之下的漏网之鱼,而且来日无多。事实上,随着理性"祛魅"时代的来临,这种充满超越性的乞丐文化在整个欧洲都遭到了强力狙击。欧洲主要国家相继立法,禁止人们在城市中乞讨,并试图用各种方式将乞丐驱除出自己的国家。仅以法国为例,"在 1764 年至 1777 年间,骑警队逮捕了106,839 名乞丐和流浪者",而这一波波的旨在消灭乞丐和流浪者的规训与惩罚,贯穿了法国的近现代历史①。

　　正如林语堂所说,"伦敦并无乞丐,因为这是法律所不许的"②。在政府的持续高压之下,如果不想成为警察抓捕的对象,乞丐们只有两种选择,要么成为"卖物之丐"或"挟技之丐",以"商人"或"艺术家"的身份"合法"地乞讨;要么"成为"残疾人,继续在城市与法律的边缘向人们展演苦难,乞求同情。1934 年,漫游欧洲的张若谷在自己的游记中痛斥伦敦乞丐的资本主义化:"在那里伸手讨钱的方法是经过技巧的训练的,至于假装残废和假瞎眼等,都是不足为奇的。"③1935 年,再度欧游的顾孟余也在那些伦敦乞丐身上看到了"绅士"的凄凉:"'文明乞丐'之所以为'文明乞丐',也不

---

① 参见[法]若兹·库贝洛著,曹丹红译:《流浪的历史》,第 164 页;以及该书第四章"启蒙时代的回答"、第五章"大革命:第一个福利国家"、第六章"19世纪:在道路的交叉点"。此外,莫泊桑的短篇小说《乞丐》也曾表现了乞丐的这种悲惨境遇,小说主人公"钟"因车祸而沦为乞丐,他接连遭遇了村民的驱赶和警察追捕,最终死于囚牢。参见莫泊三(莫泊桑)著,洪澄波译:《乞丐》,《民国日报·觉悟》1920 年 7 月 2 日,第 3 版。
② 参见语堂(林语堂):《伦敦的乞丐》,《文学》第 2 卷第 4 号,1934 年 4 月1 日。
③ 张若谷:《游欧猎奇印象》,上海:中华书局,1936 年,第 232—233 页。

过'乞丐'上面加上'文明'二字而已。"① 而对此问题最为深刻的
反讽或许出现在布莱希特的《三角钱歌剧》中：乞丐头子皮丘姆不
仅通过自己的"乞丐之友"商店垄断了整个伦敦的乞讨市场，而且
他在向乞丐颁发执照的同时还提供以"五种基本残废类型"为核心
的乞讨技术装备，帮助乞丐们以逼真的表演开拓"同情"的市场②。

　　而就更深的理论层面而言，现代文明对乞丐文化的规训以制
造合格劳动者为最终目标。换言之，任何一个健康的成年人都应
该把劳动作为自己应尽的社会义务，并以此交换、构建自己的生活
资料与社会地位。在这种"同一性"逻辑的背后隐藏着一整套旨
在消灭差异性的权力话语，任何不能被整合到资本主义生产体系
的健全人都将被指认为惰民。对此，法国马克思主义理论家拉法
格曾经指出，"如果工人阶级必须根除身上的使他们堕落的恶习，
使出全部气力站立起来，这不是为了争取人权，因为那只是资本主
义剥削的权利，不是为了争取劳动权，因为那只是贫困的权利"，而
正是出于这种颠覆性的批判眼光，拉法格才大张旗鼓地呼唤懒惰
的回归③。

　　在关于乞丐与现代文明关系的诸多思考中，波德莱尔的见解
可能最为深刻。在《巴黎的忧郁》一文中，他曾经描写了一个穷
困、落魄的"卖艺老人"，这实际上也是一个"挟技之丐"：

---

① 兆雄（顾孟余）：《文明乞丐（英国通讯）》，《宇宙风》第 12 期，1936 年 3 月
　 1 日。
② ［东德］贝托尔特·布莱希特著，高士彦译：《三角钱歌剧》，《布莱希特戏剧
　 选》，北京：人民文学出版社，1980 年，第 2—10 页。
③ ［法］拉法格：《懒惰权》，中共中央马克思恩格斯列宁斯大林著作编译局国
　 际共运史研究室编：《拉法格文选》（上卷），北京：人民出版社，1985 年，第
　 94—95 页。

到处是欢乐、收益和放荡；到处是确有第二天的面包；到处是生命力的狂热的爆炸。然而这里却是绝对的苦难，穿上外衣的苦难，更令人感到可怕的是，苦难穿上了可笑的破烂衣衫，需要比艺术更形成反差。他不笑，悲惨的人！他不哭，他不跳舞，他不做手势，他也不喊叫；他不唱任何歌曲，不唱欢乐的，也不唱悲哀的，他也不乞求。他不说话，也不动弹。他放弃了，他认输了。他的命运已定。①

波德莱尔深入分析了自己在面对老人时的痛苦感受，并猛然发现自己"刚才看见了一个老文人的形象，他活过了他曾是出色的愉悦者的那一代人；这又是一个老诗人的形象，没有朋友，没有家庭，没有孩子，被穷困和忘恩负义的公众所贬黜，而健忘的人们再也不愿迈进他的小棚子"②。在波德莱尔看来，作为一个被以进步、文明为旨归的现代文明进程所排除的"差异性"个体，老人蜷缩在现代性文明的光照之下，然而就如同强光之下的"眩惑"一样，他让人们看到了现代文明的黑暗。

值得一提的是，在中国现代文学史上，也曾有作家在反思现代性的维度上引入西方的乞丐文化。1930 年初，梁遇春在《谈"流浪汉"》中详细论说了西方文学的"Gentleman"（梁译"流浪汉"）传统，在他看来这些人既是拥有财产、丰衣足食的公子，同时又是毫无恒产、四处飘零的穷光蛋，他们受过良好教育，温文尔雅，同时又毫不顾忌仕途、经济，终日以游荡嬉戏为生。而这些人的中国形

---

① ［法］夏尔·波德莱尔著，郭宏安译：《卖艺老人》，《巴黎的忧郁》，上海：上海译文出版社，2009 年，第 32 页。

② 参见［法］夏尔·波德莱尔著，郭宏安译：《卖艺老人》，《巴黎的忧郁》，第 32—33 页。

象就是清末那些在夏天下午换上叫花子衣服在什刹海路口唱莲花落求乞，黄昏时换衣回到王府的王公贝勒们 ①。1935 年末、1936 年初，林语堂在其主编的《宇宙风》上曾连载了英国诗人戴维斯的小说《流浪者自传》，并亲自作序推介于中国读者（该书后有上海西风社之单行本行世）。在序文中，林语堂重述了英国著名作家萧伯纳在英文版序言中对此书颠覆布尔乔亚人生观的推崇，并盛赞此书是与《浮生六记》比肩的纯情佳作 ②。

在笔者看来，中国现代文学中最具波德莱尔式的反思深度的乞丐叙事出现在女作家萧红笔下。在 1933 年末发表《烦扰的一日》的开篇，萧红描写了一位静静地"好像是向天祈祷"的俄国乞丐。他是"那样年老而昏聋，眼睛像是已腐烂过"，他没有鞋子，用裸露的膝盖跪在哈尔滨冬天里冰冷的、石块砌成的人行道上，迎着锐利的街风，也迎着悲惨的命运。但他不哀求，不缠拽，甚至不悲伤，他只是"喃喃着，好像向天祈祷"。面对这位求乞的老者，"我的心已经为愤恨而烧红，而快要胀裂了" ③。值得注意的是，引起"我""愤恨"的不仅仅是求乞者的悲惨，更是其如同祈祷者般的悲情。这位俄国乞丐就像波德莱尔笔下那位被遗忘的"卖艺老人"一样，被隔绝在哈尔滨这座摩登都市之外。他那祈祷般的喃喃自言，是以最柔弱的方式使得如"风中芦苇"般的生命获得了人性的尊严。同样被隔绝在都市的繁华之外的还有"商市街"旁的盲人风琴

① 参见梁遇春：《谈"流浪汉"》，《春醪集》，上海：北新书局，1930 年，第 190—220 页。

② 参见林语堂：《序》，[英] 戴维斯著，黄嘉德译：《流浪者自传》，上海：西风社，1939 年，第 VI 页。

③ 悄吟（萧红）：《烦扰的一日》，《桥》，上海：文化生活出版社，1936 年，第 8—9 页。原载《大同报·夜哨》1933 年 12 月 17 日、24 日，第 5 版。

演奏者,迥异于其他东北流亡作家笔下同类人物坚忍悲壮的形象,在 1936 年 5 月发表于上海的一篇随笔中,萧红刻画了一个按照摩登的逻辑理应被"消灭掉"的"没有眼睛"且"坏了腿"的手风琴演奏者,这位很可能也是一位白俄的"走不到春天的人",恰是这座城市中万千"不问四季也总是哀哭"者的代表[①]。虽然处在流亡的痛苦中,但萧红在叙述故乡时仍然保持着冷静的观察,拒绝了浪漫的怀旧和颓废的感伤,而这或许就是她的文章写得"非常劲健"[②]的重要原因吧。

小 结

回望历史,梁遇春、林语堂等人的文学译介并未获得中国读者足够的重视,而萧红笔下的白俄乞丐叙事也是空谷足音。与波德莱尔通过"卖艺老人"所做的现代性反思不同,彼时中国作家们笔下的白俄乞丐展现了自尊的主体性与"自重"的国民性,虽然他们只是体现了检视一个国家文明程度的最低标准,但却意外地迸发出耀眼的文明光芒。因而,就人物形象的内涵而论,中国现代文学中的白俄乞丐仍是一个现代性范式中的文明叙事:在中国作家笔下,白俄乞丐及其乞讨行为并没有成为一种反思现代性的力量,相反正是其现代性想象的结果。

今天看来有些荒诞的是,流亡中国的白俄竟然通过这一群体中的最下层——白俄乞丐为他们赢得了难得的赞许目光。如此

[①] 悄吟(萧红):《随笔三篇·春意挂上了树梢》,《中学生》第 65 期,1936 年 5 月。
[②] 参见《编辑后记》,《中学生》第 65 期,1936 年 5 月。

说来，中国作家笔下的白俄乞丐叙事正是一种"创造性误读"[①]，他们"发现"了乞丐的"风景"，并以此"重新瞄准"了中国的现代性想象。

---

① 参见［美］哈罗德·布鲁姆著，朱立元、陈克明译：《误读图示》，天津：天津人民出版社，2008年，第1—2页。

结　语

从蒋光慈的《丽莎的哀怨》到丁玲的《诗人》,再到穆时英的《G No. Ⅷ》,仅在本书所论的白俄叙事文本中就出现了三位名为丽莎的主人公。根据"名从主人"的原则,靳以笔下的"林莎"(小说《林莎》的同名主人公)似乎也可被称之为"丽莎"。流亡者、反革命、颓废的摩登女郎以及异国的"姊姊",通过这四个不同面相的"丽莎",我们能够直观地感受到中国作家笔下白俄叙事的差异。借由这种比较,我们又不难注意到白俄形象的生产秩序及其背后隐藏的文学与政治分野。

首先,从蒋光慈笔下哀怨柔弱的白俄妓女到丁玲《诗人》中那个顽固反动的白俄复国主义者,这一从"原创"到"改写"的形象变化轨迹提示我们,出于强烈的"敌人"意识和斗争精神,左翼文学既是白俄主人公形象塑造的肇始之地,也是"真实"的"幻象"生产的大本营。不过,或许正是在此"话语禁忌"的搅扰之下,尽管面临政治风险,但仍有勇敢者不断挑战这一题材,并最终为左翼文学贡献了一个丰富而生动的谱系,同时也成就了中国现代文学白俄叙事的大宗。若以中国共产党领导的狭义左翼文学为圆心,我们又能看到白俄叙事在奔向左翼的东北流亡作家和巴金这样的广义左翼作家笔下激起的思想涟漪,此亦可见中国现代左翼文学起源语境的原生背景和历史的多重可能性。

其次，在更为深层的政治逻辑上，作为对于左翼文学的回应，靠近国民党政权的文学阵营也将白俄叙事作为开展文化斗争的武器，其中由"左"转"右"的穆时英可谓最具代表性的作家之一。从其笔下的丽莎可见，政治与文学的纠葛远比我们想象中复杂。或者说，借由丽莎的形象，我们得以在"新感觉派圣手"的"文学标准像"之外，发现一个不同的穆时英。在此意义上，白俄是一个无法被彻底抹去的思想侦测标志物，从中可以发现作家隐藏在文本深处的矛盾与困顿。

再者，在靳以这样具有自由主义色彩的作家笔下，白俄形象不仅寄托了其爱与美的文学理想，更是体现了"异国情调"的乌托邦想象。而"林莎"这一形象提示我们，或许正如帕慕克所言，"异国情调"是一个避开了"狭隘民族主义和遵循规范的压力"的视窗，让中国作家得以眺望世界的风景。不过，帝国主义者的文化霸权和救亡图存的现实压力，又使得这一眺望的行动不仅变得非常艰难，而且充满了意识形态的风险。靳以在其白俄叙事最接近成功的时刻选择了放弃，个中的经验与教训值得深思。而诸如黄震遐、张若谷这般执迷于"西洋想象"的海派作家，则是被所谓"都市文化"的浮云遮蔽了寻求"现代"的望眼，其隐含在文本深处的思想症候同样值得探究。

最后，我们在这些出自不同文学和政治阵营作家笔下的五彩纷呈的丽莎形象身上，不难发现一抹共有的底色：她们都有着妓女／舞女的暧昧身份。把白俄看作充满魅惑的女人，这种想象既是中华民族百余年来屈辱和苦难的历史记忆的曲折投射，同时也体现了中国作家在现代性的世界秩序中寻求民族－国家认同的艰苦努力。在此意义上，黄震遐笔下的"白俄英雄"其实是"白俄女人"的"变脸"，二者彼此发明，共同揭示出白俄叙事不仅是中国作家的集体想象物,而且有着独特的生产机制。

　　毋庸讳言,因为缺少对于白俄政治、文化乃至生存境遇的深切关注,中国现代文学的白俄叙事大多未能抵达到这一特殊群体的心灵深处。尽管在鲁迅、巴金、靳以和黄震遐的笔下,白俄形象也曾有绽放自身光芒的时刻,但是总体而言,中国现代文学的白俄叙事真正让人印象深刻的还是想象"他者"和寻求"自我"的凝视。也许中国现代文学和历史留给白俄叙事的时间尚短,很多作家未及在掌握"生活真实"和吸收"文学传统"的基础上,创造出更具"艺术真实"的白俄形象,然而,正因为被镂空了"生活事实"而又较少"影响的焦虑",这些无法展现白俄之真实自我的形象,反而成了中国作家想象"他者"的绝佳视域。

　　首先,白俄是苏联的镜像。白俄形象映照出苏联和无产阶级革命的时代命题,同时也意味着不同的政治抉择。因而,无论左翼还是右翼作家,双方不约而同地将白俄嵌入到中国的政治与文化斗争格局当中,借此"敌人"或"敌人之敌人"身份的设置展现自身的文学想象。其次,白俄是西方/白种人/现代/列强/帝国主义者的镜像。而如何在学习以西方所代表的"现代"的过程中,既坚持深刻的自我批判,又奋力抵抗帝国主义者的权力宰制和文化殖民,是中国作家们不得不面对的历史课题。如此左冲右突的思想历险,恰在塑造白俄形象的过程中留下了深刻的印记。最后,白俄是世界的镜像。事实上,比之于与"强者"的交往,如何与"弱者"(特别是曾经的强者)相处,同样是中国走入世界过程中的必修课。而尽管自身处境艰难,彼时的中国仍以博大的胸怀收留了这些流亡而来的白俄难民,并以平等的姿态与之融通互鉴,甚至使其最终成为中华民族共同体中不可或缺的一员,今日的"俄罗斯族"① 即是这一历史进程的生动见证。就此而言,白俄叙事是一份以文学方式完成的历史答卷。

　　总之,这些以镜像方式存在的白俄形象如同中国作家手中的门把手,扭动着想象中国的很多扇门:想象革命,想象摩登,想象现代,想象西方,想象世界,甚至想象欲望。或者说,这些白俄叙事尽管呈现出众声喧哗的复调性,但在想象的层面上,却又建基于共同的低音部旋律,呈现出以"白俄为方法"的内在逻辑一致性。归根结底,在华白俄已经深深嵌入到中国的社会与文化语境当中,融会了"我者"（myself/ourselves）与"他者"（the other）的双重视域,可谓一个独特的"内部他者"。

　　正因如此,无论现实情势如何变化,那些独具只眼的中国作家总能在这样一群"熟悉的陌生人"身上找到坚实的叙述根基。在国共合作、苏联成为中国盟友的全面抗战时期,国民党文宣语境中作为苏联之敌的白俄形象已然先期退场。在这样一个撤去了"制造敌人"的叙事梁柱的时代,中国作家以世界反法西斯主义的视野,为白俄形象的生产注入了新的活力。1940 年 6 月至 10 月,郑伯奇陆续推出了一部名为《哈尔滨的暗影》的四幕抗战话剧。这一新生的白俄叙事钩沉了发生在 1933 年 8 月的一件旧闻——日寇当局导演的震惊中外的哈尔滨法籍白俄犹太人西蒙·卡斯普（Simeon

---

① 在华俄罗斯人正式成为中华民族成员始于 1935 年新疆盛世才当局召开的第二次民众代表大会,会议决议案将新省已入中国国籍的俄罗斯人和其他欧洲人命名为"归化族",承认其为新疆 13 个少数民族之一。但新省俄罗斯人一直拒绝这一带有蔑视意味的称谓,始终自称"俄罗斯族"。中华人民共和国成立后,政府遂废止"归化族"之称,改称"俄罗斯族"。参见苏闻宇、马璐璐、罗意编著:《中国俄罗斯族》,银川:宁夏人民出版社,第 7 页;《俄罗斯族简史》编写组:《俄罗斯族简史》,乌鲁木齐:新疆人民出版社,1987 年,第 22 页。

Kaspe）绑架案,戏剧最后在群众排山倒海般的"'打倒日本帝国主义'的喊声"[①]中落幕,直指抗日救亡的主题。在剧本中,郑伯奇独辟蹊径地聚焦于交织着国际斗争的西蒙·卡斯普事件,关注"弱小民族"犹太人的悲剧命运,不仅展现了其包括左翼作家和国际政治观察家在内的丰富面相,更是为世界反法西斯文学贡献了一种来自中国的"光明磊落的抱负",同时也揭示了在华"白俄"嵌入"中国"之深,以及勾连"世界"之广[②]。此后的 1945 年 3 月,牛汉(谷风)发表了自己第一首以外国人为主人公的叙事诗《老哥萨克刘果夫》,在逻辑上继续了抗战文学中的白俄叙事主题。在这首将近 400 行的长诗中,年未及冠的诗人在这位前白俄军官沉沦抑或挺立的命运关口发现了"复活"的可能性,使其在中国人民抗日战争的淬炼中焕发出强烈的主体精神,由此成功塑造了一个中国现代文学史上前所未有的白俄英雄形象[③]。

　　而在稍早一些的 1944 年 2 月,已经声名鹊起的海派作家张爱玲发表了短篇小说《年青的时候》。小说主人公潘汝良努力逃避着庸俗的上海小市民生活,并梦想着找到一个西洋女朋友,这是其通往以西方现代文明为代表的"另一个世界"的道路。但当他真的与矜持的白俄女同学沁西亚暧昧相处的时候,这个"虚无缥缈的梦"很快坍塌,生活就如同沁西亚那"最生硬"的中国话一样露出

---

① 郑伯奇:《哈尔滨的暗影(四)》,《中苏文化》第 7 卷第 4 期,1940 年 10 月 10 日。
② 参见杨慧:《探寻作为终点的起点:抗战文艺中的"东北"——以郑伯奇四幕话剧〈哈尔滨的暗影〉为中心》,《澳门理工学报》(人文社会科学版)2022 年第 1 期。
③ 参见杨慧:《"枪一样地复活"——牛汉抗战长诗〈老哥萨克刘果夫〉的白俄叙事》,《吉林大学社会科学学报》2019 年第 3 期。

了"不加润色的现实"，小说也奔向了张爱玲一以贯之的冷嘲日常生活的主题①。在 20 世纪 40 年代，郑伯奇和张爱玲似乎分别代表了白俄叙事的两个趋向：一是将白俄植入抗日斗争的民族解放话语，一是让白俄兼具都市文化建构者与解构者的双重角色。在这两个向度上，白俄叙事都迸发出崭新的异彩，却也是最后的光芒。

既然白俄是一个多重的镜像，那就必须依附革命、苏联、西方、白人、现代等"本相"而生。而随着左翼文学有关白俄叙事的话语规范逐渐固化，特别是以"讲话"为代表的文学标准以及"一边倒"的外交格局的确立，中国现代文学的白俄叙事终于走到了尽头，其最后的告别式则由萧军 1948 年在哈尔滨《新文化报》引起的那场著名的争论和批判完成②。因为牵涉到俄罗斯民族及其彼时唯一的合法代表苏联，白俄题材再次成为中国文学与政治话语中的禁忌，而白俄甚至"升级"到了失去代表"敌人"资格的程度，其唯一的结局似乎只能是成为历史的陈迹。

然而，在华白俄这一独特的他者形象所隐含的思想问题却并没有随着政治的禁闭而终结，倘若我们不能真正认识这位独特的"内部他者"，可能也就无法真正认识自我与世界。而如何看待和叙述白俄，既是一个求"异"的文化问题，更是一个求"同"的文明问题，其中隐含着中国走向"现代"的历史进程中的众多思想症候。职是之故，有关于此的研究就是一种平复、打开和自我和解，就是一个重新确立自我认同的过程，而所谓文化自信的建构可能

① 张爱玲：《年青的时候》，《杂志》第 12 卷第 5 期，1944 年 2 月 10 日。
② 因编辑和写作《苏联人民中的渣滓》《来而不往非礼也》《三周年"八一五"和第六次"全代大会"》等文章，萧军引来了中共中央东北局宣传部所组织的严厉批判。相关研究可参见严家炎：《从历史实际出发，还事物本来面目》，《求实集》，北京：北京大学出版社，1983 年，第 7—9 页。

也与这样一种现代的回望紧密相关。因而,白俄叙事所蕴含的问题,既是历史的,也是现实的。在未来的某个时刻,或许在某个现实事件的叩击之下,中国现代文学中的白俄叙事将会重新成为学界认真审视的对象,甚至成为重构历史与介入现实的重要资源。兹事体大,有待学术先进共谋之,惟愿本书能够成为探索之路上的一块基石。

参考文献

晚清及民国时期报刊文献

《北斗》

《北平晨报》（1932）

《晨报》（北京）

《晨报》（上海）

《东方杂志》（1919—1932）

《大公报》（天津，1922—1937）

《大众文艺》

《大夏期刊》

《国闻周报》

《黑白半月刊》

《红旗日报》

《红玫瑰》

《汗血周刊》

《汗血月刊》

《京报副刊》

《良友》（1928—1937）

《旅行杂志》（1927—1937）

《每周评论》

《清议报》(1901)

《前哨·文学导报》

《前锋月刊》

《前锋周报》

《申报》(1922—1937)

《申报月刊》(1932—1935)

《申报每周增刊》

《生活日报星期增刊》

《苏俄评论》

《顺天时报》(1928)

《世界知识》(1934—1937)

《世界动态》

《上海社会志》(福建私立海疆学术资料馆剪报)

《上海生活》(1926、1928)

《上海市通志馆期刊》

《拓荒者》

《太白》

《太阳月刊》

《文学》

《文学界》

《文学杂志》

《文学月刊》

《文艺茶话》

《万人月刊》

《新青年》(1917—1922)

《新流月报》

《新垒》

《新文艺》

《新上海》

《现代》

《现代小说》

《现代出版界》

《现代文学评论》

《宇宙风》

《夜莺月刊》

《中学生》

《中东经济月刊》

《真理报》（苏联，1932）

图书专著

艾晓明：《青年巴金及其文学视界》，上海：复旦大学出版社，
　　2009 年。

巴金：《复仇》，上海：新中国书局，1932 年。

冰心：《冰心散文集》，上海：北新书局，1932 年。

曹聚仁：《上海春秋》，北京：生活・读书・新知三联书店，2007 年。

陈顺馨、戴锦华选编：《妇女、民族与女性主义》，北京：中央编译出
　　版社，2004 年。

陈庚雅：《西北视察记》，上海：上海申报馆，1936 年。

陈梦家：《铁马集》，上海：开明书店，1934 年。

程耀臣编：《华俄合璧商务大字典》，哈尔滨：广吉印书馆，1917 年。

戴叔清编：《文学术语辞典》，上海：新文艺书局，1931 年。

董兴泉:《舒群研究资料》,北京:知识产权出版社,2010 年。

《俄罗斯族简史》编写组:《俄罗斯族简史》,乌鲁木齐:新疆人民出版社,1987 年。

冯至:《北游及其他》,北平:沉钟社,1929 年。

复旦大学历史系:《沙俄侵华史》,上海:上海人民出版社,1975 年。

顾凤城等编:《新文艺辞典》,上海:光华书局,1931 年。

黑龙江地方志编纂委员会编:《黑龙江省志》第 52 卷,哈尔滨:黑龙江人民出版社,1996 年。

黑婴:《帝国的女儿》,上海:开华书局,1934 年。

胡缨著,龙瑜宬、彭姗姗译:《翻译的传说——中国新女性的形成（1898—1918）》,南京:江苏人民出版社,2009 年。

胡风:《胡风全集》第 5 卷,武汉:湖北人民出版社,1999 年。

黄开元等编:《五四运动前马克思主义在中国的介绍和传播》,长沙:湖南人民出版社,1986 年。

华汉（阳翰生）:《地泉》,上海:湖风书局,1932 年。

蒋光慈:《蒋光慈文集》第 1 卷、第 3 卷、第 4 卷,上海:上海文艺出版社,1985 年。

蒋光慈:《哭诉》,上海:春野书店,1928 年。

蒋光慈:《异邦与故国》,上海:现代书局,1930 年。

蒋光慈等:《关于革命文学》,上海:光华书局,1928 年。

姜飞:《国民党文学思想研究》,广州:花城出版社,2014 年。

靳以:《圣型》,上海:复兴书局,1936 年。

靳以:《青的花》,上海:生活书店,1934 年。

靳以:《靳以选集》第 5 卷,成都:四川人民出版社,1984 年。

靳以:《虫蚀》,上海:上海良友图书印刷公司,1934 年。

旷新年:《1928:革命文学》,济南:山东教育出版社,1998 年。

康有为：《欧洲十一国游记》（一），长沙：湖南人民出版社，1980 年。

乐黛云、张辉主编：《文化传递与文学形象》，北京：北京大学出版社，1999 年。

李兴耕等：《风雨浮萍——俄国侨民在中国（1917—1945）》，北京：中央编译出版社，1997 年。

李德滨、石方：《黑龙江移民概要》，哈尔滨：黑龙江人民出版社，1987 年。

李萌：《缺失的一环——在华俄国侨民文学》，北京：北京大学出版社，2007 年。

李今：《海派小说与现代都市文化》，合肥：安徽教育出版社，2000 年。

李今：《三四十年代苏俄汉译文学论》，北京：人民文学出版社，2006 年。

李延龄主编：《松花江晨曲》，哈尔滨：北方文艺出版社、黑龙江教育出版社，2002 年。

李延龄主编：《松花江畔紫丁香》，哈尔滨：北方文艺出版社、黑龙江教育出版社，2002 年。

李延龄主编：《中国，我爱你》，哈尔滨：北方文艺出版社、黑龙江教育出版社，2002 年。

李鼎声主编：《现代语辞典》，上海：光明书局，1933 年。

李欧梵：《李欧梵自选集》，上海：上海教育出版社，2002 年。

梁启超：《新大陆游记》，上海：商务印书馆，1916 年。

林语堂：《我的话》，上海：上海时代图书公司，1934 年。

刘建辉著，甘慧杰译：《魔都上海——日本知识人的“近代体验”》，上海：上海古籍出版社，2003 年。

刘禾：《语际书写——现代思想史写作批判纲要》，上海：上海三联书店,1999 年。

刘禾著,宋伟杰等译:《跨语际实践——文学,民族文化与被译介的现代性(中国,1900—1937)》,北京:生活・读书・新知三联书店,2002 年。

刘慧英:《走出男权的藩篱——文学中的男权意识批判》,北京:生活・读书・新知三联书店,1996 年。

刘文飞:《思想俄国》,济南:山东友谊出版社,2006 年。

刘涛:《中国现代小说范畴论》,开封:河南大学出版社,2005 年。

刘锡鸿著,朱纯校点:《刘锡鸿英轺私记》,长沙:湖南人民出版社,1981 年。

卢汉超著,段炼、吴敏、子羽译:《霓虹灯外—— 20 世纪初日常生活中的上海》,上海:上海古籍出版社,2004 年。

鲁迅:《鲁迅全集》第 1、3、4、5、6、7、8、15、16 卷,北京:人民文学出版社,2005 年。

罗烽:《故乡集》,上海:光华书局,1947 年。

罗烽:《横渡》,上海:商务印书馆,1940 年。

罗烽:《呼兰河边》,上海:北新书局,1937 年。

罗钢、王中忱主编:《消费文化读本》,北京:中国社会科学出版社,2003 年。

茅盾:《茅盾选集》第 2 卷,成都:四川文艺出版社,1982 年。

茅盾:《茅盾全集》第 4 卷,北京:人民文学出版社,1984 年。

茅盾:《子夜》,北京:人民文学出版社,2004 年。

孟华主编:《比较文学形象学》,北京:北京大学出版社,2001 年。

穆时英:《公墓》,上海:现代书局,1933 年。

穆时英:《穆时英全集》第 2 卷,北京:北京十月文艺出版社,2008 年。

穆时英：《穆时英小说全集》（下），长春：时代文艺出版社，1998年。

聂耳：《聂耳日记》，郑州：大象出版社，2004年。

南南：《从远天冰雪中走来——靳以纪传》，太原：山西人民出版社，1999年。

倪伟：《"民族"想象与国家统制——1928—1948年南京政府的文艺政策及文艺运动》，上海：上海教育出版社，2003年。

篷子编：《丁玲选集》，上海：天马书店，1933年。

逄增玉：《黑土地文化与东北作家群》，长沙：湖南教育出版社，1995年。

瞿秋白：《新俄国游记》，上海：商务印书馆，1922年。

瞿秋白：《瞿秋白文集·文学编》第1卷，北京：人民文学出版社，1985年。

瞿秋白：《瞿秋白文集·文学编》第2卷，北京：人民文学出版社，1986年。

瞿秋白：《瞿秋白文集·文学编》第5卷，北京：人民文学出版社，1987年。

曲伟、李述笑主编：《哈尔滨犹太人》，北京：社会科学文献出版社，2004年。

钱理群等：《中国现代文学三十年》，上海：上海文艺出版社，1987年。

钱理群、温儒敏、吴福辉：《中国现代文学三十年》（修订本），北京：北京大学出版社，1998年。

钱杏邨：《革命的故事》，上海：春野书店，1928年。

钱杏邨：《玛露莎》，上海：现代书局，1930年。

钱杏邨：《现代中国文学作家》第1卷，上海：泰东图书局，1928年。

悄吟（萧红）：《桥》，上海：文化生活出版社，1936年。

邱东平:《沉郁的梅冷城》,广州:花城出版社,1983年。

全国政协文史和学习委员会等编:《俄罗斯族百年实录》,北京:中国文史出版社,2007年。

上海市普陀区志编撰委员会编:《普陀区志》,上海:上海社会科学院出版社,1994年。

沈从文:《沈从文文集》第4卷,广州:花城出版社,1982年。

沈卫威:《东北流亡文学史论》,郑州:河南人民出版社,1992年。

沈伯经、陈怀圃编:《上海市指南》,上海:中华书局,1934年。

施蛰存:《北山散文集》(一),上海:华东师范大学出版社,2001年。

石方、刘爽、高凌:《哈尔滨俄侨史》,哈尔滨:黑龙江人民出版社,2003年。

舒群:《战地》,上海:北新书局,1938年。

《苏联大百科全书》第3册,莫斯科:苏联百科全书出版社,1970年。

苏闻宇、马璐璐、罗意编著:《中国俄罗斯族》,银川:宁夏人民出版社,2011年。

宋兆霖主编:《诺贝尔文学奖全集》,北京:燕山出版社,2006年。

孙俍公编:《文艺辞典》,上海:民智书局,1928年。

万斯白(Amleto Vespa)著,文缘社译:《日本在华的间谍活动》,上海:文缘出版社,1939年。

汪剑钊主编:《茨维塔耶娃文集·回忆录》,北京:东方出版社,2003年。

汪之成:《上海俄侨史》,上海:三联书店上海分店,1993年。

汪之成:《俄侨音乐家在上海》,上海:上海音乐学院出版社,2007年。

王独清:《独清自选集》,上海:上海乐华图书公司,1933年。

王儒年:《欲望的想像:1920年—1930年代〈申报〉广告的文化史研究》,上海:上海人民出版社,2007年。

王统照：《王统照文集》第 5 卷，济南：山东人民出版社，1982 年。

王延晞、王利编：《郑伯奇研究资料》，北京：知识产权出版社，
　　2009 年。

王增如、李向东编著：《丁玲年谱长编》，天津：天津人民出版社，
　　2006 年。

温佩筠：《零露集》，长春：吉林人民出版社，1984 年。

文思主编：《我所知道的冯玉祥》，北京：中国文史出版社，2003 年。

吴绍璘：《新疆概观》，南京：仁声印书局，1933 年。

吴福辉：《都市漩流中的海派小说》，长沙：湖南人民出版社，
　　1995 年。

萧军：《萧军全集》第 9 卷，北京：华夏出版社，2008 年。

萧乾：《小树叶》，上海：商务印书馆，1937 年。

邢墨卿编著：《新名词辞典》，上海：新生命书局，1934 年。

新辞书编译社编：《新知识辞典》，上海：童年书店，1936 年。

夏衍：《懒寻旧梦录》（增补本），北京：生活·读书·新知三联书
　　店，2005 年。

夏衍：《夏衍散文》，杭州：浙江文艺出版社，2000 年。

解志熙：《美的偏至——中国现代唯美 – 颓废主义文学思潮研究》，
　　上海：上海文艺出版社，1997 年。

解志熙：《摩登与现代——中国现代文学的实存分析》，北京：清华
　　大学出版社，2006 年。

熊月之：《异质文化交织下的上海都市生活》，上海：上海辞书出版
　　社，2008 年。

徐梵澄：《徐梵澄文集》第 4 卷，上海：上海三联书店、华东师范大
　　学出版社，2006 年。

徐珂：《清稗类钞》第 40 册，上海：商务印书馆，1928 年。

徐訏:《风萧萧》,北京:人民文学出版社,2008 年。

徐訏:《现代中国文学过眼录》,台北:时报文化出版企业有限公司, 1991 年。

薛衔天:《民国时期中苏关系史》(上),北京:中共党史出版社, 2009 年。

薛衔天、金东吉:《民国时期中苏关系史》(中),北京:中共党史出版社,2009 年。

薛绥之、张俊才编:《林纾研究资料》,福州:福建人民出版社, 1983 年。

杨晦:《文艺与社会》,上海:中兴出版社,1949 年。

杨乃乔主编:《比较文学概论》,北京:北京大学出版社,2002 年。

杨义:《京派、海派综论》(图志版),北京:中国社会科学出版社, 2003 年。

杨春时:《现代性与中国文学思潮》,北京:生活·读书·新知三联书店,2009 年。

殷仙峰编辑:《哈尔滨指南》,哈尔滨:东陲商报馆,1922 年。

殷作桢编:《战争文学》,杭州:大风社,1935 年。

尹在勤等编:《中国百家现代诗选》,贵阳:贵州人民出版社,1989 年。

俞兆平:《中国现代三大文学思潮新论》,北京:人民文学出版社, 2006 年。

郁慕侠:《上海鳞爪》,上海:上海沪报馆出版部,1935 年。

郁慕侠:《上海鳞爪续集》,上海:上海沪报馆出版部,1935 年。

张爱玲:《张爱玲文集》第 1 卷,合肥:安徽文艺出版社,1992 年。

张白云编:《丁玲评传》,上海:春光书店,1934 年。

张大明:《国民党文艺思潮——三民主义文艺与民族主义文艺》,台北:秀威资讯科技股份有限公司,2009 年。

张大明：《中国左翼文学编年史》，北京：社会科学文献出版社，
　　2013 年。

张建华：《俄国知识分子思想史导论》，北京：商务印书馆，2008 年。

张京媛主编：《当代女性主义文学批评》，北京：北京大学出版社，
　　1992 年。

张明养：《俄国革命》，上海：开明书店，1936 年。

张若谷：《异国情调》，上海：世界书局，1929 年。

张若谷：《现代都会生活象征》，上海：真美善书店，1929 年。

张若谷：《游欧猎奇印象》，上海：中华书局，1936 年。

张勇：《摩登主义：1927—1937 上海文学与文化研究》，台北：人间
　　出版社，2010 年。

张梓生等编：《申报年鉴》，上海：申报馆，1933 年。

赵南柔、周伊武编：《白俄与远东》，南京：日本评论社，1934 年。

赵鑫珊：《上海白俄拉丽莎》，上海：文汇出版社，2010 年。

赵园：《明清之际士大夫研究》，北京：北京大学出版社，1999 年。

赵园：《制度·言论·心态——"明清之际士大夫研究"续编》，北
　　京：北京大学出版社，2006 年。

郑伯奇：《哈尔滨的暗影》，桂林：上海杂志公司，1941 年。

郑伯奇：《抗争》，上海：创造社出版部，1928 年。

郑伯奇：《两栖集》，上海：上海良友图书印刷公司，1937 年。

郑伯奇：《忆创造社及其他》，香港：三联书店香港分店，1982 年。

郑伯奇：《郑伯奇文集》，西安：陕西人民出版社，1988 年。

郑超麟：《郑超麟回忆录》，北京：东方出版社，2004 年。

郑振铎、傅东华编：《我与文学》，上海：生活书店，1934 年。

政协上海市卢湾区委员会、政协上海市委员会文史资料委员会编：
　　《上海文史资料选辑》（卢湾卷）总第 111 辑，上海市政协文史资

料编辑部,2004 年。

中共中央马克思恩格斯列宁斯大林著作编译局国际共运史研究室
编:《拉法格文选》(上卷),北京:人民出版社,1985 年。

中国电影家协会编:《中国电影年鉴 1984》,北京:中国电影出版
社,1985 年。

中国社会科学院文学所鲁迅研究室编:《1913—1983 鲁迅研究学
术论著资料汇编》第 1 卷,北京:中国文联出版公司,1985 年。

中国文艺年鉴社编辑:《中国文艺年鉴:第一回(一九三二年)》,上
海:现代书局,1932 年。

中学生社编:《都市的风光》,上海:开明书店,1935 年。

周楞伽:《饿人》,上海:中华书局,1935 年。

周俊旗主编:《民国天津社会生活史》,天津:天津社会科学院出版
社,2002 年。

周晓明主编:《现代中国文学史》(修订版),武汉:华中师范大学出
版社,2011 年。

周作人:《知堂回想录》(上、下),合肥:安徽教育出版社,2008 年。

朱栋霖、朱晓进、吴义勤主编:《中国现代文学史(1917—2013)》
(上),北京:高等教育出版社,2014 年。

祝秀侠:《灰余集》,上海:读者书房,1936 年。

[德]阿伦特选编,张旭东、王斑译:《启迪——本雅明文选》,北京:
生活·读书·新知三联书店,2008 年。

[德]贝托尔特·布莱希特著,高士彦译:《布莱希特戏剧选》,北京:
人民文学出版社,1980 年。

[德]布莱希特著,高年生、黄明嘉译:《三毛钱小说》,上海:上海译
文出版社,2008 年。

[德]迪特尔·拉甫:《德意志史——从古老帝国到第二共和国》,波

恩 :Inter Nationes 出版社,1987 年。

［德］海德格尔著,陈嘉映、王节庆译 :《存在与时间》（修订译本）,
北京 :生活·读书·新知三联书店,2006 年。

［俄］弗·阿格诺索夫著,刘文飞、陈方译 :《俄罗斯侨民文学史》,北
京 :人民文学出版社,2004 年。

［俄］尼·别尔嘉耶夫著,雷永生、邱守娟译 :《俄罗斯思想》,北京 :
生活·读书·新知三联书店,1995 年。

［俄］维克托·乌索夫著,焦广田等译 :《20 世纪 20 年代苏联情报
机关在中国》,北京 :解放军出版社,2007 年。

［法］安德烈·纪德著,郑超麟译 :《从苏联归来》,沈阳 :辽宁教育出
版社,1999 年。

［法］波德莱尔,郭宏安译 :《1846 年的沙龙》,桂林 :广西师范大学
出版社,2002 年。

［法］波德莱尔著,郭宏安译 :《巴黎的忧郁》,上海 :上海译文出版
社,2009 年。

［法］加斯东·巴什拉著,张逸婧译 :《空间的诗学》,上海 :上海译文
出版社,2009 年。

［法］罗兰·巴特著,李幼蒸译 :《符号学历险》,北京 :中国人民大学
出版社,2008 年。

［法］罗兰·巴特著,李幼烝译 :《写作的零度》,北京 :中国人民大学
出版社,2008 年。

［法］帕特里斯·帕维斯著,宫宝荣、傅秋敏译 :《戏剧艺术辞典》,上
海 :上海书店出版社,2014 年。

［法］若兹·库贝洛著,曹丹红译 :《流浪的历史》,桂林 :广西师范大
学出版社,2005 年。

［法］小仲马著,晓斋主人、冷红生合译 :《茶花女遗事》,上海 :商务

印书馆,1926 年。

[韩]张允炫导演:《黄真伊》(电影),2007 年。

[美]爱德华·W.萨义德著,王宇根译:《东方学》,北京:生活·读书·新知三联书店,1999 年。

[美]爱德华·W.萨义德著,李琨译:《文化与帝国主义》,北京:生活·读书·新知三联书店,2003 年。

[美]爱德华·W.萨义德著,单德兴译:《知识分子论》,北京:生活·读书·新知三联书店,2002 年。

[美]鲍威尔著,邢建榕等译:《鲍威尔对华回忆录》,北京:知识出版社,1994 年。

[美]本尼迪克特·安德森著,吴叡人译:《想象的共同体——民族主义的起源与散布》(增订本),上海:上海人民出版社,2011 年。

[美]布罗茨基著,刘文飞、唐烈英译:《文明的孩子:布罗茨基论诗和诗人》,北京:中央编译出版社,1999 年。

[美]弗拉基米尔·纳博科夫著,王家湘译:《说吧,记忆》,上海:上海译文出版社,2009 年。

[美]弗那次基著,周新译:《俄国史》(一),上海:商务印书馆,1937 年。

[美]哈罗德·布鲁姆著,朱立元、陈克明译:《误读之图》,天津:天津人民出版社,2008 年。

[美]哈罗德·布鲁姆著,江宁康译:《西方正典——伟大作家和不朽作品》,南京:译林出版社,2011 年。

[美]贺萧著,韩敏中、盛宁译:《危险的愉悦——20 世纪上海的娼妓问题与现代性》,南京:江苏人民出版社,2003 年。

[美]卡尔·瑞贝卡著,高瑾等译:《世界大舞台——十九、二十世纪之交中国的民族主义》,北京:生活·读书·新知三联书店,

2008 年。

［美］利奥・洛文塔尔著，甘锋译：《文学、通俗文化和社会》，北京：中国人民大学出版社，2012 年。

［美］马泰・卡利内斯库著，顾爱彬、李瑞华译：《现代性的五幅面孔》，北京：商务印书馆，2003 年。

［美］瑞娜・克拉斯诺著，王一凡译：《永远的异乡客——战时上海的一个犹太家族》，上海：上海三联书店，2007 年。

［美］瑞娜・克拉斯诺著，雷格译：《上海往事—— 1923—1949：犹太少女的中国岁月》，北京：五洲传播出版社，2008 年。

［美］盛岳著，奚博铨、丁则勤译：《莫斯科中山大学和中国革命》，北京：现代史料编刊社，1980 年。

［美］史书美著，何恬译：《现代的诱惑——书写半殖民地中国的现代主义（1917—1937）》，南京：江苏人民出版社，2007 年。

［美］魏斐德著，章红等译：《上海警察，1927—1937 年》，上海：上海古籍出版社，2004 年。

［美］沃尔特・G. 莫斯著，张冰译：《俄国史（1855—1990）》，海口：海南出版社，2008 年。

［美］M. H. 艾布拉姆斯：《文学术语词典》（第 7 版），北京：北京大学出版社，2009 年。

［日］横光利一著，滕忠汉等译：《上海故事》，沈阳：辽宁教育出版社，1993 年。

［日］西原征夫著，赵晨译：《哈尔滨特务机关——日本关东军情报部简史》，北京：群众出版社，1986 年。

［苏］巴赫金著，白春仁、晓河译：《小说理论》，石家庄：河北教育出版社，1998 年。

［斯洛文尼亚］斯拉沃热・齐泽克著，季广茂译：《斜目而视：透过

通俗文化看拉康》,杭州：浙江大学出版社,2011 年。

[土耳其]奥尔罕·帕慕克著,何佩桦译:《伊斯坦布尔：一座城市的记忆》,上海：上海人民出版社,2007 年。

[匈]贝拉·巴拉兹著,何力译:《电影美学》,北京：中国电影出版社,1986 年。

[以]丹·本—卡南著,尹铁超、孙晗译:《卡斯普事件—— 1932—1945 年发生在哈尔滨的文化与种族冲突》,哈尔滨：黑龙江人民出版社,2009 年。

[意]德·西卡导演:《风烛泪》(电影),1952 年。

[英]艾瑞克·霍布斯鲍姆著,王翔译:《非凡的小人物：反抗、造反及爵士乐》,北京：新华出版社,2001 年。

[英]狄更斯著,董秋斯译:《大卫·科波菲尔》,北京：人民文学出版社,1980 年。

[英]丹尼·卡拉罗拉著,张卫东等译:《文化理论关键词》,南京：江苏人民出版社,2006 年。

[英]F. R. 利维斯著,袁伟译:《伟大的传统》,北京：生活·读书·新知三联书店,2002 年。

[英]雷蒙德·威廉斯著,阎嘉译:《现代主义的政治——反对新国教派》,北京：商务印书馆,2002 年。

[英]马克曼·艾利斯著,孟丽译:《咖啡馆的文化史》,桂林：广西师范大学出版社,2007 年。

期刊及学位论文

褚晓琦:《〈上海柴拉报〉考略》,《社会科学》2007 年第 10 期。

丹晨:《关于屠格涅夫散文诗的随想》,《博览群书》2001 年第 1 期。

杜平:《英国文学的异国情调和东方形象》,四川大学博士学位论

文 , 2005 年。

葛飞：《都市漩涡中的多重文化身份与路向——20 世纪 30 年代郑伯奇在上海》，《中国现代文学研究丛刊》2006 年第 1 期。

贺桂梅：《性／政治的转换与张力——早期普罗小说中的"革命＋恋爱"的模式解析》，《中国现代文学研究丛刊》2006 年第 5 期。

金钢：《现代东北文学中的俄罗斯人形象》，《求是学刊》2009 年第 4 期。

马加：《漂泊生涯——我的回忆录》，《新文学史料》1996 年第 1 期。

钱振纲：《论黄震遐创作的基本思想特征》，《中国文学研究》2002 年第 3 期。

桑兵：《拒俄运动与中等社会的自觉》，《近代史研究》2004 年第 4 期。

王培元：《论东北作家群》，《学术月刊》1991 年第 5 期。

解志熙：《"穆时英的最后"——关于他的附逆或牺牲问题之考辨》，《文学评论》2016 年第 3 期。

阎国栋：《程耀臣与国人所编首部俄文字典》，《福建师范大学学报》（哲学社会科学版）2009 年第 2 期。

周云鹏：《民族主义文学（1930—1937 年）论》，复旦大学博士学位论文 , 2005 年。

[法]达尼－埃尔亨利·巴柔著，孟华译：《比较文学意义上的形象学》，《中国比较文学》1998 年第 4 期。

[英]哈莉特·萨金特著，徐有威等译：《白俄在上海》，《民国春秋》1993 年第 2 期。

后 记

首先我要感谢我的博士后合作导师杨春时教授和俞兆平教授,两位先生的悉心教导和细致关怀是我学术成长的关键动力,这必将成为我频频回顾的美好记忆。

再者,我要感谢厦门大学以及中文系博士后流动站为本文写作所提供的良好条件,这些"细节的真实"充分体现在周宁院长、李无未主任、谢泳教授、王宇教授、陈嘉明教授的言传身教和授业解惑之中。同时,这还体现在与李雨、张海涛、梁冬华、王建波等学友的热烈讨论之中,这些"恰同学少年"的学术激情真令人神往。当然,那些泡在厦门大学图书馆特藏室查阅老报刊的日子同样让人难忘,为此我要感谢特藏室的刘丹老师和王慧珍老师,她们是带领我游走于民国报刊丛林和厦门城市生活的出色向导。在此,我还要向厦门大学图书馆馆际互借部的赖寿康老师致以谢意,他用默默而细心的工作为本文的写作提供了宝贵的校外资料支持。

此外,我要感谢那些母校的老师,他们一直延续着早在我的学生时代就已开始的谆谆教诲和无私关爱。我要怀着崇敬的心情写下这些恩师的名字,他们是清华大学的王中忱教授和解志熙教授,以及辽宁大学的王春荣教授、吴玉杰教授、王向峰教授、赵凌河教授、宋伟教授。

　　最后，我要向我的妻子芮欣致以深深的谢意。那些激发本文成长的学术辩难，让她超越了"生活良伴"这一崇高的"妻子"定义。

　　以上文字，"照搬"自笔者厦门大学中文系博士后出站报告的"致谢"部分。从2008年10月入站，到2010年暑假写出博士后报告初稿，那段时间是我与民国老报刊"日久生情"的浪漫岁月，那种甜蜜的滋味，多少遮住了一些准"青椒"生活的艰辛。而从厦门到威海，如今又将在下一站天津，继续与东北故乡隔海相望，这份报告不离不弃地追随着我探寻学术的迷宫，同时又像温暖的洋流一样托着我"浮游于海"，让我能有任性的选择，不知不觉之间，行满十二星霜。如今我终于将其修订成书，让它真正开始自己的生命旅程。愧疚的是，虽然经过了断续十余年的增补，但我还是没能打磨出它应有的风貌，特别是随着大量基础史料的开掘，写作不断溢出原初的设想，在比辑故事的基础上，究心于历史本相的建构与细读，但却无力凝练出明晰的概念，如今所谓的"定稿"也只不过是行向历史深处之前的一次休整。谨此撷取牛汉早年抗战长诗《老哥萨克刘果夫》中的句子壮其远行："相信劳动，会将生命雕刻得更美丽。"

　　书稿有机会面世，离不开众多师友的扶助。感谢为拙著赐序的杨春时师和俞兆平师，恩师的期待与提醒必将铭记在学生心中。感谢中国人民大学耿幼壮教授和李今教授、四川大学冯宪光教授、南开大学刘俐俐教授、山东大学黄万华教授、延边大学前校长金柄珉教授，这些前辈学者视我为及门弟子，陶成掖进，关爱有加。感谢厦门大学盛嘉教授一直以来的帮助和指教。书中的大部分章节都曾单独发表，感谢这些学术刊物责任编辑老师们的大力支持。

《中山大学学报》李青果编审和四川大学姜飞教授曾审读书稿部分章节，并提供了很多建设性的意见，洵为良师益友，尤其要感谢两位兄长伴我守候"学灯论坛""君子讲习，以文会友"的宗旨。山东大学（威海）在读或已毕业的刘絮、崔佳雯、王文文、张一凡、庄鑫、杨昕、程浩勋、苏滢、李仪、董鑫森、马柯欣、杨潇仪、李守信等同学，以及远在北京的苗青君帮忙校对文稿，订正讹误，谨致谢忱。在此，我还要向担任本书责任编辑的中华书局王贵彬老师深表谢意，感谢王老师专业、细致和耐心的工作。

最后，我要感谢山东大学，特别是威海校区对我的培养和支持，承蒙傅有德教授、王学典教授、杜泽逊教授、仵从巨教授的提携与鼓励，并此致谢。"走遍四海，还是威海"，七年的砥砺与坚守，难忘玛珈山的星空和文学楼 409 的灯火。同时还要感谢南开大学的海纳百川，不择细流，让我有机会在新的平台上继续学习，但愿我的下一本书会对提升南开的学术声誉有所贡献。

虽然自愧疏陋，但仍真诚期待读者诸君能够示下对于拙著的批评。

杨 慧

2022 年 2 月 1 日（正月初一）

于威海蓝天广场